Margot S. Baumann
Nebelreise

AF177925

Das Buch

Ihre Nachforschungen über eine verschwundene Millionenerbin führen die junge Juristin Samantha in das malerische Küstenstädtchen Poole. Der Lösung kommt sie dort allerdings nur wenig näher, stattdessen lernt sie einen sympathischen Mann kennen ... Spontan begleitet sie Ethan auf die wildromantische Kanalinsel Jersey, von der er stammt – und wo sich der Nebel, der den geheimnisvollen Fall umgibt, unverhofft lichtet.

Die Autorin

Die 1964 geborene Autorin schreibt Romane über Liebe, Verrat, Geheimnisse und Sehnsuchtsorte. Für ihre Werke erhielt sie nationale und internationale Preise. Sie mag raue Küsten, schroffe Felswände, Musik, Hunde, das Leben im Allgemeinen, ihre Familie und träumt von einem Cottage am Meer.

Margot S. Baumann ist Mitglied des Berner Schriftstellerinnen und Schriftsteller Vereins und des Montségur Autorenforums. Sie lebt und arbeitet im Kanton Bern (Schweiz). Mehr Infos zur Autorin auf www.margotsbaumann.com.

MARGOT S. BAUMANN

Nebelreise

ROMAN

TINTE
&
FEDER

Deutsche Erstveröffentlichung bei
Tinte & Feder, Amazon Media EU S.à r.l.
38, avenue John F. Kennedy, L-1855 Luxembourg
April 2022
Copyright © der deutschsprachigen Ausgabe 2022
By Margot S. Baumann
All rights reserved.

Umschlaggestaltung: bürosüd⁰ München, www.buerosued.de
Umschlagmotiv: © Serg64 © rzoze19 © kritskaya © Fanya
© gostua / Shutterstock
1. Lektorat: Karla Schmidt
2. Lektorat: Rainer Schöttle
Korrektorat: Manuela Tiller/DRSVS
Gedruckt durch:
Amazon Distribution GmbH, Amazonstraße 1, 04347 Leipzig /
Canon Deutschland Business Services GmbH, Ferdinand-Jühlke-Straße 7,
99095 Erfurt /
CPI books GmbH, Birkstraße 10, 25917 Leck

ISBN: 978-2-49671-008-3

www.tinte-feder.de

Für Marianne W.,
die meine Geschichten so mag

Seele des Menschen,
Wie gleichst du dem Wasser!
Schicksal des Menschen,
Wie gleichst du dem Wind!

Johann Wolfgang von Goethe
(1749–1832)

PROLOG

»Es tut mir wirklich sehr leid.«

Charlotte konnte den mitleidigen Blick der Krankenschwester kaum ertragen. Warum ließ man sie nicht einfach in Ruhe? Sie wollte nur sterben! Was war ihr Leben denn noch wert?

Sie hatte stark geblutet. Vielleicht wäre es das Beste gewesen, sie hätten die Blutung nicht gestoppt und das Leben einfach aus ihr herauslaufen lassen wie Wasser aus einem Krug. Interessierte doch keinen. Und der Schmerz wäre endlich vorbei.

Sie hatten ihr Emely einfach weggenommen, ohne dass sie einen Blick auf sie hatte werfen dürfen. Das kleine Bündel hatte gewimmert, als sie es aus ihr herausgeholt hatten. Zwei, drei Tönchen, danach war es still gewesen.

Charlotte hatte die entsetzten Gesichter bemerkt, obwohl sie mit Schmerzmitteln vollgepumpt gewesen war. Erst Entsetzen, dann Mitleid.

Verfluchtes Mitleid! Immer wieder, ihr ganzes Leben hindurch. Sie hätte schreien können!

Zorn flammte in ihr auf und sie biss sich auf die Lippen, bis sie Blut schmeckte. Die Krankenschwester bemerkte es nicht,

9

fummelte derweil an dem Beutel mit der klaren Flüssigkeit herum, die in Charlottes Vene tropfte, und brabbelte etwas vom Wetter, das in den nächsten Tagen besser werden sollte.

»Halt doch endlich den Mund!«, hätte Charlotte am liebsten geschrien. Wen interessierte schon das verfluchte Wetter?! Aber sie war so müde. Sie drehte den Kopf weg und sah in das dunkel werdende London hinaus. Regen schlug ans Fenster, lief in wilden Zickzacklinien die Scheibe hinunter und hinterließ helle Striemen im Schmutz.

»Sie sollten jetzt schlafen, Ms Seymour. Ich schaue später noch einmal vorbei.«

Die Krankenschwester zückte einen Kugelschreiber und notierte etwas auf einem Papier, das an einem Klemmbrett am Fußende des Betts befestigt war. Dann schenkte sie ihr ein einstudiertes Lächeln und verschwand.

Die Frau im Bett neben Charlotte schnarchte leise, die weiteren vier Krankenbetten im Raum waren nicht belegt. Ihre Zimmergenossin hatte schon geschlafen, als man Charlotte vor einer Stunde vom Kreißsaal in dieses Zimmer geschoben hatte. Auf dem Nachttisch der anderen Frau standen eine hellgrüne Thermoskanne und ein Glas. Ein Päckchen Taschentücher lag daneben und ein zerfleddertes Buch samt Brille. Keine Blumen, keine Süßigkeiten oder das Bild eines Angehörigen.

Charlottes Nachttisch war noch leerer. Außer einer identischen Thermoskanne mit einem Glas, das vom vielen Waschen schon ganz milchig geworden war, befand sich nichts darauf, das auf sie als Person hinwies. Wer hätte dort auch etwas hinstellen sollen? Sie hatte keine Verwandten, war als Waisenkind in einem Heim aufgewachsen, und bis auf Roderick war sie allein auf der Welt.

Roddie!

Charlotte schossen die Tränen in die Augen. Ihr Ehemann war ganz aus dem Häuschen gewesen, als sie ihm erzählt hatte, dass sie schwanger sei. Er hatte sofort allerlei Pläne gemacht, was er mit seinem Sohn unternehmen würde: Ball spielen und Boot fahren im Hyde Park; Eis essen am St. George's Day, obwohl es im April dafür doch noch viel zu kalt war; die Raben im Tower füttern. Seine Augen hatten so gestrahlt, als er sie aus lauter Begeisterung herumgewirbelt hatte. Insgeheim hatte Charlotte aber immer gewusst, dass sie ein Mädchen bekommen würde. Eine Mutter fühlte das. Doch auch über eine Tochter hätte sich Roddie sicher gefreut.

Was sollte sie ihm denn jetzt sagen, wenn er aus dem Steinbruch in Staveley zurückkam? Er hatte seinen Urlaub genau geplant, weil er bei der Geburt in London sein wollte. Doch jetzt war das Kind vier Wochen zu früh auf die Welt gekommen und hatte nur kurz gelebt. Er wäre am Boden zerstört, wenn er es erfuhr. Vielleicht würde er sie sogar verlassen, weil sie nicht fähig war, ihm ein gesundes Kind zu schenken.

Charlotte erschrak und sie begann zu zittern. Ohne Roddie war sie verloren, wieder allein, auf die Mildtätigkeit anderer angewiesen. Erst als sie ihn kennengelernt hatte, war sie aus dem Schatten getreten. Er hatte Licht in ihr Dasein gebracht. Vorher war ihr Leben wie in einem undurchdringlichen Nebel verlaufen. Eine Nebelreise, ziellos und voller düsterer Ecken.

Sie wimmerte und fuhr sich über die nassen Augen. Nein, sie konnte diese Einsamkeit nicht mehr ertragen, dann lieber sterben!

Sie stand auf, entfernte vorsichtig die Kanüle von ihrem Handrücken und verzog den Mund, als sie die Nadel herauszog. Es blutete nur ein bisschen.

Sie stibitzte ihrer schnarchenden Bettnachbarin ein Papiertaschentuch und drückte es auf den Einstich. Als sie zum Schrank hinüberging, in dem ihre Kleider lagen, wurde ihr schwindlig. Sie hielt sich am Bettgestell fest, atmete tief ein und aus. Nach ein paar Augenblicken verzogen sich die dunklen

Kreise vor ihren Augen und sie öffnete leise die Schranktür: Rock, Bluse, Halbschuhe, daneben ihre Handtasche aus Krokodillederimitat. Alles ordentlich eingeräumt. Leider hatte sie heute Morgen ihren Regenschirm zu Hause gelassen. Die Wehen hatten plötzlich und heftig eingesetzt, kurz danach war ihre Fruchtblase geplatzt und sie musste ein Taxi zum Krankenhaus nehmen. In so einer Lage dachte kein Mensch an einen Schirm. Abermals schlug eine kräftige Böe den Regen gegen das Fenster. Egal, dann würde sie eben nass werden.

Der Krankenhausflur lag verwaist unter dem gedämpften Nachtlicht. Irgendwo hörte sie eine Frau lachen, dann war es wieder still. Es roch durchdringend nach Karbol. Hinter einer halbrunden Theke, die schwach von einer Tischlampe beleuchtet wurde, stand ein leerer Stuhl, über dem ein weißer Kittel hing. Auf dem Tisch davor befanden sich ein Kalender und verschiedene Akten. Auf einem separaten Tischchen daneben eine Schreibmaschine mit einem eingespannten leeren Krankenblatt. Eine Tasse Tee dampfte einsam vor sich hin.

Wo war die wachhabende Schwester? Vielleicht auf dem Örtchen? Ein Glücksfall!

Charlotte schnappte sich den Kittel und schlüpfte hinein. Er war ihr zu eng. Ihre Brüste waren in den vergangenen Wochen gewachsen und jetzt voller Milch. Nur mit Mühe konnte sie die Knöpfe schließen.

Sie strich sich das Haar hinter die Ohren. Dann schlich sie den Gang entlang zur Säuglingsstation. Durch die Scheibe warf sie einen Blick auf die Neugeborenen. Eine Krankenschwester wickelte gerade einen Säugling.

Fasziniert blieb Charlotte vor der Glasscheibe stehen. Die Babys waren so winzig! Straff in weiße Tücher eingewickelt, schlummerten sie in ihren Bettchen selig vor sich hin. Träumten Babys schon? Sie wusste es nicht. Die Knaben hatten blaue, die Mädchen rosa Schleifen an ihren Gitterbettchen. Um die

Handgelenke trugen sie Plastikarmbänder mit ihren Namen. Irgendwo hier musste doch auch ihre Emely liegen. Oder nicht? Sie war sich plötzlich nicht mehr ganz sicher. Wo hatte man ihre Tochter denn eigentlich hingebracht?

Charlottes Augen suchten jedes Bettchen mit einer rosa Schleife ab. Dort, ganz rechts, da war sie doch!

Sie schüttelte wütend den Kopf. Also hatten die Schwestern sie schamlos belogen. Ihr Kind lebte, war gesund und wohlgestaltet! Ein schrecklicher Fehler? Oder vielleicht eine Verwechslung? Oder gar eine Verschwörung? Wie konnten diese Frauen so grausam sein und einer Mutter ihr Kind wegnehmen? Egal, Hauptsache Emely war munter und unversehrt.

Die Kleine hatte die Augen fest geschlossen, das rosa Mündchen war entspannt, ein Büschel dunkler Haare lugte unter einem gestrickten Käppchen hervor.

Charlotte lächelte. Emely hatte dieselbe Haarfarbe wie Roddie.

Die Schwester legte den frisch gewickelten Säugling gerade in ein Gitterbettchen und sah auf die Uhr, die an einem Halter über ihrer Brust befestigt war. Sie ordnete ihr blondes Haar, das zu einem straffen Knoten geflochten unter einer weißen Haube steckte. Dann steuerte sie auf den Ausgang zu und Charlotte drückte sich in eine Nische neben dem Glasfenster.

Die Schwester trat aus dem Zimmer, zog einen Schlüsselbund aus ihrer Schürze hervor und wollte die Tür gerade abschließen, als ein lang gezogener Schrei sie und Charlotte zusammenzucken ließ. Die Wehen, dachte Charlotte. Eine andere Frau bekommt jetzt ihr Kind.

Die Schwester drehte sich um, ohne abzuschließen, und eilte den Flur entlang. Die Rockschöße unter ihrer weißen Uniform flatterten. Der Duft nach gestärkter Baumwolle und Rosenseife stieg Charlotte in die Nase. Da die Nische im Dunkeln lag, bemerkte die Schwester sie in ihrer Eile nicht.

Eine Tür auf der rechten Seite öffnete sich und eine andere Säuglingsschwester trat auf den Gang. Sie winkte ihrer Kollegin hastig zu, und zusammen verschwanden sie in dem angrenzenden Zimmer, aus dem jetzt lautes Stöhnen zu vernehmen war.

Charlotte wartete eine Minute. Dann schlüpfte sie leise in das Säuglingszimmer.

1

London, heute

Samantha Bucknell griff in ihre Handtasche und holte den Hausschlüssel hervor, der in ihrer Kanzlei abgegeben worden war, zusammen mit dem Mandat des Nachlassgerichts für die Suche nach etwaigen Erben von Ms und Mr Matkins.

Das Haus am Pembroke Square in Kensington war ein weißes, im spätviktorianischen Stil gebautes, dreistöckiges Gebäude mit hohen Fenstern und einer kleinen Treppe, die zur Haustür hinaufführte. Wer in diesem Viertel wohnte, war vermögend. Oder war es zumindest gewesen, denn die Besitzer dieses prachtvollen Anwesens waren seit vier Wochen tot.

Die Anwaltskanzlei McDermott & Hobbs, in der Samantha seit drei Jahren arbeitete, hatte sich auf »einsam Gestorbene« spezialisiert. Wenn jemand ohne Testament dahinschied, wurde die Kanzlei beauftragt, Erbansprüche zu prüfen und potenzielle Erbberechtigte aufzuspüren. Fanden sie welche, wurde diesen der Nachlass ausbezahlt und die Kanzlei erhielt einen Anteil des Vermögens als Provision. Wenn sie keine Erben fanden, fielen die gesamten Vermögenswerte nach Ablauf der gesetzlichen Frist der Krone zu und die Kanzlei bekam ein festes Honorar.

Samantha hatte in der Kanzlei zunächst als Assistentin von Harold Hobbs, dem Seniorpartner, angefangen, sich dann aber auf eigenen Wunsch für den Außendienst gemeldet. Nur im Büro zu sitzen, Korrespondenz zu erledigen und Protokolle zu tippen, war einfach nicht ihr Ding. Der Fall Matkins war ihr erster, den sie allein bearbeiten durfte, und sie wollte ihn unbedingt erfolgreich abschließen.

Sie war nicht so naiv zu glauben, dass sie diesen Fall ihren Fähigkeiten verdankte, denn normalerweise durften nur ausgebildete Anwälte solche Mandate bearbeiten. Es war wohl eher so, dass ihr Vater bei den Seniorpartnern ein gutes Wort für sie eingelegt hatte. Vitamin B, wie man so schön sagte.

Das war ihr ganzes Leben lang schon so gewesen und als Teenager hatte sie es cool gefunden, dass ihr alle Steine aus dem Weg geräumt worden waren. Doch je älter sie wurde, desto mehr stieß es ihr sauer auf, nur als Upper-Class-Püppchen zu gelten, das ohne Daddys Hilfe nichts auf die Reihe kriegte. Obwohl das im Grunde den Tatsachen entsprach, denn ihr Jura-Studium hatte sie nicht bestanden. Daran hatten auch Daddys Beziehungen nichts ändern können. Deshalb büffelte sie weiter, um nächstes Jahr nochmals antreten zu können. Denn sie wollte, dass man sie ernst nahm, und beweisen, dass sie auch ohne Dads Hilfe zurechtkam. Der Matkins-Fall war also quasi ihr Gesellenstück. Sie durfte nicht scheitern!

Im Hausflur roch es muffig. Darrel und Patience Matkins hatten ihr Haus am Pembroke Square vor vier Wochen verlassen, um in Südwales Urlaub zu machen. Sie hatten ihr Ziel jedoch nicht erreicht und waren bei einem Autounfall ums Leben gekommen. Beide waren in den Siebzigern gewesen, vermögend und kinderlos. Ein betrunkener Jugendlicher hatte sie in der Nähe von Port Talbot von der Straße abgedrängt und ihr Wagen war gegen einen Betonpfeiler geprallt. Sie waren sofort tot gewesen. Ihre Körper waren bereits eingeäschert worden, und die Eheleute ruhten nun nebeneinander auf dem Brompton Cemetery. Angeblich hatten sie keine lebenden Verwandten. Und um diesen Umstand entweder zu bestätigen oder zu widerlegen, war Samantha hier.

Auf einem zierlichen Beistelltisch aus dunklem, poliertem Wurzelholz lag die Post der vergangenen Tage. Eine Reinmachefrau kam zwei Mal pro Woche, um die Pflanzen zu gießen und den Briefkasten zu leeren, das hatte ihnen der Anwalt der Verstorbenen mitgeteilt.

Samantha griff nach den Umschlägen und sah sie kurz durch. Eine Rechnung der Gaswerke, verschiedene Kuverts ohne Absender und ein von Hand beschrifteter Briefumschlag. Sie klemmte sich das Bündel unter den Arm und suchte die Küche. Dabei kam sie am Wohnzimmer vorbei.

Obwohl das Haus auf dem freien Markt vermutlich an die fünf Millionen Pfund bringen würde, war die Einrichtung der Matkins eher bieder: dunkle, schwere Möbel, ein gepolstertes Sofa mit einem verschlissenen Blümchenmuster, altmodische Lampen und ein paar kitschige Figuren, dem Aussehen nach aus der Chelsea-Porzellanmanufaktur, in einer Glasvitrine. Die Wände zierten Stillleben: Obstschalen, tote Fasane und Rebhühner neben Weinkaraffen.

Samantha schüttelte den Kopf. Sie hatte diese Art von Kunst noch nie verstanden, geschweige denn, warum man sich gern tote Tiere an die Wand hängte. Die Bilder waren jedoch ansprechend gemalt. Kräftige Pinselstriche, die auf ein gutes Auge schließen ließen. In einer Ecke stand eine Staffelei, daneben auf einem kleinen Tisch befanden sich eine Malerpalette, verschiedene Pinsel in einem Glas und zerdrückte Farbtuben. Offenbar waren die Bilder also selbst gemalt. Als sie sich eins genauer betrachtete, fielen ihr die Initialen P. M. auf: Patience Matkins.

In der Küche, die ganz in Blau und Weiß gehalten war, setzte Samantha sich auf einen weiß gestrichenen Rattanstuhl mit einem hellblauen Kissen, passend zur Tischdecke, stellte ihren Aktenkoffer darauf und öffnete die Schnappschlösser. In einem Holzregal an der Wand standen Porzellanteller, ebenfalls alle in Blau und Weiß: Blumenmotive, Windmühlen, Segelschiffe. Die ganze Einrichtung wirkte irgendwie leblos. Und obwohl es in dem Haus nicht kalt war, fröstelte Samantha plötzlich. Sie holte ihre Thermoskanne hervor sowie einen Notizblock samt Stift. Wenngleich das Schnüffeln in Papieren von Toten nicht zu ihren Lieblingsbeschäftigungen zählte, gehörte es eben dazu.

Sie schraubte die Thermoskanne auf und überlegte, wie seltsam das Leben zuweilen sein konnte. Die Matkins besaßen ein riesiges Haus an bester Adresse und ein beträchtliches Sparkonto, und doch hatten sie bescheiden gelebt und sich offenbar kaum etwas gegönnt. Statt ihren Urlaub in der Karibik oder auf Hawaii zu verbringen, fuhren sie, laut ihrem Anwalt, jedes Jahr auf einen Campingplatz in Swansea und wohnten dort in einem gemieteten Trailer.

Darrel Matkins war vor seiner Pensionierung im In- und Exportgeschäft tätig gewesen, Patience Matkins Hausfrau. Sie hatten keine Kinder gehabt, hatten sich aber in mehreren örtlichen Kinderhilfswerken ehrenamtlich engagiert. Infolge eines unerfüllten Kinderwunsches? Warum hatten sie nicht eins adoptiert? Die nötigen Geldmittel waren schließlich vorhanden.

Samantha zuckte mit den Schultern. Es hatte keinen Sinn, sich über Motive von Verstorbenen Gedanken zu machen. Jeder lebte sein Leben so, wie er es für richtig hielt.

Sie nippte an ihrem heißen Tee und öffnete die Post. Die Briefe ohne Absenderangabe enthielten Kontoauszüge von der Bank des Ehepaars. Als Samantha den Saldo sah, nickte sie anerkennend und legte die Papiere auf den Stapel der Briefe und Rechnungen, die sie später dem Anwalt der Verstorbenen zukommen lassen würde. Der letzte Brief war ein blassgelber Umschlag, auf dem mit geschwungener Schrift die Adresse der Matkins stand. Sie öffnete ihn.

> *Liebe Patience, lieber Darrel,*
> *wie jedes Jahr denke ich in dieser Zeit ganz*
> *besonders an Euch. Fühlt Euch umarmt und ein*
> *wenig getröstet. Gott wird sie in all den Jahren*
> *ganz sicher beschützt haben.*
> *Wir sehen uns nach Eurer Rückkehr.*
> *Herzliche Grüße*
> *A.*

Samantha hob die Augenbrauen, griff dann zum Umschlag und drehte ihn um. Kein Absender. War A. eine Frau oder ein Mann? Vom Gefühl her Ersteres, aber das war nur eine Vermutung. Was war in *dieser Zeit* so besonders, dass A. an die Matkins denken musste? Und wer war »sie«? Und weshalb hatte Gott diese »sie« in all den Jahren beschützen sollen?

Sie legte den Brief zögerlich zur Seite und strich sich über den Nacken. Diese Zeilen waren mehr als seltsam. Sie deuteten etwas an, das sie im Moment nicht zuordnen konnte, das jedoch ihr Interesse weckte. Bei ihrem ersten Einsatz für die Kanzlei, den sie mit dem erfahrenen Ermittler John A. Fortune gemacht hatte, hatte der ihr geraten, sich stets auf ihre Intuition zu verlassen. Wenn man etwas seltsam fand, war es meist auch so. Also würde sie dem nachgehen.

Samantha verstaute alle Korrespondenz in ihrem Aktenkoffer, trank den Tee aus und stand auf.

»Dann wollen wir mal!«

2

»Es tut mir wirklich leid, Mr Cavill, aber wir können Ihnen leider keinen weiteren Kredit gewähren.«

Der ältere Mann hinter der Panzerglasscheibe sah Ethan mit waidwundem Blick an. »Mr Ouless«, begann er und knetete dabei die gichtigen Hände, die von der Sonne gebräunt und mit dicken Adern überzogen waren. »Ich brauche das Geld unbedingt. Das Boot ist alles, was wir haben. Wenn ich den Motor nicht ersetze …« Er brach ab und schüttelte den Kopf. »Können Sie denn keine Ausnahme machen? Sie kennen mich doch als pflichtbewussten Kunden, der seine Raten immer pünktlich bezahlt hat. Davina geht es auch schon wieder besser, und die Arztrechnungen nach der Hüftoperation sind nicht mehr so hoch. Überlegen Sie es sich doch nochmals. Bitte!«

Ethan seufzte. Manchmal hasste er die Bankvorschriften. Wäre es nach ihm gegangen, er hätte dem alten Fischer das Geld für die Reparatur sofort gegeben. Es war schließlich nicht seine Schuld, dass seine Frau vor zwei Monaten unglücklich gestürzt war und sich den Oberschenkelhals gebrochen hatte. Gleichzeitig hatte der Motor von Cavills Kutter den Geist aufgegeben. Doppeltes Pech!

Die beiden alten Leute wohnten in einem baufälligen Häuschen in Saint Aubin am westlichen Ende der Bay und lebten mehr schlecht als recht vom Fischfang. Kinder, die sie hätten unterstützen können, waren ihnen nicht vergönnt gewesen. Und die dürftige Rente, die Davina aus ihrer früheren Tätigkeit als mobile Krankenschwester auf den Kanalinseln erhielt, reichte gerade mal für das Essen – das auch nicht überaus üppig sein konnte, so mager, wie Mr Cavill war. Der fadenscheinige Anzug schlotterte ihm am Körper. Vermutlich hatte er ihn schon zu seiner Hochzeit getragen.

»Nun gut«, begann Ethan und schob die Bankunterlagen über Thomas Cavill zu einem ordentlichen Stapel zusammen. »Ich werde noch einmal mit meinem Chef sprechen. Vielleicht finden wir eine Lösung. Ich rufe Sie heute Nachmittag an, einverstanden?«

Die Augen des älteren Mannes leuchteten auf. »Gott segne Sie, Mr Ouless. Gott segne Sie!«

Ethan verzog das Gesicht. Hoffentlich hatte er dem Fischer jetzt nicht zu vorschnell Hoffnung gemacht. Eine erneute Absage würde ihn sonst vermutlich noch härter treffen.

Francis Le Hérissier, der Filialleiter der Bank und Ethans Vorgesetzter, war zwar ein netter Mann, aber wenn es um Vorschriften ging, hart wie ein Diamant. Er hielt wenig von Ausnahmen, was Kleinkredite anbelangte, und musste, um seine Meinung zu ändern, mit gut begründeten Argumenten überzeugt werden. Ein »Der arme Mann tat mir einfach so leid!« ließ er nicht gelten. Dies und seine Umsicht, was die Führung der kleinen Filiale in Saint Helier betraf, war es zu verdanken, dass sie in der internen Statistik der Kreditfilialen seit Jahren die Spitze der verlustärmsten Niederlassungen hielten. Darauf war er etwa so stolz wie auf sein Singlehandicap im Golf.

Der alte Fischer drehte sich um und schlurfte davon. Ethan sah ihm stirnrunzelnd nach und formulierte im Geist bereits ein Plädoyer, mit dem er seinem Chef Cavills erneute Kreditaufstockung schmackhaft machen konnte.

»Böser Fehler«, raunte eine Stimme in Ethans Ohr, und er drehte sich um.

Chester, mit dem Ethan ein Büro teilte, stand hinter ihm und schnalzte überheblich mit der Zunge. »Erstes Jahr in der Bankausbildung: Keine übereilten Versprechungen abgeben! Hast du damals etwa geschwänzt?« Chester grinste spöttisch und setzte sich an seinen Schreibtisch.

Chester Chairman, den alle heimlich Stinkstiefel nannten, war Ethan zutiefst unsympathisch. Er war einen Kopf kleiner als Ethan und versuchte, seine mangelnde Körpergröße durch teure Anzüge und Arroganz wettzumachen. Sommers wie winters roch er nach Schweiß, den er mit viel Hugo Boss zu übertünchen versuchte. Sein spitzes Gesicht mit den eng zusammenstehenden, dunklen Knopfaugen gab ihm das Aussehen eines verschlagenen Wiesels. Er war vor knapp zwei Jahren nach Saint Helier in die Niederlassung gekommen und spekulierte seitdem auf den Posten des Filialleiters. Die Wendung »nach oben buckeln, nach unten treten« war fraglos extra für ihn erfunden worden, er zelebrierte diese Haltung täglich und mit Hingabe.

Evie, die Auszubildende im dritten Jahr, stand am Kopierer hinter Chester, öffnete den Mund, steckte einen Finger hinein und vollführte Würgegeräusche, dabei rollte sie mit den Augen.

Ethan biss sich auf die Lippen, um nicht laut zu lachen. Niemand mochte Chester, was dem entweder nicht auffiel oder schlichtweg egal war.

»Lass das mein Problem sein, Chester«, sagte Ethan, griff nach Cavills Akten und marschierte entschlossen zu seinem Schreibtisch.

Er setzte sich hin und sah auf die Uhr. Kurz vor zwölf. Sein Chef war bis halb zwei außer Haus. Wenn er zurückkam, musste Ethans Bericht auf seinem Schreibtisch liegen, wenn er dem Fischer heute noch Bescheid geben wollte. Ethans Mittagspause fiel also ins Wasser.

»Auch gut«, murmelte er und öffnete auf dem Computer ein neues Formular. »Ich sollte sowieso ein paar Pfund abnehmen.«

Ethan war auf Jersey, der größten der Kanalinseln, auf die Welt gekommen. Er lebte seit seiner Kindheit in Saint Helier, der Hauptstadt der Insel, in einer Zweizimmerwohnung, die sich nicht weit weg vom Haus seiner Eltern befand.

Die Ouless gehörten zu den ältesten Familien auf Jersey. Ethans Vater Adam leitete ein Hotel, Hannah, Ethans Mutter, war Künstlerin und organisierte Malkurse für Touristen. Nach seiner Ausbildung zum Bankfachmann hatte Ethan ein halbes Jahr im Mutterhaus in London gearbeitet, bevor es ihn wieder auf die Insel gezogen hatte.

Einmal Insulaner, immer Insulaner!

Er konnte sich keinen schöneren Ort auf der Welt vorstellen. Hier ging alles eine Spur gemächlicher vonstatten. Die Einheimischen waren freundlich und man kannte sich untereinander. In London hatte sich Ethan einsam gefühlt. Zwar hatte er die kulturelle Vielfalt der Hauptstadt genossen, aber für immer dort zu leben, konnte er sich nicht vorstellen.

Jedoch würde er in der hiesigen Filiale wohl keinen Karrieresprung hinlegen können. Außer natürlich, sein Chef hätte auf einmal die Idee, seinen Posten zur Verfügung zu stellen. Aber genau wie Ethan war Francis Le Hérissier ein Einheimischer und würde vermutlich bis zu seiner Pensionierung in der Bank bleiben. Und da er erst Mitte fünfzig war, ging das noch eine Weile. Wieso Chester also auf dessen Posten spekulierte, konnte Ethan nicht nachvollziehen.

»Alles kann man eben nicht haben«, murmelte Ethan vor sich hin und schob den Gedanken über seine nicht vorhandenen Karrieremöglichkeiten beiseite. Wichtiger war jetzt, mit welchen Argumenten er seinem Chef Thomas Cavills erneute Kreditaufstockung schmackhaft machen konnte.

3

Das Ticken der Uhr auf dem gemauerten Kamin wirkte einschläfernd. Samantha unterdrückte ein Gähnen, ließ den Kopf in den Nacken rollen und streckte ihren Rücken durch.

Bis jetzt hatte sie in den gesichteten Unterlagen, die die Matkins im ganzen Haus verstreut hatten, keine interessanten Entdeckungen gemacht. Abgesehen davon, dass das Ehepaar anscheinend jedes Jahr im September einen Brief oder eine Karte von dieser ominösen A. erhalten hatte. Immer mehr verdichtete sich Samanthas erster Gedanke, dass es sich bei dem Absender um eine Frau handeln musste. Gewisse Formulierungen und die gerundete Schrift erschienen ihr einfach typisch weiblich. Aber wer war diese Frau und weshalb bedauerte sie die Ereignisse, die sich in »dieser Zeit« abgespielt hatten? Und von welcher »sie« sprach sie die ganze Zeit? Und weswegen hatten die Matkins diese Briefe aufgehoben? Das Ganze war sehr mysteriös. Und obwohl Samantha Mysterien liebte, ermüdete sie das Durchsehen der Papiere und sie sehnte sich nach frischer Luft und einem ausgedehnten Spaziergang durch den Hyde Park.

Sie schielte zu der Uhr, in deren Innerem eine Feder drei goldene Kugeln rotieren ließ. Viertel nach drei. Zu früh, um

Feierabend zu machen. Doch für noch eine Tasse Tee war es genau der richtige Zeitpunkt. Ihr mitgebrachter Lady Grey war mittlerweile ausgetrunken, daher ging sie in die Küche und öffnete die Schränke, bis sie eine angefangene Packung Englisch Breakfast Tea fand.

Sie setzte Wasser auf und sah durchs Küchenfenster in den rückwärtigen Garten hinaus. Dieser war äußerst gepflegt, ließ jedoch schon erahnen, dass sich dessen Besitzer jetzt nicht mehr darum kümmerten. Welke Herbstblätter lagen auf den Steinfliesen, die sich wie ein Spinnennetz durch den Rasen zogen. Ein einsamer Besen lehnte an einem kleinen Holzpavillon; vergessen, als das Ehepaar aufgebrochen war, und jetzt überflüssig geworden, da es nicht mehr zurückkehrte.

Samantha seufzte. Sie mochte ihre Arbeit. Sie gab ihr die Möglichkeit, das Andenken und den Besitz der verstorbenen Mandanten weiterzugeben, damit sie nicht dem Vergessen anheimfielen.

Sie runzelte die Stirn bei dem Gedanken. Vielleicht war das sogar der Sinn des Lebens, dass man nicht vergessen wurde; dass sich irgendjemand an einen erinnerte und man somit gewissermaßen weiterlebte. Doch als sie jetzt diesen einsamen Besen im Garten der Matkins betrachtete, zweifelte sie plötzlich an ihrer Berufswahl. Wäre es nicht passender, sich um die Lebenden zu kümmern, als in der Vergangenheit von Toten herumzuwühlen? Wer gab ihr das Recht, nach Geheimnissen zu graben, die vielleicht aus gutem Grund geheim gehalten worden waren? Und wäre es nicht menschlicher, die Toten und ihre Belange ruhen zu lassen?

Das Klacken des Wasserkochers riss sie aus ihren Überlegungen. Sie schüttelte den Kopf. Nein, es war wichtig, was sie tat! Die erfolgreich abgeschlossenen Fälle von McDermott & Hobbs bewiesen das. Und das Glücksgefühl, das sie beim Abschluss ihres ersten Außeneinsatzes mit John in

Schottland verspürt hatte, war unbeschreiblich gewesen. Dafür lohnte sich die ganze Plackerei.

Sie wollte sich gerade wieder an den Tisch setzen, als sie hörte, wie die Haustür aufging.

Samantha horchte angestrengt. Sie hatte nicht gewusst, dass noch jemand einen Schlüssel zum Haus der Matkins besaß. Oder handelte es sich um einen Einbrecher? Mitten am Nachmittag und direkt durch die Vordertür? So dreist konnte doch keiner sein. Trotzdem war sie auf der Hut.

Vorsichtig stand sie vom Küchentisch auf, damit der Stuhl kein Geräusch auf dem abgewetzten Linoleum verursachte, und griff nach dem spitzen Messer, mit dem sie die Post geöffnet hatte.

Auf Zehenspitzen huschte sie zur Tür und spähte in den Korridor. Sie erblickte einen ramponierten Rucksack, der neben der Garderobe auf dem Boden lag. Auf ihm prangte ein Totenkopf inmitten des Union Jack. Der Zipper war mit einem Haufen Stofftier-Anhänger unterschiedlicher Spezies bestückt.

Ein Einbrecher mit einer Schwäche für Kuscheltiere?

Plötzlich erklang ein blechernes Scheppern. Jemand hörte Musik über Kopfhörer. Sie kannte das Lied, es lief immer wieder im Radio. Der neuste Hit des Teenie-Schwarms Shawn Mendes. Im selben Augenblick rauschte die Klospülung und ein weiblicher Teenager trat rückwärts aus der Toilette in den Eingangsbereich und schloss die Toilettentür.

In ihren Ohren steckten lila Ohrstöpsel, deren Kabel zu ihrer Gesäßtasche führten, in der sich die Umrisse eines Smartphones abzeichneten. Sie wippte mit dem Kopf zum Takt der Musik und sang das Lied lautlos mit.

Als sie sich umdrehte, sah Samantha, dass sie sich auf einer Seite die Haare raspelkurz geschoren hatte. Auf der anderen hingen sie ihr in pechschwarzen Strähnen ins Gesicht. Sie trug ein T-Shirt mit Shawn-Mendes-Konterfei, dazu eine enge, schwarz-weiß karierte Hose und Sneakers. Als sie Samantha mit dem Messer in der Hand erblickte, stieß sie einen gurgelnden Laut aus, verdrehte die Augen und sackte zu Boden.

* * *

Ethans Chef runzelte beim Lesen von Cavills neuem Antrag die Stirn. Dann schürzte er für einen Moment die Lippen und legte das Papier anschließend wortlos auf seinen Schreibtisch.

Ethan versuchte währenddessen, seine Ungeduld nicht dadurch zu verraten, dass er auf dem Besucherstuhl herumrutschte.

Francis stützte die Ellbogen auf das Pult, faltete die Hände wie zum Gebet und sah ihn über seine randlose Brille hinweg prüfend an. »Ist das dein Ernst?«, fragte er schließlich und hob dabei die Augenbrauen.

Ethan atmete einmal tief durch. »Aber ja«, entgegnete er entschlossen und unterdrückte den Drang, seine Finger zu kneten. Er wollte nicht, dass sein Chef ihn wegen Cavills Antrag auf Krediterhöhung für unsicher hielt. Im Gegenteil, Ethan hielt eine erneute Investition für ein vertretbares Risiko, ganz abgesehen davon, dass die Bank dem Fischer dadurch seine Unabhängigkeit bewahrte. Und das hatte Ethan im neuen Bericht angemessen zum Ausdruck gebracht. Mit, wie er hoffte, klaren Formulierungen und effektiven Argumenten.

Francis lehnte sich in seinem Lederstuhl zurück. »Nun denn«, begann er, »wie ich sehe, hast du bei uns einiges gelernt.«

Einer seiner Mundwinkel hob sich bei den Worten leicht, was Ethan für ein gutes Zeichen hielt. Dennoch erlaubte er sich noch kein Urteil darüber, wie sein Chef entscheiden würde. Der Anflug von Heiterkeit konnte dieses oder jenes bedeuten. Vielleicht plagten ihn auch nur Darmwinde.

Francis war kein Mann, der Geld lediglich aus Sympathie verlieh, und er würde Ethans Plädoyer für den Fischer in Grund und Boden stampfen, wenn ihm auch nur ein schwaches Argument einfiel, das gegen eine Krediterhöhung sprach. Natürlich gab es keine hundertprozentige Sicherheit für die Bank, das wusste auch der Filialleiter, doch vertretbare Risiken waren schließlich ihr Geschäft.

»Ich hatte einen guten Lehrer«, erwiderte Ethan lächelnd.

Sein Chef schnaubte, als würde er ihn ob dieser Schmeichelei rügen wollen, doch das kurze Aufblitzen in seinen Augen verriet ihn. Er wusste ganz genau, dass es den Tatsachen entsprach.

Ohne Ethans Aussage weiter zu kommentieren, griff Francis nach seinem Füllfederhalter, schraubte ihn auf und setzte schwungvoll seine Unterschrift unter das Kreditprotokoll. »Sollte ich je unerwartet in Geldnöte geraten«, sagte er und reichte Ethan das Dokument über den Schreibtisch hinweg, »wünsche ich mir, dass du noch bei einer Bank arbeitest, Ethan. Hoffentlich wird sich Cavill deiner Fürsprache als würdig erweisen.«

Ethan griff grinsend nach dem unterzeichneten Kreditprotokoll, das ihm erlaubte, den Kredit des Fischers aufzustocken. »Da bin ich mir sicher«, erwiderte er und ließ seinen Vorgesetzten im Unklaren, ob er mit dieser Aussage Cavills prompte Rückzahlungen oder Ethans weitere Karriere im Banksektor meinte.

Er marschierte zur Tür und hatte die Hand schon auf der Klinke, als Francis' Stimme ihn zurückhielt.

»Ach übrigens, Ethan. Unser Londoner Mutterhaus hat kurzfristig einen Platz in einem zweitägigen Seminar für angehende Führungskräfte frei. Ein Teilnehmer ist wegen Krankheit ausgefallen. Ich habe mir erlaubt, dich anzumelden. Morgen um neun Uhr geht's los.« Er sah auf die Uhr. »Wenn ich du wäre, würde ich heute etwas früher gehen. Ist das für dich in Ordnung?«

Ethan sah ihn verdutzt an. Er hatte sich zwar für diese Weiterbildung interessiert, jedoch hatte ihm Chester mit süffisantem Lächeln zu verstehen gegeben, dass er selbst schon einen Teilnahmeantrag für dieses Seminar gestellt hatte. Und gleich zwei Mitarbeitende würde ihr Chef kaum hinschicken.

»Sicher ist das in Ordnung. Herzlichen Dank!«

»Keine Ursache. Viel Spaß!«

Francis zog erneut amüsiert einen Mundwinkel nach oben und zerstreute damit Ethans Befürchtungen, dass er unter Blähungen litt.

»Ey, voll cool!« Evie blies die Backen auf. »Ich würde meine linke Hand für zwei Tage in London opfern. Oh Mann, auf dieser blöden Insel ist es so was von langweilig.«

Ethan grinste, während er aus seinem Sakko schlüpfte und die Krawatte lockerte. Eben hatte er Thomas Cavill angerufen und ihm die freudige Nachricht mitgeteilt. Dem erstickten »Danke«, das der Fischer in den Hörer gekrächzt hatte, konnte er entnehmen, welcher Stein dem alten Mann vom Herzen gefallen sein musste.

»Ich habe doch keine Zeit, mich zu amüsieren«, entgegnete Ethan kopfschüttelnd. »Solche Kurse sind mit Theorie vollgestopft. Daher nehme ich nicht an, dass ich danach noch viel Energie für das Londoner Nachtleben aufbringen werde.« Er hängte den Blazer in den Garderobenschrank, in dem er die formellen Kleider für den Schalterdienst in der Bank aufbewahrte.

»Ach was, wenn du schon mal da bist! Und vielleicht triffst du auf diesem Seminar eine ganz süße, stinkreiche, adlige Nachwuchsbankerin, die sich unsterblich in dich verliebt und dich vom Fleck weg heiratet. Eure Lordschaft, darf ich Ihnen in

Ihre höchst unschicklich verwaschene Jeansjacke helfen?« Evie hielt Ethan geziert dessen Jacke zum Hineinschlüpfen hin.

»Lordschaft?« Chester war zu ihnen getreten.

Evie stützte ihre Hände in die Hüften. »Nicht gewusst, dass Ethan bald auf einem Landsitz in Yorkshire wohnen wird, Pudels züchtet und Suppe an die armen Pächter ausgibt?«

Ethan verbiss sich ein Lachen. Chester sah irritiert von einem zum anderen.

»Ich werde für zwei Tage nach London fahren«, erklärte Ethan. »Zu diesem Seminar für angehende Führungskräfte. Hat sich kurzfristig ergeben.«

Chesters Augenbrauen schossen in die Höhe. »Ach, wirklich?«, höhnte er. »Eine Auffrischung der Bankdirektiven, nehme ich an. Kein Wunder, wenn ich an dein Gespräch mit diesem Fischer heute Morgen denke. Nimm es als kollegiale Hilfe an, dass ich mit Francis darüber gesprochen habe. Schließlich geht es um unsere tadellose Statistik. Tut mir natürlich außerordentlich leid, dass er dich jetzt zu einem Auffrischungskurs verdonnert. Aber das ist sicher nur zu deinem Besten.«

Also hatte Chester gepetzt! Wie nett!

»Ich bin dir überaus dankbar«, entgegnete Ethan, »dass du mich und unsere Bank vor so einer Blamage bewahrt hast.« Und an Evie gewandt: »Was haben wir doch für ein Glück, solch einen hilfsbereiten Arbeitskollegen zu haben, nicht wahr?«

Sie öffnete den Mund, schloss ihn aber wieder, als Ethan ihr verschwörerisch zuzwinkerte.

»Also bis Donnerstag«, rief er, schon halb zur Tür hinaus.

4

Das Mädchen wog kaum mehr als achtzig Pfund, trotzdem hatte Samantha Mühe damit, es vom Eingangsbereich ins Wohnzimmer aufs Sofa zu transportieren. Seine dünnen Arme und Beine schlackerten dabei, als wären sie lediglich mit Bindfaden an seinem Körper befestigt. Dass es sich bei ihm um einen Einbrecher handeln konnte, verwarf Samantha augenblicklich. So sah kein Dieb aus. Zudem lag auf dem Tischchen neben der Eingangstür ein Schlüssel, mit dem es aufgeschlossen haben musste.

Wie alt mochte es sein? Dreizehn? Vierzehn? Es war schwierig, sein Alter einzuschätzen, da es so übermäßig geschminkt war.

Die Lider des Mädchens flatterten, und unvermittelt schlug es die Augen auf. Gott sei Dank! Samantha hatte sich nämlich schon überlegt, ob sie die korrekte Lagerung von Ohnmächtigen in ihrer Erinnerung noch abrufen konnte.

»Wer sind Sie?«, fragte die Jugendliche und drückte sich ängstlich in die Sofaecke, die Fäuste geballt, als würde sie sich gleich verteidigen müssen.

Samantha strich sich mit dem Handrücken den Schweiß von der Stirn. »Das könnte ich dich ebenfalls fragen«, entgegnete sie und setzte sich auf den Sessel gegenüber. »Geht's dir wieder gut?«

Das Mädchen nickte. Es hatte wunderschöne hellgrüne Augen, die leider von einem fingerdicken Kajalstift und reichlich Wimperntusche beinahe erdrückt wurden.

»Mein Name ist Samantha Bucknell, ich bin die Nachlassverwalterin der Matkins. Und wer bist du?«

»Mia Doherty.« Die Jugendliche reckte energisch ihr Kinn.

»Fein, Mia, dann sag mir doch, was du hier zu suchen hast.«

»Wireless!«

Samantha runzelte die Stirn. War das ein Code für irgendwas? Natürlich wusste sie, wie eine drahtlose Internetverbindung hieß, doch sie hatte bei den Matkins keinen Computer entdeckt.

Mia rollte mit den Augen, als sie Samanthas fragende Miene bemerkte. »Der Nachbar der Matkins hat Wireless und es nicht mit einem Passwort geschützt. Deshalb komme ich ab und zu her, um mit meinen Freundinnen zu chatten.« Sie griff in ihre Gesäßtasche, holte ihr Handy hervor und schwenkte es in der Luft. »Alles klar?«

»Nein, nicht wirklich«, erwiderte Samantha gedehnt.

Mia stieß einen Laut aus, als müsse sie einer Fünfjährigen erklären, wie man die Schnürsenkel band. »Meine Granny hat früher hier geputzt. Jetzt nicht mehr, sie hat's im Rücken. Der Schlüssel gehört ihr. Hat sie … vergessen zurückzugeben. Und manchmal komme ich eben her, um zu chatten. Die Matkins hatten nichts dagegen. Ich könnte auch bei Starbucks, aber da muss man was bestellen. Normalerweise sitze ich im Garten. Aber nicht bei dem Wetter.«

Sie wies mit dem Kopf zum Fenster und Samantha bemerkte verblüfft, dass es mittlerweile in Strömen regnete.

»Und ich musste dringend Pipi. Sie heißen wirklich Bucknell? Also wie Buck, ein Rammler?« Mia kicherte. Und bevor Samantha etwas darauf erwidern konnte, stand Mia auf.

Sie schwankte ein bisschen. »Wachstumsschub«, erklärte sie lässig. »Mein Blutdruck macht manchmal schlapp und ich werde ohnmächtig. Nicht weiter tragisch, außer man steht mitten auf der Straße. Aber sehr praktisch, um sich vor Mathetests zu drücken. Übrigens haben Sie mich vorhin zu Tode erschreckt.«

»Dann sind wir schon zwei.« Samantha stand ebenfalls auf. »Möchtest du eine Tasse Tee?«

Mia rümpfte die Nase. »Cola wäre mir lieber, aber die Matkins haben so was nicht. Wasser ist okay.«

Während Samantha in den Küchenschränken nach einem Wasserglas suchte, setzte sich Mia an den Tisch und tippte mit sagenhafter Geschwindigkeit auf ihrem Handy herum. Dazu benutzte sie lediglich ihre zwei Daumen. Samantha beobachtete sie fasziniert aus den Augenwinkeln. Ab und zu kicherte Mia, um gleich danach Laute auszustoßen, als ob sie sich erbrechen müsse.

»Hier.«

Samantha stellte ihr ein Glas Wasser hin, setzte sich und überlegte, ob die Enkelin der ehemaligen Putzfrau ihr bei ihrer Recherche von Nutzen sein konnte.

»Sag mal, Mia, wie heißt denn deine Großmutter?«

»Elly Doherty«, erwiderte Mia, ohne ihren Blick vom Display des Smartphones zu lösen. »Wieso?«

Also nicht die Frau, die den Matkins jedes Jahr im Herbst geschrieben und mit A. unterzeichnet hatte. Aber vielleicht war Elly eine Abkürzung. Alberta? Wohl kaum, wenn schon, dann vermutlich eher von Elisabeth.

»Nur so«, entgegnete Samantha. »Hast du die Matkins gemocht?«

»Sie waren okay.«

»Tut es dir leid, dass sie gestorben sind?«

Mia zuckte mit den Schultern, schwieg aber. Sehr gesprächig war sie ja nicht gerade.

»Du weißt, dass du den Schlüssel jetzt hierlassen musst, nicht?«

»Okay.« Mia seufzte tief.

»Ist das ein Problem?«

Endlich hob Mia den Kopf und hörte auf zu tippen. »Sie sagen meiner Granny doch nicht, dass ich den Schlüssel noch hatte, oder?« Sie sah Samantha flehentlich an.

»Nein, werde ich nicht, wenn du mir sagst, wieso du ihn wirklich noch hast.«

Das Mädchen nahm einen Schluck Wasser, sah abermals auf das Display ihres Handys und kicherte kurz. »Granny hat mir aufgetragen, ihn den Matkins zurückzubringen. Aber ich hab's vergessen. Echt jetzt!«, fügte sie trotzig hinzu, als sie Samanthas hochgezogene Augenbraue bemerkte. »Und plötzlich waren die einfach tot.« Mia zuckte wieder mit den Schultern. »Ich wollte ihn heute in den Briefkasten werfen, aber dann fing's an zu regnen.«

»Alles klar. Das bleibt unser kleines Geheimnis, einverstanden?«

Mia nickte erleichtert und widmete sich wieder ihrem Smartphone.

Als die Uhr auf dem Kaminsims halb fünf schlug, hob sie den Kopf. »Shit!«, rief sie, sprang auf und steckte das Handy in die Gesäßtasche. »Ich muss los!« Sie sprintete aus der Küche, schnappte sich ihren Rucksack und öffnete die Haustür.

»Warte!«, rief Samantha. »Gibst du mir bitte die Adresse deiner Großmutter?«

Das Mädchen drehte sich um und schaute Samantha finster an. »Sie wollen mich also doch verpetzen?«

»Werde ich nicht. Ich würde deine Großmutter nur gern etwas über die Matkins fragen.«

Mia musterte sie einen Moment zweifelnd, nickte dann aber. Also lief Samantha in die Küche und holte ihr Notizbuch und einen Stift.

Mia suchte eine leere Seite und kritzelte eine Adresse hinein. »Wiedersehen, Ms Bucknell«, sagte sie kichernd, als sie ihr das Notizbuch zurückgab. Sie schaute einen Moment mit gekrauster Nase in den grauen, wolkenverhangenen Londoner Himmel und sprintete dann los. Der Rucksack auf ihrem Rücken hüpfte wie ein Pingpong-Ball auf und ab.

Samantha schloss grinsend die Haustür und las die Adresse: Elly Doherty, Hortensia Road 15c.

5

Das K & K Hotel George befand sich am Templeton Place in Kensington und beeindruckte durch seine blütenweiße Fassade und die viktorianische Architektur mit ihren typischen Erkern und schmiedeeisernen Gittern. Die Flagge Großbritanniens flatterte fröhlich im Morgenwind.

Ethan war mit dem ersten Flug von den Kanalinseln gekommen und spät dran. Hastig lief er die wenigen Eingangsstufen hinauf. Sein kleiner, dunkelbrauner Rollkoffer hüpfte dabei hinter ihm her wie ein Terrier beim Morgenspaziergang.

Die Gegend strahlte genau die Eleganz und den Luxus aus, die sich nur Banken für ihre Seminare leisten konnten. Und obwohl Ethan eigentlich nicht der Typ für solchen Prunk war – er mochte es lieber schlicht –, freute er sich darauf, sich in den nächsten zwei Tagen in dem 4-Sterne-Hotel verwöhnen zu lassen. Sofern der gedrängte Plan des Lehrgangs ihm überhaupt die Zeit dazu ließ.

Die Aktentasche klemmte unter seinem linken Arm und drohte nächstens herunterzurutschen, deshalb lief er mit leichter Schlagseite auf den Empfangstresen zu. Er hatte die Tasche von seinen Eltern zum Start bei der Bank geschenkt bekommen, und normalerweise verstaubte sie in seinem Schrank. Sie verströmte immer noch diesen typischen Neuledergeruch.

Die Einrichtung des Hotels bestach durch Modernität: klare Linien, viel Rot und Schwarz, ein glänzender Marmorboden und impressionistische Bilder an den Wänden. Es roch dezent nach Lavendel und etwas, das ihn an Ingwertee erinnerte.

»Ethan Ouless, guten Tag. Wo findet das Seminar der United Bank statt?«, stieß er atemlos hervor, als er den Tresen erreichte.

Die bebrillte Angestellte hinter der Rezeption bedachte ihn mit einem professionellen Lächeln, griff nach einem Klemmbrett neben ihrer Computertastatur und wies dann mit dem Finger auf die linke Seite. »Dritte Tür, im Nevern Room. Ihr Gepäck können Sie hierlassen, Mr Ouless. Wir bringen es auf Ihr Zimmer. Schönen Aufenthalt.«

Ethan hatte sich bereits abgewandt und hetzte samt Aktentasche den Flur entlang.

»Kommst du mit zum Lunch?«

Imogen Tamblyn, eine Teilnehmerin des Seminars, die in der Niederlassung in York arbeitete, schaute Ethan mit ihren wasserblauen, leicht vorstehenden Augen fragend an. Er kannte sie von einem früheren Lehrgang, und wenn er sie sah, musste er unwillkürlich an einen Fisch denken.

»Nein danke. Ich habe keinen Hunger und werde in der Mittagspause einen Spaziergang machen«, erwiderte Ethan.

Imogen stammte aus einer Bankerfamilie. Ihr Vater und ihr Großvater waren schon im Banksektor tätig gewesen, und die Tamblyns hofften sicher darauf, dass sich diese Tradition auch mit den Kindern ihrer Tochter fortsetzte. Ansonsten würde das britische Empire womöglich zusammenbrechen. Und höchstwahrscheinlich tat es das in absehbarer Zeit auch, denn Imogen stand auf Frauen, wovon ihre versnobte Familie jedoch nichts ahnte oder es erfolgreich ignorierte.

»Bei dem Wetter?«, fragte Imogen.

Ethan zuckte die Schultern und sah mit gerunzelter Stirn durch die Fenster des Seminarraums. Der Himmel hatte die Farbe von dunklem Blei angenommen, vermutlich würde es bald regnen, doch er musste unbedingt an die frische Luft. Sein Kopf schwirrte von Begriffen wie Risk- und Compliance-Management, Retail Banking und Social Skills.

Der Lehrgang bestand aus fünfzehn Teilnehmenden aus ganz England, die jetzt ihre Papiere zusammenschoben und sich zum Lunch aufmachten.

Ethan hatte Kopfschmerzen und sein Hals kratzte. Womöglich brütete er eine Erkältung aus. Er brauchte dringend eine kleine Auszeit, da die Teilnehmenden beim Mittagessen vermutlich ebenfalls über den Lehrstoff sprechen würden.

Imogen nickte und verließ, nachdem sie einen Blick auf ihr Handy geworfen hatte, das Sitzungszimmer. Eine Angestellte des Hotels kam herein, riss alle Fenster auf und begann, die benutzten Gläser abzuräumen. Danach stellte sie neue Mineralwasserflaschen bereit.

Ein kalter Wind ließ Ethan frösteln, als er das Hotel verließ. Vielleicht hätte er sich besser eine Stunde hingelegt, aber jetzt wollte er nicht wieder kehrtmachen. Immerhin vertrieb die frische Luft seine Kopfschmerzen, und mit den bequemen Turnschuhen, die er sich vorhin im Zimmer angezogen hatte, fühlte er sich beinahe wieder wohl. Ihm blieb eine Stunde, um die Umgebung des Hotels zu erkunden, danach ging es bis fünf Uhr weiter mit Management Accounting und Kostenkalkulation.

Ethan seufzte. Er hatte es ja so gewollt, also musste er da jetzt durch.

Um den nahe gelegenen Kensington Garden mit dem gleichnamigen Palast und Prinzessin Dianas Denkmal zu erreichen, hätte er die U-Bahn nehmen müssen, dazu hatte er aber wenig Lust. Noch mehr Menschen auf kleinstem Raum? Nein danke! Daher schlenderte er einfach ziellos die Straße entlang und bewunderte dabei die wunderschönen renovierten Häuser.

Nach zwanzig Minuten stand er vor dem Eingang des Brompton Cemetery. Er hatte ihn bei einem früheren Besuch in London schon besichtigt und verspürte keine große Lust, zwischen den Grabreihen entlangzugehen. Vor allem, da es jetzt zu tröpfeln begann und sich sein Magen plötzlich doch noch zu Wort meldete.

Gegenüber dem Friedhof erspähte er eine Bäckerei und marschierte entschlossen über den Zebrastreifen. Ein Cupcake konnte nicht schaden. Süßes war schließlich Gehirnnahrung, und die würde er in den kommenden Stunden gut gebrauchen können.

Die Frau, die gerade aus dem Laden trat, zuckte vor Schreck zusammen, als er unvermittelt vor ihr auftauchte, und ließ eine Papiertüte fallen. Ein Sandwich kullerte heraus und zerlegte sich auf dem Gehweg in seine Bestandteile.

Mit betrübter Miene starrte die Fremde auf das Desaster aus Fleisch, Käse und Sauerkraut, bevor sie den Kopf hob und Ethan ärgerlich ins Gesicht starrte.

Sein Atem stockte. Sie hatte die hübschesten braunen Augen, die er je gesehen hatte.

Als er merkte, dass er sie anglotzte, räusperte er sich. »Entschuldigen Sie, das tut mir leid«, stammelte er. »Ich war in Eile, weil um halb zwei fängt das Seminar wieder an und …« Er brach ab. Dafür interessierte sich die Frau bestimmt nicht.

Sie sah ihn nur an, sodass ihm ganz heiß wurde. Vielleicht hatte er ja Fieber.

Sie trug ein formelles Kostüm mit einem knielangen Rock, einer weißen Bluse und dem dazu passenden Blazer. Ihre flachsblonden Haare hatte sie zu einem lockeren Pferdeschwanz zusammengefasst. Unter einem Arm klemmte eine Thermosflasche, in der anderen Hand trug sie einen Aktenkoffer. Ganz die erfolgreiche Geschäftsfrau, ging es ihm durch den Kopf. Er fand sie hinreißend!

Als sich eine beleibte Dame mit zwei ausgebeulten Tragetaschen an ihnen vorbeiquetschte und ihnen dabei empörte Blicke zuwarf, reagierte die Fremde endlich.

»Es war meine Schuld«, sagte sie. »Ich habe nicht aufgepasst.«

Sie hatte eine angenehme weiche Stimmfarbe und Ethan musste unvermittelt an geschmolzene Schokolade denken. Sein Magen knurrte wieder.

»Nein, nein«, entgegnete er bestimmt. »Es war mein Fehler und ich werde Ihnen ein neues Sandwich kaufen, keine Widerrede. Corned Beef, nicht wahr?«

Die Fremde nickte lächelnd. In diesem Augenblick klingelte ihr Handy.

Sie stellte die Aktentasche auf den Boden und griff in ihre Handtasche. »Ja, am Apparat. Verstehe.« Sie schaute auf die Uhr. »In zehn Minuten? Gut, bis dann.« Sie verstaute das Handy wieder und drehte sich um. »Leider muss ich jetzt los«, sagte sie mit entschuldigendem Ton. »Einen schönen Tag.« Sie packte ihre Aktentasche, stieg mit einem großen Schritt über das zerfledderte Sandwich am Boden hinweg und verschwand um die Ecke.

Ethan schüttelte enttäuscht den Kopf. Was für eine Begegnung! Und wie schade, dass sie nur so kurz gedauert hatte.

6

Mias Großmutter, Elly Doherty, wohnte in der Hortensia Road in Chelsea, unweit des Brompton Cemetery.

Während Samantha die Straße entlangging, schweiften ihre Gedanken zu dem Mann zurück, der ihr Corned-Beef-Sandwich auf dem Gewissen hatte. Obwohl der Zusammenstoß mit ihm sie den Lunch gekostet hatte, umspielte ein Lächeln ihren Mund.

Der Kerl war überaus attraktiv gewesen: schwarze Haare, helle Augen und ein markantes Kinn. Auch sonst hatte er gepflegt gewirkt, wenngleich die schmuddeligen Turnschuhe nicht zu seinem Business-Outfit gepasst hatten. Möglicherweise hatte er jedoch die Mittagszeit genutzt, um einen Spaziergang zu machen, wie es viele Angestellte taten. Was er wohl arbeitete? Zum Glück sah er nicht wie ein Fotograf aus!

Samantha hatte sich vor einem halben Jahr von ihrem langjährigen Freund Matthew Withehead, einem bekannten Londoner Modefotografen, getrennt und knabberte gelegentlich immer noch daran. Das Single-Leben hatte zwar seine Vorzüge, aber der größte Teil davon bestand darin, am Wochenende, wenn sich die Paare in ihrem Freundeskreis zu gemeinsamen Exkursionen aufmachten, allein vor dem Fernseher zu hocken, Chips in sich hineinzustopfen und sich zu bemitleiden. Sie hasste das mittlerweile, hatte aber bis jetzt keinen Mann mehr getroffen, der sie interessierte. Ihre Mutter versuchte nach wie vor, sie mit irgendeinem Schnösel aus ihren Reihen zu verkuppeln. Doch das hatte während der vergangenen Jahre schon nicht geklappt und würde es auch nie. Die Männer, die ihre Mum für angemessen hielt, verursachten ihr Schlafanfälle oder Schlimmeres.

Samantha seufzte tief. Es brachte nichts, sich über ihre Mutter zu ärgern. Sie war, wie sie war, und würde sich nie ändern. Und der Fremde eben war vermutlich sowieso gebunden. Das waren die Attraktiven meistens. Also sollte sie sich besser auf ihren Fall konzentrieren.

Die Hortensia Road gehörte zu den exklusivsten Adressen in Chelsea. Wie konnte sich eine einfache Raumpflegerin hier eine Wohnung leisten? Hatte sie eine Erbschaft gemacht?

Samantha sah an dem roten Backsteingebäude hoch, in dem Mias Großmutter wohnte. Eine riesige Kastanie daneben verstreute verfärbte Blätter auf den Gehweg. Als Samantha gerade auf den Klingelknopf mit dem Namen E. Doherty drücken wollte, öffnete sich eine Tür im Souterrain und eine weißhaarige Frau in den Sechzigern streckte den Kopf heraus.

»Ms Bucknell?«, fragte sie mit einer hohen Stimme, die an das Zwitschern eines Kanarienvogels erinnerte. »Bitte hier runter.«

Sie verschwand in der Wohnung und Samantha ging die Stufen hinab. Sie trat in einen dunklen Flur, an dessen Wänden vergilbte Fotos in alten Rahmen hingen. Einige zeigten einen stolz lächelnden Mann in Uniform vor einem Jagdflugzeug. Die farbigen Bilder waren neueren Datums, auf einem erkannte sie Mia, die gelangweilt in die Kamera starrte. Der übliche Teenagerblick, mit dem Jugendliche sich darüber mokierten, geknipst zu werden.

»In der Küche, Ms Bucknell. Tee?«

Sie folgte der Stimme und betrat die Küche, die so ganz anders aussah als die der Matkins. Diese hier war vollgestopft mit Tiegeln und Töpfen, leeren Flaschen und Vasen unterschiedlicher Herkunft in allen Farben, einige bestückt mit getrockneten Blumensträußen. Auch die Küche war voller Fotos. Eines zeigte eine Braut, eine jüngere Version von Elly Doherty, mit dem Jagdflieger unter einem kitschigen Rosenbogen.

»Vielen Dank, dass Sie mich so schnell empfangen, Ms Doherty.« Samantha stellte ihre Aktentasche auf den Küchentisch. Das geblümte Wachstuch darauf hatte schon bessere Tage gesehen, war aber penibel sauber.

»Keine Ursache. Nehmen Sie auch ein Stück Kuchen?«, fragte Ms Doherty, ohne sich umzudrehen. Sie füllte heißes Wasser in eine zierliche Teekanne, stellte zwei Tassen, ein Kännchen Milch und eine Zuckerdose dazu und trug das Tablett zum Küchentisch.

Samantha dachte an ihren leeren Magen und nickte erfreut.

Ms Doherty zwinkerte ihr zu und holte eine angeschnittene Torte aus dem Kühlschrank. »Selbst gebacken«, erklärte sie stolz. »Obwohl die Bäckerei um die Ecke anständige Cakes herstellt. Aber es geht doch nichts über ein Eigenfabrikat.« Sie setzte sich hin und wies mit der Hand auf den leeren Stuhl gegenüber. »Also, Ms Bucknell, was möchten Sie von mir wissen?«

Wie sich herausstellte, gehörte Ms Dohertys Wohnung einer ehemaligen Arbeitgeberin, die ihr in ihrem Testament das Wohnrecht auf Lebenszeit vermacht hatte. Dies und noch sehr viel mehr, was Samantha im Grund nicht interessierte, erfuhr sie während ihres Gesprächs. Doch Mias Großmutter schien ein wenig einsam zu sein, und da sie eine Informantin war, die ihr womöglich in dem Fall Matkins weiterhelfen konnte, ließ sie sie reden und nickte ab und zu verstehend. Vertrauen aufbauen, hieß das in ihrem Betätigungsfeld. Niemand gab jemandem, der ihm nicht sympathisch war, Informationen preis.

Nach dreißig Minuten hielt Samantha es jedoch für angebracht, den Redefluss der älteren Frau zu unterbrechen und die Sprache auf die Matkins zu bringen. »Ms Doherty, der Grund meines Besuchs sind einige Briefe, die ich bei den Matkins gefunden habe.« Sie holte die Kopien der Schreiben hervor, die sie im Haus der Verstorbenen aufgespürt hatte.

Ms Doherty griff danach und setzte ihre Lesebrille, die sie an einer silbernen Kette um den Hals trug, auf. Sie las zwei Briefe und nickte mehrmals.

»Wissen Sie, wer das geschrieben hat? Oder um wen es darin geht?«, fragte Samantha.

Wieder nickte Mias Großmutter, lehnte sich im Stuhl zurück und seufzte. »Die sind von der Krankenschwester«, sagte sie dann, als wäre damit alles klar.

»Krankenschwester? Ich verstehe nicht.«

Ms Doherty erhob sich und öffnete das Küchenfenster, das in einen kleinen Hinterhof zeigte. Fahrräder standen davor, von denen sie nur die Speichen sahen.

»Diese Kinder!« Sie schüttelte missbilligend den Kopf. »Ich habe es ihnen schon hundert Mal gesagt, dass sie ihre Räder nicht vor mein Fenster stellen sollen. Hilft alles nichts. Folkestone – Coquelles!« Als sie sich umdrehte und Samanthas verblüfftes Gesicht sah, lachte sie. »Nun ja, wie der Eurotunnel eben: zu einem Ohr rein, zum anderen wieder hinaus.«

Samantha schmunzelte. Den musste sie sich merken.

Ms Doherty setzte sich wieder und schlang ihre Strickjacke um den Körper. »Agnes war die leitende Kinderschwester im Krankenhaus«, sagte sie. »Damals, als das Baby der Matkins entführt wurde. Ich denke, sie gab sich all die Jahre die Schuld, dass das Würmchen unter ihrer Aufsicht verschwand. Jedes Jahr im September, am Entführungstag, schreibt sie dem Ehepaar

45

einen Brief oder eine Karte. Vielleicht ist das so eine Art Buße.«
Sie zuckte mit den Schultern.

Samantha klappte der Mund auf. Ein entführtes Baby? Wie das? Davon hatte ihr in der Kanzlei niemand etwas gesagt. Und der Anwalt der Matkins ebenfalls nicht. Diesen Tatbestand hätte er doch bestimmt erwähnt. Wusste er auch nichts darüber? Das war ja der Hammer! Wenn dieses Kind noch irgendwo lebte, wäre es erbberechtigt.

Samantha rutschte auf ihrem Stuhl nach vorn. »Und man hat keine Spur von dem Kind gefunden? Oder gab es vielleicht eine Lösegeldforderung?«

Ms Doherty schüttelte betrübt den Kopf. »Ich arbeitete damals noch nicht für Patience und Darrel und sie haben kaum darüber gesprochen. Zu schmerzhaft, Sie verstehen? Aber ich glaube nicht, dass es dabei um Geld ging. Patience hatte allem Anschein nach eine schwere Geburt. Sie konnte danach nicht mehr schwanger werden. Deshalb haben sich die Matkins später auch so für andere, weniger privilegierte Kinder eingesetzt. Ich habe mich oft gefragt, weshalb sie keins adoptierten.« Sie seufzte. »Aber vermutlich war die Trauer zu groß. Man kann sich das kaum vorstellen, nicht? Was treibt jemanden dazu, ein Baby zu stehlen?«

Samantha nickte. Manchmal lastete ein Verlust so schwer auf der Seele eines Menschen, dass sich dieser komplett veränderte.

»Wissen Sie zufällig, wie diese Krankenschwester mit vollständigem Namen heißt? Oder wo sie wohnt?«

»Nein, tut mir leid. Aber vermutlich kann Ihnen das Krankenhaus weiterhelfen. Die haben doch sicher Akten über ihre Angestellten, wobei die Frau jetzt bestimmt im Ruhestand ist. Es ist ja schon so lange her. Noch ein Stückchen Kuchen, Ms Bucknell?«

7

Der nach Fichtennadeln duftende Badeschaum hüllte Ethan wie ein wärmender Kokon ein. Langsam begannen sich seine verspannten Rückenmuskeln zu lockern. Auf dem Wannenrand stand ein gefülltes Sektglas, eine kleine Aufmerksamkeit des Hotels. Aus dem versteckten Lautsprecher erklang dezente Klaviermusik.

Ethan tauchte ins warme Wasser ab und hielt die Luft an. Gedämpfte Geräusche drangen an sein Ohr, als würde jemand durch die Rohre kriechen. Die Vorstellung war ein bisschen gruselig. Prustend tauchte er wieder auf und shampoonierte sich die Haare.

Gottlob war der erste Tag vorbei! Das Seminar hatte es wirklich in sich. Beinahe bereute er es, dass Francis nicht Chester nach London geschickt hatte. Doch wenn Ethan in seiner Karriere weiterkommen wollte, musste er sich weiterbilden. Und ein solches Seminar, in dem man sich auch mit Problemen von Führungskräften herumschlug, war nützlich. Ob Francis vielleicht Hintergedanken hegte? Die Filiale auf Jersey war zwar zu klein für zwei Führungskräfte, aber man wusste ja nie, was sich das Mutterhaus alles so einfallen ließ. Egal, neues

Wissen war nie verschwendet, auch wenn es gehörig das Hirn beanspruchte.

»Nicht den Lift nehmen, Junge!«, hatte sein Vater stets gesagt, wenn Ethan sich früher vor einer schwierigen Aufgabe hatte drücken wollen. »Nur wer den Gipfel mühsam erklimmt, vermag die süßen Früchte zu schätzen.«

Imogen hatte Ethan vorhin angeboten, nach dem Dinner nochmals kurz zusammenzusitzen, um den vorgetragenen Stoff zu rekapitulieren. Es gab am nächsten Tag zwar keinen Test darüber, doch der Kursleiter hatte ihnen nahegelegt, das Gelernte bis morgen zu verinnerlichen. Aber hatte Ethan wirklich Lust dazu? Lieber hätte er einen Spaziergang durch die Oxford Street gemacht, um sich die Schaufenster anzusehen. Oder ein Musical besucht. Schließlich war er nicht oft in London, das musste man doch ausnutzen! Und die Duchesse von Sowieso hatte er auch noch nicht getroffen. Wie sollte er zu einem Lord aufsteigen, wenn er mit Imogen Bankbegriffe paukte? Evie wäre nach seiner Rückkehr mehr als enttäuscht. Ethan musste schmunzeln.

Seine Haut dampfte, als er aus der Wanne stieg. Schnell schlüpfte er in den flauschigen Bademantel, den das Hotel den Gästen zur Verfügung stellte. Er griff sich das Sektglas, legte sich auf das bequeme Queen-Size-Bett und zappte durch die Fernsehkanäle. Auf BBC One lief eine Dokumentation über Vulkane auf Island. Herrliche Bilder! Da sollte er unbedingt mal hinfahren.

Seine Augenlider wurden schwer und er schüttelte den Kopf. Jetzt nur nicht einschlafen! In einer halben Stunde wurde das Abendessen serviert und er hatte einen Bärenhunger. Kein Wunder, nach nur einem mickrigen Cupcake am Mittag. Von dem süßen Backwerk war es nur ein kleiner Gedankensprung zu der süßen Frau, die er vor der Bäckerei beinahe über den Haufen gerannt hatte.

Diese Augen! Ihr Blick war ihm durch Mark und Bein gegangen. Er seufzte und trank den Sekt aus. Ob er morgen um die gleiche Zeit nochmals zur Bäckerei gehen sollte? Vielleicht hatte er ja Glück und traf die Fremde wieder. Möglicherweise arbeitete sie in der Gegend und kaufte dort stets ihren Lunch ein. Wenn ja, würde er sie um ihre Nummer bitten. Das war zwar etwas vermessen, aber den Mutigen gehörte die Welt! Sie hatte nicht allzu ablehnend auf ihn reagiert. Vielleicht hatte er ja Glück und …

Sein Blick fiel auf die Uhr auf dem Kaminsims.

»Shit!«

In zehn Minuten wurde das Dinner serviert und er musste sich noch anziehen.

Er sprang auf, riss ein frisches Hemd vom Kleiderhaken und lief zurück ins Badezimmer.

»Wir könnten uns morgen ein Taxi zum Flughafen teilen«, schlug Imogen zwischen zwei Bissen vor.

Ethan griff nach der Wasserkaraffe. »Im Grunde eine gute Idee, aber ich werde nach dem Seminar nicht zurückfliegen, sondern in Poole noch einen alten Schulfreund besuchen. Danach nehme ich die Fähre.«

»Ach so. Wie schade. Nun ja, ein anderes Mal vielleicht.«

»Sicher. Wir treffen uns bestimmt bald wieder. Schließlich gehören wir ja jetzt in die Chefetage. Und dort läuft man sich doch alle Nase lang über den Weg.«

Sie schaute ihn verwirrt an. »Wir sind jetzt Führungskräfte? Hat man dir das denn gesagt?«

»Das war ein Scherz!«

Er mochte Imogen zwar, aber seit das Seminar begonnen hatte, klebte sie an ihm wie eine Klette und er war nicht unglücklich darüber, dass sich ihre Wege morgen wieder trennten. Ganz abgesehen davon, dass sie überhaupt keinen Humor besaß und man höllisch aufpassen musste, was man zu ihr sagte. Ironie war ein Fremdwort für sie. In der Hinsicht ähnelte sie Chester. Humorlose Menschen waren so anstrengend.

»Ach so, ein Scherz«, erwiderte sie kopfschüttelnd. »Na dann.«

Ethan unterdrückte ein Augenrollen und widmete sich der köstlichen Vorspeise, die aus Lachstatar mit Gurkensalat bestand.

Er dachte an morgen und seine Reise nach Poole. Sein Studienfreund Jacob Plater lebte seit seiner Heirat in der Küstenstadt am Ärmelkanal und war dort Lehrer für Mathematik und Geschichte. Sie kannten sich seit Sandkastenzeiten und waren während ihrer Jugend unzertrennlich gewesen. Jacob hatte nach dem Studium auf Jersey keine Arbeit gefunden und daher die Insel verlassen. Er hatte bereits zwei entzückende Kinder sowie eine nette Ehefrau namens Mala.

Ethans Mutter hielt ihm die Platers stets als leuchtendes Vorbild vor die Nase, denn sie wünschte sich natürlich Enkel. Doch er konnte sich nicht vorstellen, jetzt schon eine Familie zu gründen. Vor allem benötigte man dazu, was nahezu unausweichlich war, eine Partnerin. Und die fehlte ihm im Moment, worüber er sich aber keine großen Gedanken machte, schließlich war er erst achtundzwanzig. Alles zu seiner Zeit. Kurz huschte das Gesicht von Brianna durch seinen Kopf, doch er schob es beiseite. Das gehörte der Vergangenheit an.

Der folgende Seminartag war genau so, wie Ethan ihn sich vorgestellt hatte: stressig, anstrengend und lang. Er kritzelte einen ganzen Notizblock mit komplizierten Bank-Ausdrücken voll und trank zu viel Mineralwasser, weswegen er in den kurzen Pausen zwischen den Themenblöcken ständig auf die Toilette rennen musste. In der Mittagspause hastete er noch einmal zur

Bäckerei, in der Hoffnung, die schöne Unbekannte vielleicht wiederzutreffen. Doch sie tauchte nicht auf.

Auf dem Rückweg zum Seminar schimpfte er sich einen Narren, weil er die gestrige Begegnung nicht ausgenutzt und sie um ihre Nummer gebeten hatte. Manchmal hatte man eben nur eine Chance. Zu dumm, dass er gestern zu feige gewesen war!

Um 17.35 Uhr stand Ethan schließlich erschöpft auf dem Bahnsteig der Waterloo-Station und wartete auf den Zug nach Poole. Die knapp zwei Stunden Fahrt wollte er für ein Nickerchen nutzen, denn Jacobs Kids würden Onkel Ethan kaum eine Minute Ruhe gönnen. Vor allem, da er ihnen am Bahnhofskiosk noch schnell einen Haufen Süßigkeiten gekauft hatte, wofür deren ernährungsbewusste Mutter ihn sicherlich ausschimpfen würde. Aber selten gesehene Onkel durften das, vor allem, wenn sie mit der Familie nicht verwandt waren.

Der Zug fuhr pünktlich los, und während Ethan per Handy und Ohrstöpsel David Grays Liedern lauschte, fielen ihm auch schon die Augen zu.

8

»Öffnest du schon mal den Wein, Liebes? Dann kann er noch etwas atmen, bevor die Gäste kommen. Dein Vater ist heute im Club, also müssen wir das selbst erledigen.«

Samanthas Mutter stand in der Küche und kochte eines ihrer gefürchteten Verkupplungsdinners. Felicia Bucknells höchstes Ziel bestand darin, ihre sechsundzwanzigjährige Tochter so bald wie möglich unter die Haube zu bringen, um endlich Großmutter zu werden. Sie scheute daher keine Mühen, ihr alle ledigen Männer aus ihrem Bekanntenkreis vorzustellen und auf den berühmten Funken zu hoffen. Da der Bucknell'sche Bekanntenkreis immens, Samanthas »Entflammungspotenzial« jedoch verschwindend gering war, ging dieses Treiben nun schon über ein halbes Jahr lang. Und obwohl sie ihre Mutter jedes Mal inständig darum bat, solche Treffen doch bitte zu unterlassen, organisierte sie sie nach wie vor. Meist drückte Samantha sich erfolgreich davor, aber dieses Mal war ihr keine passende Ausrede eingefallen. Ganz im Gegensatz zu ihrem Vater, diesem Schuft! Hoffentlich entpuppte sich der Schwiegersohn in spe nicht als der übliche Langweiler.

Sie legte die Zeitungsartikel über die Kindesentführung der Matkins aus dem Jahr 1971, die sie sich kopiert und zum

Studium aus der Kanzlei mitgenommen hatte, zur Seite und öffnete den Rotwein. Sie schnupperte am Korken und legte ihn neben die Flasche.

»Samantha? Der Wein!«, tönte es aus der Küche.

»Ist schon erledigt!«, rief sie zurück, verschränkte die Arme und sah zum Fenster hinaus.

Die Dämmerung ergriff Besitz vom Tag. Die leuchtenden Farben des Herbstes verblassten langsam zu einem schmutzigen Grau. Es hatte zu nieseln angefangen; ein feiner Regen, der für London so typisch war und alles durchdrang, was nicht mindestens mit zwei Wachsschichten imprägniert war. In den gegenüberliegenden Häusern gingen die ersten Lichter an und warfen gelbliche Schimmer auf die nassen Bürgersteige.

Die Bucknells waren ein altes angelsächsisches Geschlecht und stammten ursprünglich aus dem gleichnamigen Ort in Lincolnshire, der sich rühmte, der Geburtsort von Lady Godiva zu sein: der Frau, die, nur durch ihr langes Haar verhüllt, auf einer Schimmelstute nackt durch die Stadt geritten war, damit ihr geiziger Ehemann Leofric die Steuern senkte. Das war vermutlich bloß eine Legende, aber in England glaubte man gern an solche Geschichten.

Samanthas Großvater war in den Zwanzigerjahren des vergangenen Jahrhunderts nach London gekommen und hatte einen lukrativen Antiquitätenhandel aufgezogen, den ihr Vater weiterführte. Ihr Großvater hatte auch dieses Haus im Stadtteil Belgravia erworben. Seit damals fungierte es als Familiensitz der Londoner Sippe. Über der Haustür hing das Bucknell-Wappen: ein Geflecht aus roten und gelben Blättern und Ranken, in dessen Mitte eine Rüstung prangte. Die Bucknells behaupteten stets, dass ihre Vorfahren schon unter Richard Löwenherz im Heiligen Land gekämpft hatten, was vermutlich, wie die Geschichte der Lady Godiva, ins Reich der Märchen gehörte.

»Was hockst du denn hier im Dunkeln?« Die Deckenlampe flammte auf und ihre Mutter betrachtete sie mit gerunzelter Stirn. »Alles in Ordnung, Liebes?«

Samantha drehte sich um.

Felicia Bucknell war immer noch eine schöne Frau, auch wenn sie leider ein Faible für Pastelltöne besaß und in ihren blassen Zweiteilern stets wie ein Sahnetörtchen aussah. Seit Samantha vor zwei Jahren ausgezogen war, lebten ihre Eltern allein in dem großen Haus.

»Alles bestens«, erwiderte Samantha leichthin.

Sie war ein Einzelkind. Felicia und George Bucknell waren beide schon fast vierzig gewesen, als sie zur Welt gekommen war. Sie hatten sie daher stets wie ein rohes Ei behandelt und ihr jeden Wunsch von den Augen abgelesen. Das war zwar bequem, doch Samantha hatte das Gefühl, dass sie ihr damit keinen Gefallen getan hatten. Ihrer Meinung nach brauchten Kinder Grenzen und man erwies ihnen keinen Bärendienst, wenn man sie nicht auf das wirkliche Leben vorbereitete. Prinzessinnen wohnten bekanntlich nur im Buckingham Palace.

Samantha trat zu dem kleinen Tisch mit der Leselampe und dem Ledersessel, in dem ihr Vater immer die Zeitung las. Sie zog die Kopie eines Zeitungsartikels aus dem mitgebrachten Stapel.

Die Entführung der kleinen Emely Matkins hatte 1971 für eine gewisse Zeit die gesamte einheimische Presse beherrscht, bis der Tod des Formel-1-Rennfahrers Jo Siffert in seinem brennenden Wagen sie von den ersten Seiten der Boulevardpresse verdrängte.

»Erinnerst du dich vielleicht daran?«, fragte sie ihre Mutter, die mit der Akribie eines Herzchirurgen das Besteck auf dem gedeckten Wohnzimmertisch noch einmal zurechtrückte.

Felicia trat zu ihr, griff nach dem Zeitungsartikel und knipste die Leselampe an. Aus ihrer Küchenschürze holte sie eine schmale Brille und setzte sie auf. »Handelt es sich dabei um einen deiner Fälle?«

Als Samantha nickte, überflog ihre Mutter die reißerische Schlagzeile. »1971? Nein, da war ich eine junge Frau und hatte anderes im Kopf.« Sie kicherte kurz, wurde dann aber wieder ernst. »Wie schrecklich«, sagte sie, als sie den Artikel zu Ende gelesen hatte. »Ist dieses Baby denn wieder aufgetaucht?«

Samantha schüttelte den Kopf.

»Die armen Eltern!«, erwiderte Felicia mitfühlend. »Es gibt wohl nichts Grauenvolleres als die Ungewissheit, was mit dem eigenen Kind geschehen ist.«

Samantha nickte. »Ja, ganz furchtbar. Seltsam nur, dass weder der Anwalt noch unsere Kanzlei etwas von dieser Entführung wussten.«

Es klingelte an der Tür.

»Oh, sie sind da!«, rief Felicia elektrisiert.

»Mum?«

»Ja?«

»Bitte nicht über meinen Fall sprechen, okay? Im Grunde dürfte ich dir nämlich gar nichts davon erzählen.«

Felicia nickte. »Natürlich, Liebes. Meine Lippen sind versiegelt.« Dann schlüpfte sie aus der Schürze, um den Besuch einzulassen. Wenn sie ihre Verkupplungsdinners organisierte, gab sie den Bediensteten stets frei. Womöglich genierte sie sich selbst für diese Brautschauen, aber zugegeben hätte sie das natürlich nie.

Kurz darauf hörte Samantha Stimmen aus der Eingangshalle. Am liebsten wäre sie in ihr altes Zimmer geflüchtet. Jetzt mit einem dieser Langweiler Konversation zu führen, erschien ihr wie eine Strafe Gottes. Doch das konnte sie ihrer Mutter nicht antun. Im Grunde meinte sie es ja nur gut und wollte, dass ihre Tochter glücklich war.

Samantha atmete tief durch. »Auch das wird vorübergehen«, murmelte sie ergeben und straffte die Schultern.

»Spielst du Golf?« Linus Stone-Fewings sah Samantha mit seinen kleinen Schweinsäuglein über das Rosenbouquet auf dem Esstisch fragend an.

Er saß neben seiner Mutter, die mit strengem Blick offenbar die Sauberkeit des Bestecks prüfte. Er trug einen Tweed-Anzug, der über den Schultern spannte, und ein rosarotes Hemd, was sein Schweinchenaussehen unterstrich. Sein Haupthaar begann sich bereits zu lichten und auf seiner Stirn standen Schweißperlen, obwohl es im Esszimmer eher kühl war, weil niemand den Kamin angezündet hatte.

Samantha wollte automatisch bejahen, da sie Golf mochte, aber dann schoss ihr durch den Kopf, dass er sie dann womöglich zu einer Runde einladen würde. »Nein, gar nicht«, sagte sie bestimmt. »Ich kann diesem Sport überhaupt nichts abgewinnen. Bei Wind und Wetter einem weißen Ball nachzujagen, finde ich wahnsinnig öde.«

Linus zuckte zusammen, als hätte sie ihm ins Gesicht geschlagen. »Oh!«, sagte er daraufhin nur und widmete sich wieder dem Roastbeef, das Felicia dieses Mal wirklich hervorragend gelungen war.

Samantha warf einen diskreten Blick auf die Uhr. Die Zeit wollte einfach nicht vergehen.

»Samantha, Schatz, Linus ist ebenfalls Anwalt. Hast du das gewusst?«

Er warf sich in die Brust und nickte mehrmals.

»Ach, tatsächlich? Wie nett«, erwiderte sie lustlos. »Ich bin aber keine Anwältin«, fuhr sie fort. »Ich habe die Prüfung nicht geschafft.«

Linus zog die Augenbrauen hoch. Vermutlich hatte sie gerade ein paar Punkte eingebüßt. Gut, sie mochte den aufgeblasenen Kerl sowieso nicht und wünschte sich sehnlichst ans andere Ende der Welt.

»Samantha!«, zischte ihre Mum. »Das wäre jetzt wirklich nicht nötig gewesen.« Zu Linus und seiner Mutter gewandt sagte sie: »Sie wird die Prüfung natürlich nächstes Jahr wiederholen. Jeder hat schließlich mal einen schlechten Tag, nicht wahr, Liebes?«

»Aber gewiss doch, Mutter«, pflichtete ihr Samantha bei. »Nur lag's nicht an einem schlechten Tag, sondern daran, dass ich zu faul zum Lernen war.«

Felicia gab ihr unter dem Tisch einen Tritt. Samantha sog scharf die Luft ein.

»Sie ist so ein Spaßvogel, meine Tochter«, beeilte sich Felicia zu sagen.

Mutter und Sohn Stone-Fewings nickten mit säuerlicher Miene und warfen einander verstohlene Blicke zu. Offenbar strichen sie Samantha Bucknell gerade von der Liste möglicher Heiratskandidatinnen. Gott sei Dank!

Zwischen Felicias Augenbrauen hatte sich eine steile Falte gebildet. Samantha machte sich schon mal auf eine gehörige Strafpredigt nach dem Dinner gefasst.

Felicia verehrte alles, was mit Titeln und Adel zusammenhing, und bedauerte zutiefst, dass die Bucknells vom Königshaus weder in früheren Jahrhunderten noch heute je beachtet worden waren. Linus' Mutter hingegen war in erster Ehe zu einer Viscountess aufgestiegen, bevor ihr Gatte bei einem Reitunfall das Zeitliche gesegnet hatte. Jetzt war sie mit einem Börsenmakler verheiratet und hatte ihren Adelstitel verloren, was sie aber nicht daran hinderte, die Menschen in ihrer Umgebung immer noch wie Leibeigene zu behandeln. Der Umstand, dass Linus lediglich die Frucht der zweiten Ehe war, hatte ihn den Adelstitel gekostet. Manchmal war das Leben eben doch gerecht.

Samantha selbst hielt diese ganzen Titel für antiquiert. Aber sie gehörten eben zu England wie die bittere Orangenmarmelade.

Noch vor dem Dessert verabschiedeten sich die Stone-Fewings mit einer fadenscheinigen Ausrede, und Samantha atmete erleichtert auf.

Es war jetzt kurz vor zehn Uhr abends, sie könnte also noch ein wenig am Matkins-Fall weiterarbeiten.

Felicia tauchte im Türrahmen auf, nachdem die Eingangstür ins Schloss gefallen war. »Musste das sein?«, fragte sie und funkelte Samantha böse an.

»Ach, komm schon, Mum. Du hast doch selbst gesehen, was Linus für ein Langweiler ist. Möchtest du den wirklich zum Schwiegersohn?«

Felicias Mundwinkel zuckten. »Ich kann dein Benehmen nicht gutheißen, aber du hast recht. Eine richtige Schlaftablette!«

9

»Und was macht die Liebe so?«

Ethan warf Jacob einen überraschten Blick zu. »Keine Ahnung«, erwiderte er. »Ich kann sie gern fragen, wenn sie mir irgendwann über den Weg läuft.«

Jacob lachte. Er saß Ethan gegenüber auf einem Sofa, das erahnen ließ, in welchem Alter die Zwillinge waren, die in diesem Haushalt lebten. Das Möbelstück hatte ein angesengtes Bein und diverse Flecken unterschiedlicher Herkunft. Zudem quoll an einer Stelle die Polsterung heraus. Die achtjährigen Zwillinge hatte Mala, Jacobs Ehefrau, nach dem Abendessen kurzerhand ins Bett bugsiert, damit sich die beiden ehemaligen Schulkollegen ungestört unterhalten konnten.

Ethan war ihr zutiefst dankbar dafür. Tamzin und Anand waren zwar süß, eine perfekte Mischung aus Malas indischen Wurzeln und Jacobs wikingerhafter Gestalt, doch die beiden Racker waren auch ziemlich anstrengend. Und in Ethans Zukunftsvision eines vollkommenen Familienlebens geriet der Kinderwunsch gerade etwas ins Abseits.

Jacob zwinkerte. »Also immer noch auf Prinzessinnenfang?«

»Quatsch, diese Phase ist seit dem Kindergarten vorbei!« Ethan lachte. »Aber du kennst ja Jersey. Die

Auswahlmöglichkeiten sind beschränkt. Auf Touristinnen lasse ich mich nicht ein, das gibt nur Probleme. Und du hast dir die beste Frau der Insel geschnappt und bist mit ihr weggezogen.«

Sein Freund grinste. »Ich hatte eben Glück.«

Aus dem Kinderzimmer hörten sie Gelächter, darauf ein Rumpeln, dem noch mehr Gekicher folgte.

»Was ist denn aus Brianna geworden?«, fragte Jacob und griff nach dem Glas Weißwein auf dem Couchtisch.

Ethan seufzte. »Eine Weile dachte ich wirklich, dass es mit ihr klappen könnte, aber …« Er brach ab. »Keine Ahnung. Offenbar habe ich unsere Beziehung ernster genommen als sie.«

»Tut mir leid.«

»Muss es nicht. Sie war eben nicht die Richtige.«

»Liebst du sie denn noch?«

Ethan zuckte mit den Schultern. »Vielleicht. Ich weiß es nicht. Aber lass uns doch das Thema wechseln.« Er griff ebenfalls nach dem Weinglas. »Wann kommt bei euch denn Nummer drei auf die Welt?«

Als er Jacobs entsetztes Gesicht sah, fing Ethan an zu lachen.

Die Hafenpromenade von Poole war auch am späten Abend noch voller Menschen. Der ungewöhnlich warme Septembertag ging in eine sternenklare Nacht über, und sowohl die Touristen als auch die Einheimischen genossen ihn bei einem Pint in den zahlreichen Pubs entlang der Uferstraße.

Ethan setzte sich auf die Kaimauer und sah aufs Meer hinaus. Er hatte sich bei seinen Gastgebern zu einem kurzen Spaziergang entschuldigt, weil ihm der Trubel der vergangenen Tage aufs Gemüt geschlagen war: zu viele Informationen während des Seminars, zu wenig Schlaf und jetzt auch noch Jacobs Frage nach Brianna.

Jacob und Mala hatten ihn überredet, im Gästezimmer zu übernachten und erst morgen zurückzufahren. Da er die beiden schon längere Zeit nicht mehr gesehen hatte, hatte er freudig zugestimmt. Und vielleicht hängte er sogar noch das Wochenende an, bevor er wieder nach Jersey fuhr.

Neben ihm versuchte sich ein älterer Mann mit einem Netz am Krabbenfischen. Sein verkniffener Mund und die abwechselnd ausgestoßenen Flüche ließen Ethan vermuten, dass seine Bemühungen wenig erfolgreich waren. Am Tag fand man am Kai kaum einen freien Platz, da sich die Hobbykrabbenfischer regelrecht darum balgten. Aber konnte man auch nachts Krabben fangen? Offenbar nicht, denn nach ein paar Minuten gab der ältere Mann seine Anstrengungen auf, erhob sich ächzend und watschelte mit Eimer, Netz und weiteren Verwünschungen davon.

Liebst du sie denn noch?

Ethan ging Jacobs Frage nicht aus dem Kopf.

Brianna Langtry war während ihrer Schulzeit in Saint Helier der Jungenschwarm schlechthin gewesen. Ein Jahr älter als sie beide und Kapitänin des weiblichen Softball-Teams. Sie verkörperte die Traumfrau jedes pubertierenden Jungen.

Jacob und er hatten sie jahrelang heimlich angeschmachtet, obwohl sie natürlich wussten, dass sie nicht mal ihre Namen kannte. Erst später, als Ethan schon in der Bank arbeitete, kam sie eines Tages in die Filiale, um ein Konto zu eröffnen, und sie verabredeten sich für ein Date. Danach war alles sehr schnell gegangen und sie wurden ein Paar.

Brianna hatte eine Zeit lang in London gelebt, um Softball-Profi zu werden. Die British Softball Federation hatte ein Auge auf sie geworfen und sah in ihr bereits eine Kandidatin für die Weltmeisterschaft. Doch bei einem Spiel hatte sie sich beim Sliding zur nächsten Base dermaßen das Knie verdreht, dass die Bänder gerissen waren. Das war's gewesen mit der Sportlerkarriere. Jetzt führte sie in Saint Helier mit ihren Eltern zusammen das Newgate Guest House mit dem dazugehörenden

Pferdestall und beteuerte stets wortreich, dass ihr ihr neues Leben gefiel.

Ethan glaubte ihr diese Beteuerungen nicht, und es schmerzte ihn, dass sie nie mit ihm über ihre zerstörten Zukunftsträume geredet hatte. Sie blockte jedes Mal ab, wenn er davon anfing. Aber konnte man denn Zukunftspläne schmieden, wenn man in der Vergangenheit lebte?

Brianna hatte sich immer mehr zurückgezogen, von ihren Freunden, Kolleginnen und letztlich auch von ihm. Irgendwann konnte er es einfach nicht mehr ertragen und sie hatten Schluss gemacht. Das war jetzt ein Jahr her. Danach liefen sie sich nur noch zufällig über den Weg. Manchmal vermisste er sie, aber nicht mehr so schmerzlich wie früher. Man konnte jemandem nur helfen, wenn der auch Hilfe annehmen wollte.

Der Wind frischte auf und Ethan rieb sich fröstelnd die Arme. Er stand auf und machte sich auf den Rückweg.

Ja, er liebte Brianna noch, aber manchmal war Liebe eben einfach nicht genug.

10

»Samantha Bucknell, Kanzlei McDermott & Hobbs, guten Tag. Verbinden Sie mich doch bitte mit Ihrer Personalabteilung.«

Während Samantha darauf wartete, mit jemandem sprechen zu können, der dabei gewesen war, als Emely Matkins 1971 in diesem Krankenhaus auf die Welt gekommen war, schaute sie zum Fenster ihres Büros hinaus.

Die Räumlichkeiten der Kanzlei befanden sich in einem fünfstöckigen, renovierten Backsteinhaus an der Ecke Pilgrim Street, Pageantmaster Court. Samantha war ein Einzelbüro in der zweitobersten Etage zugeteilt worden. Dieses Privileg hatte sie vermutlich ebenfalls ihrem Dad zu verdanken, denn normalerweise arbeiteten die Außendienstmitarbeiter in den unteren Stockwerken in Großraumbüros. Über ihr lagen nur noch die Räume der Seniorpartner und eine wunderschöne Dachterrasse, die dem »gemeinen Fußvolk« jedoch nicht zur Verfügung stand. Wenn das Wetter klar war, konnte man von dort sogar die Kuppel der Saint Paul's Cathedral sehen. Doch heute hing Nebel über der Stadt, der die Konturen der Gebäude um sie herum verwischte und alles verdüsterte.

Sie schaltete die Schreibtischlampe ein und nippte an ihrem Kaffee, den sie sich auf dem Weg zur Arbeit bei Starbucks geholt hatte.

»Personalabteilung, Meryl Scott am Apparat.«

»Guten Tag, Ms Scott, hier spricht Samantha Bucknell von der Kanzlei McDermott & Hobbs. Hätten Sie kurz Zeit für ein paar Auskünfte?«

»Wie kann ich Ihnen helfen?«

Samantha erklärte der Frau, worum es ging, versicherte ihr ihre absolute Verschwiegenheit und erkundigte sich dann nach Agnes.

»Ms Bucknell«, begann Ms Scott. »Ich verstehe natürlich Ihre Intention, aber wir geben grundsätzlich keine Auskünfte über unsere Mitarbeitenden. Seien die nun heute angestellt oder früher. Tut mir leid.«

Samantha hatte das schon befürchtet, trotzdem wollte sie nicht so schnell aufgeben. »Das verstehe ich natürlich. Datenschutz ist wichtig, aber würden Sie es nicht begrüßen, wenn ich dieses entführte Baby nach all den Jahren vielleicht finden würde? Wobei es heute ja kein Baby mehr wäre, sondern eine Frau von fünfzig Jahren. Meinen Sie nicht, dass sie ein Recht darauf hat zu erfahren, wer ihre leiblichen Eltern sind? Ganz abgesehen davon, dass sie ein beträchtliches Vermögen erben wird. Ich bin mir sicher, dass ...«

»Ms Bucknell«, unterbrach sie die Angestellte jetzt in einem schärferen Ton. »Ihre Motive in allen Ehren, aber wir können keine Ausnahme machen. Tut mir leid.« Die Dame hängte auf.

»Mist!«, zischte Samantha ärgerlich und trank den mittlerweile lauwarmen Kaffee aus.

Einen Versuch war es aber wert gewesen.

Sie hatte Agnes bereits auf den üblichen Wegen gesucht: Online-Telefonbuch, Social-Media-Kanäle, Wählerverzeichnis sowie die interne Datenbank der Kanzlei, die ihre Informationen aus den öffentlichen Geburts- und Sterberegistern bezog.

Nichts. Aber ohne Nachnamen konnte sie sowieso nur im Trüben fischen.

Ob in den Polizeiakten über die Entführung ein Hinweis auf Agnes zu finden war? Bestimmt, sie hatte damals schließlich die Säuglingsstation geleitet. Aber um Einsicht in diese Akten zu erhalten, musste die Kanzlei ein Gesuch bei der Staatsanwaltschaft stellen. Das Mandat von McDermott & Hobbs für den Matkins-Fall dauerte zwar vier Monate, aber die Verzögerung, bis die Behörden das Gesuch bearbeitet hatten, war trotzdem nervig. Geduld war nicht unbedingt Samanthas Stärke. Gab es keine schnellere Lösung?

Sie öffnete die Suchmaschine im Internet. Nach einigen Minuten hatte sie zwei weitere Behörden gefunden, an die sie sich wenden konnte: die Aufsichtsbehörde für Krankenpflege und Hebammen, bei der alle Pflegefachkräfte angemeldet sein mussten, und der Berufsverband der Pflegefachfrauen in Großbritannien. Beide hatten ihren Sitz in London.

Sie notierte sich die Adressen und Telefonnummern, betrachtete dann den Apparat auf dem Tisch und schürzte die Lippen. Nein, nicht per Telefon – am besten, sie ging direkt hin. Bei einem persönlichen Gespräch fiel es dem Gegenüber oft schwerer, dem Fragenden etwas abzuschlagen. Vor allem, weil Samantha vorhatte, die Mitleidstour anzuwenden.

Beide Behörden lagen im Stadtviertel Marylebone, das berühmt war für Madame Tussauds Wachsfigurenmuseum und das Sherlock-Holmes-Museum.

Mit der Central Line fuhr Samantha bis Oxford Circus. Als sie die Untergrundstation verließ, hatte sich der Nebel gelichtet. Die Oxford Street war wie immer voller Menschen, die meisten davon Touristen, die wie eine Armee Ameisen in die zahlreichen Geschäfte strömten.

Der Berufsverband der Pflegefachfrauen lag am Cavendish Square. Sie umrundete den kreisförmigen Park mit der Bronzestatue von Lord George Bentinck, einem Politiker aus dem 19. Jahrhundert.

Das Royal College of Nursing war ein imposantes weißes Gebäude. In einem der beiden bodentiefen Fenster zur Straße hing das Foto einer Frau in einer altertümlichen Schwesterntracht, im anderen das eines lächelnden Mannes in einem grünen Kittel, wie man ihn heute im Krankenhaus trug. Offenbar gab es diese Institution bereits seit der Zeit von Florence Nightingale.

Die riesige bogenförmige Holztür war modernisiert worden und öffnete sich lautlos, als Samantha davorstand. Drinnen herrschte ein Mix aus moderner und viktorianischer Einrichtung. Ein Metallkorpus stand mitten im Eingangsbereich. An den Seiten der Halle führten je zwei imposante Treppen mit schmiedeeisernen Geländern in die obere Etage. Die Wände der Treppenaufgänge waren mit eindrucksvollen Landschaftsbildern bemalt, an der Decke hingen prächtige Kronleuchter, die ebenso gut in den Buckingham Palace gepasst hätten.

Samantha steuerte auf die Frau hinter dem Empfangstresen zu. Sie musste in ihrem Alter sein, trug einen frechen Pagenschnitt und eine Metallbrille mit schmalem Gestell.

»Guten Tag«, begann Samantha und gab der Angestellten einen kurzen Abriss ihres Anliegens.

Die Frau nickte ein paar Mal und tippte auf der Computertastatur herum, was Samantha für ein gutes Zeichen hielt, schüttelte dann aber den Kopf.

»Eine ungewöhnliche Geschichte«, sagte die Angestellte schließlich. »Doch leider steht es uns nicht zu, Ihnen irgendwelche Auskünfte über unsere Mitglieder zu geben.« Sie hob entschuldigend die Schultern.

Samantha seufzte. Heute war offenbar nicht ihr Glückstag. »Aber verstehen Sie nicht?«, insistierte sie. »Agnes ist vielleicht die einzige Person, die mir in diesem Fall weiterhelfen kann. Möchten Sie denn nicht auch, dass diese Kindesentführung endlich aufgeklärt wird? Ich bin sicher, Agnes wäre ebenfalls froh darüber. Offenbar hat sie sich doch all die Jahre schwere Vorwürfe deswegen gemacht. Weshalb hätte sie sonst der Familie jedes Jahr geschrieben?«

Die Angestellte sah Samantha über ihre Brille hinweg prüfend an. »Ich weiß, was Sie versuchen«, erwiderte sie auf das leidenschaftliche Plädoyer. »Sie wollen mir ein schlechtes Gewissen einreden.«

»Klappt es denn?«, fragte Samantha.

Die Angestellte schmunzelte. »Ja, ein bisschen. Aber ich darf Ihnen wirklich keine Auskünfte erteilen. Tut mir leid.«

Samantha stieß frustriert die Luft aus. Also vermutlich doch der bürokratische Weg. Wenn sie es auch zuerst noch bei der Aufsichtsbehörde für Krankenpflege versuchen wollte. Aber da würde sie vermutlich ebenfalls kein Glück haben. Blöder Datenschutz!

»Nun gut«, sagte sie. »Danke trotzdem.«

Sie wandte sich ab, als die Empfangsdame sich räusperte.

Samantha drehte sich wieder um. »Ja?«

»In den Siebzigerjahren wurden Krankenschwestern, die sich durch besondere Leistungen hervorgetan haben, oftmals durch ein persönliches Interview gewürdigt. Alle diese Artikel sind in unserer Berufszeitung erschienen.«

Samantha runzelte die Stirn. »Okay«, sagte sie gedehnt, bis ihr ein Licht aufging. »Und diese Zeitungen finde ich sicher ...«

»Im Archiv unserer hiesigen Bibliothek.« Die Angestellte wies auf die linke Treppe. »Im ersten Stock.«

Samantha strahlte.

11

Ethan hatte heute Morgen Francis angerufen und um ein paar freie Tage gebeten, die dieser ihm ohne Probleme gewährt hatte. Also würde Ethan erst am Wochenende nach Jersey zurückfahren und bis dahin die Gastfreundschaft der Platers genießen.

Der Mittwoch glänzte mit strahlendem Sonnenschein und warmen Temperaturen. Da in dieser Woche das Herbsttrimester begonnen hatte, war Jacob in der Schule und Ethan daher mit Mala und den Kindern allein unterwegs. Sie waren auf dem Weg zum Hafen, einer der Sehenswürdigkeiten des Küstenstädtchens.

»Wird es dir nicht langweilig mit uns?«, fragte Mala. Sie hatte wohl Ethans gefurchte Stirn bemerkt, während er Tamzin und Anand beobachtete.

Die Zwillinge waren gerade dabei, die zahlreichen Möwen am Pier zu verjagen, die jeden Touristen mit Argusaugen belauerten. Vor allem diejenigen, die den Mut besaßen, draußen etwas zu essen. Überall wurde vor den räuberischen Seevögeln gewarnt, die einem schon mal das Sandwich aus den Händen rissen, wenn man unaufmerksam war.

»Nein, gar nicht«, erwiderte Ethan mit einem Lächeln. »Wir sehen uns viel zu selten. Und die da«, er wies auf die Kinder, »lassen schon keine Langweile aufkommen.«

Mala lachte. »Nein, wirklich nicht, da hast du recht.«

Als Tamzin ihren Bruder schubste und der ungesicherten Kaimauer gefährlich nahe kam, zischte Mala etwas in ihrer Muttersprache, was die Zwillinge regelrecht erstarren ließ. Ethan verstand kein Hindi, aber es wirkte offenbar, denn die beiden waren ab sofort lammfromm und warfen ihrer Mutter immer wieder verstohlene Blicke zu.

»Ich finde es toll, dass eure Kinder zweisprachig aufwachsen«, sagte Ethan. »Ich wünschte, ich würde selbst auch mehrere Sprachen sprechen. Aber leider liegen sie mir nicht besonders.« Er verzog den Mund. »Ich denke da an mein Französisch. Madame Chévalier hatte sicher wegen mir so viele graue Haare.«

Mala kicherte. Sie kannte natürlich Madame Chévalier, die ältliche Französischlehrerin an der internationalen Businessschule in Saint Helier. Sie hatte selbst bei ihr Unterricht gehabt.

»In der Tat eine Schande, Ethan. Vor allem, da die Insel so lange unter normannischer Herrschaft stand. Wie hast du nur diesen Job bei der Bank ergattert? Hast du etwa sexuelle Gefälligkeiten angeboten?«

»Da hätte die Frau meines Chefs bestimmt etwas dagegen gehabt.«

Mala schmunzelte. »Nun ja, wenn die Zwillinge mit ihren Großeltern in Bangalore skypen, ist es schön, dass sie mit ihnen Hindi sprechen können. Meine Eltern haben es mir deswegen schon fast verziehen, dass ich einen rothaarigen Teufel geheiratet habe.«

Sie blieben vor einem der vielen Geschäfte stehen, die Töpferwaren anboten, für die Poole so berühmt war. Ob er seiner Mutter etwas mitbringen sollte?

»Und du?«, fragte Ethan.

»Ich? Was soll mit mir sein?« Mala wirkte überrascht.

»Was ist mit deinem Job? Du wolltest doch nach Genf und für die UNO als Dolmetscherin arbeiten.«

Sie zuckte mit den Schultern. Ihr Blick blieb an den Zwillingen haften. »Tja, da kam eben etwas dazwischen.« Sie atmete tief durch und sah zu Ethan hoch, der sie mehr als einen Kopf überragte. »Aber ich bin glücklich, Ethan. Und wenn sie größer sind, wer weiß …« Sie zwinkerte. »Und jetzt Tee und Kuchen, okay?«

* * *

Die Bibliothek befand sich im ersten Stock in einem Seitenflügel. Samantha hatte einen Besucherausweis erhalten und trat über die Schwelle des prächtigen Saals.

Während sie auf dem knarrenden Holzfußboden den Raum durchquerte, betrachtete sie ehrfurchtsvoll die hohen Bücherregale. Wie viele Bücher lagerten hier wohl? Zehntausend? Oder noch mehr? Zwischen den Regalen waren Schreibtische aufgestellt. Auf jedem stand eine dieser typischen grünen Tischleuchten. Ein paar Besucher, vermutlich Studenten oder angehende Fachkräfte, saßen an den Tischen, blätterten in dicken Büchern, machten sich von Hand Notizen oder starrten auf ihre Tablets. Auf der linken Seite stand eine antike Empfangstheke aus dunklem Holz, dahinter tippte eine junge Frau mit gerunzelter Stirn und karottenroten Haaren auf einem Computer herum. Neben ihr erhob sich ein Berg von Büchern. Sie griff nach dem obersten, besah es sich von allen Seiten und legte es dann auf einen Rollwagen.

Samantha trat zu ihr und räusperte sich. Sie wollte keine Zeit verlieren, indem sie sich selbst auf die Suche machte.

Die junge Frau hob den Kopf. »Wie kann ich helfen?«

»Hallo, ich suche die Ausgaben der Berufszeitung der Pflegefachschule aus den Siebzigern.«

»Papier oder digital?«

»Lieber digital.«

Die Angestellte nickte und wies auf den rückwärtigen Teil des Lesesaals. »Dort hinten stehen unsere Computer. Sie können aber auch Ihr eigenes Gerät benutzen. Wenn ja, loggen Sie sich auf die Seite der Bibliothek ein, wählen ›Onlinebibliothek‹ und klicken auf ›Gastuser‹. Geben Sie als Passwort den Code auf Ihrem Besucherausweis ein. Wenn Sie Fragen haben, heben Sie einfach die Hand.«

»Bestens. Danke.«

Samantha beäugte die Bibliothekscomputer kritisch und entschloss sich, lieber ihren eigenen zu benutzen.

Sie setzte sich an einen freien Schreibtisch und holte ihren Laptop aus der Aktentasche. Nachdem sie sich in die Onlinebibliothek eingeloggt hatte, suchte sie nach der Betriebszeitung der Schule. Sie fand die »Nursing Gazette« sofort und scrollte zu den Ausgaben von 1971.

Zum Glück war dieses Blättchen damals nur sechsmal pro Jahr erschienen. Sollte sie also 1971 nichts finden, würde sie sich einfach die Jahre davor und danach ansehen. Das würde bestimmt nicht lange dauern.

Agnes war die Stationsschwester auf der Säuglingsabteilung gewesen, es würde vermutlich ein Leichtes sein, sie mit der Suchfunktion zu finden. Da Samantha ihren Nachnamen jedoch nicht kannte, versuchte sie es mit den Suchbegriffen »Agnes«, »Säuglingsstation« und »Siebzigerjahre« und bekam sogar schon einen Treffer. In einem Artikel wurde Agnes lobend erwähnt, weil sie sich für die Einführung des Neugeborenen-Screenings eingesetzt hatte, um angeborene Stoffwechselerkrankungen frühzeitig erkennen und effektiv behandeln zu können.

»Gut gemacht, Agnes«, murmelte Samantha lächelnd.

Leider wurde in dem Artikel lediglich der erste Anfangsbuchstabe des Nachnamens erwähnt: N.

Samantha erweiterte die Suchparameter um den Buchstaben N und stieß schließlich auf einen Artikel mit der Überschrift: »Mit der Säuglingsstation verheiratet!« Es handelte sich dabei um ein Interview, in dem man Agnes für ihren langjährigen Einsatz und ihr Wirken auf der Säuglingsstation würdigte.

Samantha überflog die Fragen und Antworten. Agnes schien wirklich eine außergewöhnliche Frau mit Visionen gewesen zu sein. Sie tat sich in dem Bericht nicht hervor, sondern lobte das gesamte Team der Station und forderte das Krankenhaus auf, in moderne Apparate und neue Strukturen zu investieren. Als der Reporter sie danach fragte, weshalb sie selbst nicht Mutter geworden war, sagte Agnes: »Ich kümmere mich immer um so viele andere Babys, dass für eigene keine Zeit bleibt. Aber ich betrachtete jedes, das auf unserer Station zur Welt kommt, als das meine. Wenigstens ein bisschen.«

»Ach, wie süß«, kommentierte Samantha diese Aussage.

Unter dem Artikel stand eine kleine Zusammenfassung von Agnes' Lebenslauf und ebenfalls ihr Nachname: Norminton.

»Bingo!«, rief Samantha euphorisch, was ihr ein ärgerliches Zischen der anderen Bibliotheksbesucher einbrachte. »Sorry«, flüsterte sie entschuldigend und verzog den Mund.

Sie rief das elektronische Telefonbuch auf, gab »Agnes Norminton, London« in das Suchfeld ein und tippte auf Enter.

Ein zufriedenes Lächeln legte sich auf Samanthas Lippen.

12

Das Haus, in dem Agnes Norminton wohnte, lag im schäbigen Teil der New Park Road. Weiter nördlich waren die Häuser des Viertels zu teuren Luxuswohnungen mit modernen Lofts ausgebaut worden, aber im Süden spürte man immer noch die Fabrikarbeitergegend, die es einst gewesen war. Vermutlich würden diese Immobilien aber auch bald zu teuren Apartments umgebaut werden.

Samantha sah an dem vierstöckigen Backsteinbau mit den Erkern hoch, der sich über einen ganzen Häuserblock erstreckte. Im schmalen Rasenstück vor der Nummer 81 stand ein einsamer Kirschbaum, ansonsten hatte man im Garten nichts gepflanzt. Die Verwaltung sparte sich offenbar den Gärtner.

Samantha hatte es unterlassen, Agnes vorab über ihr Kommen zu informieren. Oft blockten sonst die Leute einfach ab, wenn sie sich am Telefon vorstellte, weil sie keinen Ärger wollten, etwas zu verbergen hatten oder, wie in Agnes' Fall, an eine schmerzliche Begebenheit erinnert wurden. Diese Überrumpelungstaktik barg jedoch auch die Gefahr, vor verschlossener Tür zu stehen. Samantha vertraute daher einfach auf ihr Glück.

Am Eingang studierte sie die kleinen Schilder neben den Klingelknöpfen und drückte dann beherzt auf den zweituntersten. Nach ein paar Sekunden knisterte es im Lautsprecher der Gegensprechanlage.

»Ja, bitte?«

»Ms Norminton? Ich bin Samantha Bucknell von der Kanzlei McDermott & Hobbs. Ich würde Sie gern etwas über Darrell und Patience Matkins fragen.«

Einen Moment blieb es still, dann hörte Samantha einen tiefen Seufzer und der Summer der Eingangstür erklang.

Im Treppenhaus war es trotz der warmen Temperaturen kühl. Ein grauer Steinboden mit einem abstrakten Mosaik zog sich durch das ganze Haus bis zu einer rückwärtigen Tür mit Glasfenster, durch das man in einen düsteren Innenhof sehen konnte. Einen Aufzug gab es nicht, also stieg Samantha die knarrende Holztreppe hinauf. Die Stufen waren ausgetreten und bogen sich in der Mitte durch. Auf halber Höhe hörte sie, wie eine Tür geöffnet wurde. Gleich darauf erschien der Kopf einer älteren Frau mit weißem Haar über dem Treppengeländer.

»Woher kommen Sie noch mal?«

Im Wohnzimmer von Agnes Norminton sah es wie in einer Puppenstube aus. Rosa Spitzendecken lagen über den Stuhllehnen und dem Sofa, an den Wänden hingen kitschige Landschaftsbilder, und im ganzen Zimmer saßen Puppen herum, einzeln oder in Gruppen. Viele davon wirkten antik mit ihren Rüschenkleidern und den geflochtenen Strohhüten, andere waren offenbar erst kürzlich gekauft worden, trugen moderne Kleider und hatten lockiges Haar.

Samantha hatte das Gefühl, dass die Puppen sie vorwurfsvoll anstarrten, weil sie so unangemeldet aufgetaucht war. Dienten sie Agnes als Kinderersatz? Samantha lief ein Schauer über den Rücken.

»Zitrone? Milch? Zucker?«, erklang es von der Küche her.

»Nur mit Zitrone, danke.«

Agnes Norminton hatte ihr Tee angeboten, was üblicherweise als Auftakt für ein Gespräch fungierte, also hatte Samantha eingewilligt.

Agnes kam mit einem beladenen Teetablett ins Wohnzimmer und stellte es auf den Esstisch. Sie war bestimmt schon über siebzig, wirkte aber agil und bei bester Gesundheit. Ihre weißen Haare trug sie in einem flotten Kurzhaarschnitt, ihre Haut war gebräunt, als ob sie sich viel im Freien aufhielt. Nur an den Händen sah man ihr das Alter an. Sie waren mit Altersflecken und knotigen Adern übersät. Sie hatte sich ihre schlanke Figur bewahrt, trug einen knielangen Rock mit dazu passendem Twinset und eine einreihige Perlenkette.

Erstaunlich, dachte Samantha, dass sie sich an einem Werktag so zurechtgemacht hatte. Ob sie noch etwas vorhatte?

Agnes goss Tee ein und reichte Samantha einen Teller mit Haferplätzchen. Sie griff aus Höflichkeit zu, was sie sofort bereute, denn die Plätzchen waren steinhart.

Sie räusperte sich. »Ms Norminton, wie ich schon sagte, arbeite ich in der Kanzlei McDermott & Hobbs, die sich auf ›einsam Gestorbene‹ spezialisiert hat. Das heißt, wenn …«

»Ich kenne den Begriff«, unterbrach sie Agnes. »Als Krankenschwester läuft er einem ab und zu über den Weg.«

»Natürlich«, erwiderte Samantha und legte den harten Keks auf den Unterteller. »Darf ich Sie vorab bitten, dieses Gespräch vertraulich zu behandeln? Wir haben gewisse Vorschriften, die wir als Kanzlei natürlich einhalten müssen.« Agnes nickte zögerlich. »Vielen Dank.« Samantha atmete tief ein. »Sie haben vom Unfalltod der Matkins erfahren?«

Agnes nickte wieder. »Ganz scheußlich. Es tut mir so leid für Patience und Darrell.«

»Ja, tragisch. Sie waren mit dem Ehepaar befreundet?«

Agnes zögerte. »Nein, nicht wirklich. Ich …« Sie brach ab und biss sich auf die Lippen.

Samantha wartete einen Moment, ob Agnes noch etwas hinzufügen wollte, doch als sie schwieg, hielt sie es für sinnvoll, gleich zur Sache zu kommen. »Aber Sie haben ihnen jedes Jahr geschrieben, nicht wahr? Wieso?«

Agnes atmete tief durch und zuckte dann mit den Schultern, antwortete jedoch nicht.

»Ms Norminton, weshalb haben Sie den Matkins jedes Jahr um diese Zeit geschrieben? Ging es um ihr entführtes Baby?«

Agnes verschränkte die Finger wie zum Gebet und starrte auf eine Puppe, die neben dem Tisch in einem Puppenwagen saß. »Ich hatte ein schlechtes Gewissen«, sagte sie daraufhin leise. »Ich war damals ja die Leiterin der Säuglingsstation und …« Sie hielt inne und seufzte. »Obwohl nach dem Vorfall eine interne Untersuchung stattfand, in der man mir keine Nachlässigkeit nachweisen konnte, gab ich mir die Schuld an der Entführung.« Sie hob den Kopf und schaute Samantha herausfordernd an. »Es hat mich all die Jahre nicht in Ruhe gelassen. Und die Matkins auch nicht.«

»Nein, sicher nicht«, stimmte Samantha ihr zu. »Das Nichtwissen ist immer das Schlimmste für die Angehörigen.«

Agnes nickte. »Die Briefe und Karten waren nur eine klägliche Abbitte. Dennoch wollte ich, dass Patience und Darrell wissen, dass es außer ihnen noch jemanden gibt, der an Emely denkt und die Hoffnung nicht aufgibt.«

»Verstehe. Eine nette Geste.«

»Wenn Sie das sagen«, erwiderte Agnes abwesend, griff sich ein Haferplätzchen, tunkte es in den Tee und kaute schweigend.

Samantha betrachtete die pensionierte Krankenschwester nachdenklich. Wie sehr musste sie in den vergangenen Jahren unter diesem Vorfall gelitten haben. Sie tat ihr leid, daher änderte sie ihre Strategie, um Agnes nicht noch mehr zu verletzen.

»Ms Norminton, wie Sie vielleicht wissen, waren die Matkins sehr vermögend und haben laut unseren Nachforschungen keine lebenden Verwandten mehr. Meine Kanzlei versucht deshalb, ihr entführtes Baby wiederzufinden. Emely, sollte sie noch leben, oder falls nicht, ihre Nachkommen, würden das gesamte Erbe erhalten.«

»Und wie wollen Sie das anstellen, Miss Bucknell?«, fragte Agnes leicht amüsiert und griff nach einem zweiten Keks.

Samantha runzelte die Stirn. Sie mochte es nicht, wenn man ihre Arbeit ins Lächerliche zog. Aber vermutlich dachte Agnes daran, dass damals die Polizei nichts herausgefunden hatte. Doch das war ein halbes Jahrhundert her. Heutzutage gab es bessere Methoden, um jemanden zu finden. Auch wenn die Chance, das Matkins-Baby nach so langer Zeit aufzustöbern, mehr als gering war, Samantha hatte nicht vor, so schnell aufzugeben. Dennoch musste sie natürlich realistisch bleiben. Vermutlich war Emely Matkins tot.

»Indem ich die Tage vor und nach der Entführung auf der Säuglingsstation akribisch durchgehe«, beantwortete Samantha die Frage. »Das Erste tut normalerweise die Polizei, aber nach einer Tat konzentrieren sie sich oftmals nur auf die Folgen: Geht eine Lösegeldforderung ein, wird eine Leiche entdeckt, waren es die Eltern vielleicht selbst? Solche Dinge. Ich will damit nicht sagen, dass das falsch ist, aber ich arbeite eben anders.«

Agnes schaute Samantha eine Weile nachdenklich an und nickte dann. »Verstehe. Nun, schaden kann das sicher nicht. Aber es ist seit damals so viel Zeit vergangen.«

»Stimmt. Ein nicht unerheblicher Faktor. Doch manchmal muss man auch auf sein Glück vertrauen. Ich habe vier Monate Zeit für die Recherchen. Wenn ich, besser gesagt meine Kanzlei, bis dahin keine Resultate liefern kann, wird das Matkins-Vermögen der Krone zufallen, da kein Testament vorliegt.«

»Ja, das habe ich gehört. Und was kann ich jetzt tun?«

Samantha griff in die Aktentasche und holte ihr Aufnahmegerät hervor. »Schildern Sie mir einfach alles, was Ihnen noch in Erinnerung geblieben ist. Was ist in den Tagen vor der Entführung auf der Säuglingsstation geschehen? Was danach? Gab es etwas Ungewöhnliches? Etwas, was Sie bewegt oder berührt hat? Einfach alles, woran Sie sich noch erinnern. Jede Kleinigkeit kann wichtig sein. Ich werde zusätzlich die Unterlagen der Polizei anfordern. Aber das dauert leider immer recht lange, daher versuche ich zuerst, mit den Augenzeugen zu sprechen.«

»Ich wünschte, ich wäre das gewesen.«

»Bitte?«

»Eine Augenzeugin.«

»Natürlich. Aber arbeiten wir mit dem, was wir haben. Einverstanden?«

13

Der Donnerstagmorgen war nass und kalt und erinnerte die Londoner daran, dass schon in wenigen Wochen die dunkle Jahreszeit begann.

Samantha saß in ihrem Büro und hörte sich das Interview mit Agnes an. Sie hatte nichts dagegen gehabt, das Gespräch aufzuzeichnen, worüber Samantha mehr als froh war. Es kam nämlich nicht immer darauf an, *was* jemand sagte, sondern auch darauf, *wie* er es sagte. Wenn eine Person die Stimme hob, sprach sie oft nicht die Wahrheit. Viele sahen beim Flunkern auch an die Decke, was Samantha natürlich den Audioaufzeichnungen nicht entnehmen konnte, aber für Mimik und Sonstiges hatte sie sich schließlich Notizen gemacht. Doch Agnes hatte weder das eine noch das andere getan. Sie hatte ruhig und sachlich über die damaligen Ereignisse gesprochen, selbst wenn ihr ab und zu die Stimme versagt hatte, was Samantha bestätigte, wie nahe ihr die Entführung von Emely auch nach all den Jahren noch ging.

Eine heiße Spur hatten Agnes' Erzählungen jedoch nicht ergeben. Soweit sie sich erinnerte, war damals alles ganz normal gewesen, was sie auch der Polizei erzählt hatte. Es waren weder unbekannte Personen im Krankenhaus aufgetaucht, noch hatte man jemanden bemerkt, der die Station ausspionierte. Und keine der Schwestern hatte nach der Entführung aus heiterem Himmel gekündigt, was zuweilen als Mittäterschaft gedeutet werden konnte.

Während Agnes erzählte, transkribierte Samantha das Gespräch und drückte ab und zu auf den Pausenknopf, weil sie mit dem Tippen nicht Schritt halten konnte. Ihr war die pensionierte Krankenschwester sympathisch gewesen, und es beruhigte sie, dass diese offensichtlich nichts mit der Entführung des Matkins-Babys zu tun hatte.

Samantha drückte auf die Wiedergabetaste und tippte weiter.

Ist Ihnen in dieser Zeit, davor oder danach, irgendetwas Ungewöhnliches aufgefallen, Ms Norminton?

Ich erinnere mich daran, wie erschöpft ich an jenem Tag gewesen bin. Noch bevor wir überhaupt entdeckt haben, dass die kleine Emely Matkins entführt worden war. Wir hatten mit den Folgen einer Geburt zu kämpfen, bei der das Kind kurz nach der Niederkunft verstarb. Das ist immer entsetzlich traurig, Ms Bucknell. Die meisten Mütter freuen sich ja über neun Monate lang auf ihr Kind, und dann kommt es zur Welt und stirbt kurz darauf. In solchen Momenten ist die Verzweiflung groß. Nicht nur bei den Eltern.

Samantha hörte, wie Agnes nach dieser Aussage tief die Luft einsog.

Das kann ich mir vorstellen. Auch wenn ich ... noch keine Kinder habe, muss so etwas wirklich grausam für eine Mutter sein.

So ist es. Die Patientin schien mir damals sogar suizidgefährdet. Gott sei Dank hat sie sich am Tag darauf wieder gefangen und wir konnten sie nach ein paar Stunden entlassen.

Zum Glück! Ms Norminton, ich würde jetzt gern erfahren, was ...

Samantha drückte wieder auf den Pausenknopf und betrachtete stirnrunzelnd den abgetippten Text. Suizidgefährdet? Am Tag darauf gefangen?

Sie wusste nichts darüber, wie schnell sich jemand, der in so einer Situation an Selbstmord dachte, sich wieder fing. Ein Tag, besser gesagt eine Nacht, erschien ihr jedoch erstaunlich kurz. Doch möglicherweise hatte man dieser unglücklichen Frau mit Antidepressiva helfen können.

Samantha schüttelte sich. Was für eine Tragödie, auf diese Weise sein Kind zu verlieren. Sie hatte sich immer vorgestellt, wie fröhlich es auf einer Säuglingsstation zugehen musste. All diese süßen Wonneproppen! Aber natürlich passierten dort auch schreckliche Dinge.

»Bucknell, du bist so eine naive Nuss!«, murmelte sie kopfschüttelnd vor sich hin und wollte gerade fortfahren, als ihr bewusst wurde, dass es Zeit für die morgendliche Pause war. Also stand sie auf und machte sich auf den Weg zum Kaffeeautomaten.

Auf der Etage gab es einen kleinen, geschmackvoll eingerichteten Pausenraum mit einer Kaffeebar, einem Kühlschrank und ein paar Tischen und Stühlen. Auf einem davon saß Harold Hobbs und blätterte in einer Tageszeitung, vor sich eine dampfende Teetasse. Außergewöhnlich, denn normalerweise sah man die Seniorpartner der Kanzlei kaum außerhalb ihrer Büros.

Als sie eintrat, hob Hobbs den Kopf. »Samantha, hallo, wie geht es Ihnen? Kommen Sie im Matkins-Fall voran?«

Sie ließ sich ihre Überraschung darüber, dass er wusste, woran sie gerade arbeitete, nicht anmerken. Harold Hobbs hatte viele Talente. Eines davon war, dass er offensichtlich stets über alles, was in seiner Kanzlei vorging, Bescheid wusste.

»Alles bestens, danke der Nachfrage. Und ja, es gibt ein paar Spuren, aber ich stehe ja noch ganz am Anfang und ...«

»Fein, fein«, unterbrach sie Hobbs. »Sie schaffen das schon, dessen bin ich mir sicher. Immerhin hatten Sie einen guten Lehrer.« Er zwinkerte ihr zu und vertiefte sich wieder in die Zeitung.

Samantha trat vor die Kaffeemaschine und griff sich die Kapsel mit der dunkelsten Kaffeemischung. Sie brauchte etwas Stärkeres als Tee!

Während sie im Kühlschrank nach der Milch suchte, dachte sie an Hobbs Kommentar. Er spielte natürlich auf ihren ersten Fall an, den sie mit John Fortune in Schottland aufgeklärt hatte. Damals war sie noch mit Matthew zusammen gewesen, trotzdem hatte sie sich auf eine Affäre mit ihrem Arbeitskollegen eingelassen, weil es in Matts und ihrer Beziehung gekriselt hatte. Auf diesen Seitensprung war sie nicht gerade stolz. Zum Glück hatte John dieses Abenteuer aber auch als das gesehen, was es gewesen war: eine einmalige Sache.

Seit damals hatte es nicht mehr viel Kontakt zwischen ihnen gegeben. Aber Hobbs hatte recht, John war ein cleverer Ermittler und guter Lehrmeister gewesen, dessen Aufklärungsrate weit über die der anderen Mitarbeitenden hinausging. Er war sozusagen der Star unter den Außendienstmitarbeitern, auch wenn ihm das anscheinend nichts bedeutete. Er war schon ein seltsamer Kauz. Vielleicht aber lag gerade darin seine Genialität. Möglicherweise konnte sie ihn um Rat fragen, wenn sie bei ihren Ermittlungen feststeckte. Er würde ihr, ohne groß nachzufragen, helfen, dessen war sie sich sicher. Der Gedanke war tröstlich. Doch so weit war es noch nicht. Sie hatte den Ehrgeiz, es ohne Hilfe zu schaffen. Das war sie ihrem Selbstbewusstsein schuldig.

Sie griff nach der Kaffeetasse und verabschiedete sich von Hobbs, weil sie sich nicht zu ihm an den Tisch setzen wollte. Ihr war nicht nach Small Talk. Und sie scheute sich ebenfalls davor, ihm ihre spärlichen Ergebnisse im Fall Matkins vorlegen zu müssen. Denn entgegen ihrer Aussage gab es bis jetzt ja noch gar keine richtigen Spuren.

Während sie in ihr Büro zurückging und am Kaffee nippte, dachte sie an Agnes' Worte über die unglückliche Frau, die an jenem Tag ihr Baby verloren hatte. Vielleicht handelte es sich bei dieser Tragödie lediglich um einen Zufall, der sich zur selben Zeit zugetragen hatte. Aber dass sich eine Mutter nach nur einer Nacht von so einem Schicksalsschlag erholt haben sollte, erschien ihr ungewöhnlich. Hatte sich Agnes vielleicht getäuscht? Oder erinnerte sie sich nicht mehr richtig daran?

»Es hilft alles nichts«, murmelte Samantha frustriert und setzte sich seufzend an ihren Schreibtisch. »Ich muss die Polizeiakten durchsehen!«

14

»Wie oft willst du dieses blöde Ding denn noch fotografieren, Onkel Ethan? Ich verhungere gleich!« Anand stand mit in die Hüften gestemmten Händen vor ihm und sah ihn vorwurfsvoll an.

Ethan verbiss sich ein Lachen. »Schon fertig. Siehst du?« Zur Bestätigung steckte er das Handy in die Gesäßtasche.

Anand stieß einen unwilligen Laut aus und rollte mit den Augen. Offenbar hielt ein Junge in seinem Alter nichts von der wunderschönen Durdle Door, einer natürlichen Felsbrücke aus Kalkstein in der Nähe von West Lulworth, die wie ein Elefantenrüssel ins Meer hinausragte.

Das schöne Wetter hielt weiter an, also hatte Mala für heute ein Picknick an der Jurassic Coast vorgeschlagen, ein von der UNESCO als Weltnaturerbe ausgezeichneter Abschnitt an der südenglischen Kreideküste in der Grafschaft Dorset.

Anand griff nach Ethans Hand und zerrte ihn über den Strand.

»Nicht so schnell, junger Mann!«, rief Ethan lachend und versuchte, nicht zu stolpern.

»Mummy sagt, wir dürfen nichts essen, bevor du nicht bei uns bist«, zischte Anand. »Also komm jetzt!«

Mala hatte im Schutz der Felsen eine Decke auf dem Boden ausgebreitet und allerlei Köstlichkeiten aus dem geflochtenen Korb gezaubert.

Als sie näher kamen, beschattete sie ihre Augen mit der Hand und schmunzelte. »Mein Sohn wird übellaunig, wenn er hungrig ist.«

»Das habe ich gerade bemerkt«, erwiderte Ethan und zwinkerte ihr zu. Er setzte sich neben Tamzin, die einen Zeichenblock auf den Knien balancierte und eifrig ein Bild malte. »Was malst du denn Schönes?«, fragte er und betrachtete die Zeichnung. Ein wildes Gewirr aus Grün- und Blautönen. Er konnte nicht erkennen, was es war, aber die Farbkomposition gefiel ihm.

»Also wirklich, das ist doch das Meer, Onkel Ethan!«, erwiderte die Kleine in einem Ton, der ihm vermittelte, dass er so gar keine Ahnung hatte.

»Natürlich, Tamzin. Jetzt, wo du es sagst.«

Sie nickte gnädig, was Mala und ihn zum Lachen brachte.

»Essen wir jetzt endlich?«, nölte Anand.

»Wir warten noch auf deinen Vater.« Mala sah zu dem schmalen Küstenpfad hoch. »Er kommt sicher bald.«

Sie waren mit dem Zug angereist. Jacob wollte nach seiner letzten Unterrichtsstunde mit dem Wagen nachkommen, damit sie alle zusammen zurückfahren konnten.

Anand ließ den Kopf hängen. »Immer nur warten, das ist voll blöd!«

Mala rollte verhalten mit den Augen. »Hier, du Vielfraß.« Sie hielt ihm einen Apfel vor die Nase. »Nicht, dass du mir noch umkippst.«

Der Kleine schnappte danach wie ein Jagdhund nach seiner Beute und biss glücklich hinein.

Obwohl es ein sonniger Tag war, wehte eine frische Brise und nur die Verwegenen wagten sich ins Wasser. Doch von den Platers verspürte keiner den Wunsch, sich ins Meer zu stürzen.

Ethan hatte keine Badehose dabei, und da Jacob beleibter war als er, hatte er sich von ihm keine ausleihen können. Doch Ethan war ganz zufrieden damit, mit seinen Freunden nur am Strand zu sitzen und den goldenen Herbsttag zu genießen.

»Es tut mir leid, dass wir nicht zur Beerdigung deiner Großmutter kommen konnten«, sagte Mala unvermittelt. »Ich mochte sie, aber Tamzin hatte damals die Windpocken und …«

»Schon okay«, unterbrach Ethan sie lächelnd und umfasste seine Knie. »Granny hätte es verstanden.«

Ethans Großmutter mütterlicherseits war vor sechs Monaten mit knapp siebzig Jahren verstorben. Die ältere Frau hatte ganz allein in einem großen Haus unweit der Küste auf Jersey gewohnt und war partout nicht dazu zu bewegen gewesen, in ein Seniorenheim umzuziehen. Auch den Vorschlag, bei ihrer Tochter zu wohnen, hatte sie kategorisch abgelehnt.

»Die Malherbs sind eben ausgemachte Dickköpfe!«, hatte Ethans Vater immer wieder seufzend gesagt, wenn das Thema über einen Umzug seiner Schwiegermutter zu ihnen zur Sprache kam. Und so war es gekommen, dass Charlotte an einem windigen Tag bei dem Versuch, die Fensterläden zu schließen, aus dem ersten Stock ihres Hauses gestürzt war und sich dabei das Genick gebrochen hatte. Der Postbote hatte sie am nächsten Tag gefunden.

Ethan und seine Eltern hatte sich die größten Vorwürfe deswegen gemacht, auch wenn der Arzt, der den Totenschein ausgestellt hatte, sowie der Coroner ihnen versichert hatten, dass sie Charlotte nicht hätten helfen können. Sie sei sofort tot gewesen, hatten beide berichtet. Dennoch nur ein kleiner Trost. Und der schlechte Nachgeschmack, Granny zu wenig unterstützt zu haben, blieb. Vor allem Hannah machte sich die größten Vorwürfe, dass sie ihre Mutter nicht stärker dazu gedrängt hatte, in ein Seniorenheim zu ziehen, wo man sich um sie hätte kümmern können.

Ethan hatte seine Großmutter zwar gemocht, sich in ihrer Anwesenheit jedoch immer ein wenig unwohl gefühlt. Nicht, dass sie nicht freundlich zu ihm gewesen wäre, aber er hatte oft das Gefühl verspürt, dass sie immer eine gewisse Distanz wahrte. Als er das einmal in Gegenwart seiner Mutter erwähnt hatte, war die regelrecht zusammengezuckt und hatte ihn gehörig ausgeschimpft. Er hatte es seit damals nie mehr offen ausgesprochen, doch jetzt musste er wieder daran denken.

»Wenigstens hat sie nicht gelitten.«

Er wandte den Kopf. Mala sah ihn mit ihren wunderschönen braunen Augen, die an dunkle Schokolade erinnerten, voller Mitgefühl an. »Stimmt«, erwiderte er nickend. »Für Großmutter wäre es fürchterlich gewesen, wenn sie ihre Unabhängigkeit durch eine Krankheit verloren hätte.«

»Von wem sprichst du, Mummy?«, wollte Anand wissen.

»Von Ethans Großmutter Charlotte. Du hast sie mal kennengelernt.«

Anand runzelte die Stirn. »Die jetzt tot ist und von Würmern gefressen wird?«

»Anand, also wirklich!«

»Wer isst Würmer?«, schaltete sich Tamzin ein und hob den Kopf von ihrem Zeichenblock.

»Ethans Granny«, rief Anand kichernd. »Und auf deinem Sandwich sind auch welche!«

»Mummy?!« Tamzin sah ihre Mutter entsetzt an.

»Hör sofort auf, Anand!«, befahl Mala. »Damit macht man keine Witze!« Sie sah Ethan entschuldigend an.

»Tamzin isst Würmer, Tamzin isst Würmer! Wurmfresserin!«, skandierte Anand und rieb sich dabei über den Bauch, während er sich genüsslich mit der Zunge über die Lippen fuhr.

Tamzins Augen füllten sich mit Tränen.

Und obwohl Ethan sich zusammenreißen musste, um nicht zu lachen, sah er den Jungen streng an. »Es reicht, Kleiner! Hör auf, deine Schwester zu ärgern.«

»Hallo, ihr da unten!«, ertönte es von oben.

Sie wandten sich um. Jacob stand winkend auf der Böschung.

»Habt ihr mir ein Sandwich aufgehoben? Ich bin am Verhungern!«

* * *

Samantha blätterte neugierig in den Polizeiprotokollen von Emelys Entführung. Mithilfe von Harold Hobbs Intervention beim Polizeipräsidenten hatte es sage und schreibe nur einen halben Tag gedauert, bis die Kanzlei die vollständigen Akten erhalten hatte. Manchmal war Vitamin B eben doch ganz nützlich. Und das schlechte Gewissen, dass sie durch Hobbs Vermittlung die langwierige Bürokratie hatte umgehen können, hielt sich in Grenzen.

Samantha las die Vernehmungsprotokolle der diensthabenden Krankenschwestern durch. Im Großen und Ganzen deckten sie sich mit dem, was sie schon wusste: keine Fremden, keine zwielichtigen Gestalten, nichts Ungewöhnliches. Auch Patience und Darrell Matkins hatten keine sachdienlichen Hinweise liefern können. Trotz einer Fangschaltung der Polizei hatten sich der oder die Entführer nicht bei ihnen gemeldet und es war keine Lösegeldforderung eingegangen.

Den Akten lagen auch Zeitungsausschnitte bei. Eine ganze Menge sogar. Irgendwann war das Interesse an der Entführung jedoch erlahmt und ein halbes Jahr später hatte keine Zeitung mehr darüber berichtet.

Samantha strich sich eine Strähne aus dem Gesicht und stand auf. Sie streckte den Rücken durch und ließ die Schultern kreisen. Es war kurz vor halb sechs. Im Grunde hätte sie jetzt Feierabend, aber sie wollte in den Akten noch den Namen der Frau finden, deren Kind kurz nach der Geburt gestorben war. John hatte ihr geraten, sich stets auf ihren Instinkt zu verlassen, und der suggerierte ihr, dass ihr diese Frau eventuell einen Hinweis liefern konnte.

Samantha setzte sich wieder hin und unterdrückte ein Gähnen. Ob sie sich noch schnell einen Kaffee holen sollte? Wer wusste, wie lange sie noch Akten wälzen musste?

Ihr Blick fiel auf den Namen einer Zeugin im Polizeiprotokoll und deren Aussage. Der Kaffee war vergessen.

15

Der katholische Friedhof Saint Mary's lag in der Harrow Road im Westen von London zwischen zwei Bahntrassen. Der Name, den Samantha gestern in den Akten gefunden hatte, hatte sie hierhergeführt: Emely Seymour, das Baby, das nur kurz gelebt hatte.

Samantha rümpfte die Nase, als sie durch das Eingangstor trat. Auf der Nordseite wurde der Friedhof von einem Industriegebiet begrenzt, im Süden von trostlosen Reihenhaussiedlungen. Es gab bestimmt schönere Orte für die letzte Ruhe.

Emely Seymour war Charlotte Seymours Kind, das am Tag der Entführung nur wenige Minuten gelebt hatte. Das entführte Mädchen hatte ebenfalls Emely geheißen. Zwei Kinder mit demselben Vornamen? Das musste etwas bedeuten!

Die Pförtnerloge am Eingang war nicht besetzt, also steuerte Samantha beherzt die Kapelle an, die sich auf dem Gelände befand. Irgendwo würde sie bestimmt jemanden finden, der sich hier auskannte.

Sie konnte nur darauf hoffen, dass Charlotte für die Pflege von Emelys Grab vorgesorgt hatte. Wenn ja, würde Samantha möglicherweise dadurch ihre neue Adresse erfahren und konnte sie anschließend zur Entführung des Matkins-Babys befragen. Und auch wenn die Chance, Charlotte zu finden, gering war, einen Versuch war es wert. Anders gesagt: Mehr hatte Samantha ja sowieso nicht.

Von Charlotte selbst fehlte nämlich seit besagtem Tag jedes Lebenszeichen. Samantha hatte zwar ihre damalige Adresse im Polizeibericht gefunden, doch dort stand jetzt ein Neubau mit einem Friseurgeschäft, einem indischen Schnellimbiss und einem Computergeschäft im Erdgeschoss. Sie hatte in allen drei Geschäften nach Charlotte Seymour gefragt, aber niemand kannte die Frau. Also hatte sich Samantha zur Grabstätte der toten Tochter aufgemacht, die das firmeneigene Suchprogramm ausgespuckt hatte: Emely Seymour, geboren 19.9.1971, verstorben 19.9.1971, bestattet auf dem Friedhof Saint Mary's.

Es waren an diesem nebligen Morgen nur wenige Besucher unterwegs. Meistens ältere Personen, die durch die Grabreihen schritten oder still vor einem Grab verweilten.

Samantha mochte Friedhöfe nicht. Möglicherweise, weil man dort an die eigene Sterblichkeit erinnert wurde und wusste, dass man früher oder später ebenfalls auf so einem Terrain landen würde. Hoffentlich aber auf einem gepflegteren. Je weiter sie sich vom Eingang entfernte, desto unordentlicher wurden die Grabstätten. Auf vielen wuchs Unkraut, die meisten Grabsteine standen schief oder waren bereits umgefallen.

Sie fröstelte und schloss die Knöpfe ihres Mantels.

Charlotte Seymour war zwar verheiratet gewesen, aber Samanthas Recherchen hatten ergeben, dass ihr Ehemann Roderick Seymour nur wenige Tage nach dem Tod seiner Tochter beim Bruch der Fördermaschinenbremse in einem Steinbruch bei Staveley ebenfalls ums Leben gekommen war. Der Förderkorb war während der Seilfahrt ungebremst in den Schachtsumpf gestürzt, was Roderick und elf weitere Kumpels das Leben gekostet hatte. Den armen Mann hatte man auf dem dortigen Friedhof bestattet. Wenn Samantha hier keine Spur fand, würde sie vermutlich nach Staveley fahren müssen, um weitere Spuren zu finden.

Was für eine Tragödie! Zuerst starb Charlottes Tochter und kurz darauf ihr Ehemann. War das alles zu viel für sie gewesen? Hatte sie sich daraufhin tatsächlich das Leben genommen, wie Agnes angedeutet hatte? Oder hatte die junge Frau nach dem Tod ihrer Liebsten London einfach für immer verlassen, um irgendwo neu anzufangen? Und wenn ja, wohin war sie gegangen?

Die aus grauem Stein erbaute Kapelle hatte zwei Eingänge: eine mit einer Rampe und einen mit Treppenstufen. Samantha ging die Treppe hinauf und öffnete die zweiflügelige schwere Holztür. Sie knarrte, wie es sich gehörte. Samantha kam in einen kleinen Vorraum, an dessen Wänden allerlei Aushänge hingen, die die Aktivitäten der katholischen Gemeinde dokumentierten, von der Armenspeisung bis zum nächsten Kirchenbasar. Daneben prangte eine Liste mit Persönlichkeiten, die auf diesem Friedhof bestattet waren, mit der entsprechenden Nummer des Grabes.

Neugierig begutachtete Samantha die Namen. Sie kannte keinen einzigen. Die meisten ›Promis‹ waren Ende des 19. Jahrhunderts verstorben. Kein Wunder also, dass sie ihr unbekannt waren. Überwiegend handelte es sich dabei um Dichter und Musiker. Bei einem Namen jedoch musste sie sich zusammenreißen, um nicht laut zu lachen, stand dort doch tatsächlich: William Percy »Billy Boy« Luther, (1907–1947), Gangster.

»Was stände wohl bei mir?«, murmelte sie halblaut vor sich hin. »Töchterchen aus reichem Haus?«

»Wie meinen?«

Samantha wirbelte herum. Hinter ihr stand ein weißhaariger Mann in einer schwarzen Soutane und sah sie mit hochgezogenen Augenbrauen fragend an.

»Nichts, Hochwürden«, beeilte sie sich zu erwidern. »Ich habe nur laut gedacht.«

»Wie nett«, sagte der Geistliche zerstreut und ging die Treppe nach draußen hinunter.

Sie lief ihm hinterher. »Hochwürden, darf ich Sie etwas fragen?«

Im Büro von Pater James Broderick roch es nach Kamillentee und alten Büchern. Der Stuhl, auf dem Samantha gebeten worden war, Platz zu nehmen, knirschte bei jeder Bewegung und war ziemlich unbequem.

Der Pater setzte sich an seinen Schreibtisch, auf dem sich Akten dermaßen stapelten, dass Samantha unweigerlich an den Turmbau zu Babel denken musste. »Wie kann ich Ihnen denn helfen, Ms Bucknell?«

»Hochwürden, ich arbeite für die Kanzlei McDermott & Hobbs, die sich auf die Nachlässe von ›einsam Gestorbenen‹ spezialisiert hat. Kennen Sie den Begriff?«

Broderick nickte und sie fuhr fort: »Ich muss Sie vorab bitten, dass dieses Gespräch unter uns bleibt, weil …«

Der Pater lächelte. »Natürlich, Ms Bucknell«, unterbrach er sie. »Wir Geistlichen sind die Verschwiegenheit in Person.«

»Vielen Dank, Hochwürden. Also, ich bin aktuell mit dem Fall des Ehepaars Matkins beschäftigt. Das vermögende Paar starb vor kurzer Zeit bei einem Autounfall und auf den ersten Blick sind keine Erben auszumachen.«

»Auf den ersten Blick?«

»Die beiden hatten eine Tochter, die jedoch am Tag ihrer Geburt aus der Säuglingsstation des Krankenhauses entführt wurde. Das war im Jahr 1971.«

Broderick hob erstaunt die Augenbrauen. »Und wie kann ich Ihnen bei dieser Sache helfen?«

Samantha griff nach ihrer Aktentasche und zog eine Kopie der Polizeiakte hervor. »Damals gab es keine Lösegeldforderung, was doch eher unüblich ist. Also entweder ging es bei dieser Entführung gar nicht um Geld, dann könnte es durchaus sein, dass dieses Kind heute noch lebt. Es kann aber natürlich auch etwas schiefgegangen sein und das Baby … na ja, kam zu Tode.«

»Verstehe. Aber nochmals, wie soll ich Ihnen dabei helfen?«

»Es ist so, Hochwürden: An dem Tag, an dem das Matkins-Baby entführt wurde, lag auch eine Frau auf der Wöchnerinnenstation, deren Kind leider schon kurz nach der Geburt verstarb. Ihr Name ist Charlotte Seymour und ihr Kind, das ebenfalls Emely hieß, wurde auf diesem Friedhof hier bestattet.« Samantha zeigte ihm die Kopie der Website *find a grave* mit den Angaben von Emely. »Ich würde gern mit dieser Charlotte Seymour sprechen. Vielleicht erinnert sie sich noch an etwas, was an diesem Tag vorgefallen ist. Leider finde ich sie in London nicht. Oder nicht mehr. Denkbar, dass sie jedoch für das Grab ihrer Tochter bei einer örtlichen Gärtnerei einen Dauerauftrag für die Grabpflege eingerichtet hat. Sollte dies der Fall sein, wäre es mir möglich, sie ausfindig zu machen und zu befragen.«

Broderick brummte etwas, was Samantha nicht verstand. »Hochwürden?«

»Die alten Gräber, und dazu zähle ich auch die aus den Siebzigerjahren, verfallen leider immer mehr. Die Angehörigen ziehen weg, sterben oder kümmern sich nicht darum. Daher glaube ich nicht, dass da eine Gärtnerei zuständig ist.«

Samantha sank der Mut.

»Aber ich werde Emmett, unseren Küster, danach fragen«, fuhr Broderick fort. »Er arbeitet schon länger hier als ich. Er wird Ihnen bestimmt Auskunft geben können. Zudem hat der

Kerl noch immer ein phänomenales Gedächtnis.« Broderick lachte leise. »Im Gegensatz zu mir. Ich muss mir alles aufschreiben. Wenn es keine Sünde wäre, würde ich ihn darum beneiden.« Er lächelte. »Man wird zwar weiser im Alter, leider aber auch immer vergesslicher.«

Samantha atmete auf. »Vielen Dank, Hochwürden.«

Broderick winkte ab. »Keine Ursache. Stecken Sie beim Rausgehen einfach etwas in den Klingelbeutel, dann sind wir quitt.«

16

Emmett Morris, der Küster von Saint Mary's, sah aus wie eine knorrige Eibe. Sein Gesicht, tief gebräunt und voller Runzeln, erinnerte Samantha an die Crowhurst-Yew-Eibe in der Grafschaft Surrey, einen der ältesten Bäume Englands. Er ging leicht gebeugt, aber so schnell, dass sie ihm kaum folgen konnte. Dabei murmelte er ärgerlich vor sich hin und warf immer wieder die Hände in die Luft. Offenbar schätzte er es gar nicht, dass Pater Broderick ihn dazu verdonnert hatte, sie zum Grab von Emely Seymour zu führen.

Nahe der Umfassungsmauer, hinter der das Industriegebiet begann, blieb er unvermittelt stehen und zeigte auf einen kleinen, schmucklosen grauen Granitstein, der durch die Jahre Moos angesetzt hatte.

»Hier!«, sagte er und verschränkte die Arme vor der Brust.

Der Grabstein stand inmitten gleichgearteter Steine. Vermutlich lagen hier die Kindergräber des Friedhofs.

Samantha ging in die Hocke. Die Inschrift bestand nur aus Emelys Namen und ihrem Geburtsdatum, das sogleich auch ihr Sterbedatum gewesen war. Kein tröstender Spruch, keine hingebungsvolle Widmung, gar nichts. Das Grab war ungepflegt. Efeu und Unkraut hatten den Grabhügel überwuchert. Die

Grabstätte daneben, die liebevoll mit Blumen und einem farbigen Windrad geschmückt war, bildete einen starken Kontrast dazu.

Hier jedoch war schon lange niemand mehr gewesen. Samantha stieß frustriert die Luft aus. Während sie auf den kleinen Grabstein starrte und über ihre nächsten Schritte nachdachte, nuschelte Emmett: »Sie kommt nie her!«

Samantha runzelte die Stirn. »Wer kommt nicht her, Mr Morris?«

Der Küster stieß einen abfälligen Laut aus. »Na, sie«, erwiderte er, als wäre damit alles gesagt.

»Sie?«, hakte Samantha nach.

»Charlotte eben.«

Samantha horchte auf. »Charlotte Seymour kommt also nie ans Grab?«

Morris schüttelte den Kopf.

»Nie?«

Wieder ein Kopfschütteln.

»Aber zur Beerdigung wird sie doch wohl erschienen sein, oder?«

»Nicht mal das.« Morris rieb sich übers Kinn. »Eine Schande!«

Samantha glaubte, sich verhört zu haben. Also fragte sie nach: »Sie sagen, dass Charlotte Seymour nicht zum Begräbnis ihres eigenen Kindes gekommen ist? Sind Sie sich da sicher? Immerhin ist das fünfzig Jahre her.«

Morris betrachtete sie von der Seite. »Mein Gedächtnis funktioniert noch einwandfrei, Miss. Wenn ich sage, dass Charlotte nicht da war, dann war sie nicht da! Und jetzt habe ich zu tun.« Er drehte sich um und marschierte murrend davon.

Samantha sah ihm nachdenklich hinterher. Wie konnte es sein, dass Charlotte nicht zur Beerdigung ihres eigenen Kindes erschienen war? Hatte der Schmerz sie dermaßen überwältigt?

Vielleicht, weil kurz nach Emelys Tod auch noch ihr Mann gestorben war? Oder gab es einen anderen Grund für ihr Fernbleiben?

Samantha erhob sich. Gemäß Agnes Normintons Aussage war Charlotte über den Tod ihres Kindes schier verzweifelt. Und dann erschien sie nicht zu dessen Begräbnis? Da war doch etwas faul!

Samantha lief Morris hinterher. »Warten Sie! Ich habe noch eine Frage.«

Der Küster blieb stehen. »Was denn noch?«, fragte er unwirsch.

Sie atmete tief durch. »Haben Sie Charlotte Seymour persönlich gekannt?«

Morris nickte.

»Und woher?«

»Sie kam immer zum Gottesdienst. Dann nicht mehr.«

»Nach Emelys Tod kam sie also nicht mehr in die Kirche?«

»Habe ich doch eben gesagt!« Er schüttelte genervt den Kopf und wandte sich ab.

»Mr Morris, wissen Sie zufällig, wo sie heute sein könnte?«

Er hob die Schultern. »Nein, keine Ahnung.« Er warf einen Blick zum Himmel. »Vielleicht …«

»Ja?«

»Charlotte stammte ursprünglich aus Poole. Vielleicht ist sie ja dorthin zurück.«

* * *

»Jetzt hast du schon mal Urlaub und musst unsere Einkäufe schleppen. Sorry, Ethan.« Mala warf ihm einen entschuldigenden Blick zu.

»Kein Problem. Das tue ich doch gern.« Er hievte die Tüten in den alten Vauxhall und warf den Kofferraumdeckel zu. »So!«

Er streckte den Rücken durch. »Der Proviant fürs Regiment ist verstaut.«

Mala lachte. »Erstaunlich, nicht? Man könnte tatsächlich glauben, dass ich eine ganze Armee durchfüttern muss. Und am Montag ist alles bereits wieder weggeputzt.«

Ethan dachte an seinen leeren Kühlschrank. Seit Brianna ausgezogen war, kochte er nur noch selten. Von daher brauchte er auch keinen Wocheneinkauf. Auf der einen Seite praktisch, aber manchmal erinnerte er sich mit Wehmut an die Zeiten, als Bri und er Menüs ausprobiert hatten. Er hatte diese Momente genossen, wenn sie zusammen in der Küche gestanden und Gemüse geschnippelt hatten und sich gegenseitig erzählten, was sie den Tag über erlebt hatten.

»Und jetzt hast du mich noch zusätzlich an der Backe, was?«, erwiderte er mit einem Lächeln und setzte sich hinters Steuer.

Mala winkte ab. »Du isst ja kaum was. Man könnte beinahe denken, dass dir mein Essen nicht schmeckt.« Sie zwinkerte ihm zu, weil sie genau wusste, wie sehr er ihre indischen Gerichte liebte.

»Am Sonntag seid ihr mich wieder los.« Er fuhr vom Parkplatz des Supermarkts und fädelte sich in den Verkehr ein.

»Du bist uns jederzeit willkommen.« Mala legte kurz ihre Hand auf seinen Arm.

Er nickte gerührt. Dann räusperte er sich. »Das nächste Mal seid ihr aber wieder an der Reihe und besucht mich, okay? Und wartet nicht zu lange.«

»Versprochen.« Sie zückte ihr Handy und rief den Kalender auf. »Im Oktober haben die Kids Ferien, dann kommen wir bestimmt.«

»Ich nehme dich beim Wort!«

Sie lachte. »Vorausgesetzt natürlich, Anand und Tamzin stecken sich nicht wieder mit irgendetwas an.«

Mittlerweile waren sie am Haus der Platers angekommen. Nachdem sie die Einkäufe verstaut hatten, setzten sie sich mit einer Tasse Tee in den hinteren Garten und genossen die wenige Zeit, die ihnen noch blieb, bevor die Zwillinge aus der Schule kamen und der Trubel begann.

»Was habt ihr jetzt eigentlich mit dem Haus deiner Großmutter vor?«, fragte Mala.

Ethan zuckte mit den Schultern. »Keine Ahnung. Darüber haben wir uns noch keine Gedanken gemacht. Mum wird es vermutlich verkaufen. Wieso, möchtest du es haben?«

Das war eigentlich als Scherz gemeint gewesen, denn das Haus musste dringend renoviert werden. Es gab auf der Insel auch weitaus schönere Anwesen, in die man nicht so viel Geld stecken musste und die vermutlich schneller einen Käufer finden würden.

»Mala?«

Sie neigte den Kopf. »Nun ja.« Sie wies mit dem Kinn auf ihr Haus. »Du siehst ja, wie beengt wir hier wohnen. Und ich vermisse Jersey.« Sie zuckte mit den Schultern.

Ethan schaute sie verblüfft an. »Du willst in diesen alten Kasten ziehen? Oh Mann! Hast du dir das gut überlegt? Aber gut, ich werde Mum mal fragen, wie viel sie dafür möchte.«

»Natürlich ganz unverbindlich, Ethan. Es ist bloß eine Idee. Und Jacob weiß noch nichts davon. Er müsste hier ja zuerst kündigen und sich eine neue Anstellung suchen. Also bleibt das bitte vorerst unter uns, okay?«

»Geht in Ordnung.«

Sie lächelte. »Danke. Aber wenn du dort einziehen willst, dann ...«

»Auf keinen Fall! Ich mochte Grannys Haus noch nie!« Er schüttelte sich. »Ich fand es immer irgendwie unheimlich.« Er biss sich auf die Lippen. »Sorry, das sollte man einer potenziellen Käuferin vermutlich nicht sagen.«

Mala schmunzelte. »Nein, keine gute Idee. Aber ich fand das Haus bei meinen Besuchen immer ganz wunderbar. Zum Glück haben nicht alle denselben Geschmack.« Sie zwinkerte.

In dem Moment wurde die Haustür aufgerissen und die Zwillinge stürmten den Flur entlang in den Garten.

»Mummy, ich sterbe vor Hunger!«, rief Anand. »Was gibt's zum Mittagessen?«

Mala seufzte. »Schluss mit lustig.« Sie stand auf. »Hilfst du mir beim Kochen? Du kannst die Karotten klein schneiden.«

Ethan erhob sich ebenfalls. »Zu Befehl, Frau General!«

17

Je weiter Samantha in den Süden kam, desto freundlicher wurde das Wetter. Kurz vor Southampton riss die Wolkendecke endgültig auf und strahlender Sonnenschein ergoss sich über die sanfte Hügellandschaft der Grafschaft Hampshire.

Für die zweieinhalbstündige Bahnfahrt nach Poole hatte sie sich einen Liebesroman auf ihren Reader geladen, doch ihr fehlte die Konzentration zum Lesen. Immer wieder schweiften ihre Gedanken zu Charlotte zurück, die nicht an der Beerdigung ihres eigenen Kindes teilgenommen hatte. Aus welchem Grund blieb eine Mutter der Bestattung ihres Babys fern? Schmerz? Verzweiflung? Wut? Oder lebte auch sie nicht mehr? Doch dann hätte Samantha sie doch bestimmt in den Sterberegistern gefunden. Wie sie es drehte und wendete, es war seltsam.

Nachdem Samantha erfahren hatte, dass Charlotte ursprünglich aus Poole stammte, hatte sie deren Eltern in den firmeneigenen Registern gefunden. Anders gesagt, ihre Sterbedaten, denn Mindy und Tom Daltry lebten nicht mehr. Sie waren schon früh verstorben und Charlotte war bis zu ihrer Volljährigkeit in einem Waisenhaus aufgewachsen. Möglicherweise hatte es sie nach ihrer Tragödie in London wieder in die alte Heimat gezogen. Vielleicht zu einer Freundin aus Kindertagen. Poole war zwar eine Stadt, aber überschaubar. Wenn Charlotte noch dort lebte, würde Samantha sie finden.

Zuerst wollte sie das Waisenhaus aufsuchen. Wenn das nichts brachte, würde sie der katholischen Gemeinde einen Besuch abstatten. Wer immer zur Kirche gegangen war, tat es auch weiterhin. Vor allem nach zwei solchen Schicksalsschlägen. Oder hatte Charlotte dadurch ihren Glauben verloren?

Samantha seufzte. Im Grunde jagte sie einem Phantom hinterher, denn wer sagte ihr, dass Charlotte etwas über die Entführung wusste? Doch die Umstände ihres Verschwindens und die Namensgleichheit der Säuglinge mussten etwas bedeuten. Samantha vertraute ihrem Bauchgefühl ... mehr hatte sie nicht.

Poole empfing Samantha mit angenehmen Temperaturen und einer leichten Meeresbrise. Das Waisenhaus Woodland lag Richtung Holes Bay in der West Street. Ihr Handy zeigte an, dass sie es bequem zu Fuß erreichen konnte. Die Kanzlei würde sich freuen, wenn es weniger Taxispesen abzurechnen gab.

Nach zehn Minuten stand sie vor einem weiß gestrichenen, dreistöckigen Haus mit schwarzer Tür und dunklen Fensterrahmen. Es wirkte beeindruckend, aber nicht gerade einladend. Mehr wie ein Gefängnis und nicht wie ein Kinderheim.

Sie atmete tief durch und ging die Eingangsstufen hoch. Neben der Tür befand sich eine Gegensprechanlage. Sie drückte auf den Knopf und beinahe zeitgleich meldete sich eine weibliche Stimme.

»Was können wir für Sie tun?«

»Mein Name ist Samantha Bucknell. Ich arbeite für eine Londoner Kanzlei und hätte ein paar Fragen zu einer Ihrer ehemaligen Bewohnerinnen.«

Ein Summer erklang und sie stieß die massive Holztür auf. Der Eingangsbereich wirkte düster. Schwarz-weiß gefliester

Steinboden, schweres, dunkles Mobiliar und hohe Decken. Rechter Hand stand ein Tresen, dahinter ein Doppelschreibtisch mit einem modernen Laptop drauf. Eine Frau in mittleren Jahren erhob sich und musterte Samantha neugierig. Weit und breit war kein einziges Kind zu sehen. Weder erklang Kinderlachen noch hörte man andere Stimmen. Es war totenstill, wie in einer Kirche. Samantha lief ein unangenehmer Schauer über den Rücken.

Sie trat an den Tresen, legte ihre Visitenkarte darauf und spulte ihr Sprüchlein über »einsam Gestorbene« herunter, ließ aber die Details und Charlottes Namen aus.

Die Dame hörte ihr aufmerksam zu und hüstelte dann. »Das klingt überaus spannend, Ms Bucknell, und ich würde Ihnen natürlich gern helfen, aber ich arbeite nicht für das Waisenhaus. Besser gesagt hat es schon vor Jahren seine Tore geschlossen und der Komplex wurde letzthin verkauft. Meine Firma hat ihn erstanden und wird das Gebäude zu einem Hotel umbauen.« Sie wies auf die leeren Bücherregale hinter ihrem Rücken. »Wie Sie sehen, gibt es hier keine Unterlagen über das Waisenhaus mehr. Tut mir leid.«

Samantha starrte sie verdutzt an. »Aber auf Google Maps wird das Gebäude immer noch als Waisenhaus angezeigt.«

Die Frau zuckte mit den Schultern. »Ein Versehen.«

»Offenbar!«, knirschte Samantha enttäuscht.

Jetzt war sie ganz umsonst hergekommen. So ein Mist!

»Wissen Sie denn eventuell, wo all die Akten hingekommen sind? Gibt es möglicherweise eine Stiftung, die die Unterlagen übernommen hat? Oder sind sie vielleicht bei der Stadtverwaltung gelandet?«

Wieder zuckte die Frau mit den Schultern. »Das weiß ich leider nicht.«

Samantha seufzte. »Danke trotzdem.« Sie wies mit dem Kinn auf ihre Visitenkarte. »Sollte Ihnen noch etwas einfallen, wäre ich Ihnen sehr dankbar, wenn Sie mich anrufen würden.«

»Natürlich«, erwiderte die Frau, aber Samantha wusste jetzt schon, dass sie von ihr nichts mehr hören würde.

Sie verabschiedete sich von der Dame und trat wieder auf die Straße. Unentschlossen stand sie auf dem Bürgersteig. Dann zog sie ihr Handy aus der Handtasche und informierte sich über die Abfahrt der Züge nach London. Wenn sie sich beeilte, würde sie den nächsten noch erwischen. Sie hatte keine Lust, noch mehr Zeit in Poole zu verschwenden. Wo die Akten des Kinderheims hingebracht worden waren, konnte sie auch im Büro herausfinden. Aber vermutlich war Charlotte Seymour eh eine Sackgasse. Manchmal gab es eben Fälle, die die Kanzlei ohne Ergebnis abschließen musste. Zu dumm nur, dass es gerade Samantha traf. Oder sollte sie doch noch, wie sie es vorgehabt hatte, die örtliche Kirchgemeinde aufsuchen?

Sie checkte nochmals die Abfahrtszeiten der Züge. Im schlimmsten Fall würde sie halt den nächsten nehmen. Dann wäre sie zwar relativ spät zu Hause, aber sie hatte ja sowieso nichts vor. Traurig, dachte sie, während sie Richtung Innenstadt marschierte. Freitag und kein Date ... und das mit sechsundzwanzig!

Kurz huschte Matthews Gesicht durch ihre Gedanken. Ihr Ex hatte sie während ihrer Beziehung von einem Event zum anderen geschleppt. Damals war ihr das fast zu viel gewesen.

»Von hundert auf null«, murmelte sie verdrossen.

Wieso wollte man eigentlich immer das, was man nicht hatte?

In Poole gab es zwei katholische Kirchen: die St Mary's Church und die St Anthony's. Samantha entschied sich für die erste. Die Namensgleichheit mit derjenigen in London schien ihr ein Wink des Schicksals. Zudem lag die St Mary's Church näher am Bahnhof.

Der Weg führte durch eine nette Fußgängerzone mit allerlei Ladengeschäften, Cafés und Imbissständen. An diesem sonnigen Nachmittag waren viele Menschen unterwegs. Einheimische und Touristen schlenderten von Geschäft zu Geschäft, besahen sich die Auslagen oder genossen den Sonnenschein auf einer der vielen Holzbänke.

Als Samantha bei einer Bäckerei vorbeiging, stieg ihr der köstliche Duft von frischen Backwaren in die Nase. Ihr Magen knurrte. Über dem Geschäft hing ein Schild: Gewinner der Cornish-Pasties-Auszeichnung!

Ihr lief das Wasser im Mund zusammen. Dieser typischen Fleischpastete aus Cornwall, die es mit diversen Füllungen zu kaufen gab, konnte sie nicht widerstehen.

Sie betrat die Bäckerei, entschied sich für eine Pastete mit Rindfleisch, Kartoffeln und Zwiebeln und kaufte ein Mineralwasser dazu. Sie würde sich jetzt erst mal in die Sonne setzen, diese Köstlichkeit verdrücken und sich eine Pause gönnen. Nur, wie sollte sie alles tragen? Pastete, PET-Flasche, Handtasche und Aktentasche … ihr fehlte eine dritte Hand.

Sie zog sich den Riemen ihrer Handtasche diagonal über die Schultern, griff nach ihrer Aktentasche und balancierte die Pastete und das Mineralwasser mit einer Hand aus der Bäckerei. Das wäre auch gut gegangen, wäre sie nicht über die Schwelle gestolpert. Die PET-Flasche fiel zu Boden und kullerte davon. Die Fleischpastete wiederum flog im hohen Bogen durch die Luft.

Samantha starrte ihr entsetzt nach. Noch bevor sie auf den Boden knallte, fing ein Mann sie auf.

»Hoppla«, sagte der und grinste. »Heute fliegende Pasteten im Angebot?«

* * *

Ethan hatte sich bei Mala für eine Stunde entschuldigt. Er wollte seiner Mutter vor seiner Abreise ein Souvenir kaufen und schlenderte durch Pooles Fußgängerzone.

Hannah Ouless war eine leidenschaftliche Katzenliebhaberin und sammelte seit Jahren Katzenfiguren. Im ganzen Haus standen diese Miezen herum; zum Leidwesen von Ethans Vater, der damit nichts anfangen konnte. Mala hatte Ethan ein paar Geschäfte genannt, die Keramikfiguren anboten. Und er hatte beschlossen, seiner Mum eine davon zu kaufen.

Doch das war gar nicht so leicht. Es gab zig verschiedene Katzenfiguren in allen Größen, Materialien und Farben. Und je umfangreicher die Auswahl, desto weniger konnte er sich entscheiden. Am Ende wählte er eine blau emaillierte Figur, die seiner Meinung nach nicht ganz so kitschig aussah wie die anderen.

Er sah auf die Uhr. Er hatte noch Zeit. Heute würden sie erst spät essen. Jacob musste am frühen Abend in der Schule eine Konferenz leiten und konnte deshalb nicht pünktlich weg. Doch Ethan war jetzt bereits hungrig, also entschied er sich, in der nächsten Bäckerei schnell einen Snack zu kaufen.

Er war schon fast im Geschäft, als ihm plötzlich etwas entgegenflog. Reflexartig packte er das Ding, das sich als warme Fleischpastete entpuppte, die sich glücklicherweise immer noch in der Tüte befand. Sie duftete herrlich. In der Tür zur Bäckerei stand eine junge Frau mit flachsblonden Haaren und weit aufgerissenen Augen.

Er runzelte die Stirn. Woher kannte er sie? Dann fiel es ihm ein und er strahlte sie an: »Offenbar sind Bäckereien unser Schicksal.«

18

»Sie leben also in Poole?« Samantha Bucknell, wie die attraktive Blondine sich vorgestellt hatte, biss genüsslich in die Fleischpastete, die Ethan so geistesgegenwärtig aufgefangen hatte, und schaute ihn fragend an.

»Auf Jersey«, antwortete er. »Ich besuche hier Freunde.«

»Verstehe.« Wieder biss sie herzhaft in die kornische Spezialität.

Sie hatten sich eine nette Stelle unter einer Platane gesucht und sich einander vorgestellt. Das Vorhaben, sich einen schnellen Snack zu gönnen, hatte Ethan mittlerweile vergessen. Seltsamerweise war er gar nicht mehr hungrig.

»Und Sie?«, fragte er.

»Ich lebe in London und bin zu Recherchezwecken hier.«

»Interessant. Sind Sie Schriftstellerin?«

Samantha lachte. Wieder fiel ihm ihre weiche Stimmfarbe auf, die ihn schon in London fasziniert hatte. Dass sie sich hier in Poole wiedertrafen und dazu noch in einer beinahe identischen Situation, erschien ihm wie ein Wink des Schicksals. Heute schien sie es nicht ganz so eilig zu haben, obwohl sie ab und zu auf ihre Uhr schielte. Und er würde den Teufel tun, sie so schnell wieder gehen zu lassen. Dazu gefiel sie ihm viel zu gut. Er wollte alles über sie erfahren.

»Nein, ich … arbeite in einer Kanzlei.«

»Daher also das schicke Kostüm.«

Sie lächelte. »Berufskleidung. Mein Boss bekäme die Krise, wenn ich in Jeans und T-Shirt aufkreuzen würde.« Sie nahm den letzten Bissen Pastete und warf die fettgetränkte Tüte in den Abfalleimer neben der Holzbank.

»Und was machen Sie so?« Samantha zog ein Taschentuch aus ihrer Handtasche und säuberte sich die Hände.

»Bankangestellter in Saint Helier. Kennen Sie die Kanalinseln?«

Sie schüttelte den Kopf.

»Großer Fehler! Sie sind einzigartig.«

»Das hört man immer wieder.« Sie musterte ihn mit ihren wunderschönen Augen. »Vielleicht fahre ich wirklich mal hin«, fügte sie hinzu.

»Tun Sie das. Und wenn Sie da sind, rufen Sie mich an, dann zeige ich Ihnen unsere schönsten Bäckereien.«

Wieder lachte sie und Ethan hatte plötzlich einen ganz trockenen Hals. Erneut schaute sie auf die Uhr und er überlegte krampfhaft, wie er ihr Zusammensein verlängern konnte.

»Sie haben noch einen Termin?«, fragte er.

»Stimmt. Ich muss zur St Mary's Church.«

»Haben Sie etwas zu beichten?«

Wieder dieses Lachen, das ihm wie eine warme Dusche erschien.

»Nicht doch, ich habe nichts angestellt.« Sie zwinkerte. »Aber ich suche eine Person, die früher hier gewohnt hat, und vielleicht kann die katholische Kirchgemeinde mir weiterhelfen.«

»Ah, das meinen Sie mit Recherchen. Soll ich Sie begleiten?«

Samantha runzelte einen Moment die Stirn und betrachtete ihn nachdenklich. Würde sie ablehnen? Und wenn ja, was sollte er dann tun? Ihr einfach wie ein verlorenes Hündchen nachlaufen?

»Klar, warum nicht? Ich darf Ihnen aber keine Details verraten. Ist das okay?«

Er atmete innerlich auf. Ihm blieb also noch Zeit, sie nach ihrer Nummer zu fragen. Auch wenn sie in London wohnte, er wollte sie unbedingt wiedertreffen.

»Kein Problem. Ich darf Ihnen ja auch nichts über meine Kunden erzählen. Also sind wir quitt.«

Samanthas Lippen kräuselten sich. »Fein, dann lassen Sie uns gehen.« Sie stand auf, strich ihren Rock glatt und schaute sich suchend um. »Wo geht's lang?«

Ethan erhob sich ebenfalls. »Keine Ahnung. Ich bin bloß Tourist.«

* * *

Ethan Ouless war ein witziger Gesprächspartner. Zudem äußerst charmant, und er sah wirklich gut aus. Er war einen Kopf größer als Samantha und hatte offenbar einen durchtrainierten Body. Seine grünblauen Augen waren ihr schon in London aufgefallen. Sie stand auf Männer mit heller Augenfarbe. Ihr Blick wirkte intensiver, als könnten sie damit bis in die Köpfe der anderen schauen. Unter dem Halsausschnitt seines T-Shirts blitzte ein Tattoo hervor, das jedoch nicht vollständig zu sehen war. Was er sich wohl tätowiert hatte? Ein Tier? Ein Symbol? Den Namen seiner Freundin? Er trug keinen Ring, was jedoch nichts hieß.

Sie blieb stehen. »Wollen wir uns nicht duzen?«

Er strahlte sie an und ein angenehmer Schauer lief ihr über den Rücken. »Einverstanden. Soll ich deine Tasche tragen?«

»Ein guter Fänger *und* ein Gentleman? Na, wo gibt's denn so was?«

Er grinste und streckte die Hand nach ihrer Aktentasche aus. »*Ce sont les Jèrriais!*«

Sie schaute ihn verdutzt an. »Bitte?«

»Das war *Jèrriais*. Ein alter normannischer Dialekt und bedeutet: Sie kommen aus Jersey.«

»Gut zu wissen!« Sie schmunzelte und drückte ihm ihre Tasche in die Hand. »Du sprichst diesen Dialekt also?«

»Nein, leider nicht. Nur ein paar Brocken. Meine Großmutter konnte ihn noch perfekt. Es ist eine Sprache, die langsam ausstirbt. Aber in den letzten Jahren besinnen sich die Inselbewohner wieder auf ihr Erbe und es werden Anstrengungen unternommen, um den Dialekt am Leben zu erhalten. Seit Kurzem kann man *Jèrriais* sogar als Wahlfach an den Schulen belegen.«

»Interessant. Sag noch etwas.«

Er furchte die Stirn, als müsse er scharf nachdenken. »*Tch'est qu'est tan nom?*«

Samantha kicherte. »Keine Ahnung. Was bedeutet das?«

»Wie heißt du?«

»Klingt ein bisschen wie Französisch, nicht?«

»Frankreich ist ja auch nur einen Steinwurf entfernt.«

Samantha schaute auf ihrem Handy nach dem Weg zur Kirche. »Wir müssen dort lang«, sagte sie dann und bog in die Winterbourne Road ein. »Es ist nicht mehr weit.«

Links und rechts der Straße standen die für die Gegend typischen zweistöckigen Einfamilienhäuser aus rotem Backstein. In den kleinen Vorgärten wuchsen Lavendel, Geranien, Buchs und ab und zu sogar eine Palme. Noch immer strahlte die Sonne in ihrer ganzen Pracht und Samantha kam ins Schwitzen.

Sie zog ihren Blazer aus. »Ganz schön warm hier.« Sie fächelte sich mit der Hand Luft zu.

»Die Freuden des Küstenklimas«, erwiderte Ethan und deutete auf einen Wegweiser, der auf die Kirche St Mary's hinwies. »Wir hätten offenbar auch den Bus nehmen können«, fügte er grinsend hinzu, als er die Haltestelle davor bemerkte.

Sie warf ihm einen genervten Blick zu. »Ich merke es mir für den Rückweg.«

Er lachte lauthals, was ihren Herzschlag zum Stolpern brachte. Diese Augen! Wie schade, dass ihre gemeinsame Zeit schon bald vorbei sein würde.

Die katholische Kirche entpuppte sich als wenig ansprechendes Konstrukt aus rotem Backstein und grauen Betonelementen. Auf der linken Seite wiesen drei rostige Eisenpfeiler in die Höhe, an deren Spitze eine Glocke hing.

»Oh Mann!«, stieß Ethan aus, was ihre Meinung über die Kirche passend verdeutlichte. Der Architekt hatte für seine Baupläne bestimmt keinen Preis erhalten.

Sie gingen auf die Eingangstür zu und Ethan blieb auf der untersten Stufe stehen.

»Ich warte hier, okay?«

»Ich möchte dich aber nicht von etwas Wichtigem abhalten. Wenn du also …«

»Tust du nicht«, unterbrach er sie lächelnd. »Ich warte gern.« Er sah sich um und deutete mit dem Kinn auf eine kleine Backsteinmauer. »Ich setze mich mal dort in die Sonne.«

Samantha nickte erfreut und streckte die Hand nach ihrer Aktentasche aus. »Also bis gleich.«

* * *

Ethan betrachtete Samantha, wie sie entschlossen die Kirchentür aufstieß und im Inneren verschwand. Er setzte sich auf die Mauer und überlegte, wie er sein Zusammentreffen mit ihr verlängern konnte. Es war später Nachmittag, eventuell würde ihr Gespräch länger dauern, und danach hätte sie vielleicht keine Lust mehr, mit der Bahn nach London zurückzufahren. Er könnte ihr vorschlagen, hier ein Zimmer zu nehmen. Morgen war Samstag, da arbeitete sie bestimmt nicht. Sie hätten Zeit, sich näher kennenzulernen. Er könnte ihr Pooles Sehenswürdigkeiten zeigen und …

Er atmete einmal tief durch und schüttelte den Kopf. Sie wurde in London bestimmt erwartet. Von ihrem Freund oder gar ihrem Ehemann. Ihre Freundlichkeit hatte nichts zu bedeuten. Das gehörte vermutlich zu ihrem Job. Und doch hatte er Interesse in ihrem Blick gelesen. Oder machte er sich nur etwas vor?

Er griff in seine Hosentasche, holte das Handy hervor und rief Mala an. »Hi, ich bin's. Danke für den Tipp mit den Katzenfiguren. Ich habe eine gefunden. Mala, eine Frage: Wäre es unverschämt von mir, wenn ich zum Dinner jemanden einladen würde?«

»Du willst jemanden mitbringen?« Ihre Stimme klang erstaunt.

»Ja, möglicherweise.«

»Ah ja? Und wen? Etwa eine Frau?« Jetzt klang sie belustigt.

»Du hast es erraten.«

Einen Moment blieb es am anderen Ende still, dann lachte sie und sagte: »Klar doch, kein Problem. Wir wollen im Garten grillen und ich bereite gerade Tonnen von Essen vor. Unsere ältliche Nachbarin Ms Pepperdine kommt auch. Von daher: je mehr, desto besser.«

Er atmete auf. »Danke, Mala.«

»Und wer ist sie?«, fragte sie gespannt. »Eine alte oder eine neue Bekannte?«

Er lächelte. »Sozusagen beides in einem.«

»Was?«

»Ich erkläre es dir später. Erst muss ich sie ja auch noch fragen.«

»Aber …«

»Bis später. Danke.«

113

Er legte auf, was zugegeben etwas unhöflich war, aber zuerst musste er Samantha von einem Barbecue bei den Platers überzeugen, bevor er Malas Neugier befriedigen konnte. Hoffentlich würde Samantha zustimmen.

* * *

Im Inneren der Kirche war es angenehm kühl. Der sechseckige Grundriss erschien Samantha ungewöhnlich. Aber was wusste sie schon von sakraler Architektur? Vermutlich hatte die geometrische Figur etwas zu bedeuten. Die schrägen Wände führten in die Höhe und stießen am Scheitelpunkt zusammen, wo sich ein Holzkreuz befand. Es roch nach Möbelpolitur und Weihrauch. Ein Mann in einer grauen Kittelschürze fegte gerade ein Steinpodest, auf dem sich die Kanzel erhob, dahinter an der Wand hing der gekreuzigte Jesus.

Samantha war im evangelischen Glauben aufgewachsen, doch bei gepeinigten Jesusfiguren befiel sie stets das Gefühl, dass sie sich bekreuzigen sollte.

Sie durchquerte die Kirche, wobei ihre Absätze auf dem Steinfußboden laut klackten. Der Mann mit dem Besen drehte sich um. Als er sie erblickte, hellte sich sein Gesicht auf.

»Sie sind zu früh«, sagte er. »Die Messe beginnt erst um achtzehn Uhr.«

»Ich bin keine Gottesdienstbesucherin«, erwiderte sie mit einem entschuldigenden Lächeln, »sondern suche jemanden, der mir Auskunft über eins Ihrer Schäfchen geben kann.«

Der Mann lehnte sich auf den Besen und runzelte die Stirn. Also erklärte sie ihm ihr Anliegen.

Er rieb sich den Nacken. »Tut mir leid, Sie enttäuschen zu müssen, doch dieser Name sagt mir nichts. Ich bin hier der Küster, bin aber erst vor fünf Jahren in diese Gemeinde gekommen. Zusammen mit Pater Watson. Wir sind sozusagen ein

Gespann.« Er lächelte verschmitzt. »Der Vorgänger des Paters ist leider verstorben.«

Samantha stieß frustriert die Luft aus. »Verstehe. Doch es gibt sicher ein kirchliches Register, das ich einsehen könnte.«

Der Mann nickte. »Natürlich, aber das Sekretariat ist erst am Montag wieder offen. Sie müssen sich also bis dann gedulden.«

Sie stöhnte leise. Auch das noch! »Und Sie können nicht …?«

Der Mann schüttelte den Kopf. »Tut mir leid, das sagen zu müssen, aber Computer sind nicht mein Ding. Und Pater Watson ist dieses Wochenende auf einer Wanderung. Ich glaube nicht, dass sein Stellvertreter Ihnen helfen kann.« Er zuckte mit den Schultern. »Kommen Sie einfach am Montag wieder. Unsere nette Betsy wird Ihnen sicher mit Freuden weiterhelfen.«

So ein Mist! Sie hatte heute aber auch gar kein Glück. Also musste sie am Montag nochmals herfahren, weil man ihr telefonisch kaum Auskünfte über die Kirchenregister erteilen würde – nette Betsy hin oder her. Die Suche nach Charlotte entpuppte sich langsam als richtige Odyssee. Vielleicht sollte sie es einfach lassen.

»Gut, danke für die Auskunft.«

»Keine Ursache. Kommen Sie um achtzehn Uhr in die Messe? Wir würden uns freuen.«

Sie lächelte gezwungen. »Ich muss zurück nach London.«

»Natürlich.«

Auf dem Gesicht des Mannes lag dieser Ausdruck, der einem ein schlechtes Gewissen verursachte. Also griff sie in die Handtasche und holte ihre Geldbörse hervor. »Für Ihre Hilfe.« Sie hielt eine Fünfpfundnote in die Höhe.

»Am Eingang hängt der Klingelbeutel«, erwiderte der Mann zufrieden.

Samantha blinzelte, als sie wieder nach draußen trat. Sie beschirmte ihre Augen mit der Hand. Ethan saß immer noch auf der Backsteinmauer, sprang jetzt aber auf und lief auf sie zu. Trotz des negativen Bescheids brachte sein Anblick sie zum Lächeln.

»Und? Glück gehabt?«

Sie schüttelte den Kopf. »Das Sekretariat, das mir meine Auskünfte erteilen könnte, ist erst am Montag wieder geöffnet.«

»Okay. Dann bleibst du also übers Wochenende hier?« In seiner Stimme schwang Hoffnung mit, was sie aus einem unerklärlichen Grund freute.

»Nein, ich denke nicht.«

Sein Lächeln verblasste. »Klar, verstehe. Aber ...« Er brach ab und scharrte mit dem Fuß über den Boden.

»Ja?«

Er fuhr sich mit der Zunge über die Lippen, was sie sehr erotisch fand. Sie senkte den Blick.

»Hättest du Lust, mich zu einem Grillabend bei meinen Freunden zu begleiten?«

»Wie?«

»Na ja, natürlich nur, wenn du nicht unbedingt nach London zurückmusst. Mala und Jacob sind wirklich nett. Und ... du könntest dir für eine Nacht ein Zimmer nehmen. Vielleicht hast du ja morgen nichts vor und wir machen einen Ausflug. Ich ...« Er hielt inne und zuckte wieder mit den Schultern. »Aber das ist sicher eine blöde Idee. Ich verstehe durchaus, dass du lieber zurückfahren möchtest.«

Samantha hatte seinem Vortrag stumm gelauscht. So schlecht war die Idee gar nicht. Zwar hatte sie nichts bei sich und müsste sich eine Zahnbürste und sonstige Utensilien, die man für eine Übernachtung brauchte, erst noch kaufen. Aber die Aussicht, mit Ethan morgen einen ganzen Tag verbringen zu können, reizte sie. Normalerweise war sie nicht so vertrauensselig, was neue Bekanntschaften anging, aber bei ihm hatte sie ein gutes Gefühl. Er war ihr auf den ersten Blick sympathisch gewesen. Und sexy war er auch. Was entging ihr dieses Wochenende in London schon? Nichts!

»Und? Was sagst du dazu?« Er sah sie gespannt an.

»Ich hätte nichts dagegen.«

Einen Moment starrte er sie nur an. Vermutlich war er über ihre Zusage selbst überrascht. Dann hellte sich sein Gesicht auf. Es begann regelrecht zu strahlen. Und in Samanthas Bauch kribbelte es eigenartig.

19

Ethan betrachtete Samantha fasziniert. Sie spielte mit den Zwillingen Frisbee und das Gekicher der Kinder, wenn sie die Scheibe nicht erwischte, ließ ihn schmunzeln.

Auf dem Rückweg zu den Platers hatte sie das Nötigste für eine Übernachtung eingekauft und trug jetzt Jeans, T-Shirt und Sneakers. Ihre Haare hatte sie zu einem lockeren Pferdeschwanz zusammengebunden. Jacob stand am rauchenden Grill und fluchte leise vor sich hin, während Mala den Tisch deckte.

Diese Familienidylle verursachte Ethan ein schmerzhaftes Ziehen in der Herzgegend. Er wünschte sich eine Familie und hatte früher angenommen, dass er mit Brianna eine haben würde. Doch das hatte sich ja zerschlagen. Er atmete tief durch und zuckte zusammen, als er plötzlich eine Hand auf seiner Schulter spürte. Er wandte den Kopf.

Mala stand neben ihm und betrachtete lächelnd die Spielenden. »Sie ist sehr nett«, sagte sie und setzte sich neben ihn auf einen Gartenstuhl.

»Ja, ist sie.«

»Könnte daraus etwas werden?«

Überrascht sah er sie an. »Wie soll das gehen? Sie wohnt in London.«

»Na und?«

Er lachte gepresst. »Sie wird ja wohl kaum alles stehen und liegen lassen und auf die Kanalinseln ziehen.«

»Und was ist mit dir? In London gibt es mehr Banken als Supermärkte.«

Er stieß unwillig die Luft aus. »Wieder auf dem Kuppelpfad, liebe Mala?«

»Vielleicht. Aber ich habe dich selten so glücklich gesehen wie jetzt. Das muss doch etwas bedeuten.«

»Ja, es bedeutet, dass ich mich auf das Steak freue, wenn dein Mann es nicht verkohlen lässt.«

»Du weißt, was ich meine.«

»Man muss realistisch sein.«

Mala rollte mit den Augen und schüttelte den Kopf. »Männer! Die sehen ihr Glück nicht mal, wenn es ihnen vor die Füße fällt.«

Er lachte. »Lass mich doch einfach den Moment genießen. Ich weiß ja nicht mal, ob Samantha gebunden ist.«

»Dann frag sie halt. So schwer kann das doch nicht sein. Oder soll ich …?«

»Untersteh dich!« Er warf ihr einen genervten Blick zu.

Sie hob beide Hände. »Okay, ist ja schon gut. Es würde mich einfach glücklich machen, wenn du die wahre Liebe fändest.«

Er beugte sich zu ihr hinüber und gab ihr einen Kuss auf die Wange. »Danke.«

»He, Kumpel, lass gefälligst die Finger von meiner Frau und bring mir die Teller! Das Fleisch ist durch«, rief Jacob in diesem Moment und schwenkte die Grillzange.

»Wie aufregend«, sagte Mala zu Samantha, als sie ihnen beim Essen erzählte, worum sich die Kanzlei größtenteils kümmerte. »Da sehen Sie bestimmt allerlei Schicksale, nicht?«

»Stimmt«, erwiderte Samantha. »Schöne und weniger schöne.« Sie spießte eine Cocktailtomate auf ihre Gabel. »Aber nennen Sie mich doch Samantha.«

»Gern!« Mala hob ihr Glas.

»Unbedingt!«

Alle stießen an, sogar die Zwillinge.

»Siehst du auch Tote?«, fragte Anand.

»Eher nicht. Aber es kann schon mal vorkommen.«

Anand schaute Samantha mit großen Augen an. »Krass!«, murmelte er beeindruckt.

»Anand«, wandte sich Jacob an seinen Sohn. »Das ist wirklich kein Thema beim Essen.«

»Huhu!«, tönte es vom Gartentor. Alle drehten die Köpfe. Eine ältere Frau mit einem Gugelhupf in den Händen betrat eben den Garten.

»Ms Pepperdine, unsere Nachbarin«, erklärte Mala und stand auf. »Hi, Marge, wie geht es dir?« Sie nahm ihr den Kuchen ab und stellte ihn auf den Tisch. »Du kommst gerade recht. Jacob hat nicht alles zu Kohle verarbeitet. Setz dich doch bitte und greif zu.«

Nachdem sie sich Ms Pepperdine vorgestellt hatten, drehte sich das Thema um die anstehende Kunstausstellung in Poole, für die die Nachbarin die Schirmherrschaft übernommen hatte.

Ethan genoss die lebhafte Unterhaltung während des Essens. Wenn er nicht gerade bei seinen Eltern eingeladen war, aß er meist allein. Samantha beteiligte sich eifrig an dem Gespräch. Sie schien überhaupt keine Berührungsängste zu kennen. Im Gegensatz zu ihm selbst, der normalerweise eher zurückhaltend reagierte, wenn er jemanden nicht kannte. Außer bei ihr, da hatte er allen Mut zusammengenommen, damit er ihr Beisammensein verlängern konnte. Mala hatte recht, er würde Samantha fragen müssen, ob sie gebunden war, nicht, dass er sich unrealistischen Tagträumen hingab. Doch vermutlich war es sowieso schon zu spät, er träumte ja längst.

»Ethan?«

Er sah sich verwirrt um, alle Blicke ruhten auf ihm. »Sorry, ich war in Gedanken. Hat mich jemand etwas gefragt?«

»Wir wollten wissen, was du morgen vorhast«, sagte Jacob. »Samantha hat uns erzählt, dass du ihr die Sehenswürdigkeiten der Region zeigen willst.«

Ethan presste die Lippen aufeinander. So weit hatte er noch gar nicht geplant. Mist! Er räusperte sich. »Also ich dachte, dass …«

»Kann ich mitkommen?«, unterbrach ihn Tamzin.

Er starrte sie entsetzt an.

»Und ich auch?«, doppelte Anand nach. »Bitte!«

Mala sprang in die Bresche. »Nichts da, ihr Racker! Morgen ist Putztag. Ihr müsst helfen, das Haus aufzuräumen. Vor allem eure Zimmer. Die sehen aus, als hätte darin ein Tornado gewütet.«

Ethan warf ihr einen dankbaren Blick zu, was sie mit einem Zwinkern beantwortete.

»Ach, Mummy!«, maulten die Zwillinge wie aus einem Mund. »Voll öde.«

Ethan überlegte fieberhaft, was er Samantha morgen zeigen konnte. Er kannte sich nicht wirklich in Poole und dem Umland aus. Sollte er schnell googeln?

»Wie wäre es mit Brownsea Island?«, schlug Ms Pepperdine vor. »Eine wunderschöne kleine Insel in Pooles Hafeneinfahrt. In zwei Stunden hat man die ganze Insel umrundet. Als mein Mann noch lebte, waren wir oft dort.«

»Oder die Themengärten von Compton Acres«, meldete sich Mala zu Wort. »Wenn du mehr auf Blumen stehst, Samantha.«

»Klingt alles super«, sagte diese. »Wir werden bestimmt etwas Interessantes finden, nicht wahr, Ethan?«

Sie betrachtete ihn eingehend und er schluckte trocken. Hatte er gerade einen intimen Zwischenton herausgehört? Doch das war bestimmt Quatsch. Er reimte sich da sicher etwas zusammen, was nicht existierte.

»Klar, werden wir«, erwiderte er leichthin. Niemand sollte merken, wie sehr Samantha ihm gefiel und wie viel er sich von dem morgigen Tag versprach.

Zum Glück schien keiner bemerkt zu haben, wie durcheinander er gerade war. Er sollte sich zusammenreißen und sich nicht wie ein verliebter Teenager aufführen.

Zum Glück wechselte Ms Pepperdine das Thema. Sie wandte sich an Samantha und fragte: »Und wo kommen Sie diese Nacht unter, Ms Bucknell? Wird vermutlich nicht leicht werden, ein Zimmer zu finden. Im September ist Poole praktisch ausgebucht.«

»Tatsächlich?« Samantha runzelte die Stirn. »Dann sollte ich mich wohl jetzt gleich darum kümmern. Nicht, dass ich noch auf einer Parkbank schlafen muss.«

»Du findest bestimmt eine Unterkunft«, meinte Mala. »Sonst rücken wir einfach etwas zusammen. Ethan könnte auf der Couch schlafen und dir unser Gästezimmer abtreten. Nicht war, Ethan?«

»Natürlich.« Zusammen mit Samantha unter einem Dach? Er fing plötzlich an zu schwitzen.

»Sie können auch gern bei mir übernachten«, schlug Ms Pepperdine vor. »Ich lebe allein und habe zwei leere Zimmer, die nur belegt sind, wenn meine Tochter mit ihrer Familie zu Besuch kommt.«

»Ich möchte aber keine Umstände machen«, erwiderte Samantha.

Ms Pepperdine winkte ab. »Das sind keine Umstände, meine Liebe. Im Gegenteil. Ich finde es angenehm, wenn ich nicht allein im Haus bin. Also abgemacht?«

Samantha lächelte. »Abgemacht. Sehr freundlich, danke.«

Auf der einen Seite war Ethan enttäuscht, dass sie jetzt nicht im selben Haus übernachten würden, auf der anderen Seite war er mehr als glücklich, die Nacht nicht auf dem alten Sofa verbringen zu müssen.

»Fein, dann ist ja alles geregelt«, schloss Mala. Sie zog den Teller mit dem Gugelhupf zu sich und griff nach einem Messer. »Wer will ein Stück?«

»Können wir uns dort einen Moment hinsetzen?« Samantha wies auf die Hafenmauer. »Ich habe viel zu viel gegessen und muss mich unbedingt ausruhen.« Sie klopfte sich auf den Bauch, der entgegen ihrer Aussage flach wie die Midlands war.

»Klar.« Ethan steuerte auf die Hafenmole zu, tat so, als würde er mit einem Tuch die Mauer reinigen und deutete eine Verbeugung an.

Samantha lachte und setzte sich. Aus der geöffneten Tür des Pubs auf der anderen Straßenseite drang Musik auf den Gehsteig. Ein sentimentaler Song über eine schöne Frau, die ihren Liebsten hatte sitzen lassen. Ein Omen?

Nach dem Dinner hatte Ethan Samantha einen Verdauungsspaziergang vorgeschlagen. Sosehr er die Platers auch mochte, sie nahmen den unverhofften Gast für seinen Geschmack zu sehr in Beschlag. Er wusste, wie egoistisch das aussah, aber er wollte sie – wenigstens für eine Weile – ganz für sich allein.

Sie schauten aufs Wasser und die vertäuten Boote. Vielleicht wäre jetzt der passende Zeitpunkt, um sie zu fragen, ob in London jemand auf sie wartete.

»Ich …«

»Hast du …«

Begannen sie gleichzeitig und lachten dann. »Ladys first«, sagte Ethan.

»Okay. Ich wollte dich fragen, ob du verheiratet bist.«

Er war einen Moment über ihre Direktheit verdutzt, fing sich aber gleich wieder. Offenbar hatten sie beide denselben Gedanken gehabt. »Nein, waschechter Single.«

Sie hob darauf nur leicht die Augenbrauen.

Was sollte das bedeuten? War das gut? Oder schlecht? Und würde sie jetzt sagen: Aber ich?

Da die Pause immer unangenehmer wurde, fragte er: »Und du? Mann, Haus, Kinder?« Er hoffte, dass seine Worte witzig klangen und nicht beinhalteten, dass er wünschte, sie würde verneinen.

Sie lachte und schüttelte den Kopf. »Weder noch. Ebenfalls Single.« Sie seufzte leicht. »Aber eher ungewollt«, fügte sie hinzu.

»Du wärst gern in einer Beziehung?«

»Du nicht?«

»Doch, natürlich. Aber dazu braucht es meines Wissens immer zwei.«

»Ah, okay, das war mir bis jetzt nicht bewusst.« Sie zwinkerte, zog die Beine an und umschlang sie mit den Armen. Nach einer Weile fragte sie. »Und weshalb bist du Single?«

Er atmete tief durch. »Wie das halt so ist. Eine Enttäuschung, die mir den Glauben an die große Liebe erschüttert hat. Ich bin eben ein romantischer Narr. Und bei dir?«

Sie sah ihn amüsiert von der Seite an. »Dasselbe in Grün.«

»Die Londoner müssen dir doch zu Füßen liegen. Vor allem die romantischen.«

Sie grinste. »Das tun sie auch, aber mein Romeo war bis jetzt nicht darunter.«

»Dann wird er schon noch auftauchen. Hat deine Wohnung einen Balkon?«

Sie lachte wieder. »Sogar einen großen. Aber er liegt im dritten Stock. Romeo müsste schon eine ausfahrbare Leiter besitzen.«

»Oder bei der Feuerwehr arbeiten.«

»Du bist witzig. Das mag ich.«

Seltsamerweise freute er sich über dieses Kompliment. Und Gott hatte seine Gebete erhört, sie war ungebunden. Vielleicht …

»Lass uns zurückgehen«, sagte Samantha und stand auf. »Ich will Ms Pepperdines Gastfreundschaft nicht dadurch honorieren, dass ich mitten in der Nacht in ihr Haus geschlichen komme.«

Obwohl Ethan sich gern noch weiter mit Samantha unterhalten hätte, nickte er und sie machten sich auf den Rückweg. Morgen war noch genug Zeit, sich näherzukommen. Was immer das auch heißen mochte.

20

»Das Bad liegt gleich am Ende des Flurs, meine Liebe. Handtücher finden Sie in dem kleinen Schrank neben der Tür. Wenn Sie noch etwas benötigen, einfach rufen. Ich bin in der Küche und löse das Kreuzworträtsel in der Tageszeitung zu Ende. Sonst kann ich nicht einschlafen.« Ms Pepperdine kicherte und verschwand in der Küche.

Samantha schlüpfte aus den Kleidern und stieg in die Duschwanne. An Shampoo hatte sie heute Nachmittag beim Einkaufen nicht gedacht, aber Ms Pepperdine würde es sicher verschmerzen, wenn sie einmal ihres benutzte. Es war zwar für weißes Haar und färbte die ganze Wanne violett, aber ihre Haare würden schon keinen Schaden nehmen.

Während sich Samantha den Schmutz des Tages abwusch, dachte sie darüber nach, wie nett hier alle zu ihr waren. In London war es undenkbar, dass jemand eine fremde Person, die sie gerade mal zehn Minuten kannte, bei sich übernachten ließ. Hier schien das vollkommen normal zu sein. Auch dass man einfach so bei einer Familie zum Barbecue eingeladen wurde, kam in der Hauptstadt nicht vor.

Sie dachte an Ethan. Wohin er sie morgen wohl entführen würde? Sie freute sich auf die Stunden mit ihm. Aber im Grunde war das Ganze vollkommen verrückt! Da sie beide Single waren und sich offensichtlich gegenseitig anziehend fanden, könnte es zwar durchaus zu ein paar Intimitäten kommen, aber auch nicht mehr. Sie lebten einfach zu weit auseinander, als dass sich daraus etwas Ernsthaftes entwickeln könnte.

Bei dem Gedanken, wie sie Ethan küsste, wurde ihr ganz anders. Ob er gut küssen konnte? Bestimmt! Sie lachte leise. Ethan Ouless war sympathisch, charmant, witzig und unheimlich sexy, aber ihr Romeo würde er leider nicht werden.

»Möchten Sie vor dem Schlafengehen einen heißen Kakao, Ms Bucknell?«

Samantha stand im Flur in einem kitschigen Shorty, der mit rosa Herzchen bedruckt war und den sie sich schnell für die Nacht gekauft hatte. Eigentlich hatte sie keine Lust auf Kakao, aber sie wollte Ms Pepperdines Angebot auch nicht ausschlagen. Samantha erinnerte sich gut daran, dass die ältere Dame einen bitteren Zug um den Mund gehabt hatte, als sie davon sprach, allein im Haus zu sein. Bestimmt fühlte sie sich manchmal einsam.

»Eine wundervolle Idee, danke.« Samantha setzte sich an den Küchentisch. »Haben Sie alles herausgefunden?«

Ms Pepperdine war am Herd zugange und schaute über die Schulter auf das aufgeschlagene Kreuzworträtsel. »Na ja, fast. Mir fehlt der Vorname eines amerikanischen Rappers mit Nachname West.«

»Kanye«, sagte Samantha grinsend.

»Tatsächlich? Noch nie gehört. Ist der berühmt?«

Samantha nickte.

»Dann schreiben Sie ihn doch bitte in das Kästchen.«

Samantha zog das Kreuzworträtsel zu sich her und füllte den Namen ein. »Und die Londoner Musikband aus den Siebziger-,

Achtzigerjahren muss ›Madness‹ sein«, sagte sie und trug auch diesen Namen ein.

»Was Sie alles wissen!« Ms Pepperdine schüttelte beeindruckt den Kopf.

»Mit Musik kenne ich mich ein wenig aus. Dafür bin ich in Geografie eine totale Niete.« Samantha betrachtete das Kreuzworträtsel mit geschürzten Lippen. »Keine Ahnung, welcher Fluss durch Valencia fließt.«

»Ich leider auch nicht.« Ms Pepperdine stellte zwei dampfende Tassen Kakao auf den Küchentisch.

»Moment.« Samantha lief ins Gästezimmer und holte ihr Handy. »Wozu gibt es das Internet?« Sie hielt das Gerät in die Höhe und googelte dann nach dem Fluss. »Rio Turia!«

Ms Pepperdine füllte den Namen ein und betrachtete stolz das komplette Werk. »Wunderbar. Danke.«

Die Küche war winzig, aber gemütlich. Samantha dachte an ihre eigene, die mit allen modernen Schikanen ausgestattet, jedoch für eine einzelne Person viel zu groß war. Was nützte einem so eine tolle Küche, wenn man sie höchstens mal für Rührei mit Speck oder eine Scheibe Toast benutzte?

Beinahe wären ihr jetzt die Tränen gekommen und sie atmete tief durch.

»Alles in Ordnung, meine Liebe?«

Samantha zwang sich zu einem Lächeln. »Könnte nicht besser sein.«

Ms Pepperdine schien nicht überzeugt, hakte aber nicht nach. »Sagten Sie nicht beim Dinner, dass Sie in Poole jemanden suchen?«, fragte sie stattdessen.

»Genau. Eine Frau, die von hier stammt und dann eine Zeit lang in London gelebt hat. In den frühen Siebzigerjahren verliert sich jedoch ihre Spur. Daher dachte ich, sie ist vielleicht wieder nach Poole zurückgekehrt.«

»Und haben Sie sie gefunden?«

»Leider nein. Ich wollte in der katholischen Kirche nachfragen, ob ich in den Kirchenregistern nachschauen darf, aber das Sekretariat war schon geschlossen.«

»Ja, die gute Betsy schließt immer pünktlich.« Um Ms Pepperdines Lippen spielte ein leichtes Lächeln.

»Sie kennen sie?«

»Natürlich, wir beide gehören derselben Kirchgemeinde an.«

Samantha horchte auf. Möglicherweise kannte Ms Pepperdine auch Charlotte Seymour. Ob sie sie nach ihr fragen sollte? Eigentlich durfte sie Privatpersonen, die nicht unmittelbar mit den Recherchen zu tun hatten, nichts über ihre aktuellen Fälle verraten, aber das Risiko, dass die ältere Dame Geheimnisse ausplauderte, erschien ihr eher gering. Oder würde sie mit dieser Information am Montag schnurstracks zu der netten Betsy laufen, um sie darüber zu informieren?

Samantha wägte ab und entschloss sich dann für einen Vorstoß. Ganz im Sinne von Hobbs Lieblingsspruch: »So wenig wie möglich, so viel wie nötig.«

»Sagt Ihnen der Name Charlotte Seymour vielleicht etwas, Ms Pepperdine? Vor ihrer Heirat hieß sie Daltry.«

Ms Pepperdines Augen wurden groß. »Sie meinen Mindy und Toms Tochter?«

Samantha war zu verblüfft, um etwas zu sagen, also nickte sie nur.

»Aber ja, Charlotte und ich kannten uns gut. Wir waren als junge Mädchen in derselben Religionsklasse.«

»Sie sagten ›kannten‹? Vergangenheitsform?«

Ms Pepperdine seufzte. »Als Charlotte aus Poole wegzog, schlief der Kontakt ein. Und nachdem sie damals aus London zurückkam, habe ich sie nur noch einmal gesehen. Irgendwie war sie nicht mehr dieselbe. Sie hat sich damals wirklich seltsam benommen. Als hätte sie etwas zu verbergen.«

Samantha spürte, wie ihr eine Gänsehaut über den Rücken kroch. »Und wo ist sie jetzt?«

Ms Pepperdine zuckte mit den Schultern. »Das weiß ich nicht. Tut mir leid.«

Samantha konnte ihre Enttäuschung kaum verbergen. Die erste konkrete Spur, und dann verlief sie doch im Sand. Verflixt!

»Das muss es nicht«, wiegelte sie ab. »Immerhin weiß ich jetzt, dass mein Instinkt mich nicht getrogen hat.« Sie stand auf und stellte die leere Tasse in die Spüle. Dann drehte sie sich um. »Ms Pepperdine, hatte Charlotte nach ihrer Rückkehr vielleicht ein Baby dabei?«

»Ein Baby? Nein. Wieso?«

Samantha winkte ab. »Nur so eine Idee. Danke nochmals für den Kakao und das Gästezimmer. Sie sind wirklich sehr freundlich. Wir sehen uns also morgen. Gute Nacht.«

Sie griff nach ihrem Handy auf dem Tisch und wollte eben die Küche verlassen, als Ms Pepperdines Stimme sie zurückhielt.

»Vielleicht ist Charlotte nach Jersey gegangen«, sagte sie nachdenklich.

Samantha schnellte herum. »Jersey? Wieso das?«

Ms Pepperdine hob die Achseln. »Nur so eine Idee. Charlottes Patentante lebte auf den Kanalinseln. Vielleicht ist sie zu ihr gezogen. Wäre doch möglich.«

»Ja, das wäre durchaus möglich«, antwortete Samantha grübelnd. »Und wie heißt Charlottes Patentante?«

Ms Pepperdine stieß einen seufzenden Laut aus. »Das weiß ich nun wirklich nicht mehr, Ms Bucknell. Oder anders gesagt: Ich bin mir nicht mal sicher, ob Charlotte ihren Namen je erwähnt hat.«

Samantha konnte nicht schlafen. Obwohl das Gästebett bequem war, ließen die Gedanken sie nicht zur Ruhe kommen.

Hatte Ms Pepperdine recht? War Charlotte nach Jersey gegangen? Und wenn ja, war sie vielleicht immer noch dort? Doch wie sollte sie sie finden? Im Wählerverzeichnis hatte sie keine Charlotte Seymour-Daltry gefunden. Wenn es also stimmte, hatte sie sich auf den Kanalinseln nicht eintragen lassen. Aus einem bestimmten Grund?

Samantha drehte sich auf die andere Seite und stopfte das Kissen zurecht. Sie musste unbedingt den Namen dieser Patentante herausfinden. Würde ihr Betsy am Montag weiterhelfen? In den Taufregistern standen die Paten eines Kindes, und sie unterlagen nicht dem Datenschutz. Womöglich erhielt Samantha diese Auskunft sogar per Telefon. Sie könnte natürlich auch bis Montag in Poole bleiben und persönlich beim Sekretariat vorsprechen.

Sie lächelte. Das würde ihr einen zusätzlichen Tag mit Ethan bescheren. Und möglicherweise könnte er sie auf Jersey, sollte Charlotte sich tatsächlich dort aufhalten, bei der Suche sogar unterstützen. Seit Samantha mit John zusammen in Schottland ermittelt hatte, wusste sie, wie nützlich zwei Sichtweisen sein konnten. Vor allem, wenn es sich bei der zweiten Meinung um die eines Einheimischen handelte. Doch wenn sie Ethan um Hilfe bat, musste sie ihn auch in den Fall einweihen.

Sie knabberte an ihrer Lippe. Das durfte sie eigentlich nicht, weil er für ihre Recherchen, wie Ms Pepperdine, als Privatperson galt. Doch heiligte der Zweck nicht die Mittel? Und hatte sie die Linie nicht schon mehrmals überschritten?

Sie drehte sich nochmals im Bett herum und zog die Decke bis zum Kinn. Sie würde das morgen entscheiden. Wenn sie einen ganzen Tag mit Ethan Ouless verbracht hatte, würde sie wissen, ob er ein Geheimnis für sich behalten konnte.

21

Um neun Uhr klingelte es an der Haustür.

»Pünktlich ist dieser Ethan ja«, bemerkte Ms Pepperdine schmunzelnd. »Das ist doch nett.«

Samantha lachte und trank schnell ihren Tee aus. Dann stand sie auf und griff nach ihrer Handtasche. »Also bis später. Und danke, dass ich meinen Aufenthalt bei Ihnen eventuell verlängern kann. Sollte ich doch heute nach London zurückfahren, komme ich am frühen Nachmittag zurück und hole meine Sachen. Wenn nicht …« Sie brach ab.

»Dann eben später, schon klar.« Ms Pepperdine zwinkerte ihr verstehend zu.

Samantha errötete. War es so offensichtlich, dass ihr Ethan gefiel?

»Viel Spaß, meine Liebe.«

»Danke, werde ich sicher haben.«

Der Samstagmorgen bestach durch strahlenden Sonnenschein, jedoch wehte eine frische Brise vom Meer her. Daher hatte Ms Pepperdine Samantha eine Strickjacke geliehen. Sie knotete sie sich um die Hüften, schüttelte ihre Haare und öffnete die Haustür.

»Du bist ja pünktlich. Und, wohin geht's?«

* * *

Mit klopfendem Herzen drückte Ethan auf den Klingelknopf. Er war richtig nervös, weil sich das Treffen mit Samantha wie ein Date anfühlte. Er atmete einmal tief durch. Er sollte sich zusammenreißen.

Als sie jedoch die Tür öffnete und ihn mit einem breiten Lächeln begrüßte, konnte er im ersten Moment bloß schlucken. Himmel, sah die Frau toll aus! Selbst die altbackene Strickjacke, die sie sich um die Hüften geschlungen hatte, konnte ihre attraktive Ausstrahlung nicht mindern. Sie hätte glatt als Model arbeiten können.

Er räusperte sich. »Hi, gut geschlafen?« Sie nickte. »Fein, dann lass uns fahren.«

»Fahren?«

»Jacob hat mir das Familienauto geliehen.«

Samantha kam die Eingangsstufen herab und strich sich die Haare hinters Ohr. »Und wo fahren wir hin?«

Ethan legte den Kopf schief und grinste. »Das wird eine Überraschung.«

»Warst du schon mal in Dorset?«, fragte Ethan, als sie Poole in westlicher Richtung verließen und auf die Landstraße einbogen. Der Weg war gesäumt von hohen Hecken, die nur ab und zu einen Blick auf Weiden und abgeerntete Kornfelder gewährte.

»Nein, niemals. Als ich noch zu Hause gewohnt habe, verbrachten wir unsere Urlaube meist in irgendwelchen Luxusresorts in Spanien, Portugal oder Italien. Mein Vater hielt das für chic.« Sie lachte leise.

»Nicht schlecht. Seid ihr reich?«

Sie warf ihm einen schnellen Blick zu. »Wäre das ein Problem?«

»Wie kommst du darauf, dass es eins wäre?«

133

Sie zuckte mit den Schultern. »Manche fühlen sich von Dads Bankkonto eingeschüchtert. Oder ...« Sie hielt inne und biss sich auf die Lippen.

»Wollen davon profitieren«, beendete Ethan ihren Satz.

»Kommt vor.«

Jetzt hätte er gern ihre Hand gedrückt, aber da sie sich noch nicht so gut kannten, schüttelte er einfach den Kopf. »Keine Angst. Ich bin nicht materiell eingestellt. Und was ich habe, respektive verdiene, reicht mir vollkommen aus. Ich will dich also weder aus Geldgier heiraten noch ein Lösegeld von deinem Dad erpressen.«

Sie warf ihm einen eigentümlichen Blick zu.

»Sorry, blöder Witz. Aber nein, dein ... euer Geld ist mir egal. Ich mag dich als Mensch, das reicht vollkommen.«

Sie lehnte sich zurück. »Fein, es ist immer gut, wenn die Fronten geklärt sind.« Dann schaute sie aus dem Fenster. »Wir fahren nicht an die Küste?«

»Nope. Ich dachte mir, da du bestimmt keinen Badeanzug dabeihast, gestalte ich das heutige Programm etwas ... ehm ... kulturlastiger.«

»Und das bedeutet?«

»Nichts da, keine Hinweise! In einer halben Stunde wirst du es sehen.«

Sie schnaubte enttäuscht. Doch dann grinste sie. »Okay. Ich zügle meine Ungeduld.« Sie sah an sich hinunter. »Bin ich denn dafür angemessen gekleidet?«

»Wir sind nicht bei der Queen zum Tee eingeladen.« Er grinste. »Passt alles wunderbar. Du siehst fantastisch aus!«

Mist, das war ihm jetzt einfach so herausgerutscht! Aber zum Glück ging sie nicht weiter darauf ein, sondern meinte leichthin: »Danke, das hört man doch gern.« Sie betrachtete den CD-Player. »Kann ich ihn einschalten?«

»Nur zu.«

Sie drückte eine Taste. Es erklangen Kinderstimmen. Jared, Simon und Mallory sprachen miteinander. Offenbar ein Hörbuch für die Zwillinge.

Sie lauschten einen Moment und riefen dann gleichzeitig: »Die Spiderwick-Geheimnisse!«

»Hast du die auch so geliebt?«, fragte Samantha. »Ich war als Kind regelrecht in Jared verschossen.« Sie kicherte. »Ich habe diese Bücher zigmal gelesen.«

»Ich stand mehr auf Mallory«, erwiderte Ethan zwinkernd. »Aber ja, ich mochte die Geschichten auch. Meine Großmutter hat mir die Bücher immer zum Geburtstag geschenkt.«

Eine Weile hörten sie sich noch weiter »Arthur Spiderwicks Handbuch für die fantastische Welt um dich herum« an, bis Samantha fragte, ob sie das Radio einschalten sollte.

»Ja, bitte!«, entfuhr es Ethan erleichtert. Sosehr er diese Erzählungen früher auch gemocht hatte, er war ihnen entwachsen. Aber dass Anand und Tamzin sie weiterhin hörten, gefiel ihm. Immerhin waren sie ja auch Zwillinge, wie zwei der Protagonisten. Und Geschichten über alte Häuser und deren Geheimnisse mochte wohl jedes Kind.

Die Kinderstimmen verstummten, und jetzt sang Amy Winehouse von ihren Problemen. Ein krasser Bruch.

»Wie schade, dass sie so früh gestorben ist«, bemerkte Samantha nachdenklich.

»Ja«, stimmte er ihr zu. »Was hätte sie nicht alles noch schaffen können.«

Eine Weile diskutierten sie über Musik. Ihre Geschmäcker ähnelten sich. Samantha kannte sich jedoch besser im Musikgeschäft aus und gab ihm ein paar Tipps über Bands, die er sich ihrer Meinung nach unbedingt anhören sollte. Er versprach es. Er hätte ihr wohl alles versprochen, auch wenn sie ihn darum gebeten hätte, einen Schuber mit mongolischen Kehlkopfgesängen zu kaufen.

Bei Bere Regis begann die Schnellstraße. Schon bald würden sie am Ziel sein. Hoffentlich hatte er Samantha richtig eingeschätzt und sie würde sich über diesen Ausflug freuen. Ansonsten könnten sie immer noch an die Küste fahren. Der Tag war ja noch lang. Und doch viel zu kurz, um sich wirklich näherzukommen.

* * *

Samantha überlegte sich während der Fahrt, ob sie Ethan jetzt von ihrer Spur nach Jersey erzählen sollte. Im Moment waren sie noch ungestört. Vielleicht fanden sie dort, wo er hinwollte, keine Gelegenheit mehr, sich unter vier Augen zu unterhalten. Aber sie konnte sich noch nicht überwinden. Die internen Vorschriften durfte sie nicht so leicht über Bord werfen … auch nicht wegen dieses sympathischen Insulaners, denn es bestand immer die Möglichkeit, dass jemand aus den Informationen, die sie weitergab, Profit schlug und plötzlich einen potenziellen Erben präsentierte. Immerhin ging es um viel Geld!

Bei Bockhampton verließen sie die Autobahn. Sie hatte keine Ahnung, wohin er wollte, doch jedes Mal, wenn sie ihm einen fragenden Blick zuwarf, schüttelte er nur grinsend den Kopf.

Sie fuhren einen schmalen Weg hinauf und kamen an eine Gabelung, auf deren linker Seite ein grünes Schild des National Trust auftauchte: Willkommen bei Hardys Geburtshaus.

Sie schaute Ethan mit großen Augen an. »Echt jetzt? Wir besuchen Tom Hardys Haus?«

»Ist das blöd?« Ethan wirkte plötzlich unsicher. »Ich dachte, vielleicht …«

»Nein, absolut cool! Hier wollte ich schon immer mal hin. Ich liebe Tom Hardy!«

Ethan stieß erleichtert die Luft aus. »Glück gehabt.«

Sie parkten den Wagen und stiegen aus. Samantha ließ Ms Pepperdines Strickjacke im Auto. Es war angenehm warm und Ethan hatte ihr gesagt, dass sie nur ein paar Schritte zu Fuß gehen mussten.

Thomas Hardy war einer der berühmtesten, aber auch pessimistischsten Schriftsteller Englands gewesen. Samantha mochte seine Werke jedoch sehr. Vor allem während ihrer Teenagerzeit hatte sie die düsteren Geschichten, die heute zu den großen Klassikern der englischen Literatur gehörten, regelrecht verschlungen. Seine Romane handelten meist von Menschen in ausweglosen Situationen und hatten sie fasziniert. Allen voran »Tess von den d'Urbervilles«, eines seiner Spätwerke, hatte es ihr angetan. »Tess« erzählte die Geschichte einer Melkerin, die von dem aristokratischen Lüstling Alec d'Urberville vergewaltigt wird. Tess' Ehemann gibt ihr die Schuld dafür, woran sie zerbricht. Am Ende ersticht sie ihren Peiniger in einem Akt der Selbstbefreiung, was sie durch den Tod am Strang bezahlen muss.

Als junge Frau hatte Samantha ein Faible für alles Morbide gehabt, was sich aber mittlerweile gelegt hatte. Aktuell bevorzugte sie lieber leichtere Lektüre, die sie von den meist düsteren Schicksalen ihres Berufs ablenkte.

»Ich kaufe schnell die Eintrittskarten.« Ethan wies auf das Visitor Center. »Wir besuchen am besten zuerst das Cottage und erst danach die Ausstellung. Am Samstag fallen die Touristen in Scharen ein und so sind wir schon durch, bevor die Masse eintrifft.«

»Gute Idee.« Sie kramte in der Handtasche nach ihrer Geldbörse, doch er winkte ab.

»Du bist mein Gast.«

»Aber dann lade ich dich später zu Tee und Kuchen ein.«

»Einverstanden. Also bis gleich.«

Samantha setzte sich auf die Bank neben dem Eingang und griff nach einem Prospekt. Darin wurde Hardys Leben und Wirken beschrieben und darauf hingewiesen, dass man, abgesehen von seinem Geburtsort, auch sein selbst entworfenes Haus, das er mit seiner Frau Emma Gifford bewohnt hatte, besuchen konnte. »Max Gate« befand sich nur wenige Kilometer von seinem Geburtshaus entfernt am Rand von Dorchester. Dort hatte Hardy bis zu seinem Tod im Jahr 1928 gewohnt.

Ethan trat aus dem Visitor Center und hielt die Tickets in die Höhe. »Kann losgehen!«

Während sie den schmalen Weg zum Cottage einschlugen, fasste sich Samantha ein Herz. »Ethan, kann ich dich etwas fragen?«

»Klar. Was brennt dir auf der Seele?«

»Nun, normalerweise darf ich über meine Fälle nicht mit Privatpersonen, die nichts mit meinen Nachforschungen zu tun haben, sprechen. Aber …« Sie zupfte an ihrem T-Shirt herum. »Doch jetzt führt eine Spur nach Jersey.«

Er warf ihr einen verblüfften Blick zu. »Tatsächlich?«

Sie nickte. »Diese Frau, die ich suche, ist in den Siebzigerjahren eventuell nach Jersey gefahren.« Samantha gab ihm einen kurzen Abriss über das, was ihr Ms Pepperdine erzählt hatte.

»Das klingt ja geheimnisvoll«, erwiderte er darauf. »Möglicherweise kenne ich sie oder diese Patentante sogar. Wie heißen sie denn?«

»Den Namen der Patin wusste Ms Pepperdine nicht. Ich werde ihn aber bestimmt am Montag vom Sekretariat der katholischen Kirchgemeinde erfahren.«

»Okay. Und wie heißt diese Frau, nach der du suchst?«

Samantha schluckte. Wenn sie jetzt Charlottes Namen verriet, gab es kein Zurück. War es das Risiko wert? Was, wenn Ethan mit diesen Informationen schnurstracks zur nächsten

Zeitung lief? Das könnte für die Kanzlei und letztlich auch für sie böse enden.

»Versprichst du mir, mit niemandem darüber zu sprechen?«

Um seinen Mund spielte ein leichtes Lächeln. »Ich arbeite in einer Bank, da ist Verschwiegenheit Pflicht. Aber gut, wenn es dich beruhigt.« Er legte drei Finger aufs Herz und sagte mit ernster Miene: »Ich schwöre!« Doch dabei zuckten seine Mundwinkel, was Samantha ein genervtes Schnauben entlockte.

»Das ist kein Witz, Ethan.«

»Natürlich, sorry. Du kannst auf meine Diskretion zählen.«

»Danke.« Sie atmete tief durch. »Ihr Name ist Charlotte Seymour, geborene Daltry.«

Sie musterte gespannt seine Mimik. Doch es schien, dass ihm dieser Name nicht geläufig war. Und schon bestätigte er ihren Eindruck.

»Noch nie gehört.«

»Mist!« Sie stieß frustriert die Luft aus. »Wäre ja auch zu einfach gewesen.«

»Charlotte ist bei uns kein ungewöhnlicher Name«, erklärte er. »Früher war er sehr gebräuchlich, ich kenne ihn von unseren Bankkundinnen. Und meine Großmutter hieß auch so. Seit Kurzem ist er sogar wieder in Mode. Ich habe eine ganze Menge Sparkonten für neugeborene Charlottes eröffnet.« Er dachte einen Moment nach. »Möglicherweise hat sich ›deine‹ Charlotte unter einem anderen Namen auf einer der Kanalinseln niedergelassen. Das war damals bestimmt noch leichter als heute, wo man sich überall ausweisen muss. Aber vielleicht kenne ich die Patentante. Willst du … ich meine, rufst du mich am Montag deswegen an?«

Eigentlich hatte Samantha vorgehabt, übers Wochenende in Poole zu bleiben und mit Ethan am Montag gemeinsam nochmals zur Kirche zu fahren. Doch seine so locker ausgesprochene Frage implizierte, dass er nicht vorhatte, sie zu begleiten.

Er war ihrer vermutlich schon überdrüssig. Tja, da hatte sie sein Interesse an ihr wohl falsch gedeutet.

»Klar«, erwiderte sie betont gleichmütig. Er sollte auf keinen Fall merken, wie enttäuscht sie war. »Oder ich klingle einfach bei den Platers und informiere dich persönlich, sobald ich weitere Angaben habe.«

»Das könntest du natürlich tun. Aber das würde wenig nützen. Ich fahre morgen wieder zurück auf die Insel. Am Montag muss ich nämlich arbeiten.«

»Ah ja?« Sie blieb stehen. »Ich dachte, du hättest Urlaub.«

»Das waren nur ein paar freie Tage. Aber ...« Er rieb sich den Nacken. »Du könntest mich morgen auf die Insel begleiten. Ich meine, wenn diese Spur wirklich nach Jersey führt, ist es für dich vor Ort doch leichter, etwas herauszufinden, oder?«

In seinem Blick stand Hoffnung. Also war sie ihm doch nicht egal. Ein warmes Gefühl durchflutete sie.

»Gutes Argument.«

Er grinste. »Nicht wahr? Und auch wenn ich nächste Woche wieder arbeiten muss, kann ich dir in meiner Freizeit bei deinen Recherchen helfen ... sofern du das möchtest.«

22

Nachdem sie Tom Hardys Cottage besichtigt hatten und Samantha ob der originalgetreuen Einrichtung in wahre Begeisterungsstürme ausgebrochen war, besuchten sie die Ausstellung im Visitor Center. Gegen Mittag tauchten jedoch immer mehr Touristen auf und sie beschlossen, Hardy hinter sich zu lassen und an die Küste zu fahren. Ethan schlug den Weg nach Weymouth ein. Samantha googelte unterdessen die Sehenswürdigkeiten am Ärmelkanal.

»Wie wär's, wenn wir gleich bis zur Isle of Portland weiterfahren?«, schlug sie vor.

»Klar, warum nicht? Ich kriege nur langsam Hunger. Gilt die Einladung zu Tee und Kuchen noch?«

»Sicher doch.« Sie hielt ihm ihr Handy vor die Nase. »Hier steht, auf dem Portland Castle gibt's ein Lokal, genannt ›die Teestube des Kapitäns‹. Mit ganz vielen köstlichen Leckereien aus der heimatlichen Küche.«

»Das klingt verlockend. Wollen wir dorthin?«

»Gern. Und danach machen wir die Audiotour durchs Schloss, okay? Heinrich VIII. hat es 1539 zum Schutz gegen die Franzosen bauen lassen.«

»Ich wusste gar nicht, dass du auf alte Gemäuer stehst.«

Sie grinste. »Du weißt noch so einiges nicht über mich.«

Das »noch« freute Ethan, bedeutete es doch, dass sie offensichtlich vorhatte, ihm mehr über sich zu erzählen und vielleicht …

»Dann fährst du morgen also mit mir nach Jersey?«, fragte er spontan.

Sie warf ihm einen schnellen Blick zu. »Ja, ich denke schon. Ich rufe heute noch meinen Boss an und gebe ihm einen Zwischenbericht. Wenn er nichts dagegen hat, begleite ich dich.«

»Ist er nicht sauer, wenn du ihn am Wochenende störst?«

»Mein Chef kennt keine Vierzig-Stunden-Woche; deshalb ist unsere Kanzlei ja auch so erfolgreich.«

»Und du? Ebenfalls ein Workaholic?«

Sie kicherte. »Nein, gar nicht. Sonst würde ich mich jetzt kaum von dir durch die Gegend kutschieren lassen, sondern wäre schon auf halbem Weg zu den Kanalinseln, um Charlotte zu suchen.« Sie steckte ihr Handy zurück in die Handtasche. »Was ist mit dir? Ambitionen auf den Stuhl des Bankdirektors?«

»Nicht wirklich. Ich mag meine Arbeit, weil sie mir direkten Kundenkontakt beschert. Als Direktor würde das nicht mehr möglich sein.« Als sie ihn mit gerunzelter Stirn musterte, beeilte er sich hinzuzufügen. »Nicht, dass ich keine Ambitionen hätte, im Beruf weiterzukommen, aber nicht auf Kosten der Lebensqualität. Ich bin gern draußen in der Natur und hoffe später auf eine Familie. Bei beiden müsste ich vermutlich Abstriche machen, wenn ich an die Spitze eines Unternehmens kommen will.«

Samantha nickte zustimmend. »In London ist das noch viel schlimmer. Der direkte Parkplatz vor der Firma rechtfertigt meiner Meinung nach den Stress eines Chefpostens nicht.«

Er lachte. »Sehe ich ebenso.«

»Ein wenig Sorgen mache ich mir jedoch um eine Übernachtungsmöglichkeit auf Jersey. Wenn es in Poole aktuell schon schwierig ist, wie sieht es dann erst auf deiner Insel aus?«

»Ich könnte meinen Vater anrufen. Er leitet eins der schönsten Hotels in Saint Helier und hat vielleicht noch ein Zimmer frei.«

Zuerst hatte Ethan ihr eigentlich spontan vorschlagen wollen, bei ihm zu übernachten, doch er wollte sie mit seinem Angebot nicht überrumpeln. Aber sollte sein Vater nichts finden, würde er ihr diese Option anbieten. Bei dem Gedanken, mit ihr unter einem Dach zu nächtigen, wurde ihm heiß und er räusperte sich mehrmals.

»Okay, cool«, erwiderte sie. »Vitamin B ist zuweilen doch ganz nützlich.«

Er warf ihr einen schnellen Blick zu. »Wie meinst du das?«

»Ach, spielt keine Rolle.«

Sie sah dabei jedoch etwas unglücklich aus. Dachte sie an jemand bestimmten? Vielleicht an ihren reichen Dad?

Mittlerweile hatten sie die Ausläufer von Weymouth erreicht, das an der gleichnamigen Bay lag. Der strahlende Sonnenschein war von einer großen Wolkenbank, die sich vom Ärmelkanal aufs Festland schob, abgelöst worden. Vermutlich würde es bald regnen.

Sie durchquerten die kleine Stadt, die sich kaum von Poole unterschied. Links und rechts der Hauptstraße reihten sich die üblichen roten Backsteinhäuschen mit den gepflegten Vorgärten aneinander.

Als sie auf die schmale Landbrücke Chesil Beach Richtung Isle of Portland einbogen, rüttelten bereits Windböen an Jacobs Familienkutsche. Überall sah man das Zeichen der *Jurassic Coast*, ein Hinweis darauf, dass diese Landschaft als erdgeschichtlich bedeutsam eingestuft worden war und zum Weltkulturerbe gehörte.

»Das Wetter schlägt um.« Samantha sah besorgt aus dem Autofenster.

»Wollen wir trotzdem noch aufs Schloss?«, fragte Ethan und betrachtete die Schaumkronen auf dem aufgewühlten Wasser.

»Wäre doch schade, wenn nicht. Wo wir schon mal hier sind. Aber vielleicht lassen wir die Audiotour besser aus und fahren danach gleich zurück.«

»Abgemacht. Doch auf den Kuchen verzichten wir nicht, oder?«

Sie lachte. »Nie im Leben!«

Er stellte den Wagen auf den Parkplatz vor der Festung ab. Offensichtlich hatte das aufkommende schlechte Wetter viele Besucher von einer Besichtigung abgehalten, denn für einen Samstagnachmittag befanden sich erstaunlich wenige Fahrzeuge auf dem Areal.

Als sie ausstiegen, kam Ms Pepperdines Strickjacke zum Einsatz. Samantha schlüpfte fröstelnd hinein und griff dann hastig in ihre Handtasche und zog einen Haargummi heraus. Sie band ihre im Wind fliegenden Haare zu einem straffen Pferdeschwanz zusammen.

»Kein Wetter für Föhnfrisuren«, bemerkte sie.

Ethan grinste. »Nein, nicht wirklich. Also auf zu Tee und Kuchen!« Er wies mit dem Arm auf den Eingang des Areals.

»Plus Toiletten«, murmelte Samantha.

* * *

Samantha stand in den Sanitärräumen der Teestube und wusch sich die Hände. Das war knapp gewesen! Sie hätte eigentlich schon nach der Besichtigung von Hardy's Cottage auf die Toilette gemusst, es sich jedoch verkniffen.

Sie betrachtete sich im Spiegel. Ihre Haare sahen aus, als hätte eine Krähe darin gehaust. Sie zog den Haargummi ab, kämmte sich und fasste die Haare wieder zusammen. Dann trug sie etwas Lipgloss auf, auch wenn sie gleich Kuchen essen würden. Aber sie wollte für Ethan gut aussehen.

Während sie ihre Handtasche schloss, summte sie leise vor sich hin. Sie freute sich darauf, morgen mit ihm nach Jersey zu fahren. Auch wenn sie Charlotte vermutlich nicht finden würde, wovon sie immer mehr ausging, das Zusammensein mit Ethan machte sie glücklich. Vielleicht *zu* glücklich, da sie ja bald zurück nach London fahren musste. Doch es blieben ihr mindestens noch zwei Tage mit dem sexy Banker.

Ob er einen Vorstoß wagen würde? Oder sollte sie? Sie war nicht der Typ Frau, der stumm litt und darauf hoffte, von einem Mann wachgeküsst zu werden; sie ergriff lieber selbst die Initiative. Das gab ihr das gute Gefühl, die Zügel in der Hand zu halten. Ganz gleich, ob sich der Ritt als angenehm oder schmerzvoll entpuppte.

Bei dem Vergleich musste sie grinsen. Gegen etwas sportliche Betätigung mit ihm hätte sie nichts einzuwenden. Es war eine Weile her, dass sie sexuell aktiv gewesen war. Eigentlich schon über ein halbes Jahr. Seit das mit Matthew in die Brüche gegangen war, hatte sie keinen Mann mehr getroffen, der bei ihr ein erotisches Prickeln verursachte. Und plötzlich war Ethan aufgetaucht, der sie nur ansehen musste, damit ihre Hormone galoppierten. Samantha schüttelte leicht den Kopf. Woher nur diese Reitermetaphern? Offenbar weckte Ethan Ouless das Tier in ihr. Sie schaute grinsend in den Spiegel, straffte die Schultern und verließ die Toilette.

Als die Tür hinter ihr ins Schloss fiel, erklang ein monströses Donnergrollen. Die Gäste im Café zuckten zusammen und schauten erschrocken durch die Fenster. Der Himmel war jetzt beinahe schwarz. Na, da hatte sich ja etwas zusammengebraut. Also vermutlich kein Meerblick von der Wehrmauer aus.

Sie schaute sich suchend um und entdeckte Ethan im hinteren Teil des Lokals. Er winkte und sie steuerte auf seinen Tisch zu.

»Wenn Engel reisen, lacht die Sonne, was?«, scherzte er.

»Witzbold. Wir bleiben wohl am besten hinter den dicken Schlossmauern, bis das Unwetter vorübergezogen ist.« Sie schaute auf die Uhr. »Ms Pepperdine wird sich bestimmt denken, dass wir nach Gretna Green durchgebrannt sind, um zu heiraten.«

Ethan bekam einen Hustenanfall und Samantha grinste. Sie griff nach der Speisekarte. »Hast du dir schon etwas ausgesucht?«

»Ich fange oben an und esse mich durch«, krächzte er, nachdem er sich wieder gefangen hatte.

»Gute Idee. Da mache ich mit.«

Während sie sich die Bäuche mit Minisandwiches, Scones, Marmelade und Clotted Creme vollschlugen, studierten sie den Prospekt über das Schloss.

Nach der englischen Reformation hatte Heinrich VIII. die Festung als Schutz gegen den katholischen Teil Europas bauen lassen. Portland Castle und Sandsfoot Castle, das genau gegenüber lag, sicherten damals den Hafen von Portland. Im Ersten und Zweiten Weltkrieg hatte das Gemäuer als Bollwerk gegen feindliche Invasoren gedient. Heute war es ein Museum, das von English Heritage verwaltet wurde.

Ein erneuter Donnerschlag ließ sie zusammenzucken. Es war so dunkel geworden, dass man im Café die Deckenbeleuchtung einschalten musste. Mittlerweile regnete es auch in Strömen. In wilden Linien rauschte das Wasser an den Fensterscheiben hinab.

»So stelle ich mir den Weltuntergang vor«, murmelte Ethan mit gerunzelter Stirn.

»Hast du etwa Angst?«, spöttelte sie.

»Nein, aber es ist sicher keine gute Idee, wenn wir jetzt mit Jacobs klapprigem Auto über die Landbrücke fahren. Am Ende bläst uns der Sturm noch davon.«

Samantha hatte normalerweise keine Angst vor Gewittern, aber das hier war doch etwas anders als das, was über London niederging.

»Was schlägst du vor?«, fragte sie.

»Vielleicht wäre es klüger, wenn wir hier übernachten und erst morgen früh zurückfahren.«

»Hier im Schloss?«

Er lachte. »Willst du etwa Burgfräulein spielen? Nein, es wird im Ort sicher Übernachtungsmöglichkeiten geben.« Er wirkte plötzlich verlegen. »Aber wir können natürlich auch darauf hoffen, dass sich der Sturm legt und wir danach nach Poole zurückfahren können.«

Samantha überlegte. Sie hatte schon in Poole improvisieren müssen und jetzt wieder? Langsam kam sie sich wie eine Nomadin vor. Doch der Gedanke, mit Ethan eine Nacht zu verbringen, wenn auch vermutlich in getrennten Zimmern, war durchaus verlockend. Noch auf der Toilette hatte sie darüber nachgedacht, wie es wohl wäre, mit ihm intim zu werden, und jetzt bot ihr das Schicksal die perfekte Gelegenheit, es auszuprobieren.

»Samantha?« Er schaute sie fragend an.

»Einverstanden. Bleiben wir besser hier. Ich würde es mir nie verzeihen, wenn wir die Familienkutsche der Platers ruinieren.«

23

»Nur noch ein Doppelzimmer? Verstehe.« Ethan hielt eine Hand übers Handy und wandte sich an Samantha. »Es ist leider nur noch ein Doppelzimmer frei. Was sagst du dazu?«

Sie verbiss sich ein Lachen. Er sah zu gleichen Teilen besorgt und hoffnungsvoll aus.

Würde das gut gehen, wenn sie zusammen in einem Bett schliefen? Oder wäre ihr Einverständnis auch ein Freifahrschein für Intimitäten? Sie hielt ihn zwar nicht für einen Mann, der nichts anbrennen ließ, aber bekanntlich machte Gelegenheit Diebe. Doch war es nicht genau das, worauf sie spekuliert hatte? Bei dem Gedanken, was sich durch diese Situation ergeben könnte, wurde ihr Mund trocken.

»Ist schon okay«, erwiderte sie und räusperte sich. »Es ist ja nur für eine Nacht.«

Er nickte. Und noch immer erkannte sie in seinem Blick Hoffnung und Besorgnis zugleich. Er fragte sich bestimmt dasselbe wie sie und was für Eventualitäten auf sie zukommen würden.

»Gut, wir nehmen es«, sagte er ins Handy. »Gibt es Parkplätze vor dem Hotel? Ach, nur die bei der Festung? Verstehe. Dann kommen wir, sobald der Regen etwas nachgelassen hat.« Er beendete den Anruf und drehte das Gerät gedankenverloren in den Händen.

Noch immer saßen sie im Schlosscafé und hofften darauf, dass der Starkregen eine Pause einlegte. Das eben reservierte Zimmer befand sich im Hotel Crabbers' Wharf und war kaum zehn Fußminuten vom Schloss entfernt, sie würden aber dennoch pitschnass werden, wenn sie jetzt aufbrachen.

»Na, dann wäre das ja geklärt.« Samantha griff sich noch ein Gurkensandwich. »Wenn du Mala und Jacob anrufst, kannst du sie dann bitten, Ms Pepperdine Bescheid zu geben, dass ich erst morgen zurückkomme? Sie würde sich ansonsten bestimmt Sorgen machen.«

»Natürlich.«

Er starrte auf sein Handy. Offenbar scheute er sich davor, seine Freunde anzurufen, um ihnen mitzuteilen, dass er über Nacht wegblieb – mit Samantha. Sie würden ihn bestimmt deswegen aufziehen. Armer Ethan!

Doch dann atmete er tief durch und rief die Platers an. »Hi, Mala, Ethan am Apparat. Nein, es ist nichts passiert, keine Sorge, nur sitzen wir auf der Isle of Portland fest. Es tobt ein Sturm und wir haben deshalb beschlossen, hier zu übernachten und erst morgen zurückzufahren.«

Samantha verstand nicht, was Mala dazu sagte, sah aber, wie Ethan errötete.

Er hüstelte. »Für wen hältst du mich? Also wirklich! Gut … bis morgen. Ach, Mala, kannst du bitte Ms Pepperdine Bescheid geben, dass Samantha heute nicht auftaucht? Fein, danke.«

Wieder sagte Mala offensichtlich etwas, was ihn durcheinanderbrachte, denn er warf Samantha einen schnellen Blick zu und senkte den Kopf.

»Ich lasse sie grüßen«, rief sie.

»Sie dich auch«, sagte er darauf. »Und sie wünscht dir viel Spaß.«

Samantha grinste, was ihm einen missmutigen Laut entlockte.

Er legte auf und lockerte die Schultern. »Damit wird sie mich vermutlich den Rest meines Lebens aufziehen«, sagte er und schüttelte dabei den Kopf.

»Ich mag sie.« Samantha konnte einfach nicht aufhören zu grinsen.

»Ja, sie ist toll, aber …« Er brach ab und seufzte. »Egal.« Er sah in den strömenden Regen hinaus. »Lass uns diese Audiotour machen. Wenn wir Glück haben, beruhigt sich das Wetter in der Zwischenzeit.« Er wies auf den Schirmständer beim Eingang. »Sonst schnappen wir uns dort einen Schirm.«

Nach dem Rundgang durchs Schloss, bei dem sie einige interessante Details über dessen Geschichte erfuhren, hatte sich Petrus leider noch nicht ausgetobt.

Während Ethan und Samantha eng aneinandergedrückt unter einem Schirm zum Hotel hasteten, wurden sie komplett durchnässt. Wie begossene Pudel standen sie wenig später in der Hotelhalle und checkten ein.

Auf dem Weg zu ihrem Zimmer klapperten Samanthas Zähne. Zum Glück hatte ihnen vorher der Concierge mitgeteilt, dass sich im Doppelzimmer eine Badewanne befand. Sie beschloss, mindestens eine Stunde im warmen Wasser liegen zu bleiben. Vielleicht gesellte sich Ethan ja zu ihr. Bei dem Gedanken vergaß sie einen Moment, dass ihr eiskalt war.

Das Zimmer mit Blick auf die Bucht, die jedoch hinter der Sintflut kaum auszumachen war, sah ein wenig wie eine Schiffskabine aus. Auf der einen Seite befand sich ein großes rundes Fenster, das an ein Bullauge erinnerte. An der hinteren Wand stand das Doppelbett, das einladend und gemütlich wirkte. Es gab sogar einen kleinen Balkon. Es musste herrlich sein, an einem schönen Tag mit einer Tasse Tee dort zu sitzen und aufs Meer hinauszuschauen. Im Moment war Samantha jedoch einfach nur froh, im Trockenen zu sein.

An der Tür zum Badezimmer hingen zwei Bademäntel. Zum Glück! Sie griff sich einen.

»Willst du zuerst ins Bad?«, fragte sie.

»Ladys first«, erwiderte Ethan sofort.

»Danke.« Sie blieb unschlüssig stehen.

»Gib mir doch nachher deine nassen Kleider«, schlug er vor. »Ich lege sie auf die Heizung. Bis morgen sind sie bestimmt trocken.«

»Alles klar.«

Er nickte und schlüpfte aus seinen triefenden Turnschuhen. Dann zog er sich mit einer einzigen fließenden Bewegung das nasse T-Shirt über den Kopf.

Beim Anblick seiner gebräunten Brust wurde Samanthas Mund trocken. Ihr Blick wanderte tiefer über seine gut definierten Bauchmuskeln und den schmalen Streifen Behaarung, der im Bund seiner Jeans verschwand.

Er hielt inne und schaute sie mit hochgezogenen Augenbrauen an. »Ist etwas?«

»Wie? Ehm … nein.«

Sie floh ins Badezimmer, schloss die Tür und lehnte sich schwer atmend mit der Stirn dagegen. Ihr Herz pochte wild. Verdammt, sah der Kerl gut aus!

Das würde eine schwierige Nacht werden … oder eine unvergleichliche.

* * *

Der Bademantel war flauschig und roch nach Wiesenblumen. Leider waren die Ärmel für Ethan zu kurz, aber alles war besser als seine nassen Kleider.

Er drapierte die triefenden Sachen auf dem Heizkörper unter dem Fenster, der leider nur lauwarm war. Aber bis morgen würde sicher alles wieder trocken sein. Im Bad hörte er das Wasser rauschen. Als er sich Samantha nackt inmitten von weißem Schaum vorstellte, wurde seine Kehle eng.

Es knisterte zwischen ihnen. Sie spürte es bestimmt auch. Sonst würde sie ihn nicht so ansehen. Einen Moment überlegte er, ob er an die Badezimmertür klopfen sollte, aber dann schüttelte er den Kopf. Er wollte nichts überstürzen. Doch wenn sie ihm einen Schritt entgegenkam, würde er nicht zögern. Dafür fand er sie zu anziehend. Aber es würde sich nichts aus ihrem Zusammensein ergeben, dazu lebten sie in zu unterschiedlichen Welten. Wie er Samantha verstanden hatte, stammte sie aus der reichen Londoner Oberschicht. Im Gegensatz dazu war er in bescheidenen Verhältnissen aufgewachsen. Es trennte sie mehr, als sie verband. Aber er würde den Teufel tun, jetzt daran zu denken. Manchmal musste man eine Chance auch einfach ergreifen und sich nicht den Kopf darüber zerbrechen, was die Zukunft brachte.

Er rieb sich fröstelnd die Arme und betrachtete das einladende Doppelbett. Es gab keine Couch im Zimmer. Im Notfall könnte er natürlich auch auf dem Boden schlafen, wenn Samantha das wollte, aber sein Instinkt sagte ihm, dass sie das nicht von ihm verlangen würde.

Er zog die Tagesdecke ab und faltete sie zusammen. Dann schlüpfte er ins Bett und rieb die kalten Füße aneinander.

Die gestärkte Bettwäsche roch wie der Bademantel. Ein angenehmer Duft: frisch und sauber. Langsam wurde ihm wieder warm. Seine Glieder wurden schwer. Er schloss die Augen. Etwas dösen, bis Samantha im Bad fertig war ... nur einen Moment.

* * *

Zum Glück gab es genügend Frottiertücher im Bad. Samantha trocknete sich ab, band sich ein Tuch wie ein Turban um die nassen Haare und griff nach der kleinen Flasche Bodylotion, die das Hotel seinen Gästen zur Verfügung stellte. Sie schnupperte daran. Die Creme roch nach Lavendel. Nicht wirklich ihr Geschmack, aber besser als nichts. Sie cremte sich ein und gab acht, dass für Ethan etwas übrig blieb.

Zahnbürste und Zahnpasta gab es leider keine, also wusch sie sich den Mund einfach mit Wasser aus und fand in ihrer Handtasche noch eine Schachtel Pfefferminzdrops.

Zum Glück hatte sie in ihrem Schminkbeutel immer eine kleine Tube Hautcreme dabei. Sie verteilte vier Kleckse in ihrem Gesicht. Sollte sie sich wieder schminken? Nein, das war albern. Sie hatte keine Probleme damit, sich ungeschminkt zu zeigen. Und wenn Ethan sie in natura nicht mochte, war das sein Problem.

Sie hängte das benutzte Frotteetuch an den Haken hinter der Tür, schlüpfte wieder in den Bademantel und sammelte ihre nassen Kleider vom Fußboden auf.

Sie öffnete die Tür. »Ethan, jetzt bist du …« Sie hielt inne. Er lag im Bett. Seine Brust hob und senkte sich gleichmäßig. Er schlief tief und fest.

Sie betrachtete ihn eingehend. Sollte sie ihn wecken? Doch er sah so friedlich aus, also beschloss sie, ihn schlafen zu lassen. Vielleicht würde sie später zu ihm unter die Decke schlüpfen, aber zuerst musste sie ihren Boss anrufen.

Sie holte ihr Handy aus der Handtasche. Verdammt, fast kein Akku mehr! Und ihr Ladegerät lag natürlich bei ihren anderen Sachen in Ms Pepperdines Gästezimmer.

Sie sah sich um. Es gab kein Telefon auf dem Zimmer. Ob sie nach unter zur Rezeption gehen sollte? Im Bademantel? Nein, das war keine gute Idee. Sie könnte natürlich wieder in ihre nassen Sachen schlüpfen. Doch der Gedanke daran ließ sie schaudern. Dann halt eine SMS. Mr Hobbs würde sich zwar wundern, aber letztlich war das egal.

> Habe im Matkins-Fall eine Spur, die nach Jersey führt. Werde also morgen auf die Kanalinseln fahren. Ist das okay? Gruß, Samantha

Beinahe umgehend kam seine Antwort.

> Alles, was Ihnen erfolgversprechend erscheint. Viel Glück! H.H.

»Na, das war ja leicht«, murmelte sie und legte das Handy aufs Fensterbrett.

Und jetzt? Es gab keinen Fernseher im Zimmer. Ihren Reader hatte sie nicht mitgenommen und Musik über ihr Handy zu hören, fiel bei diesem niedrigen Akkustand ebenfalls ins Wasser. Wie konnte man sich in einem Hotelzimmer sonst noch die Zeit vertreiben?

Ihr Blick fiel wieder auf Ethan. Sein Bademantel war verrutscht und zeigte jetzt eine Menge seiner breiten Brust.

Es kribbelte Samantha in den Fingerspitzen, darüberzustreichen. Wie würde es sich anfühlen? Er hatte den Mund leicht geöffnet und auf seinen Wangen zeigte sich langsam ein dunkler Bartschatten.

Als sie über ihr Single-Leben gesprochen hatten, hatte er eine große Enttäuschung erwähnt. Was war damals passiert? Und warum hatte diese andere Frau einen so tollen Typen einfach gehen lassen? Aber vielleicht war es ja auch sein Fehler gewesen. Ein Seitensprung? Oder wo lag bei diesem Mann der Haken? Hatte er gewisse unappetitliche Neigungen? Bizarre Sexfantasien? Doch er schien ihr nicht der Typ dafür zu sein.

Aber was wusste sie schon über ihn? Eigentlich nichts, wenn sie ehrlich war.

Er bewegte sich leicht und der Bademantel klaffte noch ein Stück weiter auseinander. Jetzt konnte sie einen größeren Teil seines Tattoos sehen. Sie kniff die Augen zusammen. Nein, keine Chance zu erkennen, was es war.

Leise schlich sie zum Bett, beugte sich über ihn und beäugte das Tattoo genauer. Das war kein Name. Aber was war es dann?

Vorsichtig schob sie seinen Bademantel noch ein kleines Stück zur Seite. Es war eine Art Knoten. Verschlungene Linien. Wie zwei Herzen, die sich gegenüberstanden und miteinander verwoben waren.

»Es ist ein keltischer Liebesknoten.«

Samantha zuckte zusammen. »Herrgott, spinnst du, mich so zu erschrecken?!«

Ethan rieb sich die Augen. »Ich dachte, es würde dich interessieren, weil du mich praktisch ausgezogen hast.« Er kräuselte amüsiert die Lippen.

Ihr Herz klopfte immer noch in doppelter Geschwindigkeit. »Das Bad ist jetzt übrigens frei«, stotterte sie.

Einen Moment sah er sie eindringlich an. In diesem Licht schimmerten seine Augen in einem intensiven Blau.

Sie hatte einmal bei einem Skiurlaub in der Schweiz einen tiefen Bergsee gesehen, der genau diesen Farbton gehabt hatte.

Spannung lag in der Luft. Gleich würde etwas passieren. Sie hielt unwillkürlich den Atem an.

24

Ethan spürte Samanthas Anwesenheit im Zimmer. Offenbar hatte sie ihr Bad beendet und jetzt war er an der Reihe. Doch er war zu müde, um gleich aufzustehen. Es war gerade so gemütlich im Bett. Als sie sich jedoch über ihn beugte, um sein Tattoo zu begutachten, konnte er sich nicht mehr zurückhalten.

Das Tattoo über seinem Schlüsselbein hatte er sich zusammen mit Brianna stechen lassen. Ein keltischer Liebesknoten, der ihre Verbundenheit bezeugen sollte. Bri war gegangen, der Knoten geblieben. So war das eben mit Dingen, die man nicht einfach so abstreifen konnte. Doch jetzt war nicht der Zeitpunkt, Brianna in seinen Kopf zu lassen. Ganz im Gegenteil.

Samantha starrte ihn immer noch verschreckt an. Er streckte die Hand aus. Einen Moment runzelte sie die Stirn. Hatte er ihre Signale falsch gedeutet? Doch dann lächelte sie und legte ihre Hand in seine.

Er zog sie langsam aufs Bett. Das Tuch um ihre Haare löste sich und feuchte Strähnen fielen auf seine Brust. Er erschauerte.

»Es gibt leider keinen Föhn, aber …« Sie brach ab.

Sie lag jetzt halb auf ihm. Ihr Gesicht war seinem ganz nah. Sie war ungeschminkt, roch wie ein Lavendelfeld und ein wenig nach Pfefferminze.

Mit dem Daumen fuhr er die Form ihrer Lippen nach. Sie hatte wunderschöne Lippen. Voll und weich. Ein erregter Laut entwich ihr. Sein Puls beschleunigte sich. Am liebsten hätte er sie in seine Arme gerissen, doch er wollte sich Zeit lassen. Jede Sekunde bewusst genießen. In ihren Augen spiegelte sich sein eigenes Verlangen. Langsam senkte sie den Kopf und ihre Lippen trafen sich. Zuerst küssten sie sich behutsam, beinahe scheu, dann leidenschaftlicher.

Als sie leise stöhnte, konnte er sich nicht mehr beherrschen. In einer einzigen Bewegung drehte er sie auf den Rücken. Jetzt war sie unter ihm gefangen, doch das schien ihr nichts auszumachen. Verlangend schmiegte sie sich an ihn, fuhr mit ihren Händen unter seinen Bademantel und strich über seinen Rücken bis hinunter zu seiner Hüfte.

Sie küssten sich wieder. Intensiver und ungeduldiger jetzt. Jeder wollte den Mund des anderen erobern. Ihre Zungen spielten miteinander, erforschten und reizten.

Ethans Lust stieg ins Unermessliche. Sie brodelte in ihm, vernebelte seine Sinne und walzte jede Vernunft nieder. Er wollte sich in Samantha verlieren, sie in die Kissen drücken und hören, wie sie auf dem Höhepunkt seinen Namen flüsterte. Nichts schien mehr wichtig. Es gab nur diese Frau, die er mehr brauchte als alles andere auf der Welt. Wenn er nicht bald Erlösung fand, würde er in ihren Armen bestimmt verglühen.

Er schob ihren Bademantel zur Seite. Darunter war sie nackt. Mit einem Stöhnen nahm er ihre Brüste in Besitz, saugte an den Spitzen, bis ihm Samantha ihren Oberkörper entgegenbog, um ihm noch näher zu sein.

Seine Lust wurde zum Schmerz. Zu diesem köstlichen Schmerz, den er schon so lange hatte entbehren müssen.

Seine Hand suchte ihre empfindlichste Stelle. Als er sie berührte, keuchte Samantha auf. Sie war mehr als bereit und wand sich unter seinen Berührungen.

»Ethan«, stammelte sie. »Komm!«

Doch plötzlich meldete sich sein letztes bisschen Verstand. Er stützte sich auf die Unterarme und hielt schwer atmend inne. Samanthas Augen waren geschlossen, ihre Lippen gerötet. Bestimmt hatten seine Bartstoppeln das verursacht.

Sie öffnete die Augen und sah ihn entgeistert an. »Was?!«, stieß sie hervor. »Warum hörst du auf?«

»Ich … wir haben nichts zum Schutz dabei.«

Sie starrte ihn an, dann zeichnete sich Verstehen auf ihrem Gesicht ab. »Du hast nichts dabei?«

Er schüttelte stumm den Kopf. Wie hätte er auch annehmen können, dass ein Ausflug zu Tom Hardys Cottage auf diese Weise enden würde?

»Verdammt!«, entfuhr es ihr. Sie strich sich über die Stirn. »Und jetzt?«

Er nahm ihr Gesicht in beide Hände und betrachtete sie eingehend. »Entweder ziehe ich mich an, laufe ins Dorf und suche eine Apotheke, die noch geöffnet hat. Oder …«

»Oder?«

»Wir hören auf.«

»Jetzt? Spinnst du!?«

Er lachte. »Könnte man annehmen. Aber wir sollten vernünftig sein.«

Er ließ sich bedauernd an Samanthas Seite nieder und zog sie an seine Brust. Sie legte ihren Kopf darauf. Ihre Wange fühlte sich heiß an. Sie malte mit ihrem Finger kleine Kreise auf seine Haut, was ihn zum Schmunzeln brachte.

»Ich hasse vernünftige Männer!«

»Tust du nicht.«

»Stimmt! Doch jetzt einfach aufhören … das ist nicht fair.«

»Da stimme ich dir zu. Aber morgen fahren wir nach Jersey und … du kannst bei mir übernachten.«

Sie hob den Blick. »Und dort hast du was?«

»Tonnenweise!« Er grinste, als sie entsetzt die Augen aufriss. »Na ja, vielleicht auch nur eine Packung.«

* * *

Ethan hatte sich nach ihrem unterbrochenen Liebesspiel ins Bad verzogen. Samantha lag unzufrieden im zerwühlten Bett. Natürlich hatte er recht, keinen ungeschützten Sex zu haben, aber es war so frustrierend! Noch immer pulsierte Lust durch ihren Körper.

Sie hörte, wie das Badewasser gurgelnd ablief, und wenig später stand Ethan im Türrahmen. Um seine Hüften hatte er ein Handtuch geschlungen. Er fuhr sich mit allen zehn Fingern durch die feuchten Haare und warf ihr einen eigentümlichen Blick zu.

»Warum schaust du mich so an?«, fragte sie und befeuchtete ihre Lippen mit der Zunge. Unter seinem Blick fing ihre Haut an zu prickeln, als würde sie in einer Wanne gefüllt mit Champagner liegen.

Ohne ihre Frage zu beantworten, durchquerte er das Zimmer, riss sich das Handtuch von den Hüften und schlüpfte unter die Decke. Seine Haut fühlte sich heiß und feucht an, als er sich an sie schmiegte.

»Ich dachte mir, ich mache dort weiter, wo wir vorhin aufgehört haben«, raunte er ihr ins Ohr und legte seine Hand auf ihren Bauch.

Sie sog scharf die Luft ein. »Aber du sagtest doch ...«

Er verschloss ihren Mund mit einem Kuss. Seine Finger strichen sanft über ihre Haut, umfassten ihre Brüste und sie stöhnte genüsslich auf.

»Was ist aus vernünftig sein geworden?«, flüsterte sie heiser.

»Das werden wir auch sein. Aber es gibt ja noch andere Möglichkeiten.«

Er zog sich die Decke über den Kopf, rutschte tiefer und hauchte ihr Küsse auf die Haut.

Seine Zärtlichkeiten ließen ihre Lust erneut auflodern. Ihr war plötzlich unerträglich heiß und sie zerrte die Bettdecke von ihren Körpern. Sie wollte Ethan sehen, weil sie es erregend fand, was er gerade mit ihr anstellte.

Er hob kurz den Kopf und lächelte, dann widmete er sich wieder seiner Mission, rutschte noch ein Stück tiefer und fand mit der Zunge endlich, was er gesucht hatte.

Samantha stöhnte und krallte ihre Finger in seine Haare. Die Lust überrollte sie. Sie ließ sich fallen und hob ihre Hüften. Sie wollte ihm noch näher sein … sich ihm ganz hingeben.

»Mehr, Ethan, mehr!«, keuchte sie.

Dann spürte sie, wie ihr Körper sich dem Höhepunkt näherte. Eine Woge heißer Lust schoss durch ihre Adern. Sie warf den Kopf in den Nacken und stieß einen genüsslichen Laut aus. Rhythmisch pulsierte der süße Schmerz durch ihre Mitte, verebbte langsam und ließ sie erfüllt zurück.

Ethan legte sich an ihre Seite und schloss sie in die Arme. Draußen schlug der Regen in heftigen Böen an die Fenster, doch Samantha fühlte sich sicher und geborgen. Wie in einem Kokon eingebettet. Nichts war mehr wichtig und niemand konnte ihr etwas anhaben. Sie war angekommen.

25

Am Sonntagmorgen hatte sich das Wetter zum Glück gebessert. Ohne weitere Zwischenfälle fuhren Ethan und Samantha zurück nach Poole, um kurz danach zum Fährhafen aufzubrechen. Die gesamte Familie Plater hatte es sich nicht nehmen lassen, sie zur Fähre zu begleiten.

»Wann fahren wir mal wieder damit?« Anand schaute sehnsüchtig auf das riesige Schiff am Dock. In einer Kolonne fuhren gerade Autos und Wohnmobile in dessen stählernen Bauch.

»Weißt du noch, was das letzte Mal passiert ist?« Mala sah ihren Sohn mit geneigtem Kopf an.

Dieser grinste frech. »Ich musste kotzen!«

»Anand, bitte, das heißt ›erbrechen‹. Aber ja, das war keine schöne Fahrt.«

Samantha lachte. »Vielen Dank, dass ihr uns zur Fähre bringt«, sagte sie und griff nach ihrer Aktentasche. »Und auch für den kleinen Koffer.«

Mala winkte ab. »Keine Ursache.« Sie sah auf die Uhr. »Wo bleiben denn Jacob und Ethan? Es ist bald halb elf … und die Fähre wartet auch nicht auf einen hübschen Banker.«

Sie zwinkerte Samantha verschwörerisch zu. Offenbar war Mala nach ihrer Rückkehr von der Isle of Portland sofort aufgefallen, dass zwischen ihnen etwas gelaufen war. Die Frau musste übersinnliche Fähigkeiten besitzen.

»Ich muss mal Pipi.« Tamzin presste die Knie zusammen.

»Aber du bist doch gerade vorhin …« Mala brach ab und seufzte. Sie wandte sich an Samantha. »Hast du bitte kurz ein Auge auf Anand? Ich suche mal nach einer Toilette.«

»Klar.«

»Und wenn es zu lange dauert, sage ich dir schon mal auf Wiedersehen.«

Samantha nickte und wollte Malas Hand schütteln, doch diese umarmte sie fest.

»Ich freue mich für euch«, sagte sie so leise, dass es nur Samantha verstehen konnte. »Und tu ihm bitte nicht weh.«

Dann ließ sie die verblüffte Samantha stehen und steuerte, Tamzin an der Hand, auf die flachen Gebäude der Ticketausgabe zu.

»Hast du mit Onkel Ethan geschmust?«, fragte Anand neben Samantha. »So richtig mit Zunge?«

Ihr blieb der Mund offen stehen.

Anand krauste die Nase. »Das ist voll eklig!« Er verzog den Mund und betrachtete dann interessiert eine Möwe, die an einer leeren Chipstüte pickte.

»Ich …«, begann Samantha peinlich berührt, doch zum Glück steuerten jetzt Jacob und Ethan auf sie zu und enthoben sie einer Antwort.

»Da seid ihr ja!«, rief sie erleichtert.

»Und wo ist meine Frau?« Jacob schaute sich suchend um.

»Sie musste mit Tamzin auf die Toilette.«

Jacob murmelte etwas, was sich wie Mädchenblase anhörte, und schüttelte den Kopf.

»Wir sollten langsam an Bord«, meinte Ethan. Er stützte sich auf den Griff seines Rollkoffers. »Also, bis bald, Jacob. Danke für die Gastfreundschaft.« Die Männer klopften sich freundschaftlich auf den Rücken. »Und kommt mich bald besuchen, okay?«

»Ja!«, schrie Anand. »Dann gehen wir angeln. Du hast es versprochen, Onkel Ethan.«

»Natürlich, du Rotznase.«

Anand lächelte glücklich, als wäre das ein großes Kompliment.

»Sei lieb zu deiner Schwester«, mahnte Ethan und zerzauste dabei Anands Haare.

»Na gut«, erwiderte der Junge. Es klang aber nicht sehr begeistert.

Ethan lachte.

Sie verabschiedeten sich und Samantha und Ethan marschierten zum Eingang der Fähre, die sie in viereinhalb Stunden von Poole nach Saint Helier auf der Insel Jersey bringen würde. Das Wasser war zwar noch kabbelig, aber auf so einem großen Schiff würden sie vom Wellengang nichts spüren.

Sie zeigten ihre Tickets und gingen die Treppen zur Aussichtsplattform hoch. Von dort oben wirkten Jacob und Anand winzig. Das Schiffshorn ertönte. Gleich würden sie ablegen.

Mala und Tamzin hatten sich mittlerweile wieder eingefunden und winkten ihnen zu.

»Du hast tolle Freunde«, wandte sich Samantha an Ethan.

Er nickte lächelnd. »Ja, finde ich auch.« Er legte den Arm um sie und drückte ihr einen Kuss auf den Scheitel.

Als die Rampe geschlossen wurde, winkten die Platers ein letztes Mal und verließen den Terminal.

»Tee?«, fragte Ethan.

»Unbedingt!«

Im Zwischendeck der Fähre herrschte geschäftiges Treiben. Kinder liefen lärmend zwischen den Stuhlreihen umher oder drückten ihre Nasen an den riesigen Fenstern platt. Einige Passagiere öffneten ihre mitgebrachten Thermosflaschen und unterhielten sich. Ein kleiner Hund flitzte umher, ihm folgte eine verzweifelt aussehende Dame in einem schicken Kostüm und rief erfolglos: »Odi, bei Fuß!«

Ethan wies auf zwei freie Sitzplätze neben der Fenstertür, die auf die Aussichtsplattform führte. Draußen wehte eine steife Brise, was man an den flatternden Haaren einiger Teenager sehen konnte, die sich an der Reling eine Selfieschlacht lieferten.

»Schnapp dir die Plätze«, sagte Ethan. »Ich hole uns unterdessen einen Tee.«

»Okay.«

Sie okkupierte den Sitz neben sich mit ihrer Aktentasche und stellte zusätzlich Malas Rollkoffer davor. Ethan stand an einem der Imbissstände an und tippte beim Warten auf seinem Handy herum.

Wem schrieb er? Seinen Eltern? Oder dieser Frau, die ihn so enttäuscht hatte?

»Hör sofort auf mit dem Mist!«, schimpfte Samantha mit sich selbst. Es gab keinen Grund, auf jemanden aus seiner Vergangenheit eifersüchtig zu sein. Und doch interessierte es sie brennend, wer seine Ex war und weshalb sie sich getrennt hatten.

Samantha atmete tief durch. Neugier war zwar die Voraussetzung für ihren Job, sie konnte aber auch ganz schön nerven. Also beschloss sie, ihn nicht mit Fragen zu bombardieren und darauf zu warten, bis er selbst auf das Thema zu sprechen kam.

Sie öffnete ihre Aktentasche und holte die Notizen zum Matkins-Fall hervor. Seit Freitag hatte sie sie nicht mehr aktualisiert. Sie musste sie unbedingt digitalisieren, und vier Stunden Schifffahrt schienen ihr dazu bestens geeignet.

Sie klappte ihren Laptop auf und wählte sich ins Netzwerk der Kanzlei ein. Dann öffnete sie den Ordner zum Matkins-Fall und übertrug ihre handschriftlichen Notizen.

»So fleißig?«

Sie hob den Blick. »Nun, im Gegensatz zu anderen habe ich ja keinen Urlaub.«

Ethan lachte. »Beeil dich, die Becher sind heiß.« Er verzog das Gesicht, während Samantha Rollkoffer und Aktentasche wegräumte.

»Hier, Tee mit Zitrone, ohne Zucker.« Er reichte ihr den Pappbecher.

»Das hast du dir gemerkt?«

»Sicher doch. Ich merke mir alles, was dich betrifft.«

Sie warf ihm einen schnellen Blick zu. »Kompliment oder Drohung?«

Er grinste. »Such dir das Passende aus.«

Wenn er sie auf diese Weise ansah, wurde ihr immer ganz seltsam zumute und ihre Beinmuskeln vergaßen beinahe ihren Job. Zum Glück saß sie schon. Sie konnte es kaum erwarten, wieder mit ihm allein zu sein. Als sie bei dem Gedanken, was sie dann zusammen anstellen würden, errötete, nahm sie hastig einen Schluck Tee ... und verbrannte sich prompt die Zunge. Zischend zog sie die Luft ein.

»Hab's doch gesagt«, meinte Ethan schmunzelnd und linste auf ihren Laptop.

Schnell klappte sie den Deckel zu. »Topsecret, Mr Bond! Ich darf dir nicht alle Details verraten.«

Anstatt einer Antwort nahm Ethan ihr den Becher ab und stellte ihn mit seinem auf den Boden. Dann zog er sie in die Arme und küsste sie leidenschaftlich.

Als sie sich nach einer Weile schwer atmend voneinander lösten, meinte er mit einem Funkeln in den Augen: »Mir gefielen die Bond-Girls sowieso immer besser als die nationalen Geheimnisse. Von daher: Zu Befehl, Miss Moneypenny!« Er hob die Becher wieder auf und reichte Samantha den ihren. »Ich weiß, dass du mir nicht alles über deinen Fall erzählen darfst, aber so ein bisschen wäre schon hilfreich. Wie soll ich dich sonst unterstützen?«

Sie überlegte. Natürlich hatte er recht. So ganz ohne Informationen würde er ihr keine Hilfe sein. Und sie hielt ihn auch nicht für ein Klatschweib, das mit sensiblen Auskünften hausieren ging. Also entschloss sie sich, ihm einen kurzen Abriss über ihre Recherchen zu geben. Er lauschte interessiert, hob ab und zu die Augenbrauen, unterbrach sie jedoch nicht.

»Du gehst also davon aus, dass diese Charlotte das Baby aus dem Krankenhaus entführt hat, weil es wie das ihre hieß?«, fragte er, als sie geendet hatte.

Samantha nickte. »Könnte sein, ja. Sie war nach dem Tod ihrer Emely sicher am Boden zerstört, in einer Stresssituation und hatte vielleicht auch psychische Probleme. Deshalb entführte sie die andere Emely, die sie für ihr Baby hielt. Das würde auch erklären, weshalb sie nicht zu der Beerdigung ihres eigenen Kindes ging. Weil sie jetzt doch ein lebendes hatte. Und deshalb ist sie auch aus London geflohen, ohne irgendeine Spur zu hinterlassen. Aus dem einfachen Grund, weil sie sich davor fürchtete, ins Visier der Polizei zu geraten. Vielleicht war die Entführung eine spontane Aktion, aber irgendwann muss ihr aufgegangen sein, dass sie eine Straftat begangen hatte. Doch sie wollte oder konnte dieses Baby nicht mehr zurückgeben.«

»Und deshalb gab es auch keine Lösegeldforderung«, vermutete Ethan.

»Genau.«

Er nickte mehrmals. »Das könnte sein.« Er schaute sie mit geneigtem Kopf an. »Wirklich gut kombiniert, Watson.«

Samantha lachte. »Danke, aber ich wäre lieber Sherlock. Zugegeben, es ist meine einzige Spur, aber ich halte sie für vielversprechend.«

»Dann hängt wohl alles vom morgigen Anruf beim Sekretariat der Kirchgemeinde ab, nicht? Findest du die Patentante, findest du auch Charlotte … und möglicherweise dieses Baby. Wobei, ein Baby ist sie ja nicht mehr. Wie alt wäre sie jetzt?«

»Die Frau müsste die fünfzig überschritten haben.«

Er dachte einen Moment nach. »Dann wäre sie etwa im Alter meiner Mutter. Vielleicht kennt sie sie ja.«

»Ist Jersey denn so klein, dass jeder jeden kennt?«

»In der Hochsaison natürlich nicht. Dann verdoppelt sich die Bevölkerung quasi. Und wenn Charlotte sich auf einer der anderen Inseln aufhält, wird's ebenfalls schwierig. Aber einen Versuch ist es sicher wert.«

»Gute Idee. Ich behalte das im Hinterkopf.« Ethan unterdrückte ein Gähnen und sie schmunzelte. »Tut mir leid, wenn ich dich langweile.«

Er lachte, griff nach ihrer Hand und führte sie an seine Lippen. »Tust du nicht, aber ich konnte letzte Nacht kaum schlafen. Du hast dich so breitgemacht.«

Sie schnaubte. »Umgekehrt wird ein Schuh draus! Du hast mich quasi aus dem Bett gedrängt.«

Er hauchte kleine Küsse in ihre Handfläche, was ihr einen angenehmen Schauer bescherte. »Auch wenn das nicht stimmt, mache ich es heute Nacht wieder gut, okay?«

Sie schenkte ihm einen koketten Augenaufschlag. »Ich nehme dich beim Wort. Und jetzt lass mich einen Moment arbeiten.«

Er seufzte theatralisch, ließ ihre Hand los und zog sein Handy aus der Hosentasche. »In Ordnung, Sherlock. Dann widme ich mich halt den Sportergebnissen.«

26

Von der Anlegestelle in Saint Helier nahmen sie ein Taxi bis in die Grande Route, in der Ethans Wohnung lag. Er wohnte im ersten Stock eines Vierfamilienhauses mit Blick auf die Bucht.

»Warum sind denn hier alle Straßennamen auf Französisch angeschrieben?«, fragte Samantha, als sie aus dem Taxi stieg.

Ethan bezahlte den Fahrer und griff nach ihren Rollkoffern. »Oh Gott, Geschichte!«, seufzte er. »Soweit ich mich erinnere, wurden die unter der französischen Besatzung im 18. Jahrhundert eingeführt und seit damals einfach so belassen. Aber nagle mich nicht darauf fest.«

Samantha lachte. »Wenn du mein Reiseführer sein willst, musst du dich aber schon ein wenig mehr ins Zeug legen.«

Er zog sie in die Arme. »Ich möchte aber lieber etwas anderes sein«, raunte er ihr ins Ohr und küsste ihre Schläfe.

»Und das wäre?«

Er wies mit dem Kopf auf das viktorianisch anmutende Haus mit den Erkern und der hellgelben Farbe. »Komm rein, dann zeig ich es dir.«

Ethans Wohnung war ganz anders, als Samantha sie sich vorgestellt hatte. Von außen schien das Haus in die Jahre gekommen zu sein, was durch die schmale Treppe in den ersten Stock bestätigt wurde. Sie hatte knarzende Holzdielen und zugige Fenster erwartet. Doch die Wohnung war offenbar vor kurzer Zeit renoviert worden. Sie meinte sogar, noch einen Hauch von frischer Farbe riechen zu können.

»Komm rein«, sagte Ethan, als sie zögernd im Türrahmen stehen blieb. Er stellte ihr Gepäck neben eine kleine Garderobe, an der eine verwaschene Jeansjacke und ein Windbreaker hingen. »Ich öffne schnell die Fenster und lasse frische Luft rein.«

Er lief ins Wohnzimmer und riss die Fenster auf, die alle auf die Bucht hinausgingen. Die Aussicht auf den Strand und das blaue Meer war atemberaubend. Zwar war Samanthas Apartment bestimmt drei Mal so groß, doch sie sah vom Wohnzimmer aus lediglich die Front des Gebäudes gegenüber.

Sie hängte ihre Jacke neben den Windbreaker, zog die Schuhe aus und folgte Ethan. Die Einrichtung im Wohnzimmer war geschmackvoll und nicht überladen. Auf einer Seite hing ein Flatscreen-Fernseher an der Wand, davor standen ein gemütliches Sofa und in der Ecke ein Ledersessel, der aussah, als hätten ihn schon einige Generationen in Besitz gehabt. Die offene Küche daneben glänzte mit einer Halbinsel aus dunklem Granit, vor der drei Barhocker standen. An den Wänden hingen Landschaftsgemälde mit Inselmotiven. Doch nicht diese kitschigen Sujets, die man überall für Touristen anbot. Die Farben waren kräftig, eher dunkel und dynamisch. Eine eigentümliche Faszination ging von ihnen aus, als würde man sich direkt in dem Gemälde befinden.

Samantha blieb vor einem stehen, das sturmumtoste Klippen zeigte, an denen sich die Brandung brach.

»Meine Mutter hat sie gemalt«, erklärte Ethan. Er stand hinter Samantha, umfasste ihre Taille und legte sein Kinn auf ihre Schulter. »Gefallen sie dir?«

»Sie sind fantastisch! Ist sie eine professionelle Künstlerin?«

Sie spürte, wie er nickte. »Ja. Und auf den Kanalinseln recht bekannt. Sie bietet Malkurse für Touristen an.«

»Interessant. Ich habe leider gar keine künstlerischen Fähigkeiten«, erwiderte sie mit Bedauern in der Stimme.

»Dafür hast du andere Talente.«

Sie drehte sich um und legte die Arme um seinen Hals. »Aha, und woher willst du das wissen?«

»Nun, ich kenne dich jetzt schließlich schon fast drei Tage. Da sei mir ein solches Urteil erlaubt.«

Sie grinste. »Wenn das so ist, weißt du sicher auch, wonach mir gerade der Sinn steht.«

»Natürlich, du möchtest mein Schlafzimmer sehen.«

»Falsch, ich möchte jetzt erst mal duschen und meine wenigen Kleider waschen.«

Er schaute sie verblüfft an und sie lachte. »Tja, an deinen übersinnlichen Fähigkeiten musst du wohl noch ein wenig arbeiten.«

Ethan hatte ihr angeboten, Samanthas schmutzige Wäsche in die Maschine zu werfen, während sie duschte. Anschließend trat sie wieder ins Wohnzimmer. Er war gerade dabei, in den Kühlschrank zu starren, als würde dort ein interessanter Film gezeigt. Dazu seufzte er mehrmals tief.

»Alles klar?«, fragte sie und setzte sich auf einen Barhocker.

Ethan wirbelte erschrocken herum. »Du solltest alte Leute nicht dermaßen erschrecken!«

»Sorry, aber was tust du da?« Er wirkte plötzlich verlegen. »Ethan?«

Er schnalzte mit der Zunge. »Zwei Dinge, die mir nicht sonderlich gefallen ... und dir vermutlich auch nicht.«

Sie runzelte die Stirn.

»Erstens«, fuhr er fort. »Mein Kühlschrank ist komplett leer; ich muss dringend einkaufen.«

»Okay. Und zweitens?«

»Also ... das mit den Kondomen.« Er brach ab und zuckte mit den Schultern. »Als du unter der Dusche warst, habe ich kurz in der Nachttischschublade nachgesehen.«

»Und?«

Er stieß die Luft aus. »Ich habe sie wohl irgendwann weggeworfen.«

»Oh!«

»Blöd, nicht?«

Obwohl der fehlende Schutz ihr erhofftes Schäferstündchen torpedierte, freute es Samantha, dass sich die Damen bei ihm offenbar nicht ständig die Klinke in die Hand gaben. »Irgendwann« klang verdächtig danach, dass es eine Weile her war, dass er Sex gehabt hatte. Wenigstens in seinem eigenen Bett.

»Dann hast du mich ja unter ganz falschen Versprechungen in deine Höhle gelockt«, sagte sie in vorwurfsvollem Ton.

Er schaute sie schockiert an, und einen Moment blieb er mit offenem Mund vor ihr stehen, bis er ihre zuckenden Mundwinkel registrierte.

»Warte, das wirst du mir büßen!«

Mit zwei Schritten umrundete er die Halbinsel und riss sie in seine Arme. Sie quiekte vor Überraschung und fing dann an zu kichern, weil er sie kitzelte.

»Ethan, hör auf!«

»Nein, Strafe muss sein.«

Sie war schon immer sehr kitzlig gewesen. »Bitte!«, flehte sie. »Hör auf, ich kriege sonst bestimmt einen Herzinfarkt.«

Ethan stoppte seine Attacke und strich ihr eine noch feuchte Haarsträhne aus dem Gesicht. »Das wäre wirklich schade.«

Er küsste sie sanft, hob sie vom Hocker und trug sie ins Schlafzimmer.

Samantha lag entspannt in Ethans King-Size-Bett und betrachtete die Akzentwand aus altem Holz gegenüber. Die ausgebleichte Vertäfelung sah so aus, als handelte es sich dabei um Treibholz. Sie gab dem Raum einen perfekten maritimen Anstrich. Überhaupt hatte er, was die Möblierung seiner Wohnung betraf, einen ausgesprochen guten Geschmack. Hatte er das alles allein ausgesucht? Oder vielleicht seine Verflossene?

Samantha betrachtete den schlafenden Mann an ihrer Seite. Obwohl sie wie gestern nicht zum Äußersten gegangen waren, hatten sie sich gegenseitig so viel Erfüllung geschenkt, wie es eben möglich war. Dieses Mal war auch Ethan auf seine Kosten gekommen, was ihn offenbar erschöpft hatte. Sie schmunzelte. Sie hingegen war nach ihrem Höhepunkt hellwach und langsam bekam sie auch Hunger. Das schnelle Frühstück im Hotel war schon Stunden her.

Als ihr Magen vernehmlich knurrte, hielt sie es nicht mehr länger aus. Sie beugte sich zu Ethan hinüber und blies ihm sanft ins Gesicht. Seine Lider zuckten, doch das war auch alles. Also küsste sie ihn zärtlich, was ihm lediglich ein Brummen entlockte. Sie unterdrückte ein Lachen. Der Mann schlief ja wie ein Stein! Da musste sie wohl schwereres Geschütz auffahren.

Sie schob ihre Hand unter die Bettdecke und strich über seinen flachen Bauch, ließ dann ihre Finger tiefer wandern und rieb spielerisch über seine Männlichkeit. Das wirkte. Er schlug die Augen auf.

»Du kriegst wohl nie genug«, knurrte er.

»Soll das etwa ein Vorwurf sein?«

Er zog sie in die Arme. »Im Gegenteil. Eher eine herrliche Feststellung.«

Sie küssten sich innig. Kurz darauf knurrte Samanthas Magen wieder laut und sie brachen in Gelächter aus.

»Ich muss unbedingt etwas essen«, sagte sie. »Mir ist schon ganz flau im Magen.«

Ethan strich sich die Haare aus der Stirn. »Ach, und ich dachte doch tatsächlich, das sei wegen mir.«

»Auch, aber … ich habe eben noch andere Gelüste.« Sie zwinkerte.

Er atmete tief durch und fuhr sich mit beiden Händen übers Gesicht. »Alles klar. Magst du Meeresfrüchte?«

Sie nickte.

»Okay, dann kenne ich das perfekte Lokal.« Er gab ihr einen flüchtigen Kuss auf die Wange und schwang die Beine aus dem Bett. »Hopp, hopp, anziehen!«

Das Restaurant Green Island lag etwas außerhalb von Saint Helier direkt an der Küste mit einem fantastischen Blick aufs Meer. Obwohl sie nicht reserviert hatten und das Lokal an diesem Sonntagabend gut besucht war, ergatterten sie einen Platz auf der Terrasse.

Samantha vertiefte sich in die Speisekarte. Ethan hatte nicht übertrieben. Von Hummer, Langusten bis hin zu Muscheln und fangfrischem Fisch konnte man alles bestellen, was das Herz begehrte. Ihr lief das Wasser im Mund zusammen.

Sie waren mit seinem klapprigen Wagen hierhergefahren. Ein Vehikel, das vermutlich noch aus den Siebzigerjahren stammte … und auch genauso roch. Er hatte sich bei ihr entschuldigt, als er ihr galant die Autotür aufgehalten und sie kurz die Nase gerümpft hatte.

»Ich brauche das Auto kaum«, hatte er sich gerechtfertigt. »Es gehörte meiner Mutter. Ich habe es geerbt, als sie sich einen Kleinbus gekauft hat, damit sie mit ihren Schülern an die schönsten Plätze auf der Insel zum Malen fahren kann.«

»Kein Problem«, hatte Samantha erwidert, und nach einer Weile, mit heruntergekurbelten Fenstern, hatte sich auch der muffige Geruch verflüchtigt.

»Weißt du schon, was du essen willst?«, fragte er.

»Ich kann mich gar nicht entscheiden. Das klingt alles so verlockend.«

»Ich empfehle dir den Hummer. Der ist hier wirklich köstlich.«

»Du kommst oft hierher?«

Für einen Moment umwölkte sich seine Stirn, dann sagte er leichthin: »Nicht mehr so häufig wie früher.«

Sie erwiderte nichts darauf. Vermutlich war er mit seiner Ex hier gewesen.

Und schon wieder warf seine Verflossene einen Schatten auf ihr Zusammensein, was Samantha irgendwie kränkte. Was war nur los mit ihr? Sie hatte ja auch eine Vergangenheit und würde mit Ethan in London vermutlich ebenfalls Orte aufsuchen, die sie mit Matthew besucht hatte. Obwohl sie die eher meiden würde. Aber Jersey war eben kleiner, da war es unvermeidlich.

Sie schüttelte die Gedanken an Ethans Ex ab und sagte: »Klingt gut, dann Hummer.«

Er bestellte das Essen und zwei Gläser Weißwein, dazu eine Flasche Mineralwasser.

Ethan warf wiederholt einen heimlichen Blick auf die Uhr. Hatte er es eilig? Vielleicht wollte er zeitig ins Bett, weil er morgen arbeiten musste. Als er ihren Blick bemerkte, wirkte er verlegen.

»So hungrig, wie ich bin«, sagte Samantha, »werde ich schnell essen, keine Angst.«

Einen Moment schaute er sie verwirrt an, dann lachte er und griff über den Tisch hinweg nach ihrer Hand. »Um Himmels willen! Lass dir alle Zeit der Welt. Ich habe nur eben gemerkt, dass jetzt schon alle Geschäfte in der Stadt geschlossen sind.«

»Wegen deines leeren Kühlschranks?«

»Eher wegen einer kleinen farbigen Schachtel mit brisantem Inhalt.«

Als sie begriff, was er meinte, lachte sie. »Kein Problem. Ich zügle mich. Ich kann morgen übrigens für dich einkaufen gehen, wenn du möchtest, und dabei das Gewünschte besorgen. Wie ist noch mal deine Größe?« Sie klimperte unschuldig mit den Wimpern.

»Die zeige ich dir später gern noch mal«, raunte er mit laszivem Lächeln, sodass es ihr ganz anders wurde. Und dieses Mal war es nicht wegen ihres leeren Magens.

27

»Samantha?«, hörte sie Ethan raunen. »Ich muss jetzt los. Ich rufe dich später an, dann können wir uns zum Mittagessen treffen, okay? Und toi, toi, toi für deinen Anruf in Poole.«

Sie öffnete blinzelnd die Augen. In Ethans Schlafzimmer war es noch dämmrig. Er stand vor dem Bett und beugte sich zu ihr herunter. Er roch frisch geduscht und nach Aftershave. Dazu trug er einen formellen Anzug mit hellem Hemd und Krawatte. Der perfekte Businessman ... und unheimlich sexy.

»Was?«

Er lachte leise. »Schlaf noch ein bisschen. Ich habe bei meiner Nachbarin Toast, Eier und frische Milch geschnorrt. Du findest alles in der Küche.«

Er küsste sie auf die Wange und gleich darauf hörte sie, wie die Wohnungstür ins Schloss fiel.

Sie griff nach ihrem Handy auf dem Nachttisch. Viertel vor sieben. Sie gähnte herzhaft, drehte sich auf die andere Seite und war binnen Sekunden wieder eingeschlafen.

Als Samantha das zweite Mal die Augen aufschlug, drang heller Sonnenschein durch die Ritzen der Jalousien. Sie streckte die Arme genüsslich über den Kopf aus. Herrlich hatte sie geschlafen!

Sie angelte nach ihrem Handy. Halb neun. So spät war sie an einem Montag schon lange nicht mehr aufgestanden. Das schlechte Gewissen meldete sich.

Schnell schlug sie die Bettdecke zurück und lief ins Badezimmer. Während sie unter der Dusche stand, überlegte sie, welche Auskünfte sie heute vom Sekretariat der Kirchgemeinde in Poole erhalten würde. Hoffentlich konnte diese Betsy ihr auch wirklich helfen.

Nach dem Duschen suchte sie in Ethans Badezimmer nach einem Föhn. Es war ihr zwar ein bisschen peinlich, seine Schränke zu durchwühlen, aber irgendwie auch interessant. Im Spiegelschrank schnupperte sie an den Flakons seiner verschiedenen Düfte. Als sie denjenigen fand, den er in den letzten Tagen getragen hatte, seufzte sie genüsslich. Er passte zu ihm wie die Faust aufs Auge: herb, würzig, männlich.

In einer Schublade fand sie endlich einen handlichen Reiseföhn in Pink. Das war ganz bestimmt nicht Ethans Haartrockner, er gehörte wohl seiner Ex-Freundin. Ob er ihn aus Nostalgie behalten hatte? Dachte er vielleicht immer noch an sie und behielt daher einen Teil ihrer Sachen? Möglicherweise in der Hoffnung, dass sie wieder zusammenkamen?

»Lass den Blödsinn!«, schimpfte Samantha mit sich selbst. Vermutlich hatte er das Ding einfach vergessen. Sie sollte nicht ständig an diese Frau denken, denn sie war augenscheinlich Vergangenheit.

Als Samantha sich geschminkt und angezogen hatte, machte sie sich Rührei mit Toast. Nachdem sie zwei Tassen Tee intus hatte, holte sie ihre Aktentasche und googelte auf ihrem Laptop die Nummer des Sekretariats der Kirche St Mary's in Poole. Sie legte Stift und Notizpapier bereit und wählte die Nummer.

»Sekretariat St Mary's, Betsy King am Apparat. Wie kann ich Ihnen helfen?«

»Guten Morgen, Ms King. Hier spricht Samantha Bucknell von der Kanzlei McDermott & Hobbs in London. Ich habe am Freitag mit Ihrem Küster gesprochen. Entschuldigen Sie, aber nach seinem Namen habe ich gar nicht gefragt. Es geht um eine Auskunft aus dem Taufregister. Ich würde gern wissen, wer die Patentante von Charlotte Daltry ist. Charlotte ist am 2. April 1951 geboren und hieß nach ihrer Heirat Seymour.«

»Ah ja, Harold hat mir davon erzählt und dass Sie vermutlich heute anrufen. Ich muss dazu jedoch ins Archiv runtergehen. Kann ich Sie zurückrufen?«

Samantha gab ihr ihre Handynummer und legte auf. Jetzt hieß es warten.

Sie checkte ihre E-Mails, schrieb einem Klienten zurück, der sich nach den Konditionen der Kanzlei erkundigte, und schaute danach durch die Fenster. Die Morgensonne hatte sich verabschiedet und verbarg sich jetzt hinter einer weißen Wolkendecke. Das Meer glänzte wie Quecksilber und verschmolz am Horizont mit dem Himmel, sodass eine einzige silbrige Fläche entstand. Ob ein Wetterumschwung bevorstand? Oder war das auf einer Insel einfach so?

Ihr Blick wanderte in Ethans Wohnung umher und blieb erneut an einem Gemälde seiner Mutter hängen. Die Bilder waren wirklich eindrücklich. Ob sie eins kaufen sollte? Dieser Stil würde sich gut über ihrem Kamin machen. Vielleicht würde sie Ethans Mutter ja sogar kennenlernen, dann könnte sie sich nach den Preisen erkundigen.

Bei dem Gedanken, wie er sie seinen Eltern vorstellte, wurde ihr Mund trocken. Die Eltern von jemandem kennenzulernen, bedeutete normalerweise einen großen Schritt in einer Beziehung. Doch hatte sie mit Ethan eine Beziehung? Im Moment sicher, aber wo sollte das hinführen? Würde sie von

Betsy keine Informationen erhalten oder diese Patentante auf Jersey nicht finden, wäre ihr Aufenthalt hier schnell beendet. Und somit auch ihr Zusammensein mit Ethan.

Sie seufzte. Im Moment war einfach alles perfekt, aber das würde nicht anhalten. Also bevor sie jetzt übte, wie Samantha Ouless als Unterschrift am besten wirkte, sollte sie sich zusammenreißen und das Ganze so sehen, wie es tatsächlich war: eine kurze, aber intensive Affäre.

Ihr Handy klingelte. Eine unbekannte Nummer.

»Bucknell«, meldete sie sich.

»Hier wieder Betsy King. Ich habe den Eintrag gefunden. Wollen Sie auch den Namen des Paten?«

Samantha zückte ihren Kugelschreiber. »Das wird nicht nötig sein, Ms King. Nur die Patin.«

»Also sie heißt oder hieß – sie war Jahrgang 1921 und ist vielleicht schon verstorben – Sorcha Malherbe.«

Samantha notierte sich den Namen. »Vielen Dank, Ms King. Das hilft mir bestimmt weiter.«

»Keine Ursache. Darf ich fragen, worum es geht?«

Natürlich wollte die nette Betsy das wissen. Es hätte Samantha auch erstaunt, wenn nicht.

»Es geht dabei um eins unserer aktuellen Mandate, in dem Charlottes Name auftaucht. Leider darf ich darüber nicht sprechen. Datenschutz, Sie verstehen das sicher.«

Ms King stieß einen Laut aus, der schon nicht mehr ganz so nett klang. »Dann eben nicht«, sagte sie kurz angebunden. »Wiederhören.«

Damit war die Leitung unterbrochen. Samantha rollte mit den Augen. Neugierige Sekretärinnen waren ihr nicht fremd. Doch auch wenn die nette Betsy jetzt eingeschnappt war, Samantha hatte, was sie brauchte.

Sie öffnete die Namensregister der Kanzlei und gab gespannt den Namen Sorcha Malherbe ein.

Samantha bummelte durch die King Street, die ihr vom Taxifahrer als *die* Einkaufsmeile in der Fußgängerzone von Saint Helier angepriesen worden war. Ethan hatte ihr eine Kurznachricht geschrieben und sie gebeten, um zwölf Uhr in die Bastille Bar zu kommen. Sie hatte ihm als Antwort den hochgereckten Daumen geschickt.

Das mit Sorcha Malherbe wollte sie ihm lieber persönlich erzählen. Sie hatte diese Frau leider weder in den Registern der Kanzlei noch im Internet gefunden. Also würde sie Ethan um Hilfe bitten, damit er seine Kontakte zur Inselbevölkerung spielen ließ.

Die King Street war ein Mekka für alle Shopping-Anhänger. Vom Luxuslabel bis hin zu Geschäften, die einheimische Produkte anboten, und natürlich den üblichen Souvenirläden war alles vertreten. Samantha hatte sogar gelernt, dass Jersey und Guernsey eine eigene Währung besaßen: das Jersey beziehungsweise das Guernsey Pound. Sie hatte sich eben ein Eis gekauft und betrachtete jetzt fasziniert das Wechselgeld, das aus lauter Einpfundnoten bestand, die es auf der großen Insel gar nicht mehr gab. Alle diese Banknoten waren dreisprachig: Englisch, Französisch und Jèrriais. Das hatte Ethan ihr gar nicht erzählt. Sie musste ihn dafür rügen!

Sie kam sich beinahe wie im Urlaub vor. Vorhin hatte ihr ein ambitionierter Straßenhändler sogar ein T-Shirt mit der Flagge von Jersey angedreht. Über dem roten diagonalen Kreuz auf weißem Hintergrund prangten die drei Leoparden der Normandie.

Eigentlich mochte sie solche Kleidungsstücke nicht, doch der Verkäufer war so lustig gewesen, und weil sie eh zu wenige Klamotten dabeihatte, hatte sie ihr Portemonnaie gezückt. Zudem hatte ihr der Mann eine witzige Geschichte erzählt. Er berichtete stolz, dass er von der Nachbarinsel Guernsey stamme und sie die Einheimischen von Jersey abfällig *Toads* oder *Crapauds*, Kröten, nannten. Eine Legende besagte, dass der heilige Samson von Dol im Jahr fünfhundert nach Jersey gekommen war, aber auf der damals noch heidnischen Insel ziemlich feindselig empfangen worden war. Also sei er gleich nach Guernsey weitergezogen, wo ihn eine weitaus herzlichere Begrüßung erwartet hatte. Als Dank dafür habe er alle Schlangen und Kröten von Guernsey nach Jersey verbannt.

Das hatte Samantha zum Lachen gebracht und auch, dass der Händler offenbar keine Skrupel besaß, seine T-Shirts im Land der Kröten zu verkaufen.

Sie blieb vor dem Schaufenster einer Boutique stehen, die wunderschöne Dessous anbot. Sollte sie Ethan eine Freude machen? Sie grinste, schleckte das Eis zu Ende und betrat entschlossen das Geschäft.

»Hallo, Kröte!« Samantha ließ sich grinsend auf dem Stuhl gegenüber Ethan fallen.

Sein strahlendes Gesicht verdüsterte sich einen Moment, doch dann begriff er anscheinend, worauf sie anspielte. »Du solltest nicht alles glauben, was man dir erzählt«, erwiderte er kopfschüttelnd. »Und ich frage dich jetzt nicht, was du den ganzen Morgen lang gemacht hast.« Er wies mit dem Kinn auf die zahlreichen Tüten, die Samantha auf den Boden stellte.

»Es ist auch etwas für dich dabei«, sagte sie und griff nach der Speisekarte auf dem Tisch.

»Ach ja? Was denn?« Er linste neugierig in eine Tüte.

»Das ist eine Überraschung«, erwiderte sie mit einem verschmitzten Lächeln. »Du wirst schon sehen.«

Die gedeckten Tische fürs Mittagessen in der Bastille Bar befanden sich in einem lang gestreckten Kellergewölbe mit wunderschönen Kristalllüstern und weiß gekalkten Wänden. Kleine Nischen boten Privatsphäre, was Ethan dazu nutzte, Samantha über den Tisch hinweg zu küssen.

»Darauf freue ich mich schon den ganzen Morgen«, flüsterte er und setzte sich brav wieder hin, als eine Kellnerin mit einer weißen, knielangen Schürze und schwarzem Polohemd mit dem Namen des Lokals auftauchte. Sie stellte ihnen das Tagesgericht vor, einen *Surf and Turf*-Salat mit Rind und Garnelen, dazu die berühmten Jersey Royals, die süßlichen kleinen Kartoffeln, die nur auf den Kanalinseln wuchsen.

»Klingt wunderbar«, meinte Samantha.

»Dann zwei Mal, bitte«, sagte Ethan. »Möchtest du Wein dazu?«

»Lieber nicht.«

»Also dann eine große Flasche Mineralwasser.«

Die Kellnerin notierte sich alles und verschwand.

Ethan griff nach Samanthas Hand und streichelte mit dem Daumen über ihren Handrücken. »Also, du Shopping-Queen, was hat die nette Betsy erzählt?«

Samantha genoss seine Zärtlichkeiten mit einem Lächeln im Gesicht. Es war verrückt, er brauchte sie nur zu berühren und sie hätte am liebsten angefangen zu schnurren. Die sexuelle Anziehungskraft zwischen ihnen war sprichwörtlich.

»Also, der Name von Charlottes Patentante lautet Sorcha Malherbe. Ich habe sie leider in unserer Datenbank nicht gefunden und eine Google-Suche ergab ebenfalls keinen Treffer. Ich werde also die Wahlregister …«

Plötzlich merkte sie, dass Ethan sie verblüfft anstarrte und aufgehört hatte, ihre Hand zu streicheln. »Ethan? Alles in Ordnung?«

»Wie hast du gesagt, heißt Charlottes Patentante?«

»Sorcha Malherbe. Wieso, kennst du sie?«

Sie sah, wie er schwer schluckte. Er ließ ihre Hand los und strich sich mit einer fahrigen Bewegung über die Stirn.

»Was ist denn jetzt?« Samantha lachte unsicher.

Er fuhr sich mit der Zunge über die Lippen, dann atmete er tief durch. Samanthas Herzschlag verdoppelte sich. Er kannte offensichtlich diesen Namen. Was würde er ihr gleich mitteilen?

»Ethan?«, fragte sie nochmals. Sein Verhalten irritierte sie.

»Das kann nicht sein!«, stieß er unvermittelt heftig hervor und sie zuckte erschrocken zusammen.

»Was kann nicht sein? Sprich mit mir. Du machst mir ja regelrecht Angst.«

Er hob den Kopf. »Sorcha Malherbe war die Mutter meiner Großmutter.«

28

Der Kaffee wurde serviert und Ethan häufte drei Löffel Zucker hinein, obwohl er ihn normalerweise ohne trank.

Er war komplett durcheinander. Wie konnte es sein, dass Charlottes Patentante genauso hieß wie seine Urgroßmutter? Natürlich wäre es rein theoretisch möglich, dass es sich um eine zufällige Namensgleichheit handelte. Doch sowohl Sorcha als auch Malherbe waren auf den Inseln keine besonders häufigen Namen. Hatte Betsy vielleicht gelogen? Aber weshalb sollte sie das tun? Und wenn es der Wahrheit entsprach, was hatte das zu bedeuten? Ethans Großmutter hieß Charlotte. War sie etwa die Frau, die Samantha suchte? Aber die hieß doch Seymour-Daltry und nicht Malherbe. Er konnte sich keinen Reim darauf machen.

»Ethan, alles in Ordnung?« Samanthas Stimme riss ihn aus seinen Gedanken.

»Wie?«

Sie musterte ihn mit geneigtem Kopf. »Das ist sicher nur ein dummer Zufall und klärt sich bestimmt schnell auf.«

»Aber meine Großmutter hieß doch ebenfalls Charlotte. Was, wenn sie ›deine‹ Charlotte ist?«

Samantha schüttelte den Kopf. »Sicher auch nur ein Zufall.«

»Ein paar zu viele Zufälle, meinst du nicht?«

Sie zuckte mit den Schultern. »Das kommt eben manchmal vor. Und du sagtest doch, dass der Name Charlotte damals sehr verbreitet gewesen ist. Zudem hieß deine Großmutter ja nicht Seymour.« Samantha runzelte die Stirn. »Oder etwa doch?«

»Nein!«

»Eben. Vielleicht war deine Urgroßmutter bei mehreren Kindern Patin.« Samantha spielte gedankenverloren mit ihrer Gabel. »Aber womöglich wusste sie wirklich etwas über Charlotte Seymours Verbleib.« Sie schürzte die Lippen. »Gibt es noch Unterlagen von Sorcha Malherbe? Oder vielleicht Fotos? Irgendwas aus der damaligen Zeit?«

Ethans Puls beruhigte sich langsam wieder. Samantha hatte sicher recht. Ein dummer Zufall, der ihm aber gerade einen gehörigen Schrecken eingejagt hatte.

Er räusperte sich. »Gut möglich, dass im Haus meiner Großmutter etwas zu finden ist. Seit ihrem Tod ist es verschlossen. Mum hat es noch nicht übers Herz gebracht, ihre Sachen durchzugehen. Sie will das Haus aber verkaufen, und irgendwann muss sie sich wohl oder übel damit beschäftigen.«

Samantha nickte. »Wann ist deine Großmutter verstorben?«

»Vor sechs Monaten.«

Sie griff nach seiner Hand. »Mein Beileid.«

»Danke. Sie hatte einen Unfall. Das alte Mädchen war schon immer stur gewesen und ...« Er hielt inne und schüttelte den Kopf. »Nun ja, wenigstens ging es schnell. Ich denke, es wäre sehr schlimm für sie gewesen, wenn sie bettlägerig geworden wäre. Granny war immer unabhängig und hasste es, auf andere angewiesen zu sein.«

»Das tut mir sehr leid für eure Familie.«

Ethan atmete tief durch. »Schon okay. Schlechtes Timing, was?«, versuchte er zu scherzen. »Würde Granny noch leben, hättest du quasi eine Zeitzeugin gehabt.«

Samantha kam nicht zu einer Antwort, da in dem Moment die Kellnerin die Rechnung brachte.

Ethan zückte seine Kreditkarte und sah auf die Uhr. »Ich muss leider gleich wieder in die Bank. Aber um vier Uhr könnte ich Schluss machen.«

»Kein Problem. Ich habe ja auch noch zu tun.«

»Was denn? Weiter schoppen?«

Sie lachte. »Vielleicht.« Dann wurde sie ernst. »Es gibt noch das eine und andere, was ich probieren kann, um zu sehen, ob Charlottes Name doch noch irgendwo auftaucht. Es existieren ja noch weitere Quellen: örtliche Zeitungsarchive, Friedhöfe, die hiesigen Kirchenregister ... die üblichen Dinge halt.«

»Verstehe.« Ethan verstaute den Kreditkartenbeleg und legte ein großzügiges Trinkgeld auf den Tisch. »Wäre dir geholfen, wenn ich Mum nach dem Schlüssel für Grannys Haus fragen würde? Wir könnten uns dort ein wenig umsehen.«

»Das wäre natürlich super. Und es macht dir nichts aus, deine Freizeit dafür zu opfern?«

»Überhaupt nicht.« Ethan legte bewusst ein Funkeln in seine Augen. »Vor allem, wenn du mich danach gebührend entschädigst.«

Sie lachte. »Abgemacht. Schließlich musst du ja später auch noch deine Überraschung ... auspacken.«

Ethan schmunzelte. Natürlich hatte er die Tüte des örtlichen Dessous-Ladens erkannt und ahnte, worin seine Überraschung bestand. Bei dem Gedanken, was es sein könnte, beschleunigte sich sein Herzschlag wieder – doch jetzt mehr aus Vorfreude.

* * *

»Und es ist für deine Mum wirklich okay, wenn wir im Haus ihrer Mutter herumschnüffeln?«

Ethan lachte und schaltete einen Gang höher. »Ja, sicher. Sie hat sich überhaupt nicht darüber gewundert, sondern nur danach gefragt, wann sie dich kennenlernen darf.«

»Oh!« Samantha verzog das Gesicht. »Ich ... also ...« Sie brach ab und strich sich verlegen eine Strähne hinters Ohr.

»Keine Angst. Sie erwartet nicht, dass wir gleich das Aufgebot bestellen.« Er zwinkerte ihr zu. »Und ich habe ihr auch nichts über deine Arbeit erzählt, sondern nur, dass ich dir das Haus gern zeigen würde.«

»Gut!« Samantha atmete erleichtert durch. Je weniger Personen über ihr Mandat Bescheid wussten, umso einfacher würde es sein, die Vertraulichkeitsklausel einzuhalten.

Das Haus von Ethans Großmutter befand sich in Plémont an der Nordküste von Jersey. Mit dem Auto fuhr man eine knappe halbe Stunde, wobei die klapprige Kiste dafür vermutlich die doppelte Zeit benötigte.

Ethan hatte Samantha kurz nach halb fünf abgeholt und sie gebeten, ihren Badeanzug einzupacken. Da sie jedoch keinen dabeihatte, waren sie nochmals in die Stadt gefahren, um einen zu kaufen.

Der Norden von Jersey rühmte sich für seine schroffen Klippen mit einer atemberaubenden Aussicht auf das Meer und kleine, abgeschiedene Sandbuchten. Auf Letztere freute Samantha sich besonders, sie versprachen romantische Zweisamkeit.

Während Ethan das Auto über eine Straße manövrierte, die kaum breiter als ein Handtuch war, rekapitulierte Samantha die vergangenen Stunden. Ihre Internetrecherche hatte nichts Nennenswertes geliefert. Weder Sorcha noch Charlotte Malherbe hatte sich am Inselleben beteiligt, irgendwelche Aktivitäten an Kirchenbasaren hatte es bei ihnen ebenso wenig gegeben wie eine Beteiligung bei Aufführungen der örtlichen Gesangsvereine, die auf Jersey offenbar sehr beliebt waren. Keine

Mitgliedschaften bei den Tierschützern, den Hobbygärtnern oder der Vereinigung zum Erhalt des Jèrriais. Entweder hatten die beiden Frauen einfach keine Lust gehabt, sich ins Dorfleben einzubringen, oder sie hatten die Öffentlichkeit bewusst gemieden.

Die zweite Möglichkeit brachte Samanthas Hirnzellen ins Rotieren. Sie war sich nämlich, entgegen ihrer Reaktion beim heutigen Mittagessen, nicht sicher, ob das wirklich ein Zufall war, dass Sorcha Malherbes Tochter ebenfalls Charlotte hieß. Angenommen, Ethans Charlotte war tatsächlich Samanthas Charlotte, was würde das bedeuten? Konnte es sein, dass Ethans Mutter Hannah das gestohlene Matkins-Baby war? Und wenn ja, wussten die Ouless davon? Gab sich Ethan nur so hilfsbereit, weil er genau wusste, dass seine Mutter und später er die Erben eines beträchtlichen Vermögens sein würden?

Samantha warf ihm einen schnellen Blick zu. Er summte ein Lied mit, das gerade im Radio gespielt wurde. Er wirkte mit sich und der Welt zufrieden. Sah so einer aus, der versuchte, sie hinters Licht zu führen? Wenn er tatsächlich dachte, ein Nachfahre des Matkins-Babys zu sein, könnte er das ihr gegenüber doch einfach zugeben. Oder gab es eventuell noch ein anderes Geheimnis?

»So in Gedanken?«

Samantha schreckte hoch.

Ethan lachte. »Habe ich dich erschreckt?«

»Ein wenig«, gab sie zu. Als sie seine fragende Miene bemerkte, fügte sie hinzu: »Ich gehe gewisse Eventualitäten durch.«

»Die du mir natürlich auf keinen Fall mitteilen darfst, richtig?« Er legte seine Hand auf ihren Schenkel und grinste.

»Genau.« Sie lächelte verkrampft.

»Alles okay?«

»Klar!«, erwiderte sie einen Tick zu schnell. »Mir ist nur etwas übel. Diese schmalen Straßen sind ja der reinste Horror.«

Sein Gesicht entspannte sich. »Man gewöhnt sich daran. Nur plötzlich auftauchende Traktoren sind gefährlich.« Als er ihre entsetzte Miene bemerkte, lachte er leise. »Wir sind gleich da, entspann dich.«

Das Haus von Ethans Großmutter war ein zweistöckiges graues Steinhaus mit zwei Kaminen und einer Dachgaube. An der Fassade rankten sich Glyzinien bis zum Schieferdach hoch. Es musste fantastisch aussehen, wenn sie ihre lila Pracht entfalteten. Neben der Eingangstür stand ein Keramiktopf mit verdorrten Geranien. Offenbar kamen die Ouless kaum noch hierher. Eine verwitterte Holzbank stand vor dem Haus, auf der eine getigerte Katze ein Schläfchen hielt. Als Ethan die quietschende Gartenpforte öffnete, flüchtete das Tier erschrocken.

»Das ist aber nicht die Katze deiner Großmutter, oder?« Samantha schaute ihn vorwurfsvoll an.

Er hob beide Hände. »Himmel, nein! Wir sind alle überaus tierlieb und würden wohl kaum hier ein Kätzchen allein lassen.«

Samantha nickte erleichtert. Sie lauschte der Brandung, die zu hören, jedoch nicht zu sehen war. Die Steilküste, von der Ethan ihr erzählt hatte, musste sich also hinter dem Anwesen befinden. Doch so malerisch dieses Haus auch wirkte, ihr lief bei dessen Anblick ein kalter Schauer über den Rücken.

Ethan wies mit dem Kopf zur Eingangstür. »Wollen wir reingehen?«

29

Am Hausschlüssel seiner Großmutter baumelte ein aus Treibholz geschnitzter Fisch. Früher war er einmal weiß bemalt gewesen, doch über die Jahre war die Farbe abgeblättert und das ausgebleichte Holz kam zum Vorschein.

Ethan öffnete die schwere Holztür und trat in den Hausflur. Es roch muffig und immer noch leicht nach Grannys Rosenparfüm. Nach ihrem Tod hatten sie alle Fensterläden geschlossen, deshalb drang kaum Licht herein. Er betätigte den Lichtschalter. Die altersschwache Glühbirne flammte kurz auf und erlosch dann wieder.

»Mist!«, murmelte er und drehte sich zu Samantha um. »Warte kurz, ich öffne mal ein paar Fenster.«

»Gute Idee.«

Der lang gezogene Flur führte direkt ins Wohnzimmer. Entgegen der heutigen Mode waren alle Zimmer voneinander abgetrennt. Die Küche lag rechter Hand, ihr gegenüber das kleine Esszimmer, dahinter die Waschküche. Oben befanden sich drei Schlafzimmer und unter dem Dach noch eine Mansarde, in der er geschlafen hatte, wenn er bei Granny zu Besuch gewesen war. Er erinnerte sich an die Sommer, in denen es dort unerträglich heiß wurde und er deshalb kaum hatte schlafen können, und an die kalten Nächte im Winter.

Ob Mala und ihre Familie sich hier wirklich wohlfühlen würden? Wenn die Platers sich entschlossen, dieses Haus zu kaufen, müssten sie es vorher ins einundzwanzigste Jahrhundert überführen. Und das war bestimmt nicht billig. Aber vielleicht war das auch nur eine Schnapsidee von Mala gewesen. Dieses Haus war so abgelegen, dass er sich nicht vorstellen konnte, dass Jacob und die Zwillinge einwilligten, hier zu leben.

Ethan lief ins Wohnzimmer, öffnete die Fenster und stieß die Läden auf. Frische Meeresluft und das Geräusch der Brandung strömten herein.

Samantha war ihm gefolgt und sah sich neugierig um.

»Nicht gerade wie aus einem Möbelkatalog, was?«, scherzte er und betrachtete die abgenutzte Einrichtung.

Seine Großmutter hatte bescheiden gelebt und sich kaum je etwas Neues gegönnt. Tisch, Stühle und das altmodische Sofa hatten vermutlich noch seiner Urgroßmutter gehört. Es gab auch keinen Fernseher, was ihn als Kind beinahe zur Verzweiflung gebracht hatte.

»Lies ein Buch!«, hatte Granny stets gesagt, wenn er sich darüber beschwert hatte, dass ihm langweilig war.

»Wirkt alles sehr … authentisch«, sagte Samantha höflich und betrachtete die Porzellanfigur auf dem Wohnzimmertisch. Eine kitschige Schäferin mit einem Lamm auf dem Arm.

»Kultiviert ausgedrückt.«

»Ich habe schon in ganz anderen Wohnungen gearbeitet.« Sie drehte sich im Kreis. »Wo hätte deine Großmutter wichtige Unterlagen aufgehoben?«

Er wies mit dem Kinn auf den Buffetschrank an der linken Wand. »Dort vermutlich. Die Schubladen waren immer abgeschlossen. Ich hab's als Kind getestet.« Er grinste schief.

»Und jetzt sind sie offen?«

»Finden wir es raus.«

Er trat vor das Möbelstück und betrachtete das gute Porzellan seiner Großmutter, das hinter den grünen Glasscheiben im oberen Teil zu sehen war, und versuchte dann, die Schubladen darunter aufzuziehen.

»Abgeschlossen«, sagte er und drehte sich nach Samantha um.

»Gibt es keinen Schlüssel?«

»Sicher, aber wo der ist, wissen die Götter.«

»Und jetzt?«

»Wenn du keine Zusatzausbildung als Panzerknackerin gemacht hast, müssen wir die Schubladen wohl aufbrechen.«

Sie verzog das Gesicht. »Das wäre mir aber nicht recht. Immerhin handelt es sich bei dem Buffet um ein Familienerbstück.«

Er lachte leise. »Weder ich noch meine Mum wollen so ein Monstrum in unseren Wohnungen haben. Es landet vermutlich eh auf dem Sperrmüll.«

Samantha wirkte nicht überzeugt. »Vielleicht gelingt es uns ja, die Schlösser mit einem spitzen Gegenstand zu öffnen.«

Ethan seufzte. »Okay, ich kann's ja mal versuchen. Ich hole ein Messer.«

Er öffnete die Tür zur Küche und kramte in der Besteckschublade. Mit einem Messer und einer Schere bewaffnet trat er wieder ins Wohnzimmer.

»Hier liegt noch ein Brieföffner.« Samantha zeigte auf den Tisch.

»Na, dann kann ja nichts mehr schiefgehen.«

Ethan machte sich ans Werk und stocherte mit dem Messer in den Schubladenschlössern herum. Doch außer, dass es seltsam knirschte, passierte nichts.

»Hast du deinen Großvater eigentlich gekannt?«, fragte Samantha, die hinter ihm stand.

»Nein, er starb noch vor Mums Geburt.«

»Verstehe.«

Ethan drehte sich zu Samantha um, die mit gefurchter Stirn zum Fenster hinausschaute. »Warum?«

»Nur so.«

Er ersetzte das Messer durch den Brieföffner und versuchte weiter sein Glück. »Komm schon, Samantha. Wenn du einfach ›nur so‹ sagst, hast du doch einen Hintergedanken.«

Sie lachte. »Gut erkannt. Ich fragte mich nur gerade, weshalb deine Großmutter Malherbe hieß. Wenn sie verheiratet gewesen war, müsste sie ja eigentlich den Namen deines Großvaters tragen.«

Ethan hielt in seinen Bemühungen inne, drehte sich um und schaute Samantha mit gerunzelter Stirn an. »Verdammt, darüber habe ich mir gar nie Gedanken gemacht. Aber ja, du hast recht! Wieso ist mir das bisher nie aufgefallen?« Er drehte den Brieföffner in den Fingern. »Dann wäre meine Mum also ein uneheliches Kind?«

»Nein, das will ich damit nicht sagen. Deine Großmutter hätte ja auch nach dem Tod deines Großvaters ihren Mädchennamen wieder annehmen können.«

»Oder aber sie war wirklich nie verheiratet.«

Samantha zuckte mit den Schultern.

»Du denkst, meine Granny ist Charlotte Seymour gewesen, nicht?«

Samantha senkte den Blick.

»Ist doch so, oder?«, bohrte er weiter. »Und wenn das stimmt, ist meine Mum vielleicht dieses gestohlene Baby, wenn deine Theorie über die Entführung den Tatsachen entspricht.«

Samantha hob den Kopf. »Ich weiß es nicht. Aber ... es wäre möglich.«

Ethan blies die Backen auf. »Oh Mann!« Er legte das Einbruchswerkzeug auf den Tisch und rieb sich den Nacken.

»Oh Mann!«, wiederholte er. »Ich weiß gerade nicht, was ich dazu sagen soll.«

»Das sind nur Spekulationen, Ethan«, versuchte Samantha ihn zu beschwichtigen. »Das ist mein Job. Ich suche Spuren, knüpfe Zusammenhänge und stelle Theorien auf. Doch im Grunde sind das nur Annahmen.«

»Ja, schon … aber dein Bauchgefühl sagt dir, dass es so ist.«

Sie nickte stumm.

Ethan setzte sich auf einen der wackeligen Stühle. »Und was heißt das jetzt?«

Samantha atmete tief durch, nahm ebenfalls Platz und verschränkte die Hände auf dem Tisch. »Sollte sich mein Verdacht bestätigen, wäre deine Mutter die Erbin des Matkins-Vermögens. Aber nur, wenn wir dafür stichhaltige Beweise finden.«

»Und falls nicht?«

»Geht das ganze Geld nach Ablauf des Mandats an die Krone.«

Ethan folgte mit dem Finger dem Muster der karierten Tischdecke. Er wusste nicht, was er von dem Ganzen halten sollte. Sicher würde seine Mum über dieses unverhoffte Erbe glücklich sein. Sie und Dad hatten schon lange vor, ihr Haus zu modernisieren und auch ein Malatelier für Mum und ihre Schüler zu kaufen. Im Gegenzug würde jedoch Hannah Ouless Leben komplett aus den Fugen geraten. Sie hätte eine Mutter gehabt, die gar nicht ihre leibliche Mutter gewesen war, sondern eine, die sie aus einem Krankenhaus gestohlen hatte. Das Kind fremder Eltern, die sie nie kennengelernt hatte.

Er schüttelte den Kopf. »Ich kann deine Überlegungen nachvollziehen, Samantha, aber ich denke, dass du dich täuschst. Granny war vielleicht eine etwas seltsame Person, doch sie war keine Frau, die ein fremdes Kind stiehlt. Nie im Leben!«

Den letzten Satz hatte er fast geschrien und Samantha zuckte erschrocken zusammen. Doch sie hatte sich schnell wieder im Griff und legte ihre Hand auf seine. »Wie gesagt, Ethan, es ist lediglich eine Theorie. Wir werden herausfinden, ob sie stimmt oder nicht. Okay?«

Er nickte widerwillig. Am liebsten wäre er jetzt aufgestanden und nach Saint Helier zurückgefahren. Er hatte keine Lust mehr, nach etwas zu suchen, das das Leben seiner Familie komplett auf den Kopf stellen konnte. Ganz und gar keine Lust!

* * *

Samantha betrachtete mitfühlend Ethans bekümmerte Miene. Wie musste er sich gerade fühlen? Ging er im Kopf die Vor- und Nachteile durch, die sich durch ihre Theorie ergaben? Oder hoffte er darauf, dass sie mit ihrem Bauchgefühl falschlag?

Vielleicht wäre das überhaupt das Beste, überlegte sie weiter. Beinahe hoffte sie, dass der Gedanke, Charlotte Seymour hätte damals das Matkins-Baby entführt, ein Irrtum war. Und selbst wenn es tatsächlich so gewesen war, wie konnte sie das beweisen? Die vermeintliche Charlotte Seymour war tot und konnte sich dazu nicht mehr äußern. Und es benötigte schon handfeste Fakten, um einen DNS-Test durchführen zu lassen. Nur auf einen Verdacht hin würde die Kanzlei keinen Gentest beantragen.

Ethan starrte auf die Tischdecke, er sah wirklich mitgenommen aus.

»Ethan? Alles okay?«

Er presste die Lippen zusammen und nickte. Dann straffte er die Schultern und stand auf. »Alles gut! Knacken wir diese vermaledeiten Schlösser und suchen nach einem Beweis. Der Gedanke hängt jetzt in der Luft und lässt sich nicht mehr wegreden. Entweder er stimmt oder eben nicht. Dazwischen gibt's nichts.«

30

Die untergehende Sonne färbte das Meer blutrot. Samantha und Ethan saßen auf der hinteren Veranda und betrachteten stumm das Naturschauspiel. Als sie fröstelte, legte er den Arm um ihre Schultern und zog sie eng an seine Brust.

Sie hatten das ganze Haus durchsucht, die Schubladen des Buffetschranks letztlich aufgebrochen und nichts gefunden. Keine Dokumente, die darüber Auskunft gaben, ob Charlotte Malherbe Charlotte Seymour gewesen war oder nicht. Es gab weder alte Briefe, Unterlagen noch sonstige Korrespondenz. Es war fast so, als ob jemand sich sehr große Mühe gegeben hatte, nichts Schriftliches zu hinterlassen.

»Wir sind genauso schlau wie vorher«, konstatierte Ethan leise und küsste Samanthas Schläfe. »Ich bin beinahe erleichtert. Ist das dumm?«

»Nein, gar nicht. Das verstehe ich. Es würde sich einiges ändern, wenn sich mein Verdacht bestätigt hätte. Zwar wärst du jetzt, als einziges Kind deiner Mutter, eine gute Partie, aber …« Sie kicherte, als er sie unter dem Arm kitzelte. »Im Ernst, Ethan. Ich in meiner Funktion sollte das zwar nicht sagen, doch manchmal ist es besser, wenn man die Vergangenheit ruhen lässt.«

Er brummte zustimmend und atmete dann tief durch. »Aber diesen Gedanken werde ich jetzt einfach nicht mehr los. Da hast du mir ja einen schönen Floh ins Ohr gesetzt. Vielen Dank, Ms Bucknell!«

Sie lachte. »Tut mir echt leid.«

»Na klar.«

Sie boxte ihn in die Seite. »Hey, das meine ich ernst. Es macht mir sicher keine Freude, deiner Familie solche Hiobsbotschaften zu überbringen. Vor allem dir nicht, weil …«

Sie brach ab. Jetzt hätte sie beinahe »weil ich dich liebe« gesagt. Zum Glück hatte sie sich noch zurückhalten können. Das war absurd! Sie konnte sich nicht in drei Tagen verliebt haben.

»Weil?«, hakte Ethan nach.

Sie zuckte mit den Schultern. »Weil ich dich eben mag.«

Er lächelte. »Das trifft sich gut. Ich mag dich nämlich auch.«

Sie küssten sich innig.

Der Kuss entfachte Samanthas Verlangen. Gern wäre sie jetzt weitergegangen, doch der Gedanke, sich im Haus von Ethans Großmutter zu lieben, war wenig prickelnd. Und für eine schnelle Nummer im Auto war sie zu alt.

»Zwei Möglichkeiten«, sagte er. »Entweder gehen wir runter zum Strand und stürzen uns in die Fluten. Oder wir fahren nach Hause und ich kriege meine Überraschung.«

Als ihr aufging, was er mit Überraschung meinte, grinste sie. »Geht denn nicht beides?«

Der Weg durch die Klippen hinunter an den Strand war steil und nur mit einem Seil als Handlauf gesichert. Samantha fragte sich, wie sie hier, wenn die Sonne komplett untergegangen war, wieder hochkommen würde. Doch Ethan würde es schon wissen, immerhin war er oft bei seiner Großmutter zu Besuch gewesen und kannte sich aus.

Als sie endlich in der kleinen Bucht unterhalb des Anwesens ankamen, war Samantha durchgeschwitzt. Der schmale Sandstrand war auf beiden Seiten von Klippen eingefasst und menschenleer.

»Ein Privatstrand?«, fragte sie und legte ihren Beutel mit den Badesachen in den Sand.

»Nicht übel, was?« Ethan zog sich das T-Shirt über den Kopf und schlüpfte aus den Jeans.

In den Boxershorts sah er verdammt sexy aus. In Samanthas Bauch kribbelte es vor Vorfreude. Sie atmete tief durch.

»Manchmal kommen Leute mit ihren Booten her«, erklärte er. »Aber meistens ist hier niemand.« Er wies auf einen Bretterverschlag neben dem Küstenpfad. »Wenn du dich umziehen willst.«

Samantha winkte ab. Er hatte sie schon nackt gesehen, also kein Grund zur Prüderie. Sie kramte im Beutel nach dem neuen Bikini, warf Ethan seine Badehose zu und breitete das mitgebrachte Frottiertuch auf dem Sand aus. Dann zog sie sich ebenfalls aus und verbiss sich ein Lachen, als er bewusst in die andere Richtung schaute. Er respektierte ihre Privatsphäre. Das war vielleicht süß.

»Fertig!«, rief sie.

Er drehte sich um. In der Zwischenzeit hatte er sich ebenfalls seine Badehose angezogen.

Einen Moment betrachtete er sie stumm, dann räusperte er sich. »Wer zuerst im Wasser ist!«, rief er und rannte los.

»Hey, das ist nicht fair!«

Samantha sprintete ihm hinterher, doch sie hatte keine Chance, ihn einzuholen. Der feine Sand unter ihren Füßen war noch warm. Ein wunderbares Gefühl! Als sie das Wasser erreichte, zögerte sie jedoch. Das war bestimmt kälter als im

Mittelmeer, wo sie sonst ihren Urlaub verbrachte. Ethan hatte sich bereits in die Wellen gestürzt, war untergetaucht und kam jetzt prustend wieder an die Oberfläche. Er schüttelte sich die nassen Haare aus dem Gesicht, was sie an früher erinnerte, als sie im Schwimmbad die Jungs beneidet hatte, die genau das Gleiche getan hatten. Mit ihren langen Haaren war das nie möglich gewesen.

»Komm schon rein, du Feigling!«, rief er und streckte die Hand aus. »Es ist herrlich.«

Sie watete bis zu den Knöcheln ins Wasser. »Oh Gott, das ist ja eiskalt!« Sie verzog den Mund.

»So achtzehn Grad, würde ich sagen. Auf Jersey ist das viel.« Er strahlte. »Nun komm schon! Wenn du erst im Wasser bist, geht's besser.«

Doch sie schüttelte den Kopf. Obwohl sie sich aufs Schwimmen gefreut hatte, hielt sie es jetzt für klüger, einen Rückzieher zu machen.

»Wenn du nicht freiwillig reinkommst, hole ich dich«, drohte er.

»Das wagst du nicht!« Doch er kam bereits auf sie zu. »Ethan, ich warne dich!«

Er grinste sie nur frech an und war jetzt schon beinahe bei ihr. Die nasse Badehose klebte an seinem Körper und Wassertropfen glänzten in der untergehenden Sonne wie Diamanten auf seiner gebräunten Haut. Wie er so den Fluten entstieg, erinnerte er an einen Meeresgott, der gewillt ist, sich seine Beute zu holen. Der Gedanke erregte sie.

Er blieb einen Meter vor ihr stehen. »Letzte Chance, freiwillig reinzukommen.«

»Ethan, bitte, es ist mir wirklich zu kalt. Schau, ich habe bereits am ganzen Körper eine Gänsehaut.« Sie wies auf ihre Arme.

»Okay, du Prinzesschen. Aber du weißt gar nicht, was du verpasst.«

Er trat vor sie und schloss sie in die Arme. Seine nasse Haut war kühl. Samantha erschauerte. Dann suchte er ihren Mund und küsste sie stürmisch. Und plötzlich fror sie überhaupt nicht mehr. Sie schmiegte sich an ihn, erwiderte den Kuss leidenschaftlich und strich über seinen Rücken. Das verfehlte nicht seine Wirkung. Sie fühlte deutlich seine Erregung an ihrem Bauch. Ein angenehmes Ziehen breitete sich zwischen ihren Beinen aus.

Ethan löste sich schwer atmend von ihr. »Komm«, sagte er mit belegter Stimme und zog sie zum Badetuch.

Sie folgte ihm willig. Der Gedanke, sich hier dem Liebesspiel hinzugeben, reizte sie. Zwar befanden sie sich allein am Strand, aber die Vorstellung, dass sie jederzeit von einem Spaziergänger überrascht werden konnten, erregte sie zusätzlich. Möglicherweise schlummerte ja eine kleine Exhibitionistin in ihr. Sie unterdrückte ein Kichern. Im Leben muss man alles ausprobieren, hatte Matthew immer gesagt. Auch wenn sie jetzt nicht an ihren Ex denken wollte, stimmte sie ihm zu.

»Sex am Strand: Check!«, murmelte sie.

»Wie?« Ethan blieb stehen.

»Nichts«, erwiderte sie schmunzelnd.

Es wurde immer dunkler und sie konnte seine Miene kaum noch erkennen, aber als seine Zähne aufblitzten, registrierte er, dass er sie regelrecht anstrahlte.

Ein ungeahntes Gefühl bemächtigte sich ihrer. Eine warme Welle schoss durch ihre Adern. Das Herz ging ihr auf. Diesen Mann könnte sie lieben, vorbehaltlos, mit Hingabe und für alle Zeiten.

Sie erschrak vor ihren heftigen Gefühlen. Es war nur eine Affäre! Nichts mit »und sie liebten sich bis in alle Ewigkeit«. Beinahe kamen ihr die Tränen.

»Alles okay?«, fragte Ethan, setzte sich aufs Badetuch und zog sie auf seinen Schoß.

»Alles bestens«, erwiderte sie mit zitternder Stimme.

»Wirklich?«

Sie nickte stumm, aus Angst, dass er hören könnte, welche widersprüchlichen Empfindungen gerade in ihr tobten.

Er löste das Gummiband, das ihre Haare zusammenhielt, und strich durch ihre langen Strähnen. Dann umfasste er mit beiden Händen ihr Gesicht, küsste ihre Schläfen und ihre geschlossenen Augenlider.

»Du bist so wunderschön«, raunte er, fand ihren Mund und ließ seine Zunge spielerisch über ihre Lippen wandern.

Samantha unterdrückte ein Seufzen. Sie schlang ihre Arme um seinen Hals und küsste ihn. Er schmeckte nach Salz. Mit beiden Händen griff sie in seine feuchten Haare und zog ihn noch näher. Sie wollte mit ihm verschmelzen, jetzt, hier und für den Rest ihres Lebens. Sie wollte ihn nicht gehen lassen. Niemals wieder! Sie würde eine Lösung für sie finden. Das war ihr Job, darin war sie gut, und für sein eigenes Glück lohnte es sich zu kämpfen.

Behutsam öffnete Ethan den Verschluss ihres Bikinioberteils. Mit seinem Mund strich er ihren Hals entlang und hauchte auf dem Weg sanfte Küsse auf ihre Haut.

Samantha legte den Kopf in den Nacken, genoss die Zärtlichkeiten und keuchte auf, als sein Mund ihre Spitzen erreichten und er daran zu knabbern begann. Sie ließ ihre Hüften kreisen, und Ethan stöhnte lustvoll auf. Er war genauso bereit wie sie. Es trennten sie nur noch zwei Stoffstücke.

»Hast du …«, fragte er mit belegter Stimme.

»Im Beutel.«

Ohne sich von ihr zu lösen, griff er hinter sich und holte die Schachtel Kondome hervor, die sie heute Nachmittag in der Stadt gekauft hatte.

Nur widerwillig löste sich Samantha von ihm. Er schlüpfte aus seiner nassen Badehose und warf sie weg, sie tat es ihm mit dem Bikinihöschen gleich. Eine kühle Meeresbrise streifte über ihren nackten Körper und sie zitterte. Aber mehr vor Verlangen und Vorfreude auf das, was gleich passieren würde.

Ethan streckte erneut die Hand nach ihr aus. Samantha ließ sich langsam wieder auf seinen Schoß nieder und nahm ihn auf. Beide keuchten. Schauer jagten durch ihren Körper. Es fühlte sich so verdammt gut an! Als wäre es nicht das erste Mal mit einem fremden Mann, sondern als ob sie sich schon Ewigkeiten kannten. Ihre Körper kannten sich, wie ihre Seelen und ihre Herzen.

Genussvoll bewegte sich Samantha auf und ab. Sie fühlte bereits, wie ihr Körper auf die Erlösung zusteuerte. Doch sie wollte noch nicht! Sie wollte für immer in diesem Augenblick verharren, wo nichts mehr wichtig war, sondern nur noch die Emotionen zählten. Aber sie konnte ihren Schoß nicht überlisten. Immer höher wurde sie von ihren Empfindungen getrieben.

Sie bäumte sich auf, im selben Moment, in dem Ethan sie mit einem erstickten Laut fest an sich presste. Sie konnte nichts mehr denken, war nur noch Gefühl und wusste instinktiv, dass sie sich nie wieder mit weniger zufriedengeben würde.

31

Bei der Rückfahrt nach Saint Helier lag Samanthas Hand auf Ethans Oberschenkel. Ab und zu hob er sie an seine Lippen und küsste ihren Handrücken, dann lächelten sie sich an.

Ihr Liebesspiel am Strand hatte ihn überwältigt. Samantha war natürlich nicht die erste Frau, mit der er geschlafen hatte. Doch solche Gefühle hatte er dabei noch nie erlebt. Wahnsinn!

Es waren nicht nur die körperlichen Empfindungen gewesen, sondern Samantha berührte ihn tief in seiner Seele. Das musste Liebe sein! Anders konnte er es sich nicht erklären. Und so glücklich er in diesem Moment auch war, die Angst, dass ihr Zusammensein schon bald enden könnte, nagte an ihm. Er wollte diese tolle Frau nicht gehen lassen, sondern sie für immer in seinem Leben haben. Doch wie konnte er das anstellen? Sie würde ihn bestimmt auslachen, wenn er sie jetzt darum bat, bei ihm zu bleiben. Was konnte er ihr auf Jersey schon bieten? Vielleicht reichten ihre Gefühle füreinander im Moment aus, aber auch für die Zukunft?

Zugegeben, sie hatte gesagt, dass sie ihn mochte. Aber liebte sie ihn auch? Und wenn ja, würde das genügen, dass sie London verließ, um bei ihm zu bleiben? Oder anders gefragt: Konnte er sich vorstellen, Jersey zu verlassen, um mit ihr in London zu leben? Oder machte er sich lediglich etwas vor und er war für sie nicht mehr als eine kurze Romanze, die sie ohne Bedauern abhakte, wenn sie zurückfuhr?

Alles war gerade so wunderschön und gleichzeitig auch so erschreckend.

»Hast du Hunger?«, fragte Samantha.

»Und wie! Lass uns auf dem Nachhauseweg irgendwo einkehren.«

»So verschwitzt und verdreckt?« Sie sah an sich runter.

Er lachte. »Wir sind nicht in London. Hier stört sich keiner an deinem Outfit. Aber wir können auch an einem Food Truck halten. Bei denen gibt es alles, was das Herz begehrt. Von Suppen über Tacos und Wraps bis hin zu Meeresfrüchten.«

»Klingt gut.« Sie lächelte.

»Donnerstags findet übrigens in Saint Helier der Street-Food-Tag statt. Lecker! Da müssen wir unbedingt mal hin.«

Als sie darauf nicht antwortete, warf er ihr einen schnellen Blick zu. Sie schaute aus dem Fenster. Dabei fuhren sie gerade über Land und es gab in der Dunkelheit absolut nichts zu sehen. Lediglich ihr Gesicht spiegelte sich verschwommen im Autofenster.

»Samantha?«

Sie atmete tief durch und wandte ihm den Kopf zu. »Möglicherweise bin ich am Donnerstag ja gar nicht mehr hier.«

Ein Schlag in den Solarplexus hätte nicht schmerzhafter sein können. »Ja, klar, habe ich vergessen.«

Dann schwiegen sie. Sollte er sie jetzt darauf ansprechen, ob es für sie beide eine gemeinsame Zukunft gab? Oder wäre das zu früh? Vielleicht sollte er zuerst herausfinden, ob sie ihn genauso mochte wie er sie. Ansonsten könnte es gut sein, dass er sie zu sehr bedrängte und dadurch in die Flucht trieb. Er kannte sie noch zu wenig, um das abschätzen zu können, und fürchtete ihre Reaktion. Sex war eben nicht gleich Liebe.

Die Lichter von Saint Helier tauchten auf, und kurze Zeit später bog er auf die Uferstraße ein, die zum Hafen führte. Er parkte den Wagen, und als sie ausstiegen, wehte ihnen bereits der Duft von frittiertem Fisch entgegen. Ihm lief das Wasser im Mund zusammen.

»Ich könnte einen Ochsen verspeisen«, sagte Samantha. »Seeluft macht offenbar hungrig.« Sie zwinkerte ihm zu, da sie vermutlich mehr an ihr Liebesspiel am Strand dachte.

»Und wie!«, erwiderte Ethan grinsend. »Also los. Worauf hast du Lust?«

* * *

»Die sind köstlich. Kann ich noch einen haben?« Samantha tupfte sich den Mund mit der Serviette ab und studierte die Speisekarte. »Jetzt bitte einen Taco mit Krevetten. Und ganz viel Salsa-Soße.«

»Ich habe nicht zu viel versprochen, nicht wahr?«

Sie schüttelte den Kopf. »Ich hätte nicht übel Lust, jede Variante zu probieren.« Sie zückte ihr Portemonnaie. »Die zweite Runde geht auf mich.«

»Okay, du zahlst, ich schleppe.« Ethan griff nach der Zwanzigpfundnote und ging zum Food Truck hinüber, um die zweite Bestellung aufzugeben.

Die wenigen Bänke vor dem fahrbaren Imbissstand waren auch um diese Zeit noch fast alle besetzt. Touristen und Einheimische saßen zusammen und ließen es sich schmecken. Aus einem kleinen Lautsprecher auf dem Dach des Food Trucks erklang spanische Gute-Laune-Musik.

Samantha griff nach der Flasche Mineralwasser, nahm einen großen Schluck und beobachtete Ethan. Er hatte sich in die Schlange vor der Ausgabe eingereiht und unterhielt sich mit dem Mann vor ihm. Natürlich kannte er eine Menge Leute hier und sie konnte verstehen, dass er die Insel liebte. Jersey hatte so einiges zu bieten: tolles Essen, schöne Strände, spektakuläre Klippen und viel Kultur. Es musste herrlich sein, hier jeden Tag aufzuwachen. Doch sie wusste auch, dass sie sich auf der Insel über kurz oder lang langweilen würde. Sie war die typische Städterin. Und obwohl sie das hektische London mit seinem schlechten Wetter und den Menschenmassen zuweilen verfluchte, konnte sie sich keinen anderen Ort vorstellen, an dem sie lieber wohnen wollte.

Sie seufzte tief. Wenn sich ihr Wunsch, mit Ethan etwas aufzubauen, erfüllen sollte, müsste sie ihn dazu überreden, nach London zu ziehen. Doch wie konnte sie das schaffen? War es nicht vermessen von ihr, ihn aufzufordern, alles hinter sich zu lassen? Wegen ihr? Und was, wenn er sie gar nicht wollte? Sie hatte nie einen Hehl daraus gemacht, dass ihre Recherchen sie nicht lange auf der Insel halten würden und sie bald wieder nach London zurückmusste. Vielleicht hatte er ja vor, es einfach zu genießen, solange es dauerte, und ihr dann pragmatisch nachzuwinken, wenn sie die Fähre bestieg. Im Grunde hätte das schon morgen der Fall sein können. Sie war sich zwar sicher, dass aus Charlotte Seymour auf Jersey Charlotte Malherbe geworden war und dass Ethans Mutter das Matkins-Baby sein musste. Beweisen konnte Samantha jedoch rein gar nichts.

Ethan kam lächelnd auf sie zu, in jeder Hand einen Taco. »Hier, du Vielfraß«, sagte er und drückte ihr den Krevetten-Taco in die Hand.

»Da fehlt aber ein Stück!« Sie sah ihn verdutzt an.

Er zuckte unbeteiligt mit den Schultern. »Ist wohl abgefallen.«

»Ja klar. Schmeckt er denn?«

Er grinste. »Ganz wunderbar. Magst du von meinem abbeißen?«

»Schon okay.« Samantha lachte. »Ich glaube, ich schaffe nicht mal diesen hier. Das Verlangen war wohl größer als mein Magen.«

»Apropos Verlangen.« Ethan beugte sich über den Holztisch. »Ich kriege heute noch meine Überraschung, nicht wahr?«

Sie rollte in gespielter Verzweiflung mit den Augen. »Männer und ihre Selbstüberschätzung!« Als er protestieren wollte, fügte sie schnell hinzu: »Wenn wir uns den Sand vom Körper gewaschen haben, löse ich mein Versprechen vielleicht ein.«

Ethan schnalzte genüsslich mit der Zunge. »Dann beeil dich mit dem Taco.«

32

Als Samantha am Dienstagmorgen erwachte, war Ethan schon wieder weg. Sie hatte wie eine Tote geschlafen und nicht mitbekommen, dass er aufgestanden und zur Arbeit aufgebrochen war.

In seinem Schlafzimmer herrschte ein heilloses Durcheinander. Die »Überraschung« lag als lila Häufchen neben dem Bett. Ihre anderen Kleider waren in alle Richtungen verstreut. Der Beutel mit Ethans nasser Badehose und dem Strandtuch hing an der Türklinke. Auf dem Boden darunter hatte sich eine Pfütze gebildet.

Samantha kuschelte sich noch einen Moment in die warme Decke und schnupperte daran. Sie roch wie Ethan, und ihr entwich ein genüsslicher Seufzer. Wie konnte etwas so perfekt sein? Wie konnte ein Mann so perfekt sein? Irgendwo musste es doch einen Haken geben. Hatte sie ihn einfach noch nicht entdeckt? Immerhin war dies hier das richtige Leben und kein Märchen.

Sie hörte von draußen einen Laut, der ihr sehr vertraut war. Es regnete.

»Ach, nein«, maulte sie. »Muss das jetzt sein?«

Wollte der Wetterumschwung ihr vielleicht sagen, dass das hier eben doch kein schnulziger Liebesroman war?

Sie griff nach ihrem Handy auf dem Nachttisch. Der Akku war beinahe leer. Sie wollte heute ihren Boss anrufen und ihn nach seiner Meinung zu ihrer Theorie über Charlotte befragen. Er würde ihr raten, was zu tun wäre. Vielleicht doch eine DNS-Analyse? Aber dazu müsste sie zuerst mit Ethans Mutter reden. Auch nicht gerade das, was sie sich unter dem Begriff »Eltern kennenlernen« vorstellte.

»Nun denn«, rief Samantha in das leere Zimmer. »Die Pflicht ruft!«

Zuerst räumte sie das Schlafzimmer auf, steckte die Schmutzwäsche in die Waschmaschine und sprang unter die Dusche. Danach setzte sie sich an den Küchentresen, aß etwas Obst und trank Tee dazu, dann startete sie ihren Laptop.

Das Piepsen ihres Handys schreckte sie auf. Sie hatte es zum Aufladen neben dem Toaster eingesteckt.

Hallo Schlafmütze! Treffen wir uns wieder zum Lunch? Selbe Zeit, selbe Bar?

Kiss, E.

Samantha lächelte und schrieb sogleich zurück:

Klar, freue mich!

Kiss back, Sam

Einen Moment überlegte sie, noch ein Herz anzufügen, entschied sich dann aber dagegen. Sie war schließlich kein Teenager mehr. Anschließend widmete sie sich wieder der Matkins-Akte und vervollständigte ihren Bericht mit den gestrigen Ereignissen.

Plötzlich hörte sie, wie die Eingangstür geöffnet wurde. Hatte Ethan etwas vergessen?

Sie sprang vom Hocker, lief lächelnd in den Flur und blieb wie angewurzelt stehen. Eine fremde Frau starrte sie überrascht an. Sie sah fantastisch aus! Ihre grünen Augen wirkten wie dunkle Jade, ihre rotblonden Locken fielen ihr in wilden Kaskaden bis auf die Schultern. Sie trug eine Reiterhose, Stiefel und eine wetterfeste Jacke.

»Was machen Sie hier?«, fragte sie scharf.

»Das könnte ich Sie ebenso fragen«, erwiderte Samantha verdutzt.

Wieso war die Frau so unhöflich? Im ersten Moment hatte Samantha gedacht, dass sie eventuell Ethans Putzfrau sein könnte, aber das hätte er ihr sicher gesagt. Und die Fremde sah wirklich nicht wie eine Reinmachefrau aus.

Samantha schluckte trocken. Und sogleich bestätigte sich ihre Befürchtung.

»Ich bin Brianna. Ethans Verl… Ex-Verlobte. Und wer sind Sie, wenn ich fragen darf?«

Brianna musterte sie mit ihren Jadeaugen von oben bis unten und Samantha wurde mit Schrecken bewusst, wie sie aussah. Sie trug dieses lächerliche T-Shirt mit dem Wappen, das Unterteil ihres Shortys mit den rosa Herzchen, und sie hatte sich weder geschminkt noch die Haare geföhnt. Was sollte sie erwidern? Ich bin Ethans neue Freundin? War sie das denn? Oder sollte sie sagen: Ich bin Ethans Affäre?

»Nun?« Brianna verschränkte die Arme vor der Brust. Sie wirkte überhaupt nicht verlegen.

Wieso zum Teufel hatte Ethans Ex einen Schlüssel zu seiner Wohnung? War das der Haken, den Samantha eben noch gesucht hatte? Wunderbar … hüte dich vor den Wünschen, die in Erfüllung gingen.

Sie reckte das Kinn. »Ich bin Samantha und seit Kurzem mit Ethan zusammen.« Das war ja nicht einmal gelogen. »Und ich wundere mich, warum Sie überhaupt einen Schlüssel zu seiner Wohnung besitzen. Vor allem, weil Sie, wie gesagt, seine Ex sind. Also wiederhole ich meine Frage: Was zum Teufel tun Sie hier?«

* * *

»Hi, Mum. Alles klar bei dir?«

»Ethan, schön, dass du mich anrufst. Nein, gar nicht! Das Regenwetter macht mir einen gehörigen Strich durch die Rechnung.« Er hörte, wie seine Mutter empört schnaubte. »Ich wollte mit meinen Schülern heute doch zum Leuchtturm. Und jetzt fällt der Ausflug buchstäblich ins Wasser. So ein Mist!«

Der Leuchtturm von La Corbière an der Ostküste war eines der bedeutendsten Wahrzeichen von Jersey und bei Malern sehr beliebt.

»Das tut mir leid. Aber morgen soll es ja schon wieder besser sein.« Ethan räusperte sich. »Mum, Samantha und ich waren ja gestern bei Grannys Haus. Kann ich dir heute den Schlüssel zurückbringen? Und, wenn das nicht zu unverschämt ist, Samantha und mich zum Mittagessen einladen? Dann lernst du sie kennen und …«

»Du stellst sie mir also tatsächlich vor?«, fragte Hannah verblüfft.

»Ja, wenn es dir nichts ausmacht.«

»Im Gegenteil, mein Junge! Ich bin total gespannt auf die Dame, die dich endlich aus deinem Schneckenhaus geholt hat. Ich will ihr einen Orden verleihen.«

»Mum, bitte, sag so etwas auf keinen Fall, wenn Samantha dabei ist.«

Hannah lachte. »Ich werde mich benehmen, versprochen. Wann kommt ihr?«

Er schaute auf die Uhr. »Viertel nach zwölf. Ist das okay?«

»Einverstanden. Isst Samantha irgendetwas nicht? Fleisch? Oder ist sie gegen etwas allergisch?«

Er dachte nach. »Über Allergien haben wir nicht gesprochen. Aber ich denke, das hätte sie mir gesagt. Und sie isst alles … mit gesundem Appetit.«

»Schön. Es gibt nichts Schlimmeres, als wenn jemand fünf Erbsen auf dem Teller herumschiebt, weil er nach drei Stück bereits satt ist.«

»Keine Angst, so jemand ist sie nicht.«

»Hast du dich verliebt, Junge?«

Er schüttelte den Kopf. Seine Mutter war schon immer sehr direkt gewesen. Und es brachte auch nichts, sie zu belügen. Also entschied er sich für die Wahrheit.

»Ja, und zwar so richtig heftig. Leider.«

»Wieso leider? Das ist doch herrlich! Ich freue mich so sehr für dich.«

»Danke. Aber sie muss ja schon bald zurück nach London.«

Seine Mutter schwieg einen Augenblick. »Verstehe«, sagte sie dann. »Und du gehst mit?«

»Ethan, kannst du bitte mal kommen?« Evie stand unter der Tür. »Mr Cavill ist hier und verlangt explizit dich. Mit Chester wollte er nicht sprechen.« Sie kicherte.

Ethan hielt die Hand über die Sprechmuschel. »Bin gleich da.«

Evie nickte und verschwand wieder.

»Mum, ich muss an den Schalter. Kundschaft. Also bis zum Lunch. Bye.«

Bevor seine Mutter weiterfragen konnte, ob er Samantha nach London begleiten wollte, legte er auf. Was sollte er darauf auch antworten, wenn er die Antwort selbst nicht kannte?

* * *

»*Sie* sind mit Ethan zusammen?« Brianna hob verächtlich die Brauen. »Okay, das ist …« Sie brach ab und verzog spöttisch den Mund. »Doch eher ungewöhnlich.«

Weshalb das so ungewöhnlich war, verriet sie jedoch nicht. Doch Samantha konnte sich gut vorstellen, was diese Frau dachte. Langsam wurde sie wütend. Sie brauchte sich nicht zu rechtfertigen, auch wenn sie im Moment so aussah, als hätte eine Kuh sie durchgekaut und wieder ausgespuckt.

»Das geht Sie gar nichts an«, antwortete sie daher schnippisch. »Und es ist sehr unhöflich, auf Fragen nicht zu antworten.«

Brianna zuckte mit den Schultern. »Ich habe hier noch einige Dinge vergessen, die wollte ich holen.«

»Den pinkfarbenen Föhn?«

»Zum Beispiel.«

Einen Moment taxierten sie sich wie zwei Boxer vor dem Kampf, dann trat Samantha zur Seite.

»Nur zu. Sammeln Sie Ihre Sachen ein.«

Brianna stieß ein amüsiertes Schnauben aus. »Zu gütig.« Sie marschierte erhobenen Hauptes ins Bad.

Samantha hörte, wie Schubladen aufgerissen wurden, und versuchte, sich zu beruhigen. Normalerweise hatte sie keine Probleme mit ihrem Selbstbewusstsein, auch in schwierigen Situationen. Doch momentan fühlte sie sich unsicher. Sie kannte Ethan noch zu wenig, um gegenüber seiner Ex-Freundin selbstsicher auftreten zu können. Er hatte kaum über sie gesprochen und vielleicht aus gutem Grund, denn dass er ihr seinen Wohnungsschlüssel gelassen hatte, sprach doch Bände. Hoffte er auf eine Versöhnung? Und wenn ja, war Samantha für ihn dann bloß ein netter Zeitvertreib, bis diese katzenäugige Schönheit wieder zu ihm zurückkam? Am liebsten hätte Samantha sich im Bett verkrochen, aber das war kindisch.

Brianna trat aus dem Bad, Föhn und diversen Kleinkram in den Händen. Sie blieb abwartend stehen. »Ich habe noch ein paar Bücher im Wohnzimmer.«

Samantha nickte stumm und ließ sie vorbei. Sollte sie im Flur warten? Aber diese Genugtuung wollte sie Brianna nicht lassen. Also setzte sie sich auf den Barhocker und sah zu, wie Brianna ein paar Bücher aus dem Regal zog. Dann blieb sie zögernd vor dem Bild mit den Klippen stehen.

»Das gehört mir«, sagte sie. »Hannah hat es mir zur Verlobung geschenkt.«

»Wenn Sie es sagen«, antwortete Samantha und versuchte, gleichmütig zu klingen, obwohl ihr Herz in doppelter Geschwindigkeit klopfte. Sie fühlte sich plötzlich wie ein Eindringling. Was tat sie hier eigentlich? Das mit Ethan war doch bloß ein schöner Traum, der die Realität nicht überleben konnte.

»Na ja, es regnet. Ich hole das Gemälde ein anderes Mal.«

Samantha zuckte gleichgültig mit den Schultern.

Obwohl Brianna jetzt Mühe hatte, ihre Sachen zu tragen, bot Samantha ihr keine Hilfe an. Sollte sie doch selbst sehen, wie sie klarkam. Sie hasste sich für ihre kleinliche Reaktion, aber es war ihr nicht möglich, über ihren Schatten zu springen.

Brianna legte einen einzelnen Schlüssel auf die Bar und lud sich ihre Utensilien auf die Arme. »Das war's.«

Samantha nickte wieder, ohne etwas zu sagen.

Einen Moment blieb Brianna noch stehen, zuckte dann mit den Schultern und verließ die Wohnung.

Samantha starrte niedergeschlagen vor sich hin. Plötzlich ging ein Ruck durch ihren Körper. Sie holte ihr Handy und googelte die Abfahrtszeiten der Fähre nach Poole.

33

»Mr Ouless, schön, Sie wiederzusehen.« Thomas Cavill drehte lächelnd seine Schiebermütze in den Händen.

»Wie geht es Ihnen und Ihrer Frau, Mr Cavill? Alles in Ordnung?« Ethan stützte beide Ellbogen auf den Bankschalter.

Der Fischer sah im Gegensatz zum letzten Mal bedeutend besser aus. Er hatte offensichtlich auch an Gewicht zugelegt.

»Alles bestens!«, sagte Cavill. »Davina springt schon bald wieder über Pfützen, und der neue Motor schnurrt wie ein Kätzchen. Ich möchte mich nur noch einmal herzlich bei Ihnen bedanken und Sie zum Essen einladen.«

»Das freut mich, danke. Aber das ist nicht nötig.«

»Ich weiß, trotzdem. Sie würden uns eine große Freude machen.« Und als Ethan nicht antwortete, fügte Cavill schnell hinzu: »Davinas Austernrezept ist wirklich einsame Spitze.«

Ethan überlegte. Würde Samantha ihn zu den Cavills begleiten wollen? Doch wie lange blieb sie noch auf der Insel? Er musste dieses wichtige Thema unbedingt anschneiden. Auch wenn es bedeuten konnte, dass er danach mit gebrochenem Herzen zurückblieb. Heute waren sie bei Mum zum Lunch, und den Abend wollte er mit Samantha allein verbringen. Aber vielleicht morgen.

»Also gut, Mr Cavill. Ich komme gern, vielen Dank.«

Der Mann strahlte. »Fein. Und wann?«

»Wie wäre es morgen Abend?«

»Abgemacht! Davina wird sich freuen.«

»Mr Cavill. Darf ich … meine Freundin mitbringen?«

»Aber sicher. Je mehr, desto besser!« Cavill setzte seine Mütze auf. »Also bis morgen. Acht Uhr?«

»Wunderbar. Ich … wir freuen uns.«

Cavill tippte sich an die Mütze und verließ die Bank.

»Seit wann hast du denn eine Freundin?« Chester trat an den Bankschalter und sah dem alten Fischer nach. »Davon weiß ich ja gar nichts.«

»Möglicherweise, weil dich das nichts angeht?«

Chester lachte. »Komm schon, Ouless, nicht so zugeknöpft. Bist du wieder mit der heißen Brianna zusammen?«

Ethan rollte mit den Augen. Chester war wirklich eine Plage. »Wie gesagt, das geht dich nichts an.«

Chester strich über seine Krawatte. »Ich krieg's schon noch raus.«

Ethan drehte sich um und ging kopfschüttelnd zu seinem Schreibtisch.

»Bin ich zur Hochzeit eingeladen?«, rief ihm Chester spöttisch hinterher. »Ich bringe auch ein Geschenk mit.«

Evie trat vor Ethans Pult. »Hochzeit?«, fragte sie mit großen Augen. »Habe ich etwas nicht mitbekommen?«

Ethan winkte ab. »Chester spinnt sich da etwas zusammen. Hör nicht auf ihn.«

»Ach so.« Evie neigte den Kopf. »Du würdest es mir doch aber sagen, wenn du deine adlige Pudelzüchterin vor den Altar führst, oder?«

Er schmunzelte. »Natürlich. Du bist schon als Brautjungfer vorgesehen.« Er musterte sie mit hochgezogenen Augenbrauen. »Du wirst fantastisch aussehen in lila Tüll.«

Evie starrte ihn entsetzt an und Ethan griff lachend nach seinem Handy.

Planänderung. Wir sind bei meiner Mum zum Lunch eingeladen. Ich hole dich kurz nach 12 Uhr ab, okay?

Er wartete auf Samanthas Rückmeldung. Doch das Handy blieb stumm. Vermutlich war sie gerade beschäftigt.

»Ethan? Kommst du bitte kurz in mein Büro? Wir müssen etwas besprechen.« Francis blätterte in einem Kundendossier und sah ihn dann auffordernd an.

»Komme!« Ethan stand auf und schob sein Handy unter einen Aktenstapel.

* * *

Samantha stand hinter dem großen Panoramafenster auf dem Passagierdeck und starrte missmutig in den Regen hinaus. In dicken Schlieren lief das Wasser daran hinunter. Im Gegensatz zum Sonntag bei ihrer Ankunft auf Jersey war das Wetter bei ihrer Rückfahrt nach Poole miserabel und passte wunderbar zu ihrer miesen Laune.

Nach Briannas Auftritt hatte Samantha beschlossen, sofort nach London zurückzufahren. Sie hatte Ethan einen Zettel geschrieben, dass unaufschiebbare Termine auf sie warteten. Das war zwar gelogen, aber sie hätte irgendwann ja sowieso zurückgemusst.

Das war absolut feige, das wusste sie, doch sie hätte seine gestammelten Rechtfertigungen, wenn sie Briannas Besuch erwähnt hätte, nicht ertragen. Dann doch lieber davonlaufen.

Ihr Handy piepste. Ethan!

Sie seufzte tief, als sie seine Mitteilung las. So gern sie Hannah Ouless auch hatte kennenlernen wollen, es war besser, das Ganze jetzt zu beenden, bevor es noch schmerzlicher wurde. Es gab im Leben eben Dinge, die nicht gut ausgingen. Dazu gehörten auch Begegnungen, die so wunderschön waren, dass man wieder an Märchen zu glauben begann. Und auch wenn Ethan nicht wieder mit dieser Brianna zusammenkommen würde, er gehörte auf die Insel, die er so liebte. Es wäre nicht richtig, ihn zu drängen, sein Leben komplett umzukrempeln. Möglicherweise würde er es sogar tun, aber in London bestimmt nicht glücklich werden. Und ihr blieben auf Jersey keine Möglichkeiten, ihre Karriere voranzutreiben. Sie liebte ihren Beruf und würde ihn nicht für einen Mann aufgeben. Auch nicht für einen, den sie liebte.

Samantha schossen die Tränen in die Augen. Vernunft konnte ganz schön wehtun.

* * *

»Warum antwortest du nicht?« Ethan betrachtete stirnrunzelnd sein Handy.

Auf seine SMS hatte Samantha nicht reagiert. War ihr Akku leer? Oder fühlte sie sich von dem Besuch bei seiner Mutter unter Druck gesetzt? Er hätte sie vielleicht zuerst fragen sollen. Er drückte die grüne Anruftaste und wurde direkt auf Samanthas Mailbox umgeleitet.

»Hi, ich bin's. Rufst du mich bitte an, wenn du das abhörst? Und du musst keine Angst vor meiner Mum haben. Sie hat versprochen, sich zu benehmen.«

»Bereits dunkle Wolken am Liebeshimmel?« Chester stand mit hämischer Miene vor Ethans Schreibtisch.

»Lass mich bloß in Ruhe!«, knurrte Ethan.

Chester lachte. »Also ja. Na, dann muss ich wohl kein Hochzeitsgeschenk besorgen, was?«

Am liebsten hätte Ethan Chester den Locher an den Kopf geworfen, doch er unterdrückte seinen Ärger. Das war nur der Neid.

Er räusperte sich. »Francis wartet auf die monatliche Statistik. Die ist doch dein Bier. Also anstatt hier blöd rumzulabern, klemm dich mal besser dahinter.«

Chester grinste verächtlich. »Der Herr reagiert aber empfindlich auf gewisse Wahrheiten.« Er drehte sich um und schlenderte kichernd davon.

»Blödmann!«, zischte Ethan.

Er stieß genervt die Luft aus und widmete sich wieder seinen Unterlagen. Auch wenn es für Samanthas Schweigen sicher einen plausiblen Grund gab, ließ sich das unbestimmte Gefühl, dass gerade etwas schieflief, nicht abschütteln.

Er sah auf die Uhr. Kurz vor zehn. Samantha meldete sich bestimmt bald. Und wenn nicht, würde er den Grund dafür in zwei Stunden erfahren.

* * *

»Ich vermute, dass Hannah Ouless das entführte Matkins-Baby ist. Leider habe ich dafür keine Beweise.«

Harold Hobbs brummte. »Haben Sie mit ihr gesprochen?«

Samantha wechselte ihr Handy ans andere Ohr. »Nein, ich wollte ihr keine Hoffnungen machen. Immerhin geht es um sehr viel Geld.«

»Gute Entscheidung. Und was haben Sie jetzt vor?«

Samantha zuckte mit den Schultern, was ihr Chef natürlich nicht sehen konnte. Ja, was hatte sie jetzt vor? Keine Ahnung, doch das konnte sie ihm nicht sagen, das wäre sehr unprofessionell.

»Ich werde nochmals alle Berichte durchgehen. Vielleicht habe ich ja etwas übersehen. Wenn ich nichts finde, bleibt nur eine DNS-Analyse. Da die Matkins jedoch eingeäschert worden sind, müssten wir in ihrem Haus Proben sicherstellen.«

Sie dachte an Mia und ihre Großmutter Elly Doherty, die ehemalige Putzfrau der Matkins. Hoffentlich hatte die neue Reinigungsfirma nicht alle Spuren vernichtet. Aber ein paar Haare würden sicher noch aufzutreiben sein. Möglicherweise hatte die Polizei in Wales auch nach dem Unfall die Zahnbürsten des Ehepaars sichergestellt. Die packte man ja bekanntlich ein, wenn man in Urlaub fuhr.

»Verstehe. Ich hoffe, wir können das umgehen. Aber manchmal ist das eben der letzte Weg … wenn auch der teuerste. Gute Arbeit, Samantha.«

»Danke, Boss. Wir sehen uns also morgen in der Kanzlei.«

Sie verabschiedeten sich voneinander. Samanthas Handy piepste wieder. Jemand hatte auf ihre Mailbox gesprochen. Als sie die Nachricht abhörte, wurde ihr Herz schwer. Sie mochte alles an Ethan, aber besonders seine Stimme. Sie klang wie der rauchige schottische Lieblingswhisky ihres Vaters und verursachte ihr ein warmes Gefühl im Bauch. Würde Ethan sie, wenn er den Zettel fand, verfluchen? Oder wäre er insgeheim froh, so leicht aus der Sache herausgekommen zu sein, weil er immer noch Gefühle für seine Ex-Freundin hegte?

Die widersprüchlichen Gefühle brachten sie ganz durcheinander. Am liebsten wäre sie zum Kapitän gerannt und hätte ihn gebeten, umzukehren.

Himmel, hatte sie sich falsch entschieden? Zu vorschnell gehandelt? Hätte sie auf Jersey bleiben müssen, um Ethan nach Brianna zu fragen? Vielleicht hatte er einfach vergessen, ihr den Schlüssel abzunehmen. Er würde Samantha wohl kaum seiner Mutter vorstellen wollen, wenn er es nicht ernst meinte.

Kurzerhand wählte Samantha seine Nummer. Ihr Herz klopfte in doppelter Geschwindigkeit. Was sollte sie ihm …?

»Samantha? Endlich! Ich dachte schon, dass du mich bewusst ignorierst.« Ethan lachte.

Ihre Kehle war wie zugeschnürt.

»Hallo? Samantha? Wenn du nicht zu meiner Mum möchtest, dann …«

»Das ist es nicht«, unterbrach ihn Samantha. »Ich bin auf dem Weg nach London. Ich muss dringend in die Kanzlei. Es tut mir leid.«

Einen Moment blieb es still. »Was? Wo bist du?«

»Auf der Fähre nach Poole.«

»Okay«, erwiderte er gedehnt. Sie konnte seine Verwirrung regelrecht spüren. »Und wann kommst du wieder?«

Sie atmete tief durch. »Liebst du Brianna noch?«

»Wie? Ich verstehe nicht. Was ist los, Samantha? Wie kommst du denn jetzt auf Brianna?«

»Sie kam heute früh in deine Wohnung. Mit einem Schlüssel. Wieso hat deine Ex einen Schlüssel zu deiner Wohnung?« Samanthas Stimme zitterte.

»Oh!« Ethan räusperte sich. »Also … tja, ich habe ihr mehrmals gesagt, sie soll ihn in den Briefkasten werfen. Sie wollte davor aber noch ihre restlichen Sachen abholen und …«

»Liebst du sie noch?«

Wieder blieb es still und Samantha lief ein Frösteln über den Rücken. Also hatte sich ihre Vermutung bestätigt. Zum Glück war sie abgereist. Die beste Entscheidung ihres Lebens!

»Samantha, ich muss dir etwas erklären. Moment, ich gehe kurz vor die Tür. Nicht nötig, dass die ganze Bank mithört.«

Ein Rascheln war zu hören, dann Schritte. Ethan sagte etwas zu jemandem, eine Tür fiel ins Schloss und Straßenlärm erklang. »Bist du noch da?«

»Ja.«

»Ich habe Brianna geliebt«, sagte Ethan leise. »Bis vor Kurzem habe ich sogar geglaubt, dass ich es immer noch tue. Doch das war ein Irrtum. Es hat immer etwas in unserer Beziehung gefehlt. Ich wollte das lange Zeit nicht wahrhaben, aber letztlich bin ich nicht damit klargekommen, dass sie sich in den letzten Jahren so zurückgezogen hat. Von ihrem früheren Leben, von ihren Freunden und letztendlich auch von mir. Ich habe immer wieder versucht herauszufinden, woran das lag und ob es vielleicht mein Fehler war, aber sie wollte nie darüber sprechen. Also haben wir uns schließlich getrennt.«

Samantha schniefte leise. Konnte sie ihm glauben?

»Dann habe ich dich kennengelernt«, fuhr er fort. »Und meine Welt wurde wieder farbenfroh, die Zukunft heiter. Mum meinte sogar, sie müsse dir einen Orden verleihen, weil du mich aus dem Schneckenhaus geholt hast.«

Gegen ihren Willen musste Samantha lachen.

»Konnte ich deine Frage beantworten?«

»Ja, danke für deine Offenheit.« Sie wischte sich mit dem Handrücken über die Augen. »Ich war nur so erschrocken, als sie plötzlich in der Wohnung stand.«

»Ja, das kann ich mir vorstellen«, knurrte Ethan. »Es tut mir leid.«

»Nein, schon okay. Du konntest das ja nicht voraussehen. Mir tut es leid, dass ich einfach so abgehauen bin. Das war so feige und kindisch! Bitte vergiss den Zettel auf der Bar.«

»Ein Abschiedsbrief?« Seine Stimme klang belegt.

»Eher eine billige Ausrede. Wirf ihn weg!«

»Und … kommst du wieder?«

Sie atmete tief durch. »Ja, werde ich. Zuerst fahre ich aber zurück nach London, studiere die Akten nochmals gründlich und spreche mit meinem Boss. Wenn er zum selben Schluss kommt wie wir, dass deine Mutter das Matkins-Baby sein könnte, werde ich sie um eine DNS-Probe bitten. Bis dahin sprich bitte mit ihr nicht über den Fall.«

»Werde ich nicht, keine Sorge.«

»Gut, danke. Dann rufe ich dich an, wenn ich in London bin, einverstanden?«

»Soll ich dir nicht nachschwimmen? Sag Ja und ich stürze mich sofort in die Fluten.«

»Untersteh dich! Bei diesem Wellengang würdest du nicht weit kommen. Und du musst mich doch von der Fähre abholen, wenn ich zurückkomme.«

»Dann mach schnell. Ich vermisse dich jetzt schon.«

»Ich vermisse dich auch.« Samantha konnte wieder lächeln. »Und entschuldige mich bitte bei deiner Mutter.«

»Natürlich. Mach dir da mal keinen Kopf. Ich muss jetzt leider wieder rein, wir haben in fünf Minuten eine wichtige Sitzung. Wir telefonieren, okay?«

»Klar. Bis bald.«

»Ja, bis bald. Ich liebe dich.«

34

»Sie musste nach London zurück?« Hannah verzog enttäuscht den Mund.

»Ja, eine wichtige Angelegenheit in der Kanzlei.« Ethan zuckte entschuldigend mit den Schultern. »Aber sie kommt ja wieder.«

Hannah schaute ihn mit geneigtem Kopf prüfend an. »Schön«, erwiderte sie lediglich, wohl wissend, dass da vermutlich noch mehr dahintersteckte. Aber Ethans Mutter konnte neben ihrer Direktheit auch sehr sensibel sein. Und er war froh, dass sie nicht nachhakte. Dann stemmte sie die Hände in die Hüften. »Dann wollen wir mal essen. Und greif bitte ordentlich zu, Junge, sonst müssen dein Vater und ich uns die ganze Woche von Resten ernähren.«

Das geschmorte Lamm schmeckte hervorragend. Ethan erzählte während des Essens, dass Samantha Hannahs Bilder gefielen, was diese offensichtlich freute.

»Was habt ihr in Mutters Haus eigentlich gemacht?«, wollte Hannah wissen und legte ihm noch ein Stück Fleisch auf den Teller, obwohl er abwehrend die Hände hob.

»Nur ein wenig umgesehen.« Er verabscheute es, sie anzuschwindeln, aber er hatte Samantha versprochen, nicht über ihr

Mandat und den daraus resultierenden Verdacht zu sprechen. »War ein bisschen gruselig.«

Hannah lachte. »Ich habe den Kasten auch nie gemocht«, gab sie zu. »Und als Großmutter Sorcha krank wurde, wurde es noch schlimmer. Ich durfte nur noch auf Zehenspitzen herumlaufen, um sie nicht zu stören. Ich hätte danach gut und gern im Ballett auftreten können.«

Ethan schmunzelte. »Samantha hat sich für alte Fotos interessiert, wir haben aber keine gefunden.«

»Auch in dem unmöglichen Buffetschrank nicht?«

Er schüttelte den Kopf. »Ich musste die Schubladen leider aufbrechen. Ich hoffe, das macht dir nichts aus. Aber nein, nichts drin. Nur ausgebleichtes Einlegepapier und stockfleckige Servietten.«

Hannah winkte ab. »Dieses Monstrum landet eh auf dem Sperrmüll.« Sie seufzte. »Ich sollte das Haus wirklich mal aufräumen, wenn wir es verkaufen wollen.«

»Vielleicht hast du ja Glück und der neue Besitzer übernimmt es mitsamt dem ganzen Plunder darin.«

»Wäre zu schön, um wahr zu sein.«

»Mala interessiert sich übrigens für das Haus.«

Hannah hob die Brauen. »Mala Plater?«

Er nickte. »Ich bin mir aber nicht sicher, ob das nur so eine spontane Idee gewesen ist. Es ist doch ziemlich abgelegen. Vor allem mit schulpflichtigen Kindern.«

»Und was ein Umbau kosten würde! Vermutlich wäre es günstiger, alles abzureißen und neu zu bauen. Die Lage wäre es ja wert. Die Aussicht ist spektakulär. So etwas findet man heute auf Jersey gar nicht mehr.« Sie warf Ethan wieder einen prüfenden Blick zu. »Vielleicht behalte ich das Haus für dich und deine Kinder.«

Er verschluckte sich an einem Bissen und begann zu husten.

Hannah schmunzelte. »Nun ja, manchmal geht das ziemlich schnell.« Sie zwinkerte ihm zu und er errötete zwischen seinen Hustenanfällen.

Als er wieder Luft bekam, wischte er sich die Tränen aus den Augen. »Oder du behältst es und baust dort endlich dein Malatelier, von dem du immer redest«, schlug er vor. »Das Gelände ist groß genug, du könntest ein paar zusätzliche Zimmer für die Kursteilnehmer anbauen und sie selbst bewirten.«

»Und womit? Hosenknöpfen?« Hannah lachte. »Nein, ein schöner Traum, aber zu teuer.«

Ethan dachte an das, was Samantha über das Matkins-Vermögen gesagt hatte. Sie hatte zwar keine Zahlen genannt, aber offenbar ging es um eine beträchtliche Summe. Nur durfte er nichts davon erzählen.

»Man weiß nie, was das Leben einem noch bringt«, erwiderte er prophetisch. »Warte also ruhig bis zum Frühjahr. Einen Winter wird der Kasten schon noch überleben.«

Seine Mutter runzelte die Stirn. »Was führst du im Schilde?«

Mist, er hätte gar nichts sagen sollen! Er wusste doch, dass seine Mum ihn stets durchschaute. Also hielt er es für klüger, das Thema zu wechseln.

»Apropos: Gibt es eigentlich auch Fotos von meinem Großvater?«

»Aha, geschickter Themenwechsel.« Hannah schüttelte amüsiert den Kopf. »Okay, Junge, wie du willst. Nein, kein einziges. Mutter sagte stets, es wäre zu schmerzlich für sie gewesen, ihn nach seinem frühen Tod anzuschauen. Sie hat alle Bilder von ihm verbrannt. Wieso jetzt die Frage? Du hast dich doch früher nie für ihn interessiert.«

Ethan zuckte mit den Schultern. »Nur so. Es erschien Samantha nur seltsam, dass so gar nichts Persönliches in Grannys Haus zu finden war. Und als ich so darüber nachgedacht habe, musste ich ihr zustimmen.«

Hannah lehnte sich zurück und verschränkte die Arme vor der Brust, dabei sah sie ihn nur an.

Ethan kannte diesen Blick von früher. Seine Mutter hätte einen guten Cop abgegeben, sie besaß das Talent, jedes Geheimnis aus einem herauszukitzeln.

Er griff hastig nach dem Wasserglas und versuchte, so unbeteiligt wie möglich auszusehen. Vielleicht ging er jetzt besser, sonst lief er noch Gefahr, sich zu verplappern.

Als er nichts mehr sagte, seufzte seine Mutter schließlich und stand auf.

»Kaffee?«, fragte sie.

»Gern.« Er atmete innerlich auf. Noch mal gut gegangen!

Als er das Geschirr in die Küche tragen wollte, winkte seine Mutter ab.

»Lass nur. Du musst ja wieder in die Bank und ich habe den Nachmittag frei.« Sie warf einen betrübten Blick nach draußen. Der Starkregen hatte aufgehört, aber es nieselte immer noch.

»Wie geht's eigentlich Dad?«

»Gut. Er fragt, ob du ihn am Samstag zum Angeln begleiten willst.«

Ethan dachte an Samantha. Sollte sie Ende der Woche nach Jersey zurückkommen, würde er das Wochenende lieber mit ihr verbringen.

»Sag ihm, ich rufe ihn am Freitag deswegen an.«

Die Kaffeemaschine fing an zu röcheln und kurz darauf stellte Hannah zwei Espressotassen auf den Tisch. »Kekse habe ich leider keine mehr.«

»Ich habe sowieso zu viel gegessen. Danke, Mum.«

»Habt ihr auch im Geheimfach nachgesehen?«

Ethan hob den Kopf. »Geheimfach?«

»Im Buffetschrank. Es gibt ein Geheimfach. Als Kind habe ich es einmal gesehen. Aber als ich nachsehen wollte, was sich darin befindet, ist meine Mutter ausgeflippt. Danach hat sie die

Schubladen immer abschlossen.« Sie rührte gedankenverloren im Espresso. »Ich hatte das komplett vergessen, doch jetzt erinnere ich mich plötzlich wieder daran. Vielleicht liegen darin ja ein paar Fotos.«

* * *

Nach über sieben Stunden kam Samantha endlich in London an. Die leise Hoffnung, dass Ethan und sie vielleicht eine Fernbeziehung führen konnten, zerschlug sich mit jeder Meile, die sie zurücklegte. Das würde nie klappen! Von Gatwick aus konnte man zwar nach Jersey fliegen, aber mit den heutigen Sicherheitsvorschriften verbrachte man auch den halben Tag auf dem Flughafen. So oder so, sie lebten einfach zu weit voneinander entfernt.

Samantha seufzte tief, lief ins Bad und ließ sich ein Bad ein. Während der Vanilleduft des Badezusatzes sich entfaltete, zog sie sich aus. Sie betrachtete das T-Shirt, das sie sich in Saint Helier gekauft und auf der Rückreise getragen hatte. Sie würde es vermutlich nie wieder tragen, doch sie brachte es nicht übers Herz, es gleich fortzuwerfen. Also verstaute sie es bei der anderen Schmutzwäsche.

Genüsslich ließ sie sich ins warme Wasser gleiten und schloss die Augen. Herrlich! Ihre verkrampften Muskeln begannen sich zu entspannen.

Sie dachte an Ethans kleine Wohnung. Auch wenn sie sich dort wohlgefühlt hatte, entsprachen die Annehmlichkeiten ihres Lofts mehr ihren Ansprüchen. Musste sie sich dafür schämen, dass sie den Luxus hier mochte? Würde er sie deswegen für oberflächlich halten?

Sie öffnete die Augen und spähte durch die Badezimmertür in ihr Schlafzimmer. Vermutlich hätte Ethans gesamte Wohnung darin Platz gefunden. Auch wenn sie seit Matthews

Auszug allein hier lebte, genoss sie die Weitläufigkeit ihres Apartments. Bei Ethan gab es nur zwei Zimmer, dort konnte man sich nicht aus dem Weg gehen. In der ersten Verliebtheit störte man sich nicht an so etwas, aber irgendwann brauchte jeder eine Rückzugsmöglichkeit. Doch spielten solche materiellen Überlegungen überhaupt eine Rolle, wenn man sich liebte? Samantha lächelte. Ethan hatte es am Telefon gesagt. Sie hatte ihm darauf nicht antworten können, weil er gleich danach aufgelegt hatte. Doch wie sollte es mit ihnen weitergehen?

Als sich das Badewasser abkühlte, stieg sie aus der Wanne und rubbelte ihre Haut trocken. Dann cremte sie sich mit ihrer teuren Bodylotion ein. Auch ein Luxus, den sie sich nicht mehr leisten könnte, wenn sie die Kanzlei verließ. Im Grunde hatte sie ja keine Ausbildung. Falls sie tatsächlich zu Ethan auf die Insel ziehen würde, was sollte sie dort arbeiten? Und ihre Nachprüfung fürs Jura-Studium konnte sie sich dann auch in die Haare schmieren. Nein, sie konnte London nicht verlassen. Nicht jetzt. Nicht für einen Mann, den sie kaum kannte. Und doch …

»Ach Mist!«

Sie schlang ein Frottiertuch um ihre nassen Haare, schlüpfte in den kuscheligen Bademantel und holte ihr Handy aus der Handtasche. Ethan fehlte ihr: seine Stimme, sein Lachen, seine Hände auf ihrer Haut.

Sie seufzte tief und wählte seine Nummer. Und als er sich meldete, waren alle ihre Bedenken wie weggewischt. Vielleicht gab es ja doch eine Möglichkeit für sie beide. Sie musste sie nur finden.

»Wie war die Rückfahrt?«, fragte er.

»Lang!«

Er lachte. »Ich weiß. Und sonst, alles okay?«

»Bestens. Aber ich vermisse dich.«

»Dann sind wir schon zwei. Es ist so einsam hier ohne dich.«

Sie lächelte. »Wenn du den letzten Flug nach Gatwick nimmst, hole ich dich ab und wir können die Nacht zusammen verbringen.«

»Nichts lieber als das, aber ich denke, du hast keine Vorstellung davon, wie viel ein einfacher Bankangestellter verdient. Tut mir leid, aber das kann ich mir nicht leisten.«

Obwohl ihr Angebot eigentlich als Scherz gemeint gewesen war, traf sie seine Ablehnung. Er zog es nicht mal in Erwägung. Was sollte sie davon halten? Doch sogleich meldete sich die Logik wieder.

»Ja, klar, blöde Idee, sorry.«

»Nein, Samantha, ist es nicht«, erwiderte er sanft. »Aber wir müssen realistisch bleiben.« Als sie nicht antwortete, fuhr er fort. »Übrigens, Mum hat mir heute etwas Spannendes erzählt. Offenbar gibt es im Buffetschrank meiner Granny ein Geheimfach. Gut möglich, dass sich darin etwas befindet, was deine Theorie von Charlottes Babyraub untermauert.«

Samantha horchte auf. »Ein Geheimfach?«

»Ja, Mum hat sich daran erinnert. Sie hat gesagt, dass ihre Mutter beinahe ausgeflippt sei, als sie als Kind nachsehen wollte, was darin war.«

»Spannend! Kannst du nochmals hinfahren und einen Blick hineinwerfen?«

»Würde ich ja gern, aber ab morgen haben wir die jährliche Revision in der Bank. Das bedeutet Überstunden. Vielleicht ... also, wenn du wiederkommst, könnten wir das am Wochenende gemeinsam tun. Immerhin ist es dein Fall.«

Samantha überlegte fieberhaft. Morgen wollte sie in der Kanzlei nochmals alle Akten durchsehen und anschließend mit Hobbs sprechen. Wenn er ihre Spur für vielversprechend hielt und einwilligte, eine DNS-Analyse machen zu lassen, musste sie eh auf die Insel zurück, um Hannah Ouless um eine Probe zu bitten und ihr gleichzeitig die Sachlage zu erklären. Dann wäre es vielleicht gut, wenn sie ihr zusätzliche Beweise vorlegen könnte.

»Samantha?«

»Ja, gute Idee. Wenn mein Boss einverstanden ist, könnte ich eventuell schon am Donnerstag fliegen. Die Tortur mit Zug und Fähre tue ich mir nicht mehr an.«

»Wunderbar!«

Er klang ehrlich erfreut, und ein warmes Gefühl durchflutete sie. Auch wenn sich ihre Theorie über Charlotte als Sackgasse entpuppen sollte und sie den Verbleib des Matkins-Babys nie ermitteln würde, hatte sie doch etwas ganz anderes gefunden. Sie wollte so sehr daran glauben, dass Liebe alle Hindernisse überwinden konnte.

35

Harold Hobbs studierte mit gerunzelter Stirn Samanthas Bericht. Ein paar Mal schürzte er dabei die Lippen und rieb seinen Nacken. Sie saß ihm gegenüber im Sitzungszimmer der Kanzlei und knetete nervös ihre Hände. Es war immerhin ihr erster eigener Fall, zwar noch nicht abgeschlossen, aber vielleicht schon bald. Alles hing von der Meinung ihres Bosses ab. Auch, ob sie morgen Ethan wiedersehen konnte. Endlich hob Hobbs den Blick und betrachtete sie einen Moment. Ihm war nicht anzusehen, was ihm durch den Kopf ging. Hatte sie es gut gemacht? Vergeigt? Warum sagte er denn nichts?

Er räusperte sich. »Gute Arbeit, Samantha.«

Sie atmete unmerklich aus. »Danke, Boss.«

»Aber …« Er hielt inne.

Natürlich, es gab immer ein Aber!

»Aber das reicht meiner Meinung nach nicht, um Ms Ouless eine DNS-Analyse vorzuschlagen.«

Die Enttäuschung überrollte Samantha. »Nicht?«, fragte sie frustriert.

Hobbs schüttelte den Kopf.

»Aber es ist doch ganz klar, dass Charlotte Seymour …«, stieß sie hitzig hervor.

»Moment, Samantha, nur die Ruhe!« Hobbs hielt beide Hände in die Höhe, als hätte sie ihm eine Pistole auf die Brust gesetzt. »Ich sage nicht, dass Ihre Folgerungen Mumpitz sind. Sie hören sich wirklich schlüssig an, aber ich möchte niemandem Hoffnungen machen, die sich später zerschlagen. So arbeitet unsere Kanzlei nicht. Und wir genießen nicht dieses Ansehen in der Branche, weil wir uns lediglich auf unser Bauchgefühl verlassen.«

Samantha ließ den Kopf hängen. Das hatte sie befürchtet. Hobbs hatte recht, einen echten Beweis konnte sie nicht vorlegen.

»Gibt es neben dieser Charlotte Seymour noch eine weitere Spur?«

Samantha schüttelte den Kopf. »Damals hat die Polizei wirklich sehr gründlich gearbeitet und nichts gefunden. Ich war mir mit Charlotte so sicher!« Mühsam kämpfte sie die Tränen nieder. Sie wollte nicht unprofessionell wirken, aber die Enttäuschung nagte an ihr. Ihr erster eigener Fall, und sie hatte versagt.

»Na, na«, sagte Hobbs in väterlichem Ton. »Manchmal gibt es eben keine Resultate. Das ist in unserer Branche an der Tagesordnung. Lassen Sie sich nicht entmutigen und ...«

»Es gibt noch eine Spur«, unterbrach sie ihn.

»Ja?« Er hob die Augenbrauen. »Erzählen Sie.«

Sie berichtete ihm von dem Geheimfach.

Hobbs lehnte sich zurück und strich über seine Krawatte. »Interessant«, meinte er daraufhin. »Wie groß ist die Chance, dass sich darin etwas befindet, was uns dienlich ist?«

Sie zuckte mit den Schultern. »Fifty-fifty?«

Er lachte. »Na gut, fahren Sie zurück und prüfen Sie es. Sollten Sie jedoch nichts finden, schließen wir den Fall ab.« Er warf einen bedauernden Blick auf Samanthas Akten. Vermutlich dachte er an die beträchtliche Provision, die der Kanzlei bei einem Misserfolg durch die Lappen ging.

»Alles klar, Boss! Ich mache mich morgen gleich auf den Weg.« Samantha sprang erleichtert auf. Eine letzte Chance!

* * *

»Mr Ouless, bei diesem Kreditgesuch haben Sie ziemlich unverantwortlich gehandelt. Entgegen den Bankdirektiven haben Sie die Kreditaufstockung ohne handfeste Sicherheiten gewährt. Wie kamen Sie dazu?« Der Revisor tippte auf Cavills Dossier.

Ethan unterdrückte ein Seufzen. Mit nachtwandlerischer Zuverlässigkeit pikten die Revisoren stets die Kundendossiers heraus, die etwas ›unkonventionell‹ bewilligt worden waren. Aber natürlich war das ihr Job. Vermutlich würden er und sein Chef deswegen einen Rüffel erhalten, wirkliche Konsequenzen hatten sie jedoch erst zu befürchten, wenn die Kreditraten nicht mehr bezahlt wurden.

Ethan hüstelte. »Es ist so, Mr Cavill ist Berufsfischer und …«

Der Gutachter machte sich fleißig Notizen, als Ethan ihm seine Beweggründe für die Kreditaufstockung für Mr Cavill darlegte.

»… deshalb hielten Mr Le Hérissier und ich den Nachkredit für vertretbar«, schloss Ethan.

»Verstehe.« Der Revisor warf ihm einen tadelnden Blick zu. »Sie werden unseren Standpunkt dazu dem Schlussbericht entnehmen können.«

»Natürlich. Ist das dann alles?«

Der Revisor nickte. »Für den Moment.« Er kritzelte etwas auf seinen Block und Ethan fühlte sich entlassen.

Als er zu seinem Schreibtisch zurückging, ignorierte er Chesters feixenden Blick. Der Blödmann konnte seine

Schadenfreude nicht verbergen. Doch selbst wenn Ethan von der Zentrale einen Anschiss wegen Mr Cavills Kredit bekam, dessen leuchtende Augen waren den allemal wert.

»Mr Chairman?«, meldete sich der Revisor. »Hätten Sie einen Moment?«

Chester wurde bleich und erhob sich zögerlich. »Natürlich«, krächzte er.

Ethan konnte sich eines Schmunzelns nicht erwehren. Das war ausgleichende Gerechtigkeit.

Die Mittagspause fiel heute kurz aus. Ethans Chef hatte seine Angestellten gebeten, sich für die Revisoren den ganzen Tag und möglicherweise auch noch morgen zur Verfügung zu halten. Also machte Ethan am Mittag nur einen kurzen Abstecher zu einem Food Truck und stand nun, einen leckeren Beef-Burrito in der Hand, am Hafen und schaute beim Essen aufs Wasser.

Er hatte Samantha heute Morgen viel Erfolg für das Gespräch mit ihrem Vorgesetzten gewünscht und seither nichts mehr von ihr gehört. War alles gut gegangen und ihr Boss erlaubte ihr, auf die Insel zurückzukehren, um das Geheimfach zu untersuchen? Und würden sie darin vielleicht weitere Beweise finden, die bestätigten, dass Mum wirklich dieses gestohlene Baby war? Und wenn die Kanzlei danach einen DNS-Test anordnete und der positiv ausfiel, was würde sich für Hannah Ouless ändern? Es wäre sicher ein Schock für seine Mum, wenn die Frau, die sie für ihre Mutter gehalten hatte, sich als Kidnapperin erwies. Das komplette Leben seiner Mum wäre dadurch infrage gestellt.

Ethan schauderte. Beinahe hoffte er, dass sich alles als falsche Fährte entpuppte. Zum Glück hatte er gegenüber seiner Mum den Mund halten können. Und ob sich wirklich etwas in dem Geheimfach befand, war doch mehr als fraglich. Vielleicht hatte seine Großmutter alles, was sich darin befunden hatte, schon längst entsorgt. Sollte sie dieses Baby tatsächlich entführt haben, wäre sie bestimmt nicht so leichtsinnig gewesen, etwas, das ihr Verbrechen bestätigte, zu behalten. Charlotte Malherbe war viel gewesen, aber nicht dumm.

Dass Granny keine Fotos ihres Mannes aufgehoben hatte, erschien im Hinblick auf die Entführung ebenfalls in einem neuen Licht. Es gab diesen Ehemann vermutlich gar nicht. Ihr ganzes Leben musste eine Lüge gewesen sein. Und wie hatte sie es eigentlich geschafft, einfach so ihren Namen zu ändern?

Ethan nahm den letzten Bissen seines Burritos, warf die Papierserviette in einen Mülleimer und schaute auf die Uhr. Zehn Minuten blieben ihm noch. Er setzte sich auf eine Bank und streckte die Beine aus. Wie vorhergesagt, schien heute wieder die Sonne. Seine Mum hatte ihre Schützlinge also problemlos zum Leuchtturm kutschieren können.

Erneut blieben seine Gedanken am Namen seiner Großmutter hängen. Wie konnte jemand seinen Nachnamen wechseln? Durch Heirat natürlich. Aber seine Urgroßmutter hatte keinen Sohn gehabt, den Charlotte hätte heiraten können, um eine Malherbe zu werden. Sie musste also einen anderen Weg gefunden haben. Vielleicht hatte sie sich einen falschen Pass besorgt. Doch besaß sie wirklich Beziehungen zu jemandem, der so etwas herstellte? Immerhin war das hier Jersey und nicht Sizilien.

Ethan schlug sich an die Stirn. »Eine Adoption!« Natürlich, das war die Lösung! Sorcha Malherbe, seine vermeintliche Urgroßmutter und Charlottes Patentante, hätte ihr Patenkind adoptieren können. So wäre auch erklärbar, dass Granny das Haus geerbt hatte. Wie überaus geschickt. Das müsste bei den örtlichen Behörden eigentlich recht schnell herauszufinden sein.

»Teufel noch mal!«, rief Ethan. Diesen Gedanken musste er unbedingt gleich Samantha mitteilen. Sie besaß bestimmt die Mittel, um das schnell abchecken zu können.

Sein Handy piepste. Samantha? Das war ja beinahe magisch, er hatte gerade an sie gedacht und jetzt schickte sie ihm eine Nachricht. Als er jedoch den Absender erkannte, erlosch sein Lächeln.

Hi, Ethan, wärst du so nett, mir mein Bild heute Abend zu bringen? Mein Auto ist leider gerade zur Inspektion. Ist sieben Uhr ok?

Vielen Dank!

Bri

»Auch das noch«, murmelte er genervt.

Eigentlich hatte er vorgehabt, den Abend bei den Cavills zu verbringen, da er das geplante Abendessen von gestern auf heute hatte verschieben müssen. Und jetzt musste er schon wieder absagen? Was wollte Brianna denn plötzlich mit dem Bild? Sie hatte es nie gemocht und es beim Auszug daher in der Wohnung gelassen. Woher dieser Sinneswandel?

Erneut piepste sein Handy. Himmel noch mal, Brianna war aber auch ungeduldig! Doch dieses Mal stand ein anderer Name im Absender.

Habe gerade für Donnerstag einen Flug gebucht. Ankunft 17:00 Uhr. So schnell wirst du mich also nicht los! Holst du mich ab? Kann es nicht erwarten, dich wiederzusehen.

Bis bald!

Kiss, Sam

»Yes!« Ethan stieß die Faust in die Luft. Samantha kam zurück! Er antwortete umgehend:

> Fantastisch, kann es kaum erwarten, dich wieder in die Arme zu schließen! Natürlich hole ich dich ab. Ich bin der mit dem riesigen Blumenstrauß.
>
> Kiss back!
>
> E.

Dann schrieb er Brianna, dass er ihr das Bild heute Abend vorbeibringen würde, und rief Mr Cavill an.

»Mr Cavill, hier Ethan Ouless. Es tut mir wirklich leid, unser Abendessen wieder verschieben zu müssen. Wäre es möglich, dass wir am Donnerstag vorbeikommen? Und ich würde dann doch meine Freundin mitbringen. Ist Ihnen das recht?«

36

»Komm rein, Liebes, und gib mir deinen Mantel.« Felicia Bucknell trat zur Seite. »Du hast Farbe bekommen. Warst du im Urlaub?«

Samantha schüttelte den Kopf, obwohl die Zeit mit Ethan ihr beinahe so vorgekommen war. »Ich war auf Recherche im Süden«, erklärte sie und reichte ihrer Mutter den Mantel.

»Immer noch diese Entführungsgeschichte?«

»Genau. Ich bin einer Spur nach Jersey gefolgt.«

»Himmel, du kommst ja rum! George, Sammy war auf den Kanalinseln.«

Samantha mochte es nicht, wenn ihre Mutter sie Sammy nannte, dann fühlte sie sich stets wie ein übergewichtiger Cocker Spaniel.

»Dad ist da?«, fragte sie erstaunt und ordnete ihren Pferdeschwanz.

»Ungewöhnlich, nicht? Deshalb heute auch kein Verkupplungsdinner.« Felicia zwinkerte.

Samantha lachte. »Die sind vielleicht in Zukunft überhaupt nicht mehr nötig.«

Felicia starrte sie verblüfft an. »Wieso? Hast du jemanden kennengelernt?«

Samantha nickte lächelnd.

»Ist nicht wahr!« Felicia hakte sich bei ihrer Tochter ein und zog sie ins Wohnzimmer. »Erzähl mir alles!«

»Ein Banker?« George Bucknell schüttelte den Kopf. »Zwar besser als dieser Knipser, doch auch nicht wirklich herausragend. Aber er kann vermutlich mit Geld umgehen. Wenigstens etwas. Es gibt aber natürlich auch schwarze Schafe im Bankgewerbe. Vor allem auf den Kanalinseln. Die sind ja bekannt dafür, dass …«

»George, also bitte!« Felicia warf ihrem Gatten einen genervten Blick zu. »Wir kennen ihn ja noch nicht einmal.« Sie wandte sich an ihre Tochter. »Wie sieht er denn aus?«

Samantha zückte ihr Handy, scrollte durch die Fotos und hielt ihrer Mutter eins vor die Nase. Es zeigte Ethan, wie er vor dem Cottage von Tom Hardy stand und grinsend in die Kamera blickte.

»Ein schöner Mann«, stellte Felicia zufrieden fest, reichte das Handy ihrem Ehemann, der das Bild mit gerunzelter Stirn betrachtete. »Nicht wahr, George?«

Samanthas Dad brummte etwas Unverständliches.

»Sieh es deinem Vater nach, Liebes«, sagte Felicia und gab Samantha das Handy zurück. »Für seine einzige Tochter ist ihm kein Mann gut genug.«

»Ich weiß«, erwiderte Samantha grinsend.

»Falls es euch entgangen ist, ich bin noch anwesend«, murrte ihr Vater.

Felicia und Samantha kicherten.

»Hol lieber noch eine Flasche Wein, damit wir auf Ethan Ouless anstoßen können«, bat Felicia ihn. Und an Samantha gewandt sagte sie: »Ein seltsamer Name übrigens. Was haben sie denn für ein Familienwappen?«

* * *

Um zehn vor sieben bog Ethan in die Auffahrt des Newgate Guest House ein. Seit Brianna und er sich getrennt hatten, wohnte sie wieder bei ihren Eltern. Wobei es sich bei ihrer Wohnung um einen umgebauten Schuppen im Garten hinter der Pension handelte.

Der Parkplatz war nahezu voll, und nur mit Mühe quetschte er seinen Wagen noch zwischen eine protzige Limousine mit französischem Kennzeichen und die Begrenzungsmauer.

Er holte Hannahs Gemälde aus dem Kofferraum und folgte dem Plattenweg in den hinteren Garten. Briannas Tür stand offen. Musik drang nach draußen: die größten Hits von Queen. Seit jeher ihrer beider Lieblingsband. Er erinnerte sich daran, dass sie einmal einen ihrer Videoclips nachgespielt hatten. Damals waren sie noch über beide Ohren verliebt gewesen und hatten sich köstlich amüsiert. Ein paar Monate später hatte Brianna ihren Sportunfall gehabt, und danach war alles anders geworden. Hatte sie die Platte extra für ihn aufgelegt? Oder war es nur ein Zufall?

Er blieb auf der Schwelle stehen und klopfte. »Brianna?«

Keine Antwort. Offenbar hatte sie ihn wegen der dröhnenden Bässe nicht gehört, also trat er ein. Es roch lecker nach Spaghetti Bolognese und sein Magen knurrte. Hatte Brianna für ihn gekocht? Auch wenn er hungrig war, wollte er nicht zum Essen bleiben, sondern einfach das Bild abliefern und nach Hause fahren, um mit Samantha zu telefonieren.

»Hallo? Brianna?«

Auf dem Herd standen zwei Töpfe. In einem blubberte Briannas Spezialsoße, im größeren kochten die Nudeln. Der Tisch daneben war für zwei Personen gedeckt. In der Mitte standen ein Kerzenständer und ein Strauß Hortensien, Ethans Lieblingsblumen. Langsam wurde ihm unwohl. Das hier sah gefährlich nach einem Date aus. Hoffentlich veranstaltete sie das alles für einen anderen Mann und nicht für ihn.

Kurz überlegte er, das Gemälde einfach irgendwo hinzustellen und wieder zu verschwinden, doch genau in dem Moment trat Brianna aus dem Bad.

»Du bist ja schon da«, stellte sie lächelnd fest und strich sich eine Locke hinters Ohr. Sie trug einen engen Hausanzug, der ihre Kurven vorteilhaft zur Geltung brachte. Sie hatte sich geschminkt, was sie normalerweise nie tat. Der Duft ihres blumigen Parfüms stieg ihm in die Nase, und eine Flut von Erinnerungen an ihre gemeinsame Zeit überrollte ihn.

Er hielt Mums Bild in die Höhe. »Hier«, sagte er überflüssigerweise.

»Danke, E.T.«

Er schluckte trocken. Sie hatte ihn während ihrer Schulzeit spöttisch E.T. genannt, nach dem knubbeligen Außerirdischen aus dem gleichnamigen Film. Und auch später hatte sie ihn in intimen Momenten noch scherzhaft so genannt.

Er räusperte sich. »Erwartest du Besuch? Wenn ja, ich bin gleich wieder weg.« Er stellte das Gemälde neben den Couchtisch.

»Ich dachte, wir essen zusammen«, erwiderte Brianna. »Ich habe dir deine Lieblingssoße zubereitet.«

Er presste ärgerlich die Lippen aufeinander. Also doch! Was bezweckte sie damit? Die vergangenen Monate hatte sie ihn kaum eines Blickes gewürdigt und jetzt dieser Zirkus? War es wegen Samantha? War Brianna etwa eifersüchtig?

»Was soll das, Bri?«, fragte er scharf.

Sie riss die Augen auf und schaute ihn unschuldig an. »Ich weiß nicht, was du meinst. Zwei alte Freunde essen zusammen zu Abend. Das ist alles.«

Sie kam auf ihn zu und blieb vor ihm stehen. Ihre grünen Augen schimmerten im schwindenden Tageslicht wie geschliffene Edelsteine. Er hatte Briannas Augen immer geliebt, doch das war vorbei. Jetzt liebte er Samanthas braune Schokoladenaugen. Brianna würde stets ein Teil seiner Vergangenheit sein, aber nichts weiter.

»Ich sollte jetzt gehen«, sagte er und drehte sich um.

»Ethan!«

Er blieb stehen und schaute über die Schulter zurück. »Was?«

Brianna lief auf ihn zu, schlang die Arme um seine Taille und presste ihre Wange an seinen Rücken. »Ich vermisse dich«, raunte sie.

Er löste ihre Arme und hielt ihre Handgelenke fest. »Hör auf, Brianna, das bringt doch nichts. Wir hatten unsere Chance und haben sie nicht genutzt.«

Ihre Augen schwammen in Tränen. »Aber ich kann mich ändern. Wir gehören doch zusammen. Nur du und ich, das perfekte Paar. Erinnerst du dich an ›unseren‹ Text: Die Musik in der Dunkelheit. Lass uns das Heute genießen. Nur du und ich.«

Ethan hasste es, sie so zu sehen, doch es war zu spät für sie beide. Er schüttelte den Kopf. »Bri, das ist nur ein Songtext.«

Plötzlich riss sie sich los. »Ach ja? Früher hast du mich mit diesem romantischen Mist zugetextet! Ist es wegen dieser zerzausten Blondine?« Briannas Stimme troff vor Spott. »Die ist nichts für dich, Ethan. Die kann mir nicht das Wasser reichen! Das hält höchstens ein paar Monate, und dann kommst du wieder angekrochen, ich weiß es.«

Er schüttelte müde den Kopf. »Du täuschst dich, aber …«

Sein Handy klingelte. Aus einem Reflex heraus zog er es aus der Tasche. Samantha! Kein guter Zeitpunkt, dachte er und wollte sie schon wegdrücken, als Brianna ihm das Gerät aus der Hand riss und den Anruf annahm.

»Hau ab, du Flittchen!«, schrie sie ins Telefon. »Er gehört mir! Gerade hatten wir Sex und es war wundervoll. Also mach dich vom Acker!«

Im ersten Moment starrte Ethan Brianna nur an, nicht fähig zu reagieren. Dann schnappte er sich sein Handy, doch sie hatte Samantha bereits weggedrückt.

»Viel Spaß beim Erklären«, stieß Brianna gehässig hervor, drehte sich um und verschwand im Bad.

* * *

Samantha starrte entsetzt auf ihr Display. Was war das eben gewesen? Wer hatte da gesprochen? Brianna? Wieso hatte sie Ethans Handy? Und wieso sagte sie solche furchtbaren Dinge? War das die Wahrheit?

»Liebes, was sagt Ethan dazu? Will er uns im Oktober besuchen?« Felicia stand im Türrahmen mit einer Plastikbox in der Hand, in die sie die Reste des Abendessens für Samantha eingepackt hatte. »Alles in Ordnung?«

»Wie? Ehm … ich konnte ihn nicht erreichen.«

»Dann frag ihn eben morgen. Wir würden diesen hübschen Kerl wirklich gern kennenlernen.« Felicia drehte sich um. »Nicht wahr, George? Das würden wir doch.«

»Jaja«, brummte Samanthas Vater.

Felicia rollte mit den Augen. »Dein Vater wird sich schon benehmen. Ich verspreche es.«

Samantha nickte stumm. Ihr Handy läutete. Ethan! Doch sie fand nicht die Kraft, den Anruf anzunehmen. Was, wenn es wieder Brianna war und sie weiter beschimpfte? Sie drückte die rote Taste und steckte das Gerät in ihre Handtasche.

»Ich muss jetzt los. Danke fürs Essen.« Sie küsste ihre Mutter flüchtig auf die Wange und lief aus dem Zimmer.

»Wirklich alles in Ordnung, Sammy?«, rief ihr Felicia hinterher.

* * *

Gegen Mitternacht gab Ethan seine Bemühungen, Samantha zu erreichen, schließlich auf. Sie ignorierte seine Anrufe und Nachrichten, was er ihr nicht verdenken konnte.

»Verdammter Mist!«, rief er und knallte das Handy auf den Nachttisch. Er hätte so etwas voraussahnen müssen. Brianna hatte noch nie gut mit Zurückweisungen umgehen können. Und als sie Samantha in seiner Wohnung angetroffen hatte, hätten bei ihm alle Alarmglocken schrillen sollen. Doch er war so naiv gewesen zu glauben, dass Bri das einfach so wegsteckte, weil sie keine Gefühle mehr für ihn hegte. Vermutlich war das auch so, aber sie konnte es nicht verwinden, dass er sich jemand anderem zugewandt hatte. Solange er Single gewesen war, war er für sie nicht mehr interessant gewesen. Doch Samanthas plötzliches Auftauchen in seinem Leben hatte Brianna nicht akzeptieren können.

Er griff wieder nach dem Handy und schrieb Samantha die gefühlte hundertste Erklärung, was am frühen Abend abgelaufen war, und entschuldigte sich abermals dafür. Er schickte die Nachricht ab. Nach einer Weile, in der keine Rückmeldung kam, legte er das Gerät seufzend wieder auf den Nachttisch.

Er würde es morgen wieder versuchen und darauf hoffen, dass Samantha ihn bei ihrer Ankunft wenigstens anhörte. Oder würde sie morgen nach diesem Desaster erst gar nicht herfliegen?

Er strich sich müde über die Augen. Er sollte schlafen. Die Revisoren arbeiteten auch morgen noch in der Bank, da sollte er einigermaßen konzentriert sein. Doch er wusste, dass er diese Nacht wohl kaum ein Auge zumachen würde. Am liebsten

245

wäre er sofort nach London gefahren, um Samantha alles von Angesicht zu Angesicht zu erklären. Und so schön es sein konnte, auf einer Insel zu leben, wenn man schnell mal wohin wollte, war es auch die beschissenste Location überhaupt.

Ethan verschränkte die Hände hinter dem Kopf und starrte an die Decke. Samantha würde ihm bestimmt glauben, wenn er ihr alles erklärte, sie brauchte vermutlich einfach eine gewisse Zeit, um sich von diesem Schock zu erholen.

Es konnte doch nicht so enden!

37

Samantha stand zögernd vor Harold Hobbs Bürotür. Sie hatte kaum geschlafen und fühlte sich wie gerädert. Die ganze Nacht hatte sie immer wieder Ethans Nachrichten gelesen, in denen er von einem Missverständnis sprach und sie um Entschuldigung bat. Sie hätte ihm so gern geglaubt, doch Briannas gehässige Worte hatten sich buchstäblich in ihren Kopf eingebrannt und waren auch durch Ethans Beteuerungen nicht wieder auszulöschen.

Er gehört mir! Gerade hatten wir Sex und es war wundervoll.

Samanthas Augen füllten sich mit Tränen. Sie zog die Nase hoch, tupfte die Augenwinkel mit dem Ärmel ihrer Kostümjacke ab, atmete einmal tief durch und klopfte.

»Herein.«

»Guten Morgen, Boss.«

»Samantha? Was führt Sie zu mir? Ich dachte, Sie wären schon auf dem Weg nach Saint Helier.«

Sie biss sich auf die Lippen, straffte dann die Schultern und sagte: »Deswegen bin ich hier. Wäre es möglich, dass ein Kollege hinfliegt?«

Hobbs hob die Brauen. »Wieso das denn? Sind Sie krank? Sie sehen etwas blass aus.«

»Nein, das ist es nicht. Ich wäre nur froh, wenn jemand anderes hinfahren könnte, um dieses Geheimfach zu begutachten. Ich ...« Sie brach ab.

Hobbs musterte sie einen Moment. »Was ist denn los?«

Sein väterlicher Ton hätte sie beinahe aufschluchzen lassen. Doch Hobbs war ihr Boss und nicht ihr Beichtvater, also zuckte sie mit den Schultern. »Nichts Besonderes, es passt einfach heute nicht.«

Hobbs legte die Akten, in denen er bei ihrem Eintreten geblättert hatte, auf den Schreibtisch, lehnte sich zurück und verschränkte die Hände vor dem Bauch.

»Ich mag Sie, Samantha, und ich traue Ihnen viel zu. Sie arbeiten gut, schnell und gründlich, aber das geht nun gar nicht. Es ist Ihr Fall, Sie kennen die Details und jetzt jemanden anderen hinzuzuziehen, wäre äußerst unprofessionell. Also was immer Ihnen über die Leber gekrochen ist, kommen Sie damit klar. Sie fliegen hin, werfen einen Blick in dieses Fach und kommen hoffentlich mit neuen Erkenntnissen zurück.«

»Aber ...«

Er schüttelte den Kopf. »Sie wollten einen eigenen Fall, den haben Sie bekommen, und damit ist alles gesagt. Guten Flug!« Er griff wieder nach den Akten.

Samantha stand noch einen Moment verdattert im Zimmer, drehte sich dann um und verließ frustriert das Büro.

* * *

Ethan sprintete durch die Ankunftshalle des Jersey Airport, der in der Gemeinde Saint Peter lag. Der Flug von London hatte Verspätung, worüber er nicht unglücklich war, denn die Revisoren hatten sich heute Zeit gelassen, und erst vor wenigen Minuten hatte er die Bank verlassen können. Danach war er wie ein Verrückter zum Flughafen gerast, damit er Samanthas

Ankunft nicht verpasste. Nicht auszudenken, was sie sich vorstellen würde, wenn er nicht da wäre! Sie hatte auf seine Nachrichten immer noch nicht reagiert und sein Fernbleiben hätte ihr wohl bestätigt, dass Brianna und er wieder zusammen waren.

Er hatte Samantha eigentlich Hortensien mitbringen wollen, sich nach der gestrigen Szene aber lieber für Astern entschieden. Er wechselte den Blumenstrauß in die andere Hand und wischte seine schweißige Hand an der Hose ab.

Endlich leuchtete auf der Anzeigetafel hinter dem London-Flug »gelandet« auf. Gleich würde sich entscheiden, wie es mit ihm und Samantha weitergehen würde. Ob sie überhaupt in dem Flugzeug war? Vielleicht hatte sie den Flug ja gecancelt. Er schluckte schwer. Wenn sie nicht auftauchte, würde er nach London fahren. Samantha war ihm zu wichtig, als dass er sie jetzt einfach so aufgeben würde.

* * *

Da es sich um einen Inlandflug handelte, gestaltete sich die Ankunft auf Jersey problemlos. Samantha hatte nur einen kleinen Koffer als Handgepäck dabei, also marschierte sie direkt zum Ausgang. Vor der Landung hatte sie noch schnell ihr Make-up aufgefrischt und frischen Lippenstift aufgetragen.

Würde Ethan sie wirklich abholen? Wenn sie seinen Nachrichten glaubte, war er immer noch fest dazu entschlossen. Aber Samantha fühlte sich gerade so unsicher, dass sie selbst das bezweifelte. Und wie würde ihr Zusammentreffen ausfallen? Sie hatte es nicht über sich gebracht, ihm gestern auf seine vielen Anrufe und SMS zu antworten. Es gab Dinge, die konnte man nur persönlich diskutieren, und sie wollte ihm dabei in die Augen sehen. Sie würde in seinem Blick erkennen, ob er die Wahrheit sprach oder nicht. Hoffentlich!

Samanthas Hände waren vor Aufregung eiskalt und sie hätte dringend auf die Toilette gemusst. Doch auch wenn sie sich vor dem Kommenden fürchtete, wollte sie es jetzt so schnell wie möglich hinter sich bringen.

Noch bevor sich die gläserne Schiebetür zur Ankunftshalle öffnete, hatte sie Ethan dahinter erspäht. Er war gekommen!

Sie blieb stehen, ließ einer vierköpfigen Familie den Vortritt und hielt unwillkürlich den Atem an. Er sah so verdammt sexy aus! Auch wenn er gerade mit gerunzelter Stirn hektisch umherschaute und die Ankommenden beobachtete.

In ihrem Magen bildete sich ein Knoten aus Vorfreude und Angst. Gleich würde es sich entscheiden. Ein Wiedersehen, das womöglich den Rest ihres Lebens bestimmte.

»Jetzt nur cool bleiben«, murmelte sie, warf ihre Haare zurück und marschierte erhobenen Hauptes durch die Schiebetür.

Als Ethan sie entdeckte, leuchteten seine Augen auf. Er schob einen Mann in einem Jogginganzug unhöflich beiseite und lief auf sie zu.

Abrupt kam er vor ihr zum Stehen. »Samantha«, stieß er mit erstickter Stimme hervor und schüttelte stumm den Kopf.

Von der geplanten Coolness hatte Samantha sich bereits verabschiedet. »Schon gut«, flüsterte sie und schniefte leise. »Du wirst es mir erklären.«

Dann ließ sie ihren Rollkoffer einfach stehen und flog in seine Arme.

»Ich kann es mir nur so erklären, dass Brianna genau gespürt hat, was du mir bedeutest. Ich versichere dir, zwischen ihr und mir ist es schon lange vorbei. Ich …« Ethan brach ab und blies die Backen auf. »Sie war so verdammt schnell. Ich hatte gar keine Möglichkeit, ihr mein Handy abzunehmen.« Er führte Samanthas Hand an seine Lippen und küsste sie. »Ich bin so glücklich, dass du mir glaubst. Ich bin fast verrückt geworden, weil du meine Anrufe nicht angenommen hast.«

»Und ich war so geschockt. Ich brauchte einfach etwas Zeit.«

»Natürlich, das ist doch mehr als verständlich.«

»Ich habe meinen Boss sogar gebeten, jemand anderen herzuschicken.«

Ethan warf ihr einen schnellen Blick zu. »Und das wollte er nicht?«

Sie lachte. »Nein, er hat mir gehörig die Leviten gelesen. Zum Glück!« Sie lächelte. »Sonst wäre ich jetzt nicht hier.«

Ethan atmete tief durch. »Erinnere mich daran, dass ich deinem Chef eine Dankeskarte schicke.«

»Bloß nicht! Er hat mir deutlich zu verstehen gegeben, dass ihn meine privaten Angelegenheiten nicht interessieren.«

»Okay, aber dann nennen wir wenigstens unser erstes Kind nach ihm.«

»Harold? Auf keinen Fall!«

Sie lächelte. Das war sicher nur ein Scherz gewesen, trotzdem machte es sie glücklich, dass er an gemeinsame Kinder dachte. Er würde ein toller Vater sein. Wobei, ein Schritt nach dem anderen. Doch die Zukunft erschien ihr plötzlich mehr als verheißungsvoll.

»Geht es nicht dort lang nach Saint Helier?«, fragte sie verwundert, als sie zum Fenster hinausschaute und der Wegweiser zur Inselhauptstadt an ihnen vorbeiflog. »Fahren wir nicht zu dir?«

»Später. Ich muss noch ein Versprechen einlösen. Hunger?«

Sie nickte zögerlich. Sie wäre lieber in Ethans Wohnung gefahren, um ihr Wiedersehen gebührend zu feiern. Aber offenbar wollte er in ein Restaurant.

»Fein, denn heute Abend wirst du in Saint Aubin die besten Austern deines Lebens essen.«

»Okay«, erwiderte sie gedehnt. »Und das Geheimfach?«

»Schauen wir uns danach an.« Er lachte, als er ihre enttäuschte Miene bemerkte. »Und nach dem Geheimfach widme ich mich nur dir ... und zwar die ganze Nacht.«

»Angeber!«

Er grinste. »Du wirst schon sehen. Austern gelten nicht umsonst als Aphrodisiakum.«

38

»Das ist ja entzückend hier!«, rief Samantha, als sie durch Saint Aubin fuhren. Sie schaute mit leuchtenden Augen zum Fenster hinaus.

Ethan schmunzelte. »Na ja, nicht so schön wie Saint Helier, aber auch ganz nett.«

»Höre ich da etwa Eifersucht heraus?«

Er grinste. »Okay, Saint Aubin ist wirklich hübsch. Früher war es nur ein Fischerdorf, aber mittlerweile ist es mit seinen steilen Gassen, den historischen Kaufmannshäusern und der schönen Aussicht auf Hafen und Meer zu einem richtigen Touristenhotspot geworden. Zudem brauen sie hier ein eigenes Bier: *Liberation Ale*. Schmeckt wirklich lecker.«

»Können wir an einem anderen Tag noch mal herkommen?« Samantha musterte sehnsüchtig die vielen kleinen Boutiquen, an denen sie vorbeifuhren.

»Klar, wenn du möchtest. Wie lange bleibst du denn?«

»Leider nur bis morgen.« Als Ethan entsetzt die Augen aufriss, fügte sie schnell hinzu: »Aber natürlich komme ich wieder. Ich hatte schon lange keinen Urlaub mehr. Also wenn ...« Sie zuckte verlegen mit den Schultern.

»Ich kann's kaum erwarten, dich jeden Tag in die Arme zu schließen.«

Jeden Tag? Vor Rührung wurde ihre Kehle eng. Ethan gab ihnen also wirklich eine Chance. Nur wie sich die gestalten würde, lag noch in den Sternen.

Er stoppte den Wagen an der Uferpromenade vor einem winzigen zweistöckigen Haus, das von den anderen Gebäuden nahezu zerquetscht wurde. Es sah recht baufällig aus. Sollte das dieses Austern-Restaurant sein?

»Wir sind da.« Ethan stieg aus und lief um den Wagen herum. Er öffnete Samantha galant die Tür. »Darf ich bitten, Mylady?«

Sie griff grinsend nach seiner ausgestreckten Hand. »Wie überaus galant, werter Herr.«

An der Küste wehte eine frische Brise und zerzauste Samanthas Haare. Gegenüber der Straße lag der Hafen. Einige der größeren Boote lagen wie betrunkene Seeleute auf der Seite, die kleineren schaukelten bereits wieder in der aufkommenden Flut. Ethan hatte ihr erzählt, dass der Tidenhub auf Jersey an einigen Stellen bis zu zehn Meter betrug.

»Und wo ist dieses berühmte Austern-Restaurant jetzt?«, fragte sie und sah sich suchend um.

Sie konnte in der näheren Umgebung nur ein Geschäft für Fischereiartikel und eine Kapelle entdecken. Aber vielleicht lag dort dieses Lokal. In London war es der letzte Schrei, Gourmettempel in ausgedienten Sakralbauten zu betreiben.

»Ms und Mr Cavill«, sagte Ethan grinsend. Und als er ihre verwirrte Miene bemerkte, fügte er lachend hinzu: »Wir sind zum Essen bei einem Kunden von mir eingeladen.«

Er griff nach ihrer Hand und zog sie zu dem eingequetschten Haus.

* * *

»Mr Ouless, endlich hat es geklappt!« Cavill trat zur Seite. »Nur herein in die gute Stube.«

»Danke für die Einladung«, erwiderte Ethan und schob Samantha über die Türschwelle. »Darf ich Ihnen meine Freundin vorstellen? Samantha Bucknell.« Und zu ihr gewandt: »Mr Cavill, der beste Fischer von ganz Jersey.«

Bei dem Wort »Freundin« hatte er zwar kurz gezögert, doch das Leuchten in Samanthas Augen vertrieb seine Skrupel.

»Herzlich willkommen in meinem bescheidenen Heim, Ms Bucknell. Danke, dass Sie unsere Einladung angenommen haben.« Cavill schüttelte Samanthas Hand, als müsse er testen, ob sie auch fest mit ihrem Unterarm verwachsen war.

»Ich habe zu danken«, erwiderte sie lächelnd und rieb sich dann verstohlen das Handgelenk.

Ethan unterdrückte ein Grinsen, was ihm einen Rippenstoß von ihr bescherte.

»Wie wäre es mit einem Aperitif vor dem Essen?«, fragte der Fischer.

»Gern, aber nur einen kleinen. Ich muss noch fahren.«

In Cavills Wohnstube sah es ein wenig wie in Grannys Haus aus: alte, dunkle Holzmöbel, gehäkelte Deckchen und zerkratztes Parkett. Auf einem dunkelgrünen Sessel vor dem Fenster zum Hinterhof lag zusammengerollt eine getigerte Katze und schien zu schlafen. Oder war das ein Plüschtier?

»Setzen Sie sich doch«, forderte Cavill sie auf und wies auf das Samtsofa vor dem Kamin. »Ich hole die Gläser und meine Davina aus der Küche.«

»Davina ist seine Frau«, erklärte Ethan und nahm auf dem Sofa Platz. Es war voller Katzenhaare. Also keine Plüschkatze, dachte er. Beim Setzen ächzten die Sprungfedern mürrisch und bohrten sich in seinen Hintern.

»Sehr … authentisch hier«, sagte Samantha und ließ sich neben ihm nieder.

Sie würde vermutlich Stunden brauchen, um die Katzenhaare von ihrem schicken Kostüm wieder zu entfernen.

»Wir konnten den Cavills aus einer misslichen Lebenslage helfen«, erklärte er. »Manchmal hat mein Beruf auch angenehme Seiten.«

»Verstehe. Das Austernessen ist also keine Bestechung, sondern eher dein Lohn.«

Er lachte. »Genau.«

»Ich kenne das mit den erfreulichen Seiten. Zwar bis jetzt nur einmal, und da habe ich lediglich einem Kollegen assistiert, aber ich hoffe, dass ich während meiner Karriere bei Hobbs & McDermott noch viele glückliche Erben auftreiben kann.« Sie zwinkerte. »Damit meine ich auch deine Mutter.«

Ethan schluckte trocken.

»Was ist?«, fragte Samantha überrascht. »Meinst du nicht, dass sie sich über das Geld freuen würde?«

»Doch, vermutlich schon. Wenn du mit Granny Charlotte aber recht hast, würde das auch bedeuten, dass Mums bisheriges Leben eine einzige Lüge war. Wie würdest du dich fühlen, wenn dir gesagt würde, dass dich deine Mutter als Baby entführt hat und eine vollkommen fremde Frau eigentlich deine richtige Mutter ist? Eine, die du jetzt nicht mal kennenlernen kannst, weil sie schon tot ist?«

Samantha schaute betreten zu Boden. »Du hast recht. Darüber habe ich mir noch gar keine Gedanken gemacht.« Sie seufzte tief. »Ich …«

»Mr Ouless, wie schön, dass Sie hier sind!« Davina Cavill trat ins Zimmer. Sie trug eine Kochschürze und ging am Stock. Offenbar noch Nachwirkungen ihrer Hüftoperation. »Und sogar mit der bezaubernden Freundin!«, fuhr sie fort. »Was für ein hübsches Paar. Darf man denn schon zur Verlobung gratulieren?«

»Nun lass mal gut sein, Liebes«, mischte sich ihr Mann lachend ein. »Du machst die jungen Leute ja ganz verlegen.«

Cavill stellte ein Tablett mit einer Karaffe Cidre und vier Gläsern auf den Couchtisch. Davina kicherte, schubste die schlafende Katze vom Sessel und setzte sich stöhnend. Das Tier blinzelte träge, streckte sich und rollte sich zu Füßen der Hausherrin wieder zu einem Knäuel zusammen.

»Man wird ja wohl noch fragen dürfen«, meinte Davina augenzwinkernd.

Offenbar bemerkte sie die angespannte Stimmung zwischen ihren Gästen nicht. Und im Grunde war es auch nicht der passende Zeitpunkt, um weiter darüber zu diskutieren, was eine mögliche Blutsverwandtschaft mit diesen Matkins bedeutete. Also räusperte sich Ethan. »Wir kennen uns erst ein paar Tage. Von daher wäre es noch zu früh, um zu gratulieren.« Er hielt inne und überlegte, ob er etwas hinzufügen sollte, entschied sich dann aber dagegen. Doch weil er seinen harschen Ton bereits bereute, versuchte er ihn durch ein Lächeln abzumildern.

Die Cavills warfen sich einen bedeutungsvollen Blick zu. Mist, er sollte seine Emotionen besser kontrollieren! Doch der Gedanke, dass das alles für Samantha lediglich ein Fall war, der das Leben seiner Familie jedoch komplett umkrempeln könnte, ärgerte ihn.

»Wie heißt denn die Katze?«, fragte Samantha. Auch ihr Ton war angespannt, doch sie versuchte augenscheinlich, die Stimmung durch Small Talk zu entschärfen.

Davina schmunzelte. »Eustache, nach Eustache le Moine. Auch bekannt als ›Der Schwarze Mönch‹. Ein normannischer Freibeuter aus dem zwölften Jahrhundert.«

»Davinas Familie stammt ursprünglich aus der Normandie, müssen Sie wissen«, fügte Cavill mit einem Augenrollen hinzu.

»Verstehe«, erwiderte Samantha gedehnt und verstummte wieder.

Cavill füllte die Gläser und bot jedem eins an. »Selbst hergestellt!«, meinte er stolz. »Cheers … oder wie Davina sagt: Santé!«

Sie stießen an und nippten schweigend an dem wirklich köstlichen Apfelcidre.

Nachdem die Cavills wieder einen kurzen Blick miteinander gewechselt hatten, räusperte sich der Hausherr kurz und wies auf den Durchgang zur Küche. »Dann auf zum fröhlichen Austernessen! Darf ich bitten?«

Während des Essens, bei dem Cavill Samantha erklärte, dass Austern nicht einfach heruntergeschluckt, sondern gekaut werden mussten, entspannte sich die Stimmung.

Der Fischer hatte nicht gelogen. Die Meeresfrüchte schmeckten hervorragend. Dazu gab es frisches Baguette mit der typischen gelben Butter aus der Milch der hiesigen Kühe. Der Hausherr hatte eine Flasche Weißwein geöffnet, dem Samantha bedeutend mehr zusprach als Ethan. Immerhin wollten sie später noch zum Haus seiner Granny, also hielt er sich mit dem Alkohol zurück.

Samantha lachte immer wieder über den etwas derben Humor des Fischers und schien sich wunderbar zu amüsieren. Sie erzählte den Cavills im Gegenzug ein paar Anekdoten aus dem Leben der Bucknells. Vor allem die Geschichte der Lady Godiva, die offenbar aus dem Heimatort ihrer Familie in Lincolnshire stammte, erheiterte das Ehepaar. Als Mr Cavill seiner Frau vorschlug, doch auch einmal nur mit ihrem Haar bekleidet durch die Straßen von Saint Aubin zu reiten, bekam Davina einen solchen Lachanfall, dass ihr die Tränen über die Wangen liefen.

Spontan griff Ethan nach Samanthas Hand und drückte sie. Sie erwiderte die Geste mit einem glücklichen Lächeln. Er war so ein Idiot, ihr die Schuld für die momentane Situation zu geben. Sie tat doch nur ihren Job und konnte nichts dafür, dass seine Mum vielleicht vor der größten Herausforderung ihres Lebens stand.

Als Cavill Ethan nochmals nachschenken wollte, hielt er die Hand über sein Glas. »Danke, aber wir wollen später noch zum Haus meiner Großmutter nach Plémont fahren.«

Davina seufzte. »Mein herzliches Beileid nochmals zum Tod Ihrer Großmutter. Charlotte war so eine … patente Person.«

»Danke. Sie kannten sie?«

Davina nickte. »Als ich noch als mobile Krankenschwester gearbeitet habe, war ich oft bei ihr und Sorcha. Ihre Urgroßmutter wollte nicht in ein Krankenhaus, deshalb habe ich zweimal die Woche bei den beiden Frauen vorbeigeschaut.«

»Das wusste ich gar nicht«, sagte Ethan.

Davina lachte. »Ist ja auch schon eine ganze Weile her.« Sie schüttelte den Kopf. »Na ja, die Zeit vergeht eben wie im Flug, man sollte sie daher gut nutzen.«

Er hatte Davinas Zögern beim Erwähnen seiner Großmutter bemerkt. Vielleicht hatte sie »schwierig« kurzerhand durch »patent« ersetzt, um ihn nicht zu kränken. Doch er hätte Davina das erste Adjektiv nicht übel genommen, denn es entsprach durchaus der Wahrheit.

»Haben Sie bei Ihren Besuchen jemals Charlottes Ehemann kennengelernt?«, fragte Samantha unvermittelt.

Ethan warf ihr einen verblüfften Blick zu. Es war beeindruckend, wie schnell sie auf die professionelle Ebene wechseln konnte.

Davina schürzte die Lippen. »Nein, daran kann ich mich nicht erinnern. Ich glaube, er war damals schon gestorben.« Sie schaute zu Ethan.

Er zuckte mit den Schultern. »Ja, gut möglich. Er starb ja vor Mums Geburt.«

»Genau, jetzt erinnere ich mich wieder. Das hat Charlotte mir einmal erzählt.« Davina nickte mehrmals. »Es war sicher nicht leicht für sie, Ihre Mutter allein aufzuziehen. Uns blieben Kinder ja leider verwehrt.«

Cavill griff über den Tisch nach der Hand seiner Frau und drückte sie.

»Aber wir hatten auch so ein gutes Leben, nicht wahr?«, sagte Davina und schaute ihren Mann dabei liebevoll an. Er nickte wortlos. Dann runzelte sie die Stirn. »Eins hat mich aber immer ein wenig erstaunt.«

»Was denn?«, fragte Cavill.

Davina wirkte auf einmal verlegen. »Nicht so wichtig«, sagte sie und begann, die schmutzigen Teller aufeinanderzustapeln.

»Was denn, Ms Cavill?« Ethan reichte ihr über den Tisch seinen Teller.

Davina biss sich auf die Lippen. Offenbar war es ihr peinlich, davon angefangen zu haben, was seine Neugier nur noch mehr anstachelte.

»Spuck's schon aus, Liebes!«, forderte ihr Mann sie auf. »Wir sind hier schließlich unter Freunden.«

Sie schaute zwischen ihnen hin und her, als müsse sie abwägen, wie freundschaftlich diese Runde tatsächlich war. Dann seufzte sie tief. »Nun, es gehört sich eben nicht. Und es war auch bestimmt keine Absicht. Ich habe es wirklich nur zufällig mitbekommen. Also nicht, dass ich ausdrücklich gelauscht hätte.«

Cavill lachte. »Mach's nicht so spannend, Davina.«

Sie straffte die Schultern. »Nun gut, immerhin sind es Ihre Verwandten, Mr Ouless. Und vermutlich hat es überhaupt nichts zu bedeuten. Oder ich habe es falsch verstanden. Wie dem auch sei … also, es war an einem stürmischen Nachmittag. Wann genau, weiß ich gar nicht mehr. Ich hatte Sorcha versorgt und wollte eigentlich weiter nach L'Étacq an der Westküste.

Aber der Regen kam beinahe waagerecht, also habe ich mich entschlossen, das Gröbste bei Ihren Verwandten abzusitzen und später zu fahren. Ich erinnere mich noch, dass ich mich an dem Tag nicht so gut gefühlt habe. Also hat Charlotte mich aufgefordert, mich ein wenig hinzulegen. Sie und ihre Mutter saßen derweil in der Küche und ich habe es mir für ein Nickerchen auf dem Sofa im Wohnzimmer gemütlich gemacht.« Davina hielt inne und spielte mit der Serviette.

Ethan beugte sich erwartungsvoll vor. Und auch Samantha schien wie elektrisiert. Vor Spannung wurde sein Mund ganz trocken.

»Ich bin dann vermutlich tatsächlich eingeschlafen. Aber plötzlich wurde ich wach. Ein Gewitter ging nieder. Vielleicht hat mich der Donner geweckt. Da habe ich etwas gehört.«

Wieder brach sie ab, und Ethan hätte sie am liebsten geschüttelt. »Was haben Sie gehört?«, hakte er nach.

Davina strich mit dem Finger das Rautenmuster auf der Tischdecke nach. »Wie gesagt, Sorcha und Charlotte saßen in der Küche und haben geredet. Charlotte hat davon gesprochen, dass sie am nächsten Morgen einfach wieder ins Krankenhaus zurückgegangen sei, als ob nichts gewesen wäre.« Davina hob die Achseln. »Ich wusste gar nicht, dass Charlotte im Krankenhaus gewesen ist. Aber natürlich erzählt man mir auch nicht alles. Die Insulaner sind ja manchmal etwas eigen.« Sie schmunzelte.

»Wie, ins Krankenhaus zurückgegangen?«, fragte Samantha verblüfft.

Wieder hob Davina die Achseln. »Also, an den genauen Wortlaut erinnere ich mich natürlich nicht mehr. Aber Charlotte berichtete von einer Freundin, der sie das Baby für ein paar Stunden überlassen habe ... oder etwas in der Art, und dann einfach wieder ins Krankenhaus zurückgegangen sei.«

Samantha und Ethan sahen sich alarmiert an.

»Und dann?« Samantha beugte sich vor.

»Sorcha hat daraufhin zu Charlotte gesagt, dass eine Adoption alle Probleme lösen würde.« Davina hob den Kopf. »Im ersten Moment dachte ich, dass sie über Hannah reden würden, Ihre Mutter, Mr Ouless. Charlotte hatte ja kurz vorher ihren Mann verloren, wie man mir berichtet hatte. Vielleicht wurde ihr das mit dem Baby einfach zu viel. Und, Mr Ouless, verzeihen Sie, wenn ich das jetzt so offen sage, aber ich habe mir gedacht, Tom und ich könnten das Mädel doch nehmen, wenn Charlotte es wirklich zur Adoption freigeben möchte.« Davina schniefte ein bisschen. »Wenn man ein Kind möchte und es klappt nicht, da kommt man auf die verrücktesten Ideen.«

»Na, na«, brummte daraufhin ihr Mann und strich zärtlich über ihren Arm.

Sie warf ihm einen dankbaren Blick zu.

»Sie sagten ›im ersten Moment‹«, mischte sich Samantha ein. »Wie meinen Sie das?«

Davina zuckte mit den Schultern. »Das ist es ja gerade, was ich nicht verstanden habe. Ich war mir sicher, dass die beiden über Hannah redeten. Aber dann sagte Charlotte etwas in der Art von ›das würde Emely für alle Zeiten schützen‹.«

Ethan keuchte auf und Samantha entfuhr ein leiser Schrei.

Davina zuckte zusammen. »Aber vermutlich habe ich den Namen falsch verstanden«, stieß sie entschuldigend hervor. »Tut mir leid, wenn Sie das aufregt, Mr Ouless. Eine Emely gab es in Ihrer Familie ja gar nicht. Ich habe mich sicher verhört.«

39

Die letzten Sonnenstrahlen warfen bereits lange Schatten, als sie sich von den Cavills verabschiedeten, Saint Aubin verließen und in Richtung Plémont losfuhren.

Nach Davinas sensationeller Eröffnung über das Gespräch zwischen Sorcha und Charlotte war es Samantha schwergefallen, noch länger bei dem älteren Ehepaar zu verweilen. Sie hatte kaum mehr stillsitzen können und wäre am liebsten sofort aufgebrochen. Doch die Höflichkeit verlangte es, auch den selbst gebackenen Apfelkuchen noch zu probieren.

Immer wieder hatte sie Ethan beim Dessert bedeutungsvolle Blicke zugeworfen und ihn heimlich unter dem Tisch mit dem Fuß angestoßen. Doch wider Erwarten schien er es überhaupt nicht eilig zu haben, den Besuch bei den Cavills zu beenden. Im Gegenteil, er wirkte plötzlich in sich gekehrt und beteiligte sich nicht an dem Gespräch über die Vorteile, auf einer Insel zu wohnen. Was war nur los mit ihm? Hatte er denn nicht registriert, dass Davinas Eröffnung den Durchbruch bedeutete?

Kaum saßen sie endlich im Wagen, sprudelte es auch schon aus Samantha heraus. »Die Adoption bezog sich auf deine Großmutter, Ethan! Sorcha Malherbe hat Charlotte offensichtlich adoptiert, damit sie ihren Familiennamen annehmen konnte. Und nach Sorchas Tod erbte sie daher, als ihre Tochter, das Haus. Wirklich clever! Deswegen habe ich Charlotte Seymour auch nirgends mehr gefunden. Und aus Emely Matkins wurde Hannah, deine Mutter. Womöglich, weil ihnen der Name Emely irgendwann als zu riskant erschien. Sie haben sich bei dem Gespräch, das Davina belauscht hat, offensichtlich verplappert. Deine Mutter ist also tatsächlich das Matkins-Baby.« Samantha warf ihre Haare in den Nacken und stieß erleichtert die Luft aus. »Endlich haben wir einen stichhaltigen Beweis! Ist das nicht fantastisch?«

Als Ethan nichts dazu sagte, warf sie ihm einen verwunderten Blick zu. Er starrte mit zusammengepressten Lippen auf die Straße.

»Alles okay?«, fragte sie irritiert.

Er betätigte den Blinker und stoppte den Wagen am Straßenrand.

»Was ist?«, fragte Samantha. »Kein Benzin mehr?« Doch er ging nicht auf ihren Scherz ein. »Ethan?«

Langsam wurde es ungemütlich. Was war nur in ihn gefahren? Weshalb hielt er an? Sie sollten jetzt unbedingt dieses Geheimfach untersuchen. Möglicherweise fanden sie dort Fotos oder irgendwelche Dokumente, die den Fall weiter vorantreiben konnten. War er denn nicht neugierig?

»Hör zu, Samantha«, sagte er endlich. »Offenbar stimmt alles, was du herausgefunden hast. Meine Großmutter hat das Matkins-Baby entführt, ist zu ihrer Patentante geflüchtet, und diese hat sie später adoptiert. Und aus Emely wurde Hannah.«

»Das sage ich doch die ganze Zeit! Davina Cavill hat uns mit ihrem Bericht die letzten Zweifel genommen. Ich würde fast behaupten, dass dadurch ein DNS-Test nicht mehr nötig sein wird. Aber das hat natürlich das Gericht …«

»Stopp!« Ethan hob die Hand. »Es reicht. Das alles hört hier und jetzt auf!«

Sie starrte ihn verblüfft an. »Was? Ich verstehe nicht.«

Er strich sich mit beiden Händen durch die Haare, dann atmete er tief durch. »Ich bitte dich, es gut sein zu lassen.«

»Gut sein lassen? Was meinst du damit?«

Er öffnete den Gurt und drehte sich zu ihr. »Ich bitte dich, den Matkins-Fall abzuschließen. Und zwar so, dass meine Mutter nicht darin vorkommt.«

»Wie soll das gehen? Sie wird das Erbe nicht erhalten, wenn sie nicht namentlich genannt wird.«

»Genau das möchte ich.«

Samantha klappte der Mund auf. Im ersten Moment war sie zu verblüfft, um etwas zu erwidern.

»Schau«, fuhr Ethan fort. »Meiner Mum geht's doch gut. Natürlich beklagt sie sich manchmal, dass sie sich gern dies oder jenes leisten möchte, aber die Mittel beschränkt sind. Doch sie und mein Dad sind glücklich. Wenn sie jetzt erfährt, dass sie als Baby von einer Frau entführt wurde, die sie ihr ganzes Leben lang für ihre Mutter hielt …« Er schüttelte den Kopf. »Das geht einfach nicht. Der Preis ist zu hoch.« Er griff nach Samanthas Hand. Sie ließ es geschehen, unfähig, sich zu rühren. »Schließ den Fall ab, Samantha. Bitte! Sag deinem Chef, die Spur auf Jersey verlief im Sand. Lass alles so, wie es ist. Okay? Tu es für mich … und meine Mum.«

Endlich konnte Samantha sich wieder rühren. Sie riss sich von ihm los. »Sag mal, hast du sie noch alle?!«, brauste sie auf. »Es steht dir wohl kaum zu, diese Entscheidung für deine Mutter zu fällen. Meinst du nicht, dass sie ein Recht darauf hat zu wissen, wer sie ist und was man ihr angetan hat?«

Samantha schüttelte ärgerlich den Kopf. Wie konnte Ethan nur so etwas von ihr verlangen? Hannah würde die Wahrheit nicht kennen, das Erbe verlieren und sie, Samantha, ihren ersten eigenen Fall erfolglos abschließen müssen!

Ethan seufzte tief. »Auch wenn diese Wahrheit ihr Schmerz zufügt?«

Samantha konnte nicht fassen, worum er sie bat. Zwar hatte ihr John von Fällen berichtet, bei denen die aufgespürten Erben im ersten Moment gezögert hatten, ihren Anspruch geltend zu machen, doch nach einer Weile hatten sie alle ihr ihnen wie durch Zauberhand zugefallenes Vermögen dankend angenommen. Was konnte Hannah Ouless sich mit dem vielen Geld nicht alles leisten? Sie konnte zum Beispiel ihr Haus renovieren oder gleich ein neues bauen. Den alten Kasten in Plémont umbauen, eine Weltreise machen … und, und, und. Es gab tausend Möglichkeiten! Das alles sollte ihr verwehrt bleiben? Ganz zu schweigen davon, dass sie weiterhin nicht wusste, wessen Kind sie tatsächlich war? Nein, auf keinen Fall!

»Vergiss es, Ethan!«, entgegnete Samantha mit fester Stimme. »Auch wenn ich verstehe, dass du deine Mutter vor der schmerzlichen Wahrheit schützen willst. Aber ich werde meinen Boss nicht anlügen. Und ich kann auch nicht nachvollziehen, dass du deine Mutter deswegen bewusst anlügen willst. Denn auch nichts sagen ist lügen. Könntest du damit leben? Ganz zu schweigen davon, was sie und dein Dad mit dem Geldsegen alles anstellen könnten. Deine Beweggründe in allen Ehren, doch so funktioniert das nicht. Emely Matkins wird nicht weiter als vermisst gelten … tut mir leid.« Sie atmete heftig. »Und außerdem ist es auch reichlich viel verlangt, dass ich meinen ersten eigenen Fall ganz bewusst in den Sand setzen soll, findest du nicht?«

»Dir geht es also bloß um deine Karriere? Verstehe. Da habe ich dich wohl falsch eingeschätzt. Mein Fehler.«

Ethans eisiger Tonfall verursachte ihr einen kalten Schauer.

»Das ist nicht fair. Und das weißt du«, erwiderte sie mit zitternder Stimme. Vor Enttäuschung über seinen Sinneswandel füllten sich ihre Augen mit Tränen. Doch sie wollte nicht

266

weinen. Sie musste professionell bleiben. Sie atmete tief durch.

»Können wir jetzt zum Haus deiner Großmutter fahren?«

»Wozu?«

Sie runzelte die Stirn. »Um das Geheimfach zu untersuchen.«

Er stieß abfällig die Luft aus. »Das wird nach Davinas Bericht wohl kaum mehr nötig sein.«

Er drehte sich abrupt in Fahrtrichtung und gurtete sich wieder an. Dann startete er den Wagen und fuhr rasant los.

»Du kannst in meiner Wohnung übernachten«, sagte er gepresst. »Ich werde bei meinen Eltern schlafen. Morgen habe ich den ganzen Tag zu tun. Wir werden uns also vor deinem Rückflug nicht mehr sehen.«

Samantha starrte Ethans Auto nach, das sich mit überhöhter Geschwindigkeit von seiner Wohnung an der Uferstraße entfernte.

Wie war es nur so weit gekommen?

Die Lichter von Saint Helier spiegelten sich auf der Wasseroberfläche der Bucht. Von irgendwoher drang Gelächter zu ihr, und sie roch den Duft von Grillfleisch. Der Himmel war mit Sternen übersät. Eine wunderbare Nacht!

Sie schluchzte auf. So hatte sie sich den Tag nicht vorgestellt. Und die kommenden einsamen Stunden noch weniger. Wie konnte Ethan ihr das antun?

»Idiot!«, rief sie aufgewühlt.

Als Antwort hörte sie erneut Gelächter und jemand grölte: »Ich weiß, Darling!«

Daraufhin erklang weiteres Lachen.

Niedergeschlagen griff Samantha nach ihrem Handgepäck und betrat das Haus.

Wie konnte Ethan nur von ihr verlangen, den Matkins-Fall ohne Ergebnis abzuschließen? Was war mit Hannah Ouless? Wie konnte er seiner Mutter die Wahrheit vorenthalten? Das war einfach nicht richtig! Und wusste er denn nicht, wie wichtig dieser Fall für ihre Karriere war? Natürlich würde Hobbs sie nicht entlassen, wenn sie ohne fundierte Beweise zurückkam, aber er wäre enttäuscht. Zudem müsste sie bei ihrem Abschlussbericht lügen.

Natürlich könnte sie Hannah Ouless selbst aufsuchen, um ihr alles zu erzählen, das wäre dann aber vermutlich das Ende ihrer Beziehung mit Ethan. Wenn sie nicht bereits jetzt zu Ende war.

Samantha schniefte leise, während sie Ethans Wohnung betrat. Im Bad roch es nach seinem Rasierwasser, was ihr einen zusätzlichen schmerzhaften Stich versetzte. Anstatt einer Liebesnacht würde sie jetzt lange, einsame Stunden in einem zu großen Bett verbringen.

Sie setzte sich an den Küchentresen und ließ den Kopf hängen. Noch vor nicht allzu langer Zeit hatte ihre Zukunft so verheißungsvoll ausgesehen, und jetzt saß sie vor den Trümmern ihrer Träume.

Unvermittelt wurde sie wütend. Wie konnte Ethan sie nur so unter Druck setzen? Das glich ja regelrecht einer Erpressung. Wie sie es drehte und wendete, sie würde verlieren. Entweder den Fall oder Ethan. Und auch wenn sie seiner Bitte entsprach, würde diese Entscheidung immer zwischen ihnen stehen. Sie hatte also so oder so verloren. Auf so einer Basis konnte nichts Ernsthaftes entstehen.

Wie hatte sie nur annehmen können, dass die wenigen Tage, die sie miteinander verbracht hatten, dazu ausreichten, um eine gemeinsame Zukunft zu planen? Wie naiv konnte man eigentlich sein? Guter Sex war eben keine Basis für eine Beziehung.

40

»Ethan?« Hannah öffnete die Haustür und schaute ihren Sohn verblüfft an. »Was machst du denn hier?«

»Hi, Mum. Kann ich heute bei euch übernachten? Ich habe getrunken und sollte nicht mehr fahren.«

Seine Mutter runzelte kurz die Stirn, trat dann aber beiseite und ließ ihn eintreten. »Alles in Ordnung, Junge?«, fragte sie und folgte ihm ins Wohnzimmer. »Ich dachte, du wolltest heute Samantha vom Flughafen abholen.« Als er darauf nichts erwiderte, fügte sie hinzu: »Hat ihr Flug Verspätung? Oder kommt sie mit einem späteren? Und wann lerne ich sie denn jetzt endlich kennen? Früher warst du kein solcher Geheimniskrämer, wenn es um dein Liebesleben ging. Man könnte ja fast meinen, diese Samantha gibt es gar nicht. Oder habt ihr bereits wieder Schluss gemacht?«

Hannah lachte bei ihren Worten, doch als Ethan immer noch schwieg, legte sie ihm die Hand auf den Arm. »Was ist los?«

Gute Frage! Was sollte er seiner Mutter antworten? Die Wahrheit fiel schon mal weg, denn dann hätte er auch über Granny Charlotte sprechen müssen und das, was sie als junge Frau getan hatte. Also blieb ihm nur eine Lüge.

»Sie konnte nicht kommen«, stieß er kurz angebunden hervor.

»Oh, das tut mir aber leid. Und weshalb nicht?«

»Darüber möchte ich nicht sprechen.«

Hannah neigte den Kopf. »Was hast du getan, Ethan?«

»Was ich getan habe?!«, brauste er auf. »Wieso nimmst du eigentlich automatisch an, dass es an mir liegt?«

Seine Mutter hob lächelnd die Schultern. »Erfahrung?«

Er schnaubte genervt. Aus irgendeinem Grund, den er heute nicht mehr nachvollziehen konnte, hatte er seinen Eltern damals erzählt, dass das Scheitern von Briannas und seiner Beziehung sein Fehler gewesen war. Das hatte er nun von seiner dämlichen Ritterlichkeit: Seine Mutter hielt ihn für einen Beziehungskiller.

Doch im Grunde hatte sie nicht unrecht. Er hatte Samantha ein Ultimatum gestellt, das sie nicht erfüllen wollte. Aus ihrer Sicht sicher aus gutem Grund. Aber er wollte doch nur seine Mutter vor Schmerzen schützen! Wieso verstand Samantha das nicht?

Oder hatte er zu vorschnell gehandelt? Vielleicht hatte sie tatsächlich recht damit, dass seine Mum die Wahrheit kennen sollte?

»Ethan?«

»Wie?« Er stieß die Luft aus. »Keine Sorge, Mum. Ich habe nichts Falsches getan. Samantha nimmt einen späteren Flug.«

Noch eine Lüge. Er fühlte sich miserabel.

»Alles klar. Dann beziehe ich schnell dein Bett. Du kannst uns unterdessen eine Tasse Tee aufbrühen, einverstanden?«

Ethan nickte und trabte in die Küche. Er füllte den Wasserkocher und holte zwei Tassen aus dem Schrank. Oben hörte er seine Mutter herumgehen. Er hasste es, in seinem alten Bett schlafen zu müssen. Es war für einen Jungen konzipiert und mittlerweile viel zu klein für ihn geworden. Aber es ging eben nicht anders. In seine Wohnung konnte er nicht zurück und ein Hotelzimmer für eine Nacht zu mieten, war lächerlich.

Er starrte auf den Wasserkocher, in dem das Wasser langsam zu sprudeln begann.

Samantha war bestimmt wütend auf ihn. Ob das jetzt das Ende ihrer Beziehung bedeutete? Hatte er sie durch sein forsches Verhalten verloren? Aber er meinte es doch nur gut. Er wollte seine Mum nicht dermaßen aus dem Gleichgewicht bringen. Zum Teufel mit dem vielen Geld! Ging es halt an den Staat. Wen juckte das schon? Mit Geld konnte man schließlich kein Glück kaufen. Aber war seine Mum denn glücklich? Er nahm es an. Doch wusste er es auch?

»So, alles vorbereitet.« Hannah setzte sich an den Küchentisch und strich sich über die Stirn. Sie sah müde aus, und zum ersten Mal registrierte Ethan, dass sich graue Strähnen durch ihre dunkelbraunen Haare zogen. Wann war das denn passiert? Er hatte es nicht mitbekommen. Unvermittelt wurde ihm schmerzlich bewusst, dass auch seine Mutter älter wurde.

»Bist du eigentlich glücklich, Mum?«, fragte er, stellte die Tassen auf den Tisch und setzte sich.

Sie sah ihn verwundert an. »Wie kommst du denn jetzt auf diese Frage?« Sie schüttelte lächelnd den Kopf. »Natürlich bin ich glücklich. Wieso fragst du?«

Er zuckte mit den Schultern. »Nur so.« Dann rührte er schweigend in seiner Tasse.

»Ist wirklich alles okay, Junge?«

»Klar.«

Seine Mutter wirkte nicht überzeugt, hakte aber nicht weiter nach. Im Wohnzimmer schlug die Uhr neun Mal.

»Na ja«, begann Hannah erneut. »Ich habe ein gutes Leben, einen lieben Ehemann und einen tollen Sohn.« Sie lächelte und legte ihre Hand auf Ethans Arm. »Ich bin gesund«, sie klopfte mit dem Fingerknöchel auf den Küchentisch, »und konnte mein

Hobby zum Beruf machen. Das ist sehr viel mehr, als andere haben. Aber ich werde eben auch nicht jünger. Manchmal ist es doch recht anstrengend mit den Schülern. Und es wäre wirklich eine Hilfe, wenn ich ein anständiges Atelier hätte und vielleicht auch einen größeren Van, mit dem ich meine Kunden bequem auf der Insel herumkutschieren kann.« Sie atmete tief durch. »Und dein Vater hätte sicher auch nichts dagegen, wenn ich mir eine Assistentin zulegen würde, die mir einen Teil der Arbeit abnimmt. Wir hätten dann wieder etwas mehr Zeit füreinander. Vielleicht mal wieder ein ganzes Wochenende nur für uns.« Sie seufzte leise. »Aber sonst ist alles bestens. Also ja, ich bin glücklich.«

Ethan brummte zustimmend. Mit dem Geld der Matkins könnte seine Mum sich all diese Wünsche erfüllen. Und möglicherweise wäre es ja so viel, dass sein Vater Grannys Haus tatsächlich zu einem Bed & Breakfast ausbauen könnte, um die Malschüler seiner Mutter darin zu beherbergen. Wohnen und malen am gleichen Ort. Sie könnten Ausstellungen organisieren, mehr Workshops anbieten, und Mum würde eine Hilfe einstellen können. Das war vielleicht sogar eine Marktlücke. Und sein Vater hatte ja immer davon geträumt, etwas Eigenes zu leiten. Er könnte seinen Knochenjob im Hotel aufgeben, schließlich war auch er nicht mehr der Jüngste.

Hatte Ethan mit seiner Forderung, dass Samantha Stillschweigen bewahren sollte, alle Träume seiner Eltern zunichtegemacht? Und was, wenn sie dieser Bitte nicht nachkam und Hannah plötzlich einen Brief oder einen Anruf von der Kanzlei erhielt? Der Schock für seine Mutter wäre derselbe, außer, dass sie ihm zusätzlich sein Schweigen vermutlich nie verzeihen würde. War es nicht besser, wenn sie alles von ihm erfuhr?

Ethan wusste einfach nicht, wie er sich verhalten sollte. Beinahe wünschte er sich, dass er Samantha nie getroffen hätte!

Doch dann schalt er sich einen Narren. Sie war clever und hätte auch ohne sein Zutun die Spur nach Jersey gefunden.

Ihr Gesicht tauchte vor seinem inneren Auge auf. Ihre wundervollen Haare, ihre rauchige Stimme und ihre weichen Arme, die ihn umschlungen hatten. Auch wenn jetzt vermutlich alles vorbei war, er liebte sie mit jeder Faser seines Herzens.

»Ich gehe mal ins Bett.« Die Stimme seiner Mutter holte ihn aus seinen Gedanken.

»Schlaf gut, Mum«, sagte er geistesabwesend.

Sie drückte ihm einen Kuss auf die Wange. »Gleichfalls. Stellst du die Tassen in die Spüle?«

Er nickte und sah ihr nach, als sie zur Treppe ging.

Dann atmete er tief durch und stand ebenfalls auf. Er musste morgen nochmals mit Samantha sprechen. Dringend!

41

»Hier Ihre Kreditkarte, Ms Bucknell. Bitte beeilen Sie sich, das Boarding läuft bereits.«

Samantha schnappte sich das Ticket und rannte, so schnell es in ihren Stöckelschuhen möglich war, durch die Flughafenhalle. Zum Glück hatte sie auf einen früheren Flug umbuchen können. Natürlich mit Aufpreis, doch das war egal.

Schwer atmend kam sie am Boardingcounter an und reichte der Dame dahinter ihr Ticket.

»Spät, aber nicht *zu* spät«, meinte diese mit einem freundlichen Lächeln und scannte es. »Guten Flug!«

Samantha verstaute ihr Handgepäck unter dem Vordersitz und ließ sich aufatmend in den Sitz fallen. Die Maschine war nicht ausgebucht und der Platz neben ihr leer. Gott sei Dank, sie hätte jetzt keinen Small Talk mit einem Mitreisenden führen können.

Sie hatte diese Nacht kaum geschlafen. Alles in Ethans Wohnung hatte sie aufgewühlt. Zwar hatte er das Bett neu bezogen, doch es hatte immer noch nach ihm gerochen. Im Kühlschrank hatten frische Erdbeeren und eine Flasche Champagner gestanden. Offenbar ein Willkommenstrunk für sie.

Während die Rotoren ansprangen, starrte sie zum Fenster hinaus.

Nachdem sie sich gegen acht Uhr zerschlagen und müde aus dem Bett gequält hatte, war sie mit einem Taxi auf gut Glück zum Flughafen gefahren. Was sollte sie auch noch den ganzen Tag auf Jersey? Ethan hatte ihr deutlich zu verstehen gegeben, dass er sie nicht mehr sehen wollte. Und weinen konnte sie auch zu Hause!

»Schnallen Sie sich bitte an«, forderte eine Stimme neben ihr sie auf.

Sie zuckte erschrocken zusammen. Der junge Flugbegleiter mit dem glatt rasierten Kinn schaute sie auffordernd an.

»Natürlich.« Sie tat, wie ihr geheißen, öffnete ihre Handtasche und zog das Handy heraus. Keine Nachricht von Ethan. Ihre Kehle wurde eng. Er zog es also durch. Sie schaltete das Gerät in den Flugmodus und verstaute es mit ihrer Handtasche ebenfalls im Fußraum.

Samantha hatte die ganze Nacht hindurch überlegt, was sie jetzt tun sollte. Auf der einen Seite stand Ethans Forderung, den Matkins-Fall ohne Resultat abzuschließen, auf der anderen ihr Wunsch, ihren ersten Fall erfolgreich zu beenden. Bis jetzt hatte sie sich noch zu keiner Entscheidung durchringen können. Ob sie mit Hobbs über ihr Dilemma sprechen sollte? Doch auch, wenn sie sich mit ihrem Boss gut verstand, für ihn zählten nur die Belange der Kanzlei. Und es grauste ihr davor, sich von ihm mangelnde Professionalität vorwerfen lassen zu müssen. Nein, Hobbs war keine Alternative. Ihre Eltern? Auch keine gute Idee. Ihr Vater würde dies bloß zum Anlass nehmen, sich wieder einmal darüber zu beklagen, dass sie nicht ins Familienbusiness einstieg. Und ihre Mutter war eine dermaßen romantische Seele, dass sie automatisch für Ethan Partei ergreifen würde, im Bestreben, einen zukünftigen Schwiegersohn bloß nicht zu vertreiben.

Samantha musste das also mit sich selbst ausmachen. Erwachsen zu sein war eben nicht immer ein Zuckerschlecken. Das Flugzeug rollte langsam zur Startbahn. Das Brummen und Zittern schläferte sie ein. Und noch bevor die Maschine ihre Flughöhe erreichte, fielen ihr die Augen zu.

* * *

»Der Leitgedanke unserer Bank ist nach wie vor der, dass wir für die Kunden der bestmögliche Finanzpartner am Platz sind. Wir stellen uns gezielt auf ihre individuellen Bedürfnisse ein. Unsere Angebote und Lösungen sind führend im Markt, zeitgemäß, verständlich und leicht zugänglich. Irgendwelche Kommentare dazu?« Francis Le Hérissier sah sich fragend in der Runde um. »Ethan, etwas hinzuzufügen?«

Ethan zeichnete Kringel in seine Agenda und hörte nur mit halbem Ohr den Ausführungen seines Chefs zu. Er hatte wider Erwarten tief und fest in seinem schmalen Jungenbett geschlafen und sich heute Morgen beeilen müssen, um nicht zu spät zur Arbeit zu kommen. Kurz hatte er beim Herfahren überlegt, Samantha anzurufen, doch sie schlief bestimmt noch. Er würde es in der Kaffeepause versuchen.

»Ethan? Hallo?«

»Wie?« Er hob ruckartig den Kopf.

Chester grunzte hämisch, als er seine verwirrte Miene registrierte.

»Ich fragte, wie du zu unserem Leitgedanken stehst.« Francis musterte Ethan eindringlich. »Irgendwelche Kommentare?«

»Nein, alles bestens«, beeilte er sich zu erwidern. Er musste sich jetzt konzentrieren. »Moment! Vielleicht wäre es gut, wenn wir noch hinzufügen, dass es unser Anspruch ist, nah an unseren Kunden zu sein, und wir uns daher ausschließlich in Branchen und Märkten engagieren, in denen wir uns auskennen. Wir suchen schließlich Partnerschaften, die von Dauer sind.«

Francis nickte zustimmend. »Guter Zusatz, danke.« Er notierte sich Ethans Ausführungen.

»Schon witzig«, rief Chester dazwischen. »Das habe ich mir ebenfalls aufgeschrieben.« Er tippte mit dem Kugelschreiber auf ein Blatt Papier vor ihm. »Zwei Dumme, ein Gedanke, was, Ethan?« Er lachte meckernd.

»Natürlich, Chester«, erwiderte Francis, und Ethan bemerkte, wie sich sein Chef ein Augenrollen verkniff. »Fein, dann kommen wir jetzt zum Tagesordnungspunkt zwei: die neuen PSD2-Richtlinien bei Online-Kartenzahlungen mit der Zwei-Faktor-Authentifizierung. Evie hat dazu etwas ausgearbeitet. Bitte.«

Evie errötete kurz, straffte die Schultern und schaltete den Beamer ein. »Es ist so …«

Das Meeting hatte ewig gedauert, weil Chester es wie üblich nicht unterlassen konnte, zu allem seinen Senf dazuzugeben. Gegen halb elf waren sie endlich fertig und Ethan steuerte auf die Toilette zu. Er wollte ungestört mit Samantha reden. Dazu musste er aber erst warten, bis seine Kollegen sich erleichtert hatten und den Raum verließen.

Er setzte sich auf die Toilette und rief Samanthas Nummer auf. Der Anrufbeantworter schaltete sich bereits nach dem ersten Klingeln ein. Mist!

Zuerst wollte er gleich wieder auflegen, um es später erneut zu versuchen, doch er hatte gestern nicht gelogen, dieser Freitag war mit Terminen vollgepackt. Also wollte er sie zu einem gemeinsamen Mittagessen überreden, bevor sie am Abend wieder nach London flog.

Er räusperte sich: »Hi, Samantha, ich bin's. Es tut mir leid, wie das gestern geendet hat. Ich war so durcheinander. Können wir uns über Mittag treffen und über alles reden? Bitte, es würde mir viel bedeuten. Gib mir kurz per SMS Bescheid, okay?«

Er zögerte einen Moment, weil er sich nicht sicher war, ob er noch »ich liebe dich« anfügen sollte oder ob das nach seinem gestrigen Ausraster nicht doch eher kontraproduktiv wäre. Aber die Entscheidung wurde ihm abgenommen, da die Sprechzeit um war. Nun gut, so etwas sagte man auch besser von Angesicht zu Angesicht.

Nachdenklich ging er an seinen Arbeitsplatz zurück und widmete sich dem Tagesgeschäft. Arbeit war immer das Beste, um sich abzulenken. Um elf stand Francis vor Ethans Schreibtisch und räusperte sich.

»Also dann«, seufzte sein Chef. »Auf zum nächsten Meeting.«

Ethan nickte, stand auf und checkte kurz sein Handy. Samantha hatte noch nicht geantwortet. Gutes oder schlechtes Zeichen?

Kurz nach Mittag war auch diese Sitzung vorbei und Ethan hastete zu seinem Schreibtisch zurück und griff nach dem Handy. Nichts. Samantha zürnte ihm also immer noch.

»Shit!«, murmelte er frustriert.

»Kommst du mit zum Food Truck?«, fragte Evie. »Du kannst mich nach meinem ersten erfolgreichen Sitzungsbeitrag zu einem Krabbenbrötchen einladen.«

»Müsstest du nicht eher *mich* einladen?«

Evie riss die Augen auf. »Was? Du willst einer armen Auszubildenden ihren mickrigen Lohn aus der Tasche ziehen? Böser Ethan!«

Er lachte und griff nach seiner Geldbörse. »Hier, du kommende Führungskraft.« Er reichte ihr zwanzig Pfund. »Ich kann heute leider nicht, du musst deinen Erfolg allein feiern, sorry.«

Evie schnappte sich den Geldschein und grinste. »Danke. Und wenn ich Bankdirektorin bin, stelle ich dich ohne Referenzen ein. Versprochen.«

»Okay, ich nehme dich beim Wort.«

Kichernd drehte sie sich um.

Ethan wählte Samanthas Nummer. Erneut die Mailbox. Herrgott noch mal!

Er griff nach seinem Sakko. Ihm blieb nicht viel Zeit über Mittag, also würde er jetzt zu seiner Wohnung fahren. Hoffentlich war Samantha dort und nicht auf dem Weg zu seiner Mutter. Bei dieser Vorstellung wurde ihm richtig schlecht. Denn dann hätte er gleich zwei Frauen gegen sich aufgebracht. Und zwar die wichtigsten in seinem Leben.

42

Während das Flugzeug langsam zur Andockstelle rollte, erwachte Samantha. Offenbar hatte sie den ganzen Flug über geschlafen. Kein Wunder nach dieser Nacht!

Sie unterdrückte ein Gähnen und sah zum Fenster hinaus. Regen ... wie nett.

Die meisten Passagiere standen bereits auf und öffneten die Gepäckfächer über ihren Sitzen, obwohl gerade die Durchsage lief, dass sie doch bitte sitzen bleiben sollten, bis die Maschine stillstand.

Samantha massierte ihren steifen Nacken, dann zog sie ihre Handtasche hervor, griff nach dem Handy und schaltete den Flugmodus aus. Mehrere Meldungen waren eingegangen.

Drei verpasste Anrufe von Ethan!

Ihr Herzschlag verdoppelte sich. Was hatte er von ihr gewollt? Noch mehr Forderungen, den Matkins-Fall ohne Ergebnis abzuschließen? Oder hatte er seine Meinung vielleicht geändert? Er hatte ihr ebenfalls auf die Mailbox gesprochen.

Im ersten Moment wollte Samantha seine Nachricht sofort abfragen, doch ihr Finger verharrte zögernd über der entsprechenden Taste. Hatte sie jetzt schon den Mut dazu, seine Stimme zu hören? Oder das, was er zu sagen hatte? Mit seiner Zurückweisung hatte er sie tief verletzt. Sie war sich nicht sicher, ob sie jetzt schon die Kraft hatte, sich dem zu stellen. Vielleicht war es besser, sich noch Zeit zu lassen, bis sie sich definitiv für das weitere Vorgehen entschieden hatte, und ihn erst dann zurückzurufen. Er würde es akzeptieren müssen, ob es ihm gefiel oder nicht. Auch wenn er ihr gestern eine Abfuhr erteilt hatte, sie waren schließlich erwachsen. Sie hatte nicht vor zu schmollen, das war kindisch. Doch sie brauchte noch ein wenig Zeit, um ihre Haltung zu festigen. Sie war letztendlich nicht aus Stahl und wollte auf keinen Fall am Telefon weinen.

Entschlossen verstaute sie das Handy wieder in der Handtasche, sammelte ihre Utensilien zusammen und verließ den Flieger als eine der Letzten.

»Samantha? Ich dachte, du bist erst nächste Woche wieder zurück.« Carol, die Empfangsdame der Kanzlei, schaute sie über ihre auffällige Brille hinweg verblüfft an. Sie war ein großer Elton-John-Fan, und wie ihr Idol stand sie auf ausgefallene Brillenfassungen.

»Hi, Carol. Das hatte ich auch vor, doch ich bin früher fertig geworden. Ist Hobbs in seinem Büro?«

Carol schüttelte den Kopf. »Die Chefetage ist heute abwesend. Irgendein Anlass eines Dukes of Sowieso. Hattest du denn einen Termin?«

Samantha atmete innerlich auf. Ihr blieb also Zeit bis Montag. Dann würde sie Hobbs ihren Abschlussbericht unterbreiten müssen. Eine kleine Galgenfrist, die ihr nicht ungelegen kam.

»Nein, war nur eine Frage. Danke. Schönen Tag!«

Carol starrte mit gerümpfter Nase durch die imposante Fensterfront der Kanzlei in den strömenden Regen hinaus. »Danke, gleichfalls.«

Samanthas Magen knurrte. Sie hatte nicht gefrühstückt und seit dem Austern-Essen gestern bei den Cavills nichts mehr gegessen. Der Flug hatte zwar nur eine Stunde gedauert, aber vom Flughafen Gatwick bis zur Pilgrim Street hatte Samantha mit dem Taxi im dichten Freitagsverkehr beinahe zwei Stunden gebraucht.

Die Kanzlei mochte es nicht, wenn sich die Angestellten Verpflegung ins Büro liefern ließen, aber wenn die Bosse außer Haus waren, würde sie das ausnutzen. Eine Pizza wäre jetzt nämlich genau das Richtige!

In ihrem Büro angekommen, kickte sie die Pumps von den Füßen und bewegte stöhnend die Zehen. Anschließend bestellte sie online bei ihrem Lieblingsitaliener im Quartier eine Pizza Quattro Stagioni und schaltete den Computer ein.

Ihr Handy klingelte. Ethan?! Eine Mischung aus Enttäuschung und Erleichterung schwappte durch ihren leeren Magen, als sie auf das Display schaute. Sie nahm ab.

»Hi, Mum.«

»Hallo, Liebes. Wie geht es dir? Habt ihr schönes Wetter?«

Im ersten Moment wusste Samantha nicht, was ihre Mutter meinte, doch dann ging ihr ein Licht auf. Sie dachte natürlich, dass ihre Tochter immer noch auf Jersey weilte.

»Geht so«, sagte sie, nicht ohne schlechtes Gewissen.

»Wie schön, hier regnet es Bindfäden. Und? Was hat er gesagt?«

»Wer?«

»Na, dieser Ethan. Kommt er uns besuchen? Ich bin ja schon sehr gespannt auf den Mann, der dein Herz offenbar im Sturm erobert hat.« Felicia lachte leise.

282

Oh Gott, das! Samantha hatte die Einladung ihrer Eltern komplett vergessen.

»Tja, also … im Moment hat er viel zu tun«, erwiderte sie. Das war ja nicht einmal gelogen.

»Verstehe, aber bis Oktober ist ja noch lang. Er wird sich sicher für ein verlängertes Wochenende loseisen können, nicht wahr?«

»Vermutlich.« Samantha verzog den Mund.

»Ist etwas, Liebes? Du klingst so seltsam.«

»Alles bestens, Mum.«

Einen Moment blieb es am anderen Ende still und Samantha hoffte schon, dass sie mit ihren kleinen Notlügen davonkommen würde. Sie musste ihrer Mutter natürlich vom Bruch mit Ethan erzählen, aber lieber später als früher.

»Gib ihn mir bitte mal!«, bat ihre Mutter.

»Was?«

»Ich möchte mit ihm sprechen.«

»Was?«

»Samantha, sei nicht so unhöflich. Man sagt ›wie bitte‹, wenn man etwas nicht verstanden hat. Kann ich kurz selbst mit Ethan sprechen, Liebes? Holst du ihn bitte an den Apparat? Ich möchte ihn etwas fragen.«

Fast hätte Samantha wieder »was?« gesagt, doch sie konnte sich im letzten Moment zurückhalten. Verdammt, und jetzt?

»Er … arbeitet schon wieder«, stammelte sie.

»In der Mittagspause?« Felicias Tonfall war zu entnehmen, dass sie ihrer Tochter nicht glaubte.

»Wie gesagt, er hat viel zu tun.«

Es klopfte und gleichzeitig ging die Tür auf. Der Pizzabote streckte den Kopf herein.

»Hi, Sam. Die Schnuckelige am Empfang sagte, ich solle gleich hochgehen. Hier deine Lieblingspizza … heiß und fettig, wie immer!«

»Wer spricht da, Samantha? Ist das Ethan?«, fragte Felicia.

Samantha wedelte Richtung Pizzaboten mit der Hand. Sie formte mit den Lippen tonlos das Wort »Moment« und sagte zu ihrer Mutter: »Ich muss jetzt Schluss machen. Bye, Mum!«

»Aber …«

Den Rest des Satzes hörte Samantha nicht mehr, weil sie den Anruf ihrer Mutter einfach beendete. Das würde ein schönes Donnerwetter geben.

»Lance, hi«, wandte sie sich seufzend an den Pizzaboten und kramte in ihrer Geldbörse nach Trinkgeld.

»Ich hoffe, du denkst an den Schlechtwetterzuschlag«, sagte der junge Mann. Auf seiner regennassen roten Cap prangte das Logo der Pizzeria. Es sollte eigentlich eine Pizza darstellen, sah aber mehr wie ein Keks mit Schokostreuseln aus.

»Witzbold«, murmelte sie und drückte Lance zwei Pfund in die Hand. »Mehr Kleingeld habe ich gerade nicht.«

»Ich nehme auch Noten.« Er grinste frech.

»Das nächste Mal. Bye, Lance.«

Sie schnappte sich den Pizzakarton, dem ein köstlicher Duft nach Käse, Peperoni und Tomaten entströmte.

Lance verstaute die Münzen in seiner Jeans und tippte an seine Kekscap. »War mir wie immer eine Freude. Bis die Tage!«

* * *

Ethan wusste bereits, bevor er die Tür zu seiner Wohnung aufschloss, dass Samantha nicht mehr da war. Alles war aufgeräumt, das Bett gemacht, die benutzten Handtücher lagen im Wäschekorb. Ihr Parfüm hing noch in der Luft. Doch nirgends ein Zettel mit einer Nachricht. Und sein Handy schwieg beharrlich.

Er setzte sich seufzend an die Bar und stützte den Kopf in die Hände. Wie hatte er nur so dämlich sein können, ihr ein Ultimatum zu stellen? Niemand ließ sich gern erpressen. Schon gar keine Frau wie sie. Er hätte es wissen müssen, dass sie sich das nicht gefallen lassen würde.

Wieso war er gestern nicht bei ihr geblieben? Nach dem ersten Sturm hätten sie sich gewiss beide beruhigt und beratschlagen können, was für alle Beteiligten das Beste wäre. Aber nein, er hatte wie ein verzogenes Gör auf seinem Standpunkt beharrt und vermutlich die Liebe seines Lebens dadurch verloren. Er war so ein Idiot!

Der Timer seines Handys erinnerte ihn daran, dass in fünfzehn Minuten sein nächster Termin in der Bank anstand. Wenn er jetzt sofort losfuhr, würde er ihn noch knapp wahrnehmen können.

Einen Moment starrte er auf das Gerät, schaltete dann den penetranten Erinnerungston ab und wählte Francis' direkte Nummer.

»Francis, hier Ethan. Ich kann den Termin um dreizehn Uhr leider nicht wahrnehmen. Kannst du Chester bitten, für mich einzuspringen? Die Unterlagen liegen auf meinem Schreibtisch.«

»Das ist ein Scherz, oder? Was ist los, Ethan?«

»Eine wichtige Familienangelegenheit, die sich nicht aufschieben lässt.«

»Also, das passt mir nun ganz …«

»Bitte, Francis. Ich würde dich nicht darum bitten, wenn es nicht so dringend wäre.«

Ethan spürte durch die Leitung, wie sein Chef mit sich rang.

»Nun gut, ausnahmsweise«, sagte dieser dann seufzend. »Chester wird sich diebisch darüber freuen und es dir jahrelang unter die Nase reiben. Das ist dir klar?«

Ethan lachte. »Natürlich. Aber die Angelegenheit duldet keinen Aufschub.«

»Und mehr willst du mir nicht darüber sagen, richtig?«

»Tut mir leid. Später vielleicht.«

Francis seufzte wieder. »Dafür schuldest du mir etwas.«

»In Ordnung. Bis Montag. Und danke nochmals.«

43

Freitagnachmittags gab Ethans Mutter keine Malstunden. Viele ihrer Schüler reisten an diesem Tag bereits ab, um den Wochenendverkehr zu umgehen. Sie selbst bereitete sich dann immer auf die kommende Woche und ihre neue Klasse vor. Daher war Ethan sich sicher, sie zu Hause zu erwischen.

Er parkte den Wagen in der Einfahrt und sprintete zur Haustür. Sie war wie immer unverschlossen, trotzdem klingelte er und trat ein.

»Mum, ich bin's! Ich muss dringend etwas mit dir besprechen!«

Im Korridor hing der Duft vom Mittagessen. Irgendetwas mit Pesto, und sein Magen knurrte. Wenn er Glück hatte, würde es noch Reste geben.

Oben ging eine Tür auf. »Hallo? Ist da wer?«

»Dein Sohn!«, rief er durchs Treppenhaus.

»Ethan? Was tust du denn hier? Musst du nicht arbeiten?«

Hannah kam die Treppe herunter und musterte ihn verblüfft.

»Habe heute Nachmittag freigenommen.«

»Um Samantha abzuholen?«

»Nein, es hat aber etwas mit ihr zu tun.«

»Aber du sagtest doch …«

»Sorry, wenn ich dich unterbreche, ist noch etwas vom Mittagessen da? Ich sterbe vor Hunger!«

Nachdem sich Ethan in der Mikrowelle eine große Portion Spaghetti al Pesto aufgewärmt und sie verschlungen hatte, lehnte er sich gesättigt zurück. Seine Mutter hatte ihm während des Essens Gesellschaft geleistet und sich darüber beschwert, dass für morgen wieder Regen angesagt war und der Empfang ihrer neuen Kursteilnehmenden daher in ihrem Wohnzimmer stattfinden musste. Sie wiederholte, wie üblich, wie praktisch es doch wäre, ein Atelier zu besitzen. Das war gut. Es würde es ihm etwas leichter machen, seine Geschichte vorzubringen. Nur wie fing er am besten an?

»Und erfahre ich jetzt, was du vorhin gemeint hast, dass Samantha etwas mit deinem plötzlichen Auftauchen hier zu tun hat?« Hannah rückte ihre Brille zurecht.

Ein Bügel war lose und sie hatte ihn mit einem Pflaster notdürftig repariert. Sie würde sich, spätestens wenn der Gerichtsbescheid über ihr Erbe vorlag, Hunderte neue kaufen können.

Ethan atmete tief durch. »Wo beginne ich am besten?« Er blies die Backen auf. »Okay, es ist so.« Er hielt inne. Verdammt, warum war es nur so schwer?!

»Nun spuck's schon aus, Junge! Mir wird ja langsam unwohl. Es ist doch nichts Schlimmes?«

Er schüttelte den Kopf. »Nein, keine Angst. Es hat jedoch zwei Seiten.«

»Wie alles im Leben«, erwiderte Hannah darauf schmunzelnd. »Also, was liegt dir auf der Seele?«

»Erinnerst du dich daran, dass ich Granny nicht gern besucht habe, als ich noch ein Kind war?«

Hannah hob die Augenbrauen. »Hat es etwas mit meiner Mutter zu tun?«

Er nickte langsam. »Alles hat mit deiner Mutter zu tun.«

»Ich verstehe nicht. Was soll das kryptische Gerede?«

Ethan strich sich über die Stirn. »Ich fange am besten ganz von vorn an. Also, als ich bei Mala und Jacob zu Besuch war, habe ich Samantha getroffen. Ich bin ihr in London zwar schon mal über den Weg gelaufen …« Er lächelte, als er an ihren Zusammenstoß vor der Bäckerei dachte. »Egal, das spielt aber keine Rolle, sondern nur, dass Samantha wegen ihrer Arbeit in Poole war. Sie arbeitet nämlich für eine Londoner Kanzlei, die sich auf ›einsam Gestorbene‹ spezialisiert hat.«

Als er die gerunzelte Stirn seiner Mutter bemerkte, fügte er hinzu: »Das ist ein Fachbegriff für Personen, die ohne bekannte Verwandte sterben. Und zwar vermögende Personen!«

»Okay«, erwiderte seine Mutter gedehnt. »Und was hat das mit Granny zu tun?«

»Darauf komme ich noch.« Er griff nach dem Wasserglas und trank es in einem Zug aus. Sein Mund fühlte sich trotzdem noch staubtrocken an. »Also, normalerweise darf Samantha mit Privatpersonen, die nicht direkt mit ihren aktuellen Fällen zu tun haben, nicht reden«, fuhr er fort. »Aber sie hat mir das eine und andere doch verraten. Sie war auf der Suche nach einer Frau, die 1971 in London gelebt hat. Ihr Name war Charlotte Seymour. Diese Charlotte hatte damals ein Kind zur Welt gebracht, dem sie den Namen Emely gab. Es starb jedoch kurz nach der Geburt. In diesem Krankenhaus lag zur selben Zeit eine andere Frau, die ebenfalls ein Mädchen bekommen und es Emely genannt hat. Zwei verschiedene Babys mit demselben Namen. Und das lebende Baby wurde in derselben Nacht aus der Säuglingsstation gestohlen … oder entführt. Je nachdem, wie man es betrachtet. Die zweite Emely war die Tochter eines vermögenden Ehepaars namens Matkins. Und diese Matkins sind vor ein paar Wochen bei einem Unfall ums Leben gekommen und haben keine bekannten Verwandten hinterlassen.

Samanthas Arbeitgeber ist jetzt also auf der Suche nach möglichen Erben. Und würde man Emely finden, wäre sie die Erbin eines großen Vermögens.«

»Interessant«, sagte Hannah. »Aber nochmals die Frage: Was hat das mit Granny zu tun?«

Ethan fuhr sich mit der Zunge über die Lippen, dann straffte er die Schultern und sah seiner Mutter direkt in die Augen. »Diese Charlotte Seymour, die offenbar damals das Matkins-Baby aus dem Krankenhaus entführt hat, war Granny. Und du, Mum, bist dieses Baby. Du bist Emely Matkins.«

So, jetzt war es heraus! Er stieß erleichtert die Luft aus.

Seine Mutter starrte ihn aus großen Augen an. Das musste ein ziemlicher Schock für sie sein. Verständlich, dass sie keinen Ton über die Lippen brachte. Doch dann warf sie den Kopf in den Nacken und lachte schallend.

Ethan runzelte die Stirn. Offenbar nahm sie ihn nicht ernst. »Mum, ich …«

Hannah wedelte mit der Hand in der Luft herum, während ihr die Lachtränen über die Wangen liefen. »Gott, Ethan«, stieß sie zwischen zwei Lachkrämpfen hervor. »Was für ein Blödsinn! Bist du betrunken?«

Jetzt wurde er ärgerlich. Natürlich war es unglaublich, aber dass seine Mutter so reagierte, kränkte ihn. Es war alles andere als leicht für ihn gewesen, mit der Wahrheit herauszurücken. Im ersten Moment wollte er auffahren, doch er schluckte die heftige Erwiderung, die ihm auf der Zunge lag, hinunter. Besser, wenn sie sich erst einmal beruhigte.

Vor sich hin kichernd, wischte sich Hannah über die Augen. Dann räusperte sie sich mehrmals. »Diese Samantha hat dir ja einen schönen Bären aufgebunden. Wie kommt sie nur auf so eine abstruse Idee? Und du? Seit wann glaubst du denn wieder an Märchen?«

Seine Mutter gluckste weiter vor sich hin. Jedes Mal, wenn sie Ethans Blick begegnete, zuckten ihre Mundwinkel und sie fing wieder an zu kichern.

»Mum, bitte«, begann er und griff über den Tisch hinweg nach ihrer Hand. »Ich weiß, dass das alles fragwürdig klingt, aber es ist wahr. Wir haben Beweise gefunden.«

»Ach ja? Welche denn? Ist meine DNS mit derjenigen dieser Ms Matkins etwa identisch? Hast du mir beim Schlafen etwa ein Haar ausgerissen und es in einem Labor untersuchen lassen?« Sie zwinkerte ihm spöttisch zu.

»Vermutlich ist keine DNS-Analyse nötig. Samantha meint, die bereits vorhandenen Beweise sind für das Nachlassgericht ausreichend.«

Hannah schüttelte mehrmals den Kopf. »Du glaubst das alles tatsächlich, nicht? Himmel, diese Samantha hat dir ja wahrlich den Verstand geraubt. Jetzt bin ich noch neugieriger darauf, sie kennenzulernen.«

Ethan schaute betreten zum Fenster hinaus. »Das wird vermutlich nicht geschehen«, erwiderte er leise. »Wir haben uns gestritten und sie ist heute Morgen abgereist.«

Hannah entzog ihm ihre Hand. »Wie? Ich dachte, sie sei gar nicht erst gekommen.«

Er zuckte mit den Schultern. »Das war gelogen. Sie ist gestern hergeflogen und wir haben bei den Cavills Austern gegessen. Dabei hat uns Davina etwas erzählt, was Samanthas These endgültig untermauert hat. Und ich ...«, er brach ab und schüttelte den Kopf.

»Und du?«

»Ich war so dämlich, sie darum zu bitten, ihre Beweise zurückzuhalten und den Matkins-Fall ohne Ergebnis abzuschließen, weil ich dir Leid ersparen wollte. Samantha wird mir nie verzeihen, dass ich sie so unter Druck gesetzt habe. Ich hab's gründlich vergeigt.«

Hannah stand auf und ging schweigend in der Küche auf und ab. Nach einer Weile drehte sie sich um und verschränkte die Arme vor der Brust. »Das ist alles wirklich lächerlich! Aber gut, jetzt würde ich doch gern wissen, wie sie und du auf einen solchen Unsinn gekommen seid.«

»Natürlich, ich erzähle dir alles, was du wissen möchtest.«

Hannah setzte sich wieder hin und verschränkte die Hände auf dem Tisch. »Fein, also, wieso sagst du, dass meine Mutter diese Charlotte Seymour gewesen sein soll, wo sie doch Malherbe hieß?«

»Sorcha war Charlottes Patentante und wir vermuten, dass sie Granny adoptiert hat, damit sie später das Haus erben kann. Aus Charlotte Seymour wurde Charlotte Malherbe.«

»Aha, interessant. Und weshalb weiß ich nichts davon?«

Ethan zuckte mit den Schultern. »Granny wollte natürlich nicht, dass irgendwer einen Bezug zu ihrem Verbrechen herstellen kann. Sie hatte ja ein Baby gestohlen und konnte nicht sicher sein, dass nicht plötzlich die Polizei auf der Schwelle stehen würde.«

»Über eine Adoption müsste es aber Unterlagen geben, nicht?«, warf Hannah ein. »Habt ihr die gefunden?«

Er schüttelte den Kopf. »Das ist vermutlich noch die leichteste Aufgabe. Samantha wird Nachforschungen diesbezüglich bei den Behörden sicher bereits in die Wege geleitet haben.«

Hannah stieß einen ungläubigen Laut aus.

Ethan hob den Blick. Seine Mutter lachte nicht mehr. Was ging ihr wohl gerade durch den Kopf? Dachte sie darüber nach, ob seine Worte den Tatsachen entsprachen?

»Mum, ist es dir nie seltsam erschienen, dass du nie ein Foto deines Vaters gesehen hast? Ich weiß, was Granny dir deswegen gesagt hat: Sie hat alle vernichtet, weil sie sich den Schmerz über seinen frühen Tod damit ersparen wollte. Aber mal ehrlich, wer tut denn so etwas? Meistens schaut man sich Fotos doch nach einer gewissen Zeit wieder an, um sich der Verstorbenen zu erinnern, nicht?«

Hannah furchte die Stirn, schwieg aber.

»Granny konnte dir keine Fotos zeigen, weil es deinen Vater gar nicht gab«, setzte er nach. »Charlottes richtiger Mann ist nämlich bei einem Grubenunglück gestorben. Und von Mr Matkins hatte sie ja keine Fotos. Den hat sie vermutlich gar nie kennengelernt.«

»Wart ihr deshalb in Grannys Haus? Um irgendwelche Hinweise zu finden?«

Ethan nickte. »Wir haben jedoch nichts entdeckt.«

Hannah stieß einen zischenden Laut aus. »Und im Geheimfach?«

»Dazu kamen wir nicht mehr.«

Seine Mutter klopfte mit den Fingerspitzen nervös auf die Tischplatte. »Das ist so ein Unfug, Ethan! Ich kann nicht glauben, dass du diese haarsträubende Geschichte wirklich für bare Münze nimmst.«

»Ich hatte auch lange meine Zweifel. Aber wenn man alle Puzzleteile zusammensetzt, erhält man ein schlüssiges Ganzes.«

Hannah schnaubte abfällig. »Und was hat Davina damit zu tun?«

»Sie war doch bis zu ihrer Rente die mobile Krankenschwester auf den Inseln und hat auch Sorcha betreut. Eines Tages hat sie zufällig ein Gespräch zwischen ihr und Granny mitbekommen, in dem die beiden über eine Adoption gesprochen haben. Davina meinte im ersten Moment, es gehe um dich, Mum. Doch dann hat Sorcha gesagt, dass eine Adoption alle ihre Probleme lösen und Emely«, Ethan betonte diesen Namen, »für alle Zeiten schützen würde.«

»Und ich soll also diese Emely Matkins sein?«

Er nickte.

»Und ich wurde als Baby in London aus dem Krankenhaus entführt?«

Wieder nickte er.

»Und meine … richtigen Eltern waren diese Matkins?«

»Genau. Und wenn das Nachlassgericht Samanthas Beweise anerkennt, wirst du deren Erbin. Und damit stinkreich! Stell dir doch nur mal vor, was du mit dem Geld alles machen kannst: endlich ein Atelier kaufen oder Paps ein Bed & Breakfast, das er sich schon so lange wünscht. Dir … euch stünde die ganze Welt offen.«

Hannah starrte Ethan eine Weile stumm an. Dann stand sie abrupt auf und der Küchenstuhl wackelte bedenklich. »Ich will von dem ganzen Unsinn nichts mehr hören!«, rief sie aufgebracht. »Wie kannst du mir nur so etwas antun, Ethan? Soll das ein schlechter Scherz sein? Am besten, du gehst jetzt!« Damit drehte sie sich um und stürmte aus der Küche.

Ethan ließ den Kopf hängen. Das hatte er ja fein hingekriegt.

44

Samantha bezahlte den Taxifahrer und lief die Eingangsstufen zu ihrem Elternhaus hoch.

Wie erbärmlich, dass eine erwachsene Frau an einem Freitagabend nichts Besseres zu tun hatte, als mit ihren Eltern zu essen. Doch ihr Kühlschrank war leer und sie hatte zu wenig Energie aufgebracht, um etwas einzukaufen. Also kam ihr Mums Einladung gerade recht.

Felicia wusste, dass ihre Tochter am frühen Freitagabend von Jersey hatte zurückfliegen wollen, und hoffte jetzt natürlich auf einen Zwischenbericht über ihren Schwiegersohn in spe. Sie würde ziemlich enttäuscht sein, wenn ihr Samantha von dem Bruch mit Ethan erzählte.

Sie hatte es bis jetzt nicht geschafft, ihn zurückzurufen, auch wenn er ihr zwischenzeitlich noch mehr SMS geschickt hatte, in denen er um einen Rückruf bat. Es sei dringend, hatte er geschrieben, und er würde lieber persönlich mit ihr sprechen.

Was konnte das sein? Hatte er seine Meinung geändert und wollte sich entschuldigen? Oder war er vielleicht sogar nochmals zu Charlottes Haus gefahren, um das Geheimfach zu untersuchen? Und wenn ja, hatte er darin etwas Wichtiges gefunden?

Doch Samantha war noch immer zu verletzt über seine unversöhnliche Haltung und darüber, wie er gestern reagiert hatte. Sie musste erst verarbeiten, dass sich ihr sogenannter Traummann in einen fiesen Troll verwandelt hatte. Er würde sich eben gedulden müssen, bis sie ihr inneres Gleichgewicht wiedergefunden hatte. Zudem hatte sie sich noch nicht entschieden, was sie Harold Hobbs im Matkins-Fall mitteilen wollte. Das würde sie am Wochenende tun … sie hatte ja sonst nichts vor.

Bevor sie die Haustür öffnete, atmete sie einmal tief durch. Das Update für ihre Eltern würde nicht einfach werden. Vor allem, weil es nicht dem entsprach, was ihre Mutter erhoffte.

»Also wirklich, Liebes. Du kannst dich doch nicht so unversöhnlich zeigen!« Felicias Augen funkelten empört. »Du wirst sicher noch viele Fälle bekommen, aber so einen Mann triffst du nicht an jeder Straßenecke.« Felicia schenkte Samantha Wein nach und stellte die Flasche etwas zu energisch wieder ab.

»Mum, echt jetzt! Ich kann nicht mit einem Kerl zusammen sein, der mir vorschreibt, was ich zu tun und zu lassen habe. In welchem Jahrhundert leben wir denn?«

Samantha griff nach dem Wein und nahm einen herzhaften Schluck. Sie hatte geahnt, dass ihre Mutter mit ihrer Reaktion nicht einverstanden sein würde, aber es schmerzte trotzdem, dass sie sich automatisch auf Ethans Seite schlug.

»Nun sag doch auch mal was, George!«, wandte sich Felicia an ihren Mann. »Sollte Samantha nicht einlenken?«

Samanthas Vater zuckte vor Schreck zusammen und ein Stück Braten fiel von seiner Gabel. Er räusperte sich mehrmals. »Nun, Samantha hat nicht unrecht. Dieser Ethan hätte sie nicht erpressen sollen. Ich kann ihre Reaktion durchaus nachvollziehen.«

»Danke, Dad.« Samantha lächelte ihren Vater liebevoll an. Immerhin einer stand auf ihrer Seite.

»Papperlapapp!«, zischte Felicia. »Manchmal muss man eben Kompromisse eingehen. Und ich verstehe Ethans Vorbehalte vollkommen. Seine arme Mutter!« Sie seufzte tief und legte eine Hand aufs Herz. »Das zeigt doch nur, welch liebevoller Sohn er ist. Ein anderer hätte nur auf das viele Geld geschielt. Sprich doch noch mal mit ihm, Sammy.«

»Das werde ich natürlich«, lenkte Samantha ein. »Nur ...«

Wie aufs Stichwort läutete ihr Handy.

Felicia knurrte missmutig. Sie mochte es nicht, wenn sie beim Essen durch die modernen Kommunikationsmittel gestört wurden. Daher öffnete Samantha lediglich ihre Handtasche und linste aufs Display. Offensichtlich hatten Ethan gerade die Ohren geklingelt, denn sein Name stand auf der Anruferliste.

»Ist das Ethan?«, fragte Felicia hoffnungsvoll.

Samantha drückte seinen Anruf weg und schaltete das Handy aus. »Nichts Wichtiges«, murmelte sie und stocherte in den Bohnen herum.

Der Appetit war ihr gründlich vergangen. Ihre Mutter hatte manchmal ein Frauenbild wie aus Königin Victorias Zeiten. Aber sie hatte auch nicht unrecht. Ethans blödes Verhalten fußte vermutlich wirklich nur darauf, dass er sich Sorgen um seine Mum machte. Ein anderer hätte womöglich nur auf das Vermögen spekuliert, das ihm irgendwann zufallen würde, und sich über die Gefühle aller Beteiligten hinweggesetzt.

Doch es ging eben auch um ihre Karriere und das Vertrauen, das Hobbs in ihre Fähigkeiten setzte. Das würde ziemlich erschüttert, wenn sie am Montag ohne Ergebnisse auftauchte. Möglicherweise würde er ihr keinen weiteren Fall geben, wenn sie schon den ersten vergeigte.

Und außerdem stand es am Ende Ethan eben wirklich nicht zu, eine solch weitreichende Entscheidung für seine Mutter zu treffen.

Eine richtige Zwickmühle!

Eine ganze Weile sagte keiner am Tisch ein Wort und nur das Klappern des Bestecks war zu hören.

Felicia war offensichtlich über das Verhalten ihrer Tochter verstimmt, denn normalerweise wusste sie stets eine Menge zu berichten. Jetzt jedoch kaute sie mit säuerlicher Miene auf dem Braten herum, der ihr dieses Mal nicht wirklich gelungen war. Schließlich sprang Paps in die Bresche und fragte Samantha über ihre Fortschritte für die Nachprüfungen in ihrem Jura-Studium aus.

Sie atmete innerlich auf. Das war bekanntes Terrain, auch wenn sie die vergangenen Tage kaum gebüffelt hatte. Doch zum Glück musste sie nicht alle Fächer wiederholen, und den Rest des Abendessens fachsimpelten er und sie über Vermögensrecht und was von Bitcoins zu halten war.

Gegen zehn Uhr verabschiedete sich Samantha von ihren Eltern. Ihr Vater schloss sie herzlich in die Arme, ihre Mum schenkte ihr nur ein flüchtiges Nicken.

Felicia Bucknell zeigte jeweils ohne Scheu, was sie von anderen hielt. Aber lange böse auf jemanden zu sein, entsprach nicht ihrem Naturell. Sie würde ihrer Tochter rasch vergeben und vermutlich wieder mit ihren Verkupplungsversuchen starten. Denn die Mission, ihre Tochter baldmöglichst unter die Haube zu bringen, stand immer noch an vorderster Front. Also alles wie gehabt.

Gegen elf Uhr war Samantha endlich zu Hause, sprang noch schnell unter die Dusche und fiel anschließend erschöpft ins Bett. Eine Weile drehten sich ihre Gedanken noch um das, was ihre Mutter gesagt hatte. Vielleicht sollte sie Ethan doch noch eine Chance geben. Alles mit ihm hatte sich so richtig angefühlt und sie vermisste ihn schrecklich. Morgen würde sie ihn anrufen. Beide hatten sie mittlerweile etwas Abstand gewonnen und vielleicht gab es ja doch noch einen Mittelweg für sie. Sie wünschte es sich so sehr!

45

Ethan schlummerte noch tief und fest, als es am Samstagmorgen an seiner Wohnung Sturm läutete. Er schreckte hoch und starrte auf den Wecker. Sieben Uhr fünfzehn. Wer in Teufels Namen weckte ihn um diese Zeit?!

»Ich komme ja«, murrte er und schlurfte zur Wohnungstür.

Er hatte gestern bis spät in die Nacht versucht, Samantha dazu zu bewegen, ihn zurückzurufen, damit er ihr mitteilen konnte, dass er seiner Mutter alles erzählt hatte und seine Erpressung damit hinfällig geworden war. Doch sie hatte nicht auf seine Bitten reagiert, und die Sache war zu delikat, als dass er ihr das per Kurznachricht eröffnen wollte. Wenn sie sich heute jedoch immer noch nicht meldete, würde er es ihr halt in einer Mail erklären, dann lag der Ball wieder bei ihr. Er hoffte inständig, dass sie ihn zurückwarf.

Er riss die Wohnungstür auf. Davor stand seine Mutter in einer gelben Regenjacke. »Mum? Was tust du denn hier?«

»Zieh dich an, Ethan! Wir fahren zu Grannys Haus! Es regnet übrigens.«

Er blinzelte verwirrt. »Wohin?«

»Wir untersuchen jetzt dieses Geheimfach, zum Donnerwetter! Ich habe die ganze Nacht kein Auge zugetan. Daran bist du schuld. Also hopp, hopp, komm in die Gänge!«

Er rieb sich als Antwort nur über sein stoppeliges Kinn und Hannah schob ihn mit einem missmutigen Laut zur Seite. Ihre Hände waren eiskalt und er schauderte. Sie marschierte in die Küche und schaltete die Kaffeemaschine ein.

Während sie die Küchenschränke aufriss und nach Tassen suchte, sagte sie: »Was du gestern vom Stapel gelassen hast, halte ich zwar weiterhin für ausgemachten Blödsinn, aber …« Sie drehte sich um und sah Ethan mit feuchten Augen an.

Er schluckte. So aufgelöst hatte er seine Mutter selten erlebt. Normalerweise war sie die Ausgeglichenheit in Person.

»Es tut mir leid«, stammelte er beschämt.

»Nein, das muss es nicht.« Sie klaubte zwei Kaffeekapseln aus der Verpackung. »Es ist nur …«

»Ist nur was?«

Er griff nach den Kapseln und steckte eine in die Kaffeemaschine, stellte eine Tasse darunter und drückte die Espressotaste.

»Im Nachhinein ergibt vieles einen Sinn. Ich hatte oft das Gefühl, dass mit meiner Mutter etwas nicht stimmte.«

Sie sah kurz hoch und senkte dann wieder den Blick.

Köstlicher Kaffeeduft stieg auf und Ethan holte aus dem Kühlschrank die Milch. »Wie meinst du das?«

Hannah setzte sich an die Bar und zog ihre Regenjacke aus. »Als ich noch ein Kind war«, begann sie, »sah mich meine Mutter manchmal so seltsam an. Als ob sie in meinem Gesicht nach etwas suchte. Ich fühlte mich dann immer irgendwie unzulänglich, als ob ich ihren Ansprüchen nicht genügen würde.« Sie lachte freudlos. »Bescheuert, was?«

»Nein, finde ich nicht. Kinder haben ein sensibles Gespür für Zwischentöne.«

»Sie war nie unfreundlich zu mir. Das wirklich nicht, aber auch nicht besonders liebevoll.«

»Ich weiß, was du meinst. Deshalb bin ich ja auch so ungern zu ihr gegangen.«

Hannah atmete tief durch. »Trotzdem. Ich kann es einfach nicht glauben. Also werden wir heute dieses Geheimfach untersuchen. Wenn irgendwo etwas zu finden ist, dann dort!«

»Machen wir. Aber zuerst gibt's Kaffee ... und eine Scheibe Toast. Ohne Frühstück gehe ich ganz bestimmt nicht in Grannys Haus. Ganz egal, ob wir dort etwas finden oder nicht.«

Die Fahrt nach Plémont war eine Herausforderung. Der Regen peitschte über die Insel und die Scheibenwischer gaben ihr Bestes, wenn auch ohne wirklichen Erfolg. Quasi im Schritttempo schlich Ethan die schmale Straße entlang und hoffte sehnlichst, bald dort zu sein.

Seine Mutter schwieg die meiste Zeit. Sie starrte angespannt durch die Windschutzscheibe in den strömenden Regen hinaus und knetete dabei ihre Hände.

»Alles okay, Mum?«, fragte er schließlich.

Sie fuhr zusammen und wandte den Kopf. »Sicher«, erwiderte sie leichthin, wobei ihre viel zu hohe Tonlage die Aussage Lügen strafte.

Vermutlich gingen ihr die wildesten Dinge durch den Kopf. Versuchte sie mittlerweile, die Tatsachen anzunehmen? Oder sträubte sie sich weiter gegen die Wahrheit? Wenn ja, konnte er es ihr nicht verdenken. Es musste wirklich ein harter Schlag für sie sein. Hatte sie mit Paps darüber gesprochen? Oder wollte sie erst ganz sicher sein?

Ethan glaubte nicht, dass sein Vater etwas wusste, er hätte ihn sonst bestimmt schon längst angerufen. Also stand auch ihm noch eine unglaubliche Überraschung bevor. Doch es war richtig gewesen, seiner Mutter die ganze Geschichte zu erzählen. Auch wenn sie ihm deswegen zürnte. Es wäre sicher schlimmer für sie gewesen, wenn Samanthas Kanzlei sie kontaktiert hätte und sie im Nachhinein erfahren hätte, dass ihr Sohn von allem schon lange wusste.

Nun ja, so lange auch wieder nicht. Er hatte nur das Gefühl, es seien seit seiner Begegnung mit Samantha Jahre vergangen. War das wirklich erst eine Woche her? Eine Woche voller Glück und zugleich tiefster Verzweiflung. Wenn Samantha doch nur endlich seine Nachrichten beantworten würde! Er vermisste sie. Die Leere, die sie hinterlassen hatte, nagte wie ein hungriges Tier an ihm. Es fühlte sich an, als ob jemand ein Stück aus ihm herausgerissen hätte.

Sein Vorhaben, ihr eine lange Mail zu schreiben, warf er über Bord. Er musste direkt mit ihr sprechen, von Angesicht zu Angesicht. Also wäre es unumgänglich, nach London zu fliegen, um sie persönlich zu treffen. Wenn sie ihm nicht die Tür öffnete, würde er halt davor kampieren. Oder sie am Montag in der Kanzlei aufsuchen. Dort wäre es ihr kaum möglich, ihm aus dem Weg zu gehen. Wenn er heute nach Hause kam, wollte er gleich einen Flug buchen.

Dieser Gedanke beflügelte ihn. Es fühlte sich gut an, einen Plan zu haben und nicht nur untätig herumzusitzen und zu warten. Er musste einfach versuchen, sie zurückzugewinnen! Er würde es sich sonst sein Leben lang nicht verzeihen.

* * *

Seit acht Uhr saß Samantha konzentriert am Schreibtisch und vervollständigte ihren Bericht über den Matkins-Fall. Eigentlich fehlten jetzt nur noch ihr Fazit und die folgenden Schritte.

Sie starrte auf den blinkenden Cursor. Wenn sie Hobbs vorschlug, Hannah Ouless als potenzielle Erbin anzugeben, würde ihr das Erbe nach dem Gerichtsentscheid zwar ausbezahlt werden, aber Samantha würde dadurch auch Ethan verlieren. Wenn sie Hobbs jedoch mitteilte, dass sie keine Spur gefunden hatte, würde sie ihren ersten eigenen Fall ohne Ergebnis abschließen müssen und das Matkins-Erbe ginge nach der gesetzten Frist endgültig an den Staat. Beide Möglichkeiten enthielten sowohl Vor- als auch Nachteile für alle Involvierten, und es gab keine Variante, die allen Wünschen gerecht wurde.

Sie stand auf und schaltete die Kaffeemaschine ein. Daneben lag ihr Handy, das sie auf stumm geschaltet hatte. Gestern bis spät in die Nacht waren noch Nachrichten von Ethan eingegangen, heute jedoch noch keine einzige. Hatte er es mittlerweile aufgegeben, weil sie nicht reagierte?

»Schon?«, murmelte sie enttäuscht.

Aber was hatte sie denn erwartet? Dass er sich mehr ins Zeug legte und nicht so schnell aufgab? Wenn sie ehrlich war, ja. Doch sie konnte ihn auch verstehen. Es gab nichts Demütigenderes, als wenn jemand einen am ausgestreckten Arm verhungern ließ.

Sie atmete tief durch, griff nach dem Handy und wählte seine Nummer.

Als es klingelte, schlug ihr Herz in doppelter Geschwindigkeit. Sie wäre vorher besser noch mal auf die Toilette gegangen, aber jetzt war es zu spät.

Nach dreimal klingeln sprang Ethans Mailbox an. Schnell drückte sie auf die rote Taste. Wie seltsam, dass er sich jetzt nicht meldete, wo er doch gestern unermüdlich den Kontakt gesucht hatte. Ob er noch schlief? Doch es war schon neun Uhr vorbei.

Samantha runzelte die Stirn und versuchte es noch einmal. Wieder kein Glück. Ob er das extra tat? Vielleicht um sie wegen ihres Schweigens zu bestrafen? Sie stieß einen missmutigen Laut aus. Dann würde sie es eben später noch einmal versuchen. Jetzt hatte sie sich schon durchgerungen, also würde sie es auch durchziehen.

Sie griff nach der Kaffeetasse, setzte sich wieder vor ihren Laptop und schrieb ihr Fazit, ohne nochmals innezuhalten.

46

Für die normalerweise knapp dreißigminütige Fahrt von Saint Helier nach Plémont benötigte Ethan heute mehr als eine Stunde. Als sie gegen neun Uhr bei Grannys Haus ankamen, war er erschöpft und ein dumpfer Schmerz klopfte hinter seiner Stirn.

Ethan und seine Mutter starrten beide durch die Windschutzscheibe. Keiner schien wirklich Lust zu verspüren, auszusteigen. Das Haus wirkte noch abweisender als sonst. Der Regen hatte die Fassade in ein schmutziges Grau verwandelt. Der Keramiktopf neben der Haustür war umgefallen und heute lag auch kein schlafendes Kätzchen mehr auf der Holzbank. Die dunklen Fenster erschienen ihm wie die toten Augen eines lauernden Ungetüms und ein kalter Schauer lief ihm über den Rücken.

Doch dann klopfte sich Hannah auf die Schenkel und öffnete die Wagentür. »Na, dann mal los!«, sagte sie, stülpte sich die Kapuze über den Kopf und lief zur Gartentür.

Im Innern des Hauses roch es nach Feuchtigkeit. Irgendwo tropfte es. Vermutlich war das Dach an einer Stelle undicht. Wenn sie Pech hatten, kam neben allem Sonstigen, was nicht mehr funktionierte, auch noch Schimmel dazu. Dann wurde es richtig teuer. Vielleicht wäre es wirklich das Beste, seine Mutter würde den Kasten endlich verkaufen und damit auch alle Erinnerungen, die damit zusammenhingen – die guten und die schlechten.

»Ich hätte mich mehr darum kümmern müssen«, sagte Hannah an seiner Seite leise. Sie sah niedergeschlagen aus, während sie die nasse Wachsjacke auszog und an einen Haken im Flur hängte.

»Das hätten wir alle. Es ist nicht deine Schuld, Mum.«

In ihren Augen glitzerten Tränen. »Weißt du, was das Schlimmste ist?«

Er schüttelte den Kopf.

»Als Mutter gestorben ist, habe ich nicht nur Trauer gefühlt, sondern auch … Erleichterung. Gott, ich bin so furchtbar!«

Ihre Schultern zuckten und er zog sie in die Arme.

»Nein, das bist du auf keinen Fall! Granny ist immer eine schwierige Person gewesen. Niemand kam wirklich mit ihr klar. Und jetzt wissen wir auch wieso, nicht? Vielleicht hat das Gewissen sie gedrückt und sie wusste nicht, wie sie damit umgehen sollte.«

Hannah schniefte leise und wischte sich über die Augen. »Vielleicht hast du recht.« Sie atmete tief durch. »Also komm, schauen wir nach, was in diesem blöden Geheimfach liegt.«

Die aufgebrochenen Schubladen des Buffetschranks schienen Ethan anklagend anzusehen, als sie ins Wohnzimmer traten.

Hannah wies auf die rechte Schublade. »Du musst sie ganz herausziehen, dann siehst du, dass sie kürzer ist als die linke. Dahinter befindet sich das Geheimfach.«

Ethan nickte und zog das Schubfach heraus. Tatsächlich war es nur halb so groß wie die anderen. Samantha und er hatten das nicht bemerkt, weil sie lediglich in die Fächer hineingesehen und, da sie leer gewesen waren, das Interesse daran verloren hatten.

Er ging in die Knie und lugte in den Hohlraum.

»Siehst du es?«

»Ja.« Er tastete mit der Hand danach und fühlte ein kleines Schlüsselloch. »Und der Schlüssel dazu?«

Hannah ging ebenfalls in die Knie, wobei ein deutliches Knacken erklang. »Es lebe das Alter!«, stieß sie unwillig hervor.

Ethan lachte. »Nur ein bisschen eingerostet.«

»Wohl wahr. Ich habe keine Ahnung, wo der Schlüssel ist.« Sie stützte sich auf Ethans Schulter und richtete sich wieder auf. »Du wirst das Ding mit Gewalt öffnen müssen.«

Er brummte zustimmend. Und da das Möbelstück eh auf dem Sperrmüll landen würde, hielten sich seine Skrupel in Grenzen.

Er stand auf. »Ich suche mal nach einer Axt, okay?«

»Im Schuppen beim Kaminholz liegt sicher eine.«

»Alles klar. Bin gleich zurück.«

Als er das Haus durch die Hintertür verließ, hatte der Regen nachgelassen. Es roch nach nasser Vegetation und feuchter Erde. Einen Moment blieb er stehen und atmete tief ein. Auch wenn es regnete, war die Aussicht von hier über die Bucht spektakulär. Seine Mutter würde bestimmt einen ordentlichen Batzen für das Grundstück bekommen. Solche Bauplätze gingen auf Jersey weg wie warme Semmeln. Ein reicher Engländer würde hier vermutlich ein nobles Ferienhaus hinstellen. Vielleicht sollte er es Samanthas Dad anbieten.

Bei dem Gedanken an ihr Schweigen wurde es ihm schwer ums Herz. Zwar hatte er heute noch nicht versucht, sie zu erreichen, aber eher, weil er nicht erneut enttäuscht sein wollte, wenn sie nicht reagierte. Und hier hatte er sowieso kein Netz. Aber bald würde er ja schon vor ihr stehen. Und vielleicht sogar mit einem eindeutigen Beweis!

»Wollen Sie mich auf den Arm nehmen?!«

»Mr Hobbs? Sind Sie das?« Samantha wechselte ihr Handy ans andere Ohr.

»Nein, König Georg der Dritte! Sagen Sie mal, ist das Ihr Ernst?«

Sie verzog das Gesicht. Sie hatte ihren Bericht per E-Mail an Hobbs Kanzleiadresse gesandt, weil sie sich nicht der Gefahr aussetzen wollte, es sich noch einmal anders zu überlegen. Sie hatte darauf gehofft, dass er ihn erst am Montag lesen würde. Offenbar arbeitete er aber auch am Samstag und hatte sie umgehend angerufen. Verdammt!

»Ich weiß nicht, was Sie meinen, doch ...«

»Jetzt hören Sie mir mal gut zu, meine Liebe. Es ist mir vollkommen egal, was auf Jersey geschehen ist, aber diesen Bericht akzeptiere ich nicht! Das, was Sie mir vorher berichtet haben, klang einleuchtend. Also kommen Sie mir jetzt nicht so, okay?«

»Ich ...«

»Unterbrechen Sie mich nicht! Ich habe Ihnen zwar auf die Bitte Ihres Vaters hin eine Stelle gegeben, aber hätten Sie als Johns Assistentin in dem Schottland-Fall Mist gebaut, hätten Sie schneller vor der Tür gestanden, als Sie Louis Vuitton sagen können. John hat Sie in den höchsten Tönen gelobt, also habe ich Ihnen eine Chance gegeben. Und es sah auch alles sehr gut aus ... und jetzt das? Wollen Sie mich verscheißern?«

»Mr Hobbs ...«

»Nein, fertig mit Mr Hobbs! Sie schreiben das Ende Ihres Berichts um. Und zwar so, dass es den Tatsachen entspricht. Habe ich mich klar ausgedrückt?«

Samantha schluckte schwer.

»Habe ich mich klar ausgedrückt?«

»Natürlich«, erwiderte sie kleinlaut.

»Gut! Wir sprechen uns am Montag.«

Damit war die Leitung unterbrochen.

Samantha stieß die Luft aus. So hatte ihr Boss noch nie mit ihr gesprochen. Überhaupt hatte noch niemand je so mit ihr gesprochen! Ärger stieg in ihr hoch. Hatte sie das nötig? Im ersten Moment wollte sie gleich die Kündigung aufsetzen. Sollte die Kanzlei ihren Mist doch allein erledigen!

Aber zum Glück meldete sich ihr Verstand wieder. Hobbs hatte recht. Das Ende ihres Berichts stand im krassen Gegensatz zu ihren vorherigen Rückmeldungen. Ein Fuchs wie er hatte das natürlich innerhalb von Sekunden begriffen.

Sie setzte sich wieder an den Schreibtisch und rief erneut die Matkins-Akte auf.

»Tut mir leid, Ethan«, murmelte sie mit einem dicken Kloß im Hals. »Aber ich habe es versucht.«

* * *

»Geh besser einen Schritt zurück, Mum.« Ethan griff die Axt fester. Dann hielt er jedoch inne. »Es wäre bestimmt leichter, von der Rückseite ans Geheimfach heranzukommen.«

Seine Mutter nickte. »Können wir das Ding verschieben?«

»Sehen wir gleich.« Er legte die Axt auf den Boden und versuchte vergeblich, den Buffetschrank von der Wand zu schieben. Das Teil rührte sich keinen Millimeter.

»Warte«, sagte seine Mutter. »Ich helfe dir.«

Mit vereinten Kräften zogen sie daran. Außer, dass es ein bisschen knirschte, passierte jedoch nichts.

»Tja«, meinte Ethan und wischte sich den Schweiß von der Stirn. »Wir müssen wohl zuerst alle Schubfächer und das Porzellan entfernen, damit es leichter wird. Und dann können wir es mit Hebelwirkung versuchen.«

In den nächsten Minuten zogen sie alle Schubladen heraus und stapelten das hässliche Porzellan auf dem Wohnzimmertisch. Anschließend lief Ethan nochmals in den Schuppen und hielt nach einer robusten Stange Ausschau. Er fand jedoch nur ein langes Brett, das ihm für sein Vorhaben aber passend erschien. Beim Hochheben fing er sich einen Splitter ein und fluchte. Er hätte besser Handschuhe mitnehmen sollen.

»Aber jetzt!«, sagte er mit einem schiefen Grinsen zu seiner Mutter, als er wieder vor dem Buffetschrank stand.

Gemeinsam konnten sie ihn endlich ein paar Zentimeter weit bewegen und er schob schnell das Brett in den schmalen Spalt. »Wäre doch gelacht, wenn es jetzt nicht klappt.«

Seine Mutter verbiss sich ein Lachen. »Ethan, der Handwerker!«

»Mach du nur deine Witze«, knurrte er. »Das klappt, du wirst sehen. Und jetzt zusammen. Pass aber auf, ich habe mir schon einen Splitter eingefangen!«

Sie stellten sich nebeneinander und jeder packte eine Seite des Bretts.

»Eins, zwei, drei!«

Zuerst geschah nichts, doch dann bewegte sich das Buffet langsam von der Wand weg. Es ächzte dabei, als ob es ihm empörend erschien, nach so langer Zeit seinen angestammten Platz verlassen zu müssen. Als sie es einen Meter von der Wand weggeschoben hatten, ließen sie das Brett fallen und den Rest konnte Ethan allein erledigen. Schließlich stand das Buffet im rechten Winkel zur Wand.

Hannah stieß erleichtert die Luft aus. »Schau dir mal diesen Dreck an«, sagte sie und betrachtete angewidert die dicke Staubschicht und die Spinnweben, die zum Vorschein gekommen waren.

»Da habt ihr beim Frühjahrsputz wohl geschlampt, was?«

Er zwinkerte seiner Mutter zu und sie verdrehte die Augen.

Er klopfte auf die Rückwand und stellte erleichtert fest, dass sie, entgegen dem massiven Holz, aus dem der Buffetschrank gefertigt war, nur aus einer dünnen Holzplatte bestand. Gut, dann würden seine Holzhackerkünste ausreichen.

Er hob die Axt auf und stellte sich in Position. »Die Stunde der Wahrheit«, murmelte er, fixierte den Punkt, den er hoffentlich treffen würde, und schlug zu.

47

Der Regen hatte endlich aufgehört. Als Samantha ihre Wohnung verließ, glänzte das Kopfsteinpflaster der Straße vor ihrem Loft wie frisch poliert.

Ihr Zuhause lag in den Thurloe Place Mews, einer ruhigen Sackgasse. In früheren Zeiten waren die *Mews* die rückwärtigen Stallungen der Prachtbauten an den großen Straßen gewesen: vorn die Herrschaft und hinten die Pferde samt Kutschen. Heute wurden diese Gebäude zu Lofts ausgebaut, waren in London sehr begehrt und unverschämt teuer.

Die Thurloe Place Mews lagen im gehobenen Stadtteil South Kensington, der vor allem für das Victoria and Albert Museum, das gleich um die Ecke lag, die Parkanlagen und die hübschen Boutiquen bekannt war.

Sie hätte sich ihre Wohnung ohne die Unterstützung ihres Vaters niemals leisten können. Noch nicht! Zwar zahlte die Kanzlei ordentliche Gehälter, aber sobald sie endlich ihren Abschluss hatte, würde sie mehr verlangen können. Sie hoffte inständig, irgendwann finanziell unabhängig zu sein, wenn vielleicht auch mit einer Wohnung in einem weniger exklusiven Viertel.

Nachdem sie das Ende des Matkins-Berichts neu geschrieben und an Hobbs gemailt hatte, waren die Würfel sozusagen gefallen. Alles Weitere lag nicht mehr in ihrer Hand.

Sie hatte die vergangene Stunde mehrmals versucht, Ethan anzurufen, um ihm das Ergebnis mitzuteilen. Doch er ging nicht ans Handy. Auf der einen Seite war sie froh darüber, weil ihr damit die unerfreuliche Diskussion, die darauf höchstwahrscheinlich folgen würde, noch einen Moment erspart blieb. Auf der anderen Seite befürchtete sie, dass er zwar ihre Nummer erkannte, aber bewusst nicht ranging. Hatte sie zu lange gewartet, seine Bitten um Rückruf zu lange ignoriert? Oder gab es einen anderen Grund, weshalb er ihre Anrufe nicht entgegennahm?

Sie schlang sich den Schal fester um den Hals. Für Mitte September waren die Temperaturen in London schon recht kühl. Zudem blies von der Themse her ein steter Wind, der aber wenigstens die letzten Regenwolken vertrieb.

Samantha hasste es, am Samstag einzukaufen, doch ihr Kühlschrank war leer, und bis Montag wollte sie sich nicht bloß von Junkfood ernähren.

Auf dem Weg zum Supermarkt kaufte sie sich eine süße Sünde in ihrer Lieblingsbäckerei und blieb vor dem Schaufenster einer Galerie stehen. Es zeigte Landschaftsbilder, die sie an diejenigen von Hannah Ouless erinnerten. Derselbe kraftvolle Strich und die kühnen Farben. Ethans Mutter könnte mit einer Ausstellung in der Hauptstadt bestimmt punkten. Ob sie jemals an so etwas gedacht hatte? Ihr künstlerisches Talent war ein weiterer Hinweis auf eine Verbindung zu den Matkins, denn auch Patience hatte ja gemalt.

Samantha seufzte tief. Sie hatte jetzt zwar erfolgreich einen Fall abgeschlossen, und Hannah Ouless würde dadurch zu einer reichen Frau werden, aber der Preis dafür blieb ein gebrochenes Herz. Ethan würde ihr das nie verzeihen!

Entschlossen griff sie ins Einkaufsnetz, holte das Plunderstückchen, das sie sich eben gekauft hatte, heraus und biss herzhaft hinein. Sie brauchte jetzt ein bisschen Nervennahrung.

Das Gebäck war köstlich. Nach dem letzten Bissen wischte sie sich entschlossen den Puderzucker von den Lippen. Erst einmal neue Vorräte kaufen und später noch mal versuchen, Ethan anzurufen. Sie nickte mehrmals. Das klang ja beinahe nach einem Plan.

* * *

Das dünne Holz der Rückwand des Buffetschranks zersplitterte nach dem dritten Schlag. Ein fingerdicker Spalt tat sich auf. Ethan drückte die Schneide der Axt hinein und hebelte ein großes Stück der Rückseite heraus.

»Siehst du was?«, fragte seine Mutter aufgeregt.

»Noch nicht.«

Er steckte vorsichtig, um sich nicht an den scharfen Bruchkanten zu verletzen, seine Hand hinein. Zuerst schien es so, als ob dieses Geheimfach wie alle anderen Schubladen leer sei. Doch dann ertasteten seine Finger etwas Schmales, Weiches.

»Ethan?«

»Ich spüre da was.« Er versuchte, das Ding herauszuholen, doch es entglitt immer wieder seinen Fingern.

»Was ist es denn?« Die Stimme seiner Mutter klang vor Aufregung ganz hoch. »Ein Dokument?«

»Nein, ich glaube … es ist aus Plastik.«

»Plastik?«

Er wandte den Kopf und nickte.

»Ach!« Seine Mutter schien enttäuscht.

Offensichtlich hatte sie etwas anderes erwartet. Vielleicht eine Urkunde oder Fotos. Und jetzt handelte es sich vermutlich nur um ein Spielzeug.

Endlich konnte er das Ding besser fassen und zog es langsam heraus.

Er betrachtete das blassrosa Armband mit gerunzelter Stirn und hielt es dann seiner Mutter hin.

Diese schnappte nach Luft. »Weißt du, was das ist?«

»Sollte ich?«, fragte Ethan.

»Ethan, das ist ein Identifikationsarmband für Neugeborene! Und da es rosa ist, nehme ich an, es war für ein Mädchen.«

»Okay«, erwiderte er gedehnt. »Also vermutlich ist es deins, nicht?«

Sie nickte und wischte sich ihre Hände an der Hose ab. »Kann ich es mal sehen?«

Das alles war ja schön und gut, aber nicht wirklich hilfreich. Es bedeutete lediglich, dass Granny es vermutlich aus Sentimentalität im Geheimfach eingeschlossen hatte. Er hielt es seiner Mum hin.

Hannah nahm das Armband in die Hand und wischte vorsichtig mit dem Finger darüber, um es vom Staub zu befreien. Unter dem ganzen Schmutz kam ein kleines Schild zum Vorschein. Seine Mutter starrte darauf und plötzlich liefen ihr Tränen über die Wangen.

»Mum?«, rief er erschrocken.

Stumm hielt sie ihm das Armband hin. Unter dem Schild konnte er Buchstaben erkennen. Er verengte die Augen, um besser sehen zu können, und stieß dann verblüfft die Luft aus.

Auf dem Etikett stand: Emely Matkins, ♀, 19.09.71 – 06:35.

Ethan und Hannah saßen schweigend an Grannys Wohnzimmertisch. Vor ihnen lag das Armband.

Samanthas Schlussfolgerungen entpuppten sich jetzt also als hieb- und stichfest: Seine Großmutter hatte 1971 Emely

Matkins aus dem Krankenhaus entführt und als ihr eigenes Kind ausgegeben. Und aus Emely war später Hannah geworden.

»Scheiße!«, stieß Ethan wütend hervor. »Granny war also wirklich nicht meine leibliche Großmutter!«

Hannah schüttelte den Kopf. »Und auch nicht meine leibliche Mutter.«

»Wie konnte sie uns das antun?! Sorry, wie konnte sie *dir* das antun?!«

Hannah zuckte mit den Schultern. »Keine Ahnung. Vermutlich eine Kurzschlusshandlung. Weil ihr eigenes Kind gestorben war?«

Er stieß einen abfälligen Laut aus. »Eine Kindbettdepression? Wirklich?«

»Weshalb bist du denn so wütend?«

Er sprang auf. »Und wieso bist du es nicht?«

Sie sah ihn erschrocken an. »Was würde es denn ändern?«

»Mum, echt jetzt? Du hast Verständnis für Charlotte? Und was ist mit diesen Matkins? Deinen richtigen Eltern? Schon mal an die gedacht? Wie die sich gefühlt haben mussten, als jemand ihr Kind entführt hatte? Die haben nie wieder etwas von dir gehört und mussten annehmen, dass du tot bist. Und sie haben nie erfahren, was für eine wundervolle Tochter sie hatten.«

Hannahs Schultern zuckten plötzlich und sie schlug die Hände vors Gesicht.

»Tut mir leid«, sagte er betreten. »Ich wollte nicht die Beherrschung verlieren.« Er zog einen Stuhl neben den von seiner Mutter und zog sie in die Arme. »Entschuldige, Mum. Ich weiß nur gerade nicht, was ich fühlen soll.«

Sie schniefte leise, was ihm beinahe das Herz brach. Er war so ein Egoist und beschwerte sich über seine eigenen Empfindungen. Doch wie musste sie sich erst fühlen?

Eine Weile saßen sie stumm beieinander und hielten sich fest. Langsam beruhigte sich Hannah.

»Geht's wieder?«

Sie nickte und wischte sich über die Augen. »Und jetzt?«

Er hob die Schultern. »Das liegt ganz bei dir, Mum. Entweder wir rufen Samantha an und erzählen ihr, was wir gefunden haben. Damit wären auch die letzten Zweifel ausgeräumt und ihre Kanzlei kann den Antrag für dein Erbe stellen. Oder ...«

»Oder?«

»Na ja. Ich habe sie gebeten, den Fall ohne Ergebnis abzuschließen. Du könntest diese Bitte wiederholen, dann bliebe alles beim Alten und niemand würde je die Wahrheit erfahren.«

Hannah hob ruckartig den Kopf. »Darum hast du sie gebeten?«

Er nickte zögerlich.

»Aber warum denn um Gottes willen?«

»Wegen dem hier natürlich.« Er vollführte eine ausladende Armbewegung. »Weil ich genau das befürchtet habe. Samanthas Recherchen würden dir das Herz brechen.«

Hannah furchte die Stirn. »Und wie hat sie reagiert?«

Er seufzte. »Sie wurde fuchsteufelswild und hielt mir vor, dass es mir wohl kaum zustehe, diese Entscheidung für dich zu treffen.« Seine Mutter hob die Augenbrauen, was ihn dazu veranlasste, anzufügen: »Ich habe es nur gut gemeint.«

Sah er da etwa ein leichtes Lächeln auf den Lippen seiner Mutter?

»Und weshalb hast du es mir dann doch erzählt?«

Er blickte betreten zu Boden. »Weil ich mich Samantha gegenüber wie ein Idiot aufgeführt habe. Deswegen haben wir uns gestritten und sie ist vorzeitig abgereist. Sie hat mir auch keine Hoffnungen gemacht, dass sie den Fall ohne Ergebnis abschließen will. Also habe ich gedacht, bevor die Kanzlei dich informiert, mache ich das lieber selbst. Ich weiß nicht, wie die rechtliche Lage aussieht, aber vermutlich könntest du das Erbe auch ausschlagen und niemand würde je etwas über Grannys Verbrechen erfahren.« Er starrte auf das rosa Plastikarmband. »Ich will Samantha nicht verlieren, Mum. Sie ist ... ich liebe sie.« Dann hob er den Blick. »Also, wie entscheidest du dich?«

48

Die Kerzen auf dem Badewannenrand flackerten, als Samantha nach dem Glas Weißwein griff. Aus dem Wohnzimmer erklang die rauchige Stimme von Tracy Chapman. *Baby, can I hold you tonight?* Schatz, kann ich dich heute halten?

»Sehr witzig!«, zischte Samantha. Musste der Text so passend sein?

Den ganzen Tag über hatte sie versucht, Ethan zu erreichen. Vergeblich. Weder nahm er ihre Anrufe entgegen noch beantwortete er ihre Kurzmitteilungen. Zwischenzeitlich war sein Handy sogar ausgeschaltet gewesen. Er schmollte offensichtlich. Oder hatte er das zwischen ihnen bereits ad acta gelegt?

Sie kannte seine private E-Mail-Adresse nicht, aber wenn er das ganze Wochenende über nicht reagierte, würde sie ihm eben an seine Arbeitsadresse mailen, die sie auf der Webseite der Bank gefunden hatte. Hoffentlich las diese Nachricht niemand anderes. Und wenn doch … selbst schuld!

Als das Badewasser kühler wurde, stieg sie aus der Wanne und schlüpfte in ihren Bademantel. Sie wickelte ihre Haare in ein Handtuch, ging ins Wohnzimmer und schaltete die Musik aus.

Es war kurz vor zweiundzwanzig Uhr, bestimmt lief irgendwo eine Komödie im TV. Wenn nicht, würde sie einen Film streamen. Sie war zu aufgebracht, um jetzt schon einschlafen zu können. Freitagabend bei Mami und Papi und am Samstag vor der Glotze. Ihr Leben konnte nur noch besser werden.

Als es klingelte, runzelte sie die Stirn. Obwohl sie sich vorgenommen hatte, weniger Junkfood zu essen, hatte sie keine Lust gehabt zu kochen. Normalerweise aß sie zwar früher, aber um sieben hatte sie noch keinen Hunger verspürt. Dass der Pizzadienst jedoch bereits jetzt lieferte, war ungewöhnlich, denn auf der App hatte man ihr mitgeteilt, dass es 22.30 Uhr werden würde. Zum Umziehen blieb keine Zeit mehr. Egal, der Pizzabote würde es überleben, sie im Bademantel zu sehen.

Sie betätigte den Türöffner und sagte in die Gegensprechanlage: »Kommen Sie hoch, dritter Stock.«

Sie schnürte den Gürtel enger, griff nach ihrem Portemonnaie und suchte nach Trinkgeld. Kurz darauf läutete es an der Wohnungstür.

»Das ging aber ...«

Sie brach ab und erstarrte. Vor der Tür standen Ethan und eine ältere Frau, die sie schmunzelnd musterte.

»Sie haben eine tolle Wohnung, Ms Bucknell.« Ethans Mutter sah sich bewundernd um.

Samantha hatte sich in Windeseile angezogen, und nun saßen sie zu dritt im Wohnzimmer.

»Danke, Ms Ouless.«

»Nennen Sie mich doch Hannah.« Sie schürzte die Lippen. »Oder muss ich mich jetzt Emely nennen?« Sie schaute unsicher zu ihrem Sohn.

Ethan wirkte durcheinander. Was tat er mit seiner Mutter in London? Klar war nur, sie wusste jetzt offenbar von der

Entführung, sonst hätte sie den Namen Emely nicht erwähnt. Wieso hatte er es ihr schließlich doch erzählt? Er war doch so strikt dagegen gewesen. Hatte er ihr das am Telefon mitteilen wollen? Und wenn ja, woher jetzt der plötzliche Sinneswandel? War es das zu erwartende Vermögen der Matkins? Der Gedanke gefiel Samantha nicht.

»Hannah ist natürlich okay, Mum«, erwiderte er und drückte kurz die Hand seiner Mutter.

Sie sah ihn dankbar an und nickte.

Wie liebevoll sie miteinander umgingen. Samantha begriff langsam, wie nahe sie sich standen, und konnte seine Bedenken jetzt besser nachvollziehen. Trotzdem …

Sie registrierte, wie Hannah ihren Sohn mit dem Ellbogen anstieß und auf ihre Handtasche deutete. Was sollte das bedeuten? Hatten sie ihr ein Geschenk mitgebracht? Einen Verlobungsring?

Bei dem Gedanken errötete Samantha, senkte schnell den Kopf und begann, die Zeitschriften auf dem Couchtisch zu ordnen.

Bei Ethans Anblick vor ihrer Tür wäre ihr vorhin fast das Herz stehen geblieben. Es war wie ein Faustschlag in die Magengrube gewesen, der ihr den Atem geraubt hatte. Nur mit Mühe hatte sie ein Japsen unterdrücken können. Dieser Mann ging ihr, trotz allem, was passiert war, unter die Haut. Am liebsten wäre sie ihm einfach um den Hals gefallen, doch zum Glück hatte sie sich im letzten Moment noch zurückhalten können. Dann hatte er ihr seine Mutter vorgestellt. Die zwei ähnelten sich sehr: dieselben wunderschönen Augen, die gleichen Lippen und eine ähnliche Körpersprache.

Nach dem ersten Schock hatte Samantha Mutter und Sohn ins Loft gebeten.

»Ethan«, sagte Hannah, »zeig es ihr jetzt.« Sie öffnete den Reißverschluss ihrer Handtasche.

Es zeigen? Was zeigen? Der Gedanke an einen Ring verwarf Samantha sofort wieder. Welch absurde Vorstellung!

Ethan räusperte sich. »Samantha«, begann er und hob den Kopf.

Sein Blick ging ihr durch Mark und Bein. Wenn er jetzt sagte, dass es mit ihnen endgültig aus sei, würde sie das nicht akzeptieren. Das durfte einfach nicht sein!

»Also, es ist so«, fuhr er fort. »Zuallererst muss ich mich bei dir entschuldigen. Ich habe mich wie ein Volltrottel aufgeführt und Dinge gesagt, die ich zutiefst bereue. Ich hoffe, dass du mir meine unversöhnliche Haltung verzeihst.«

Er streckte die Hand aus und Hannah legte etwas, was sie aus ihrer Handtasche geholt hatte, in seine Handfläche. Samantha sah kurz etwas Rosafarbenes, bevor sich Ethans Finger darum schlossen.

»Ich habe gründlich darüber nachgedacht, was du mir vorgehalten hast, Samantha, nämlich, dass es mir nicht zusteht, die Wahrheit vor Mum zu verheimlichen. Seien meine Gründe dafür auch noch so edel. Du hattest natürlich recht. Also habe ich ihr alles erzählt.«

Hannah legte ihre Hand auf Ethans Knie. »Was für ein Schock!«, sagte sie und schüttelte den Kopf. »Im ersten Moment konnte ich es nicht glauben. *Wollte* es nicht glauben! Aber dann …« Sie nickte ihrem Sohn aufmunternd zu.

Er öffnete die Hand und Samantha starrte auf ein kleines, rosafarbenes Armband.

»Ich bin mit Mum noch mal zu Grannys Haus gefahren, um das Geheimfach zu untersuchen. Deshalb konnte ich deine Anrufe auch nicht entgegennehmen, dort hat man nämlich kein Netz und danach wollte ich einfach nur noch nach London, um mit dir persönlich zu sprechen.« Er hielt ihr das rosafarbene Armband hin. »Es handelt sich um ein

Identifikationsarmband, das man Neugeborenen anlegt. Lies bitte, was darauf steht.«

Samantha hielt unwillkürlich den Atem an und griff mit spitzen Fingern nach dem kleinen Armband. Als sie die verblasste Schrift entziffert hatte, keuchte sie verblüfft auf.

Samantha stand in der Küche und suchte nach Servietten. »Und ihr wollt wirklich nichts essen? Ich kann noch eine zusätzliche Pizza bestellen … das geht ganz schnell.«

Der Duft von Tomatensoße, geschmolzenem Käse und Oregano hing in der Luft. Vor wenigen Minuten war die Pizza geliefert worden.

Hannah schüttelte den Kopf. »Nein danke, Samantha. Wir haben vor dem Abflug eine Kleinigkeit gegessen.«

Samantha spürte, wie Ethan hinter sie trat. Seine körperliche Präsenz verursachte ihr einen Schauer. Jetzt bedauerte sie es sehr, dass ihr Loft nach allen Seiten hin offen war. Sie hätte gern einen Moment allein mit ihm verbracht.

Er sagte nichts, stand einfach nur hinter ihr, und als sie das Prickeln in ihrem Nacken nicht mehr aushielt, drehte sie sich um.

»Aber ein Glas Wein nehmt ihr doch, nicht? Er ist wirklich ausgezeichnet und …«, fing sie an zu plappern, weil er sie einfach nur anschaute, was sie nervös machte.

»Samantha«, sagte er leise. »Du hast meine Frage noch nicht beantwortet. Wirst du mir verzeihen?«

Sie konnte im ersten Moment nichts erwidern, zu sehr hielt sein Blick sie gefangen. Die Zeit schien sich wie ein Gummiband zu dehnen und langsam wich seine hoffnungsvolle Miene einer enttäuschten. Sie sah, wie er schluckte.

»Natürlich verzeihe ich dir, du Dummkopf!«, stieß sie lachend hervor und schlang die Arme um seinen Hals, dabei stieß sie an den Pizzakarton. Er fiel zu Boden und die geschnittenen Pizzastücke schlitterten über den Küchenboden.

Erschrocken sahen sie sich die Bescherung an.

»Offenbar habe ich meine geheimen Superkräfte für fliegende Esswaren verloren«, meinte Ethan trocken.

Dann beugte er sich zu Samantha runter und verschloss ihren Mund mit einem langen Kuss.

49

Hannah stand versunken vor Vincent van Goghs »Sonnenblumen«. Sie schien weit weg zu sein und bemerkte offenbar die vielen Touristen nicht, die sich um eines der berühmtesten Gemälde der National Gallery drängten.

Ethan rollte verhalten mit den Augen. »Tolle Idee, Samantha, meine Mum ins Kunstmuseum zu schleppen. Wir werden den ganzen Tag hier verbringen müssen, wenn sie eine Stunde vor jedem Gemälde stehen bleibt.«

Samantha verbiss sich ein Lachen. »Nun sei mal nicht so und lass ihr die Freude. Künstler unter sich verdienen etwas Nachsicht.«

Sie hatte vergangene Nacht das Gästezimmer zurechtgemacht, als Hannah ihr erklärt hatte, dass sie direkt vom Flughafen zum Loft gefahren waren. Sie hatte ihr weiter erzählt, dass sie nach dem Fund des Armbands beschlossen hatten, spontan in die Hauptstadt zu fliegen, um es ihr zu bringen.

Zwar wäre es Samantha lieber gewesen, Ethan hätte in ihrem Bett übernachtet, aber offenbar hatte er seine Gentleman-Seite entdeckt und darauf bestanden, auf dem Sofa zu nächtigen. Oder es war ihm einfach zu peinlich, unter demselben Dach wie seine Mutter bei ihr zu schlafen. Egal, es würde bestimmt noch viele gemeinsame Nächte geben.

Samantha seufzte bei der Vorstellung genüsslich.

»Ist was?«, fragte Ethan und küsste ihre Schläfe.

Sie schüttelte lächelnd den Kopf. »Nein, ich bin nur gerade so glücklich.«

Er zog amüsiert einen Mundwinkel hoch. »Das freut mich, denn ich bin es auch. Und ich wäre noch glücklicher, wenn wir irgendwo etwas essen könnten. Mein Magen knurrt.«

Sie stieß ihm spaßeshalber den Ellbogen in die Seite. »Vielfraß! Aber du hast recht, ich könnte auch etwas vertragen. Ich kenne einen netten Pub um die Ecke, der köstliche *Fish and Chips* zubereitet. Lust?«

Er beugte sich zu ihr herab und flüsterte ihr ins Ohr: »Ich habe eher Lust auf dich.«

Sie kicherte. Er sprach ihr aus der Seele, doch solange seine Mutter bei ihnen war, mussten sie sich eben beherrschen. Morgen hatten die Ouless vor, bei Mr Hobbs vorzusprechen, um Hannahs Ansprüche auf das Matkins-Erbe offiziell anzumelden. Samantha konnte es kaum erwarten, sein verblüfftes Gesicht zu sehen, wenn sie mit den beiden in seinem Büro auftauchte.

Endlich konnte sich Hannah von den Sonnenblumen losreißen und trat zu ihnen. »Habt ihr gewusst, dass dieses Bild eins aus einer ganzen Reihe mit demselben Motiv ist? Van Gogh fertigte sie 1888 für das Atelier eines befreundeten Malers in Südfrankreich an. Und weil gepflückte Sonnenblumen schnell verwelken, malte er jedes der Bilder in einem Durchgang ohne Unterbrechung. Fantastisch, nicht?«

»Deine gefallen mir besser, Mum«, erwiderte Ethan grinsend.

Hannah schnaubte. »Das kann man nicht vergleichen, du Kunstbanause!« Sie wandte sich an Samantha. »Und jetzt auf zu

Monets ›Seerosenteich‹. Auch wenn meine eigene Pinselführung mehr in Richtung van Gogh geht, bewundere ich Monets filigrane Bilder.«

Ethan starrte seine Mutter entsetzt an. »Mum, ich bin am Verhungern!«

Sie drehte sich zu ihm um. »Aber du hast doch eben erst gefrühstückt.«

»Das ist vier Stunden her!«

Sie hob die Augenbrauen. »Tatsächlich? Wie schnell doch die Zeit vergeht, wenn man sich amüsiert.«

Bevor Ethan darauf etwas Unpassendes erwidern konnte, mischte Samantha sich ein. »Vielleicht wäre es besser, wenn ich das Raubtier hier füttere, sonst nagt es noch die Bilderrahmen an. Derweil können Sie sich in aller Ruhe weiter umschauen, okay? Wir treffen uns danach einfach am Eingang wieder. Schreiben Sie uns eine SMS, wenn Sie fertig sind.«

»Das würde Ihnen nichts ausmachen?«

»Aber nein. Genießen Sie den Moment, ohne ein nörgelndes Kleinkind an der Hand.«

»Hey!« Ethan schob gekränkt die Unterlippe nach vorn und sah jetzt wirklich wie ein kleiner Junge aus.

Samantha und Hannah sahen sich an und fingen dann gleichzeitig an zu lachen.

Nach zwei Stunden, in denen sich Ethan nahezu die gesamte Speisekarte rauf- und runtergegessen hatte, standen sie jetzt wieder vor dem Eingang des Kunstmuseums und warteten auf Hannah. Es war windig geworden und Samantha bereute, kein Haargummi eingepackt zu haben. Ethan schien der frische Wind nicht zu stören; als Insulaner war er dagegen offenbar immun.

»Ein Königreich für ein Nickerchen«, murmelte er und klopfte auf seinen Bauch. »Ich muss mich hinlegen und verdauen.«

Sie lachte. »Geschieht dir ganz recht! Wie kann man nur so viel essen?«

Er zog sie in die Arme. »Hättest du nicht auch Lust, dich ein wenig hinzulegen?«

Sie wusste, worauf er anspielte, und seufzte leise. Natürlich hatte sie Lust, doch bevor sie etwas erwidern konnte, hörten sie Hannah rufen.

»Hallo, ihr zwei!« Ethans Mum kam auf sie zu. Sie strahlte übers ganze Gesicht. »Einfach fantastisch! Würde ich in London wohnen, ich würde jeden Tag ins Museum gehen.«

Samantha und Ethan sahen sich grinsend an.

»Sie sollten selbst ausstellen«, schlug Samantha vor. »Ihre Bilder sind genauso gut wie die, die hier hängen.«

Hannah winkte verlegen ab. »Nicht doch!«, wiegelte sie ab, aber Samantha sah deutlich, wie das Kompliment sie freute.

»Hast du Hunger, Mum? Willst du etwas essen?«

Hannah schüttelte den Kopf. »Nein, die Kunst hat mich gesättigt.« Sie zwinkerte ihrem Sohn schelmisch zu. »Wohin geht's jetzt?«

Samantha war schon den ganzen Morgen eine Idee im Kopf herumgespukt, doch bis eben hatte sie gezögert, davon zu sprechen. Wäre das zu viel für Hannah? Oder hoffte sie vielleicht sogar darauf? Samantha hatte Ethan noch nicht eingeweiht und bereute es jetzt, sich keine Rückendeckung geholt zu haben. Er kannte seine Mutter besser und wüsste, ob es eine gute Idee war, was sie vorhatte.

»Samantha?«, wandte sich Hannah erneut an sie. »Was steht jetzt auf der London-Tour?«

Einen Moment zögerte Samantha noch, dann fasste sie sich ein Herz. »Würden Sie gern das Haus Ihrer leiblichen Eltern besichtigen?«

Auf der halbstündigen Fahrt mit der Untergrundbahn bis zum Pembroke Square wirkte Hannah in sich gekehrt.

Samantha warf ihr immer wieder verstohlene Blicke zu. Im ersten Moment hatte Hannah ihrem Vorschlag, das Haus der Matkins aufzusuchen, sofort zugestimmt, doch offenbar zweifelte sie mittlerweile an ihrer Entscheidung. Vielleicht hätte Samantha mit ihrer Idee besser noch gewartet, aber jetzt war sie ausgesprochen. Würde Hannah wirklich den Mut aufbringen, reinzugehen? Selbst Ethan schien besorgt zu sein. Auf ihre Frage, wie es ihm gehe, hatte er sie nur verwirrt angeschaut und dann wieder auf die Anzeige der Haltestellen gestarrt.

Schließlich wurde es Samantha zu ungemütlich. »Ms Ouless, wir müssen das nicht tun«, wandte sie sich an Hannah. »Es war lediglich eine spontane Idee, weil sich der Hausschlüssel der Matkins immer noch in meinem Besitz befindet. Aber wenn Ihnen dabei unwohl ist, dann lassen wir es besser, okay?«

Hannah zuckte zusammen, als wäre sie in Gedanken weit weg, straffte dann aber entschlossen die Schultern. »Doch, ich möchte das Haus gern sehen.«

Samantha nickte. »Alles klar.« Sie griff nach Hannahs Hand und drückte sie kurz.

Diese lächelte dankbar. »Und jetzt lassen wir das mal mit der Ms Ouless, einverstanden?«, schlug sie vor.

»Gern.«

»Hier müssen wir raus!«, rief Ethan und sprang vom Sitz auf, als hätte er sich gerade auf eine Reißzwecke gesetzt. Er schien nervöser als seine Mutter zu sein.

Am Earl's Court verließen sie die *Tube*, wie die Londoner ihre Untergrundbahn liebevoll nannten. Von dort aus war es nur noch ein kurzer Fußmarsch bis zum Pembroke Square.

»Eine hübsche Gegend«, meinte Hannah nach einer Weile und sah sich interessiert um.

»Eine der besten Gegenden in Kensington«, pflichtete Samantha ihr bei. »Und im Frühling, wenn die japanischen Kirschbäume blühen, ein wahrer Traum.«

»Bis sie verblühen«, wandte Hannah ein. »Dann ist es nur noch eine rosafarbene Sauerei auf dem Boden.«

Samantha lachte. »Genau.« Vor dem Haus der Matkins blieb sie stehen und holte den Schlüssel aus ihrer Handtasche. »Hier ist es.«

Hannah und Ethan musterten ehrfurchtsvoll das dreistöckige Gebäude.

»Wow!«, sagte er schließlich und rieb sich den Nacken. »Nicht schlecht, was, Mum?«

Hannah nickte stumm.

»Wollen wir reingehen?«, fragte Samantha.

»Dürfen wir das einfach so?« Hannah blickte sie zweifelnd an.

»Natürlich. Sobald das Nachlassgericht deinen Erbanspruch offiziell bestätigt hat, gehört es ja dir.« Und noch eine schöne Stange Geld obendrein, fügte sie in Gedanken hinzu. Hannah Ouless würde für den Rest ihres Lebens ausgesorgt haben.

»Alles okay, Mum?«, fragte Ethan besorgt. »Es ist auch in Ordnung, wenn wir wieder umkehren.«

Hannah schluckte, doch dann atmete sie tief ein. »Ich schaffe das!«

Samantha stieg die Stufen zur Eingangstür hinauf und schloss auf. Im Flur roch es noch muffiger als beim ersten Mal, als sie hier gewesen war und Mia getroffen hatte. Also öffnete Samantha schnell ein Fenster.

Hannah hatte sich bei Ethan untergehakt, als ob sie Halt benötigte. Ihre Blicke huschten unstet durch den Flur, blieben an einem Gemälde haften und ihre gefurchte Stirn glättete sich ein wenig.

»Deine Mutter hat ebenfalls gemalt«, erklärte Samantha. »Es gibt noch weitere Bilder von ihr.«

»Tatsächlich?« Hannah schien sich darüber zu freuen.

»Patience' Bilder sind zwar etwas archaischer als deine, aber sie hatte durchaus Talent, finde ich.«

Hannah lächelte glücklich. »Wie schön. Dann weiß ich jetzt wenigstens, woher meine Liebe zur Kunst stammt. Mu… Charlotte hatte dafür leider wenig Verständnis.«

Samantha spürte regelrecht, wie das Matkins-Haus bei der Nennung dieses Namens den Atem anhielt. Als ob es sich dagegen wehren wollte. Sie fröstelte plötzlich. Normalerweise war sie zwar nicht der Typ für esoterische Schwingungen, aber jetzt waren die nahezu greifbar.

Um den Bann zu brechen, räusperte sie sich geräuschvoll. »Kommt!«, wandte sie sich an Hannah und Ethan. »Ich zeige euch den Rest des Hauses.«

50

Irgendwann wurde es Ethan im Haus seiner leiblichen Großeltern zu viel und er flüchtete mit einer fadenscheinigen Ausrede in den Garten. Obwohl es aussah, als würde es bald zu regnen beginnen, fühlte er sich an der frischen Luft gleich besser.

Er wusste nicht, wie seine Mum es schaffte, in diesem Haus umherzuwandern und alles zu begutachten. Auch wenn er Granny Charlotte nicht wirklich gemocht hatte, schien es ihm plötzlich wie ein Verrat an ihr, überhaupt hier zu sein. Zugegeben, sie hatte etwas Schreckliches getan, als sie diesen Matkins ihr Baby geraubt hatte. Trotzdem ...

»Ach, Mist!«, fluchte er leise.

Man sah dem Garten an, dass er schon seit einer Weile vernachlässigt wurde.

Was würde seine Mutter mit diesem Haus anfangen? Es vermieten? Oder verkaufen? Der Gedanke, dass sie hierherziehen könnte, verunsicherte ihn. Zwar war er erwachsen und würde es verschmerzen, seine Eltern nicht mehr so oft zu sehen. Aber Jersey ohne Hannah Ouless? Nein, das war unmöglich!

»Hi!«

Eine Stimme ließ ihn zusammenfahren. Er drehte sich um. Auf den Treppenstufen eines kleinen Holzpavillons saß eine

Jugendliche und schaute ihn neugierig an. Als er näher trat, registrierte er, dass sie wunderschöne hellgrüne Augen besaß. Die schwarz umrandeten Lider betonten die Farbe noch, wirkten aber wie eine Kriegsbemalung. Sie war für ihr Alter eindeutig zu stark geschminkt.

»Hi«, erwiderte Ethan. »Gehörst du zum Haus?« Er wies mit dem Kopf Richtung offener Küchentür.

Die Jugendliche riss die Augen auf. »Zu diesem alten Kasten?«, fragte sie empört und schnaubte. »Sicher nicht!«

Ihre Entrüstung amüsierte ihn. Er wies auf die Stufen. »Darf ich?«

Sie zuckte gelangweilt mit den Schultern, rutschte aber ein Stück zur Seite und er setzte sich neben sie.

»Ich bin Ethan«, stellte er sich vor.

»Mia«, antwortete sie. »Kaufen Sie das Haus?«

Er sah sie überrascht an und schüttelte dann den Kopf. »Nein, meine Mutter wird es erben.«

Mia krauste die Nase. »Wie das? Die Matkins haben doch keine Verwandten.«

»Es ist kompliziert.«

Mia schien diese Antwort zu genügen, denn sie fragte nicht weiter. Sie griff in ihre Jackentasche und holte ein Handy hervor, das in einer glitzernden Hülle steckte. Mit flinken Fingern schrieb sie eine Nachricht und steckte es dann wieder weg.

»Und was tust du hier, Mia?«, fragte Ethan.

»Wireless«, sagte sie nur, als ob damit alles gesagt wäre. Sie schaute ihn von der Seite an. »Sie sehen wie die jüngere Version von Darrel aus.«

Im ersten Moment wusste Ethan nicht, was sie meinte, doch dann klickte es: Darrel Matkins, sein leiblicher Großvater. Ethan schluckte trocken.

»Finde ich cool«, meinte Mia. »Ich mochte ihn.«

In ihrer Jackentasche piepste es. Sie warf einen kurzen Blick auf das Handydisplay. »Ich muss jetzt los. Man sieht sich.«

Ethan nickte stumm und sah ihr nach, wie sie durch den Garten lief, über eine kleine Steinmauer sprang und verschwand.

Mias grüne Augen hatten ihn an Brianna erinnert. Sie hatte nach diesem schrecklichen Abend in ihrer Wohnung ein paar Mal versucht, ihn anzurufen. Vielleicht wollte sie sich entschuldigen, doch er hatte darauf nicht reagiert. Jetzt zog er sein Handy aus der Hosentasche, suchte Bris Nummer und löschte sie.

* * *

Hannah betrachtete eingehend jeden Gegenstand im Matkins-Haus, jedoch ohne etwas anzufassen. Samantha hatte angenommen, dass sie eventuell nach Fotoalben fragen würde, doch offenbar war sie nicht so neugierig, wie Samantha gedacht hatte. Oder sie war noch nicht so weit.

Nachdem sie sich im ersten Stock alle Zimmer angesehen hatten, gingen sie zurück in die Küche.

»Möchtest du einen Tee?«, fragte Samantha und wies mit dem Kinn auf den Wasserkocher.

»Lieber nicht.«

Hannah wirkte aufgewühlt, was mehr als verständlich war. Durch die offene Küchentür sah Samantha Ethan, der mit Mia sprach. Also nutzte die Kleine nach wie vor den ungeschützten Internetzugang der Nachbarn.

»Wie viel ist dieses Haus wert?«, fragte Hannah und betrachtete dabei die Porzellanteller im Holzgestell an der gegenüberliegenden Wand.

»Ich würde sagen, etwa fünf. Aber ich bin keine Expertin für Immobilien.«

»Fünftausend?«

Samantha verbiss sich ein Schmunzeln. »Nein, fünf Millionen.«

Hannah starrte sie mit offenem Mund an. »Herr im Himmel!«

»Können wir dann wieder?«

Sie drehten sich um. Ethan stand in der offenen Küchentür zum Garten. Er wirkte, genau wie seine Mutter, durcheinander, und Samantha schalt sich innerlich, die zwei hierhergeführt zu haben.

»Klar«, erwiderte sie schnell. »Oder möchtest du dir noch etwas anschauen, Hannah?«

Die schüttelte den Kopf.

»Okay, dann kommt. Wollen wir zurück zu mir und uns dort eine Tasse Tee gönnen?«

Die Ouless nickten unisono und schienen erleichtert.

»Noch ein Stück Braten, Ethan?« Felicia strahlte ihn an, als säße sie Prinz William gegenüber, und hielt ihm die Fleischplatte vor die Nase.

»Ich muss dankend ablehnen, Ms Bucknell, sonst platzt mir noch der Hosenbund. Ein köstliches Mahl, herzlichen Dank, aber ich kann nicht mehr.«

Samantha biss sich auf die Lippen, um nicht zu kichern. Ethan hatte ihre Mutter im Sturm erobert. Seine gestelzte Ausdrucksweise sagte ihr offenbar zu, und vermutlich stellte sie ihn sich bereits in Frack und Zylinder bei der Hochzeit ihrer Tochter vor.

»Ms Ouless, Sie vielleicht noch ein Stück?«

Ethans Mum tupfte sich die Lippen mit der Serviette ab. »Zu freundlich, danke, aber ich bin ebenfalls satt. Aufrichtigen Dank nochmals für die Einladung.«

Felicia lächelte glücklich.

Samantha hatte am späten Nachmittag mit ihren Eltern telefoniert und ihnen von dem spontanen Besuch der Ouless erzählt, was ihre Mutter dazu veranlasst hatte, sie alle zum Abendessen einzuladen.

Samanthas Vater hatte kaum zum Tischgespräch beigetragen. Er warf Ethan immer wieder prüfende Blicke zu, was diesen offenbar verunsicherte. Immer wieder legte sie daher unter dem Tisch ihre Hand auf seinen Schenkel, um ihn zu beruhigen.

»Danke, Liebes, für das köstliche Mahl«, sagte ihr Vater unvermittelt und stand auf. »Mr Ouless, einen Brandy in der Bibliothek?«

Ethan riss die Augen auf. »Ehm, ja, natürlich, gern.« Er warf Samantha einen entsetzten Blick zu.

»Da musst du jetzt durch«, flüsterte sie und grinste. »Paps will sich wohl nach deinen Absichten erkundigen. Also überlege dir gut, was du ihm antwortest.« Jetzt wirkte er noch verunsicherter als vorher und sie lachte leise. »Sei nett, Paps.«

»Bin ich doch immer«, murmelte dieser und zwinkerte ihr schelmisch zu. »Also kommen Sie, Mr Ouless. Erlösen wir die Damen von unserer Anwesenheit.«

Nachdem sich die Tür zur Bibliothek hinter den Männern geschlossen hatte, wandte sich Felicia an Hannah. »Was für ein höflicher junger Mann, Ms Ouless. Darf ich Sie zu Ihrem Sohn beglückwünschen?« Ohne Hannahs Antwort darauf abzuwarten, fuhr sie fort: »Und natürlich auch zu Ihrem Erbe. Es ist wirklich außergewöhnlich, was Ihnen widerfahren ist. Was für Pläne haben Sie mit dem vielen Geld, das Ihnen jetzt so unverhofft in den Schoß fällt?«

»Mum, bitte!«, mischte Samantha sich ein und schüttelte genervt den Kopf. »Zuerst muss man den Gerichtsentscheid abwarten, bevor man konkrete Pläne machen kann.«

»Aber du sagtest doch, dass Beweise vorliegen, die Ms Ouless Anspruch untermauern.«

»Ja, schon. Aber trotzdem.«

»Natürlich habe ich mir darüber Gedanken gemacht«, ergriff Hannah das Wort. »Aber alles zu seiner Zeit.«

»Verstehe.« Felicia spielte mit der Stoffserviette. »Ziehen Sie nach London? Ich meine, Ethan und Sammy haben doch sicher gemeinsame Ziele und …«

»Mum, hör jetzt auf! Es ist sehr unhöflich, deine Gäste so unter Druck zu setzen.«

»Ich meine ja nur«, erwiderte Felicia verschnupft. »Es wird wohl kaum angehen, dass du auf diese Insel ziehst, oder? Was willst du dort auch arbeiten?«

Samantha funkelte ihre Mutter böse an. Aber sie hatte nicht unrecht. Im Moment war zwischen Ethan und ihr alles wieder in Ordnung, aber wie würde ihre gemeinsame Zukunft aussehen?

»Die beiden finden sicher eine Lösung, die für alle annehmbar ist«, sagte Hannah und schenkte Samantha ein warmes Lächeln. »Kommt Zeit, kommt Rat.«

»Ich kam mir vor wie in einem Jane-Austen-Roman.« Ethan lachte leise und strich mit dem Daumen über Samanthas nackte Schulter. »Wie sind Ihre Absichten, junger Mann?«, wiederholte er George Bucknells Worte. »Was können Sie meiner Tochter bieten?«

»Tut mir leid«, erwiderte Samantha kichernd. Zu gern hätte sie gewusst, was Ethan darauf erwidert hatte, aber sie scheute sich davor, direkt danach zu fragen.

»Und der Brandy deines Vaters hat mir beinahe die Speiseröhre verätzt. Mann, Mann, was für ein starkes Zeug!«

Nachdem sie Samanthas Elternhaus verlassen hatten und zum Loft zurückgekehrt waren, hatte sich Hannah ins Gästezimmer zurückgezogen. Und obwohl Samantha eigentlich nicht vorgehabt hatte, mit Ethan intim zu werden, solange sie mit seiner Mutter unter einem Dach wohnten, war ihrer beider Sehnsucht einfach zu stark gewesen. Sie hatten sich voller Leidenschaft, wenn auch hoffentlich ohne eindeutige Geräusche, geliebt und lagen jetzt schläfrig in Samanthas King-Size-Bett.

Gedankenverloren strich sie über Ethans Tattoo. Zwar hatte er den Liebesknoten für Brianna stechen lassen, aber jetzt schien er Samantha wie eine Verheißung auf eine glückliche Zukunft für sie beide.

Ethan hielt ihr Handgelenk fest. »Das kitzelt«, sagte er schmunzelnd.

»Sorry.«

Er küsste ihre Stirn. »Bist du nicht neugierig?«

»Worauf?«

»Was ich deinem Dad geantwortet habe.«

Sie fühlte sich ertappt. Natürlich wollte sie es wissen! Doch was, wenn ihr nicht gefiel, was Ethan gesagt hatte?

»Und?«

Ethan lachte und zog sie in Augenhöhe. »Dieser Enthusiasmus, wow!« Er küsste sie zärtlich und ihr Herzschlag beschleunigte sich. »Dann bleibt es eben ein Geheimnis zwischen deinem Dad und mir.«

51

Drei Monate später, kurz vor Weihnachten

London funkelte und blinkte. Die prunkvolle Weihnachtsbeleuchtung verlieh der Stadt bei Nacht das Aussehen eines schimmernden Diamanten.

Während sich das Taxi durch den allabendlichen Verkehr kämpfte, schmiegte sich Samantha in Ethans Arme. Hannah saß neben ihr und bestaunte die gestressten Menschen in den Straßen, die sich ihren Weihnachtseinkäufen widmeten. Eigentlich hatte auch Mr Ouless kommen wollen, doch ein Krankheitsfall im Hotel hatte es ihm unmöglich gemacht, kurz vor Weihnachten Urlaub zu nehmen.

Vor vier Tagen hatte Hannah den schriftlichen Bescheid ihres genehmigten Anspruchs auf das Matkins-Vermögen erhalten, und jetzt waren sie auf dem Weg zum Pembroke Square.

Trotz Samanthas lückenlosem Bericht, Davina Cavills Aussage und dem gefundenen Armband hatte das Nachlassgericht auf eine DNS-Probe bestanden. Zum Glück gab es im Matkins-Haus noch Spuren. Anhand von Patience' Haarbürste und den darin enthaltenen Haarfollikeln hatte man ihre DNS mit der von Hannah vergleichen können. Und jetzt war es amtlich: Hannah Ouless war Emely Matkins.

Die vergangenen Wochen waren von wechselseitigen Flügen von London nach Jersey und wieder zurück geprägt gewesen. Es war nicht leicht, eine Fernbeziehung zu führen. Und die kurzen Treffen mit den darauffolgenden Abschieden zehrten an Samanthas Substanz und sie hoffte, über Weihnachten Nägel mit Köpfen machen zu können. Es galt abzuwägen, wer bei einem Ortswechsel das größere Opfer brächte. Doch sobald sie das Thema Umzug – entweder sie nach Saint Helier oder Ethan nach London – ansprach, reagierte er zurückhaltend, was sie enttäuschte. Wollte er nicht mit ihr zusammenleben? Oder gab es einen anderen Grund für sein zögerliches Verhalten?

Sie schob die negativen Gedanken beiseite. Jetzt war er erst mal hier und sie wollte die Zeit mit ihm einfach nur genießen.

»Morgen sind wir übrigens bei meinen Eltern zum Dinner eingeladen. Ich hoffe, das ist für euch okay?«, sagte Samantha.

»Noch mehr Brandy!«, seufzte Ethan.

Sie schmunzelte. Er hatte es bis jetzt nicht übers Herz gebracht, ihrem Vater zu sagen, dass er Brandy nicht mochte.

»Wir kommen natürlich gern«, sagte Hannah und warf ihrem Sohn einen tadelnden Blick zu, was dieser mit einem amüsierten Augenrollen quittierte.

»Fein.« Samantha holte ihr Handy hervor und schickte ihrer Mutter eine Zusage. »Und ihr habt Glück, dieses Mal kocht Mary, unsere gute Perle. Das Essen wird also genießbar sein.«

Ethan lachte laut auf.

»Samantha, also wirklich!«, entgegnete Hannah entrüstet, musste aber selbst schmunzeln.

Das Matkins-Haus am Pembroke Square wirkte wenig einladend, als sie eine halbe Stunde später ausstiegen. Ethan bezahlte das Taxi und schaute mit gerunzelter Stirn an der Fassade hoch. Zwar hatte Samantha vorgestern eine Reinigungsfirma beauftragt, das ganze Haus zu putzen, doch die dunklen Fenster wirkten abweisend.

Sie griff in ihre Handtasche und holte die Schlüssel heraus. »Und nun der offizielle Teil.« Sie streckte Hannah den Schlüsselbund entgegen. »Herzlichen Glückwunsch! Jetzt gehört es dir.«

Hannah griff zögerlich nach den Hausschlüsseln. »Das sind aber viele.«

»Es ist ja auch ein großes Haus«, erwiderte Samantha betont aufgekratzt. »Lasst uns reingehen, mir ist kalt.«

Ethan hatte den Kamin im Wohnzimmer angefeuert und langsam wurde es wärmer. Samantha knipste alle Lampen an und vertrieb damit die Schatten. Und aus der Küche drang der Duft nach frisch aufgebrühtem Früchtetee, den Hannah aus Jersey mitgenommen hatte. Trotzdem wurde es nicht recht gemütlich. Das Matkins-Anwesen mochte Millionen wert sein, aber ein Zuhause würde es vermutlich weder für Hannah noch für Ethan werden. Hoffentlich wollte er nicht hier wohnen! Der Gedanke ließ Samantha erschauern.

»Ist dir immer noch kalt?«, fragte er, als er es bemerkte.

»Geht schon«, sagte sie und rutschte auf dem Sofa zur Seite, als er sich zu ihr setzte.

»So!«, erklang Hannahs Stimme. Sie trat mit einem Teetablett ins Wohnzimmer. »Erst mal eine schöne Tasse Tee zum Aufwärmen.«

Während sie Tee tranken, erzählten sie sich die Neuigkeiten, die sich seit ihrem letzten Treffen ereignet hatten. Hannah berichtete davon, dass sie sich mit dem Gedanken trug, Charlottes Haus umzubauen, um dort ihre Malkurse abhalten und den Teilnehmenden gleichzeitig eine Unterkunft anbieten zu können. Möglicherweise, so sagte sie, würde Ethans Dad sich dann um die Gäste kümmern und seinen Job im Hotel aufgeben.

»Und vielleicht vermieten wir Mala und Jacob unser Haus in Saint Helier. Die beiden wollen ja zurück auf die Insel.«

»Oh, wie schön. Eine super Idee!« Samantha erinnerte sich gern an die Platers. Es wäre nett, die Familie wiederzusehen.

Während Hannah ihre Zukunftspläne darlegte, sagte Ethan kaum ein Wort. War etwas nicht in Ordnung? Obwohl sie sich ständig ihrer gegenseitigen Zuneigung versicherten, sei es persönlich oder durch SMS und Telefonanrufe, ergriff Samantha plötzlich eine lähmende Unruhe. War seit ihrem letzten Treffen etwas vorgefallen? Hatte sich womöglich Brianna wieder in sein Leben gedrängt? Natürlich war Hannahs Geschichte auf Jersey kein Geheimnis geblieben und sie beklagte sich darüber, dass sich ständig irgendwelche Leute bei ihr meldeten, die von ihrem Geldsegen profitieren wollten. Der Fluch der Reichen, hatte sie es halb ernst, halb amüsiert genannt. War auch Brianna auf diesen Zug aufgesprungen, in der Erwartung, dass Ethan irgendwann das Vermögen seiner Mutter erben würde?

Mit einem Mal schmeckte der Früchtetee wie Abwaschwasser und Samantha stellte die Tasse etwas zu heftig auf den Couchtisch.

»Und wie geht es mit deinem Studium voran?«, fragte Hannah.

Samantha atmete kurz durch. »Bestens. Ich bin sicher, dass ich die Nachprüfung bestehen werde.«

Hannah nickte zufrieden. »Fein. Und hat Mr Hobbs dich befördert?«

Samantha lachte. »Nein, aber er hat mir auf die Schulter geklopft. Von ihm ist das beinahe schon wie ein Ritterschlag. Zudem hat er mir in Aussicht gestellt, dass ich im neuen Jahr einen weiteren Fall zugeteilt bekomme.«

»Hoffentlich eine etwas … weniger tragische Geschichte.«

»Die sind aber die interessantesten«, erwiderte Samantha. »Und man lernt dabei ganz außergewöhnliche Menschen kennen.«

Bei den Worten griff sie lächelnd nach Ethans Hand. Er zuckte zusammen, als wäre sie ein giftiges Insekt. Was zum Teufel war nur los mit ihm?

Hannah hatte es ebenfalls bemerkt. Sie runzelte kurz die Stirn, was Samantha noch mehr verunsicherte.

»Ethan«, sagte Hannah, »wolltest du Samantha nicht etwas mitteilen?«

Samanthas Mund war plötzlich staubtrocken. Am liebsten wäre sie davongerannt. Es konnte doch nicht sein, dass er jetzt eine Hundertachtzig-Grad-Kehrtwendung machte. Oder doch?

»Wie? Ja, stimmt.« Aber er sprach nicht weiter.

Hannah verdrehte die Augen. »Nun komm schon in die Gänge, Junge! Seit wann bist du denn so auf den Mund gefallen?«

Er lachte gepresst.

Samantha wurde es immer elender zumute. Sie hatte sich die Feiertage in den schönsten Farben ausgemalt. Liebesnächte voller Leidenschaft, lange ausschlafen, Shoppingtouren und Sightseeing und was man als Frischverliebte in London eben so unternahm. Hatte sie sich romantischen Hirngespinsten hingegeben?

Sie wappnete sich innerlich für eine Enttäuschung.

»Okay.« Er atmete tief durch. »Samantha, du weißt, wie sehr ich dich liebe. Vermutlich schon seit dem Tag, als wir vor der Bäckerei zusammengestoßen sind.«

Sie konnte nur stumm nicken. Das klang alles überaus verheißungsvoll, doch sie traute dem Frieden nicht. Der Hammer könnte immer noch kommen.

»Aber langsam geht es mir auf den Wecker, ständig nach London zu fliegen …«

Also doch. Es fühlte sich jedoch nicht wie ein Hammer, sondern vielmehr wie eine Guillotine an.

»Und dir wird es sicher auch zu viel, immer nach Saint Helier zu kommen, nicht wahr?«

Sie nickte zögerlich.

»Also habe ich mir gedacht, das muss ein Ende haben!«

Samanthas Lippen zitterten, als er ihr seine Hand entzog. Nein, nein!, wollte sie schreien. Gib uns nicht auf, wir können das regeln! Ich kündige in der Kanzlei und verkaufe an der Uferpromenade in Saint Helier bedruckte T-Shirts!

Er griff in seine Hosentasche und hielt plötzlich einen Ring in der Hand. »Den hat mir Mum gegeben.«

»Es ist mein Verlobungsring«, warf Hannah strahlend ein.

»Samantha Bucknell, es ist kein Heiratsantrag, dazu ist es hier nicht romantisch genug, aber könntest du dir vorstellen, den Rest deines Lebens mit mir zu verbringen? Ich habe letzte Woche gekündigt und möchte zu dir nach London ziehen. Zwar habe ich aktuell noch keinen Job, aber ich bin sicher, dass die hiesigen Banken nur auf mich warten … hoffe ich wenigstens. Was sagst du?«

Sie starrte verblüfft auf den kleinen silbernen Ring mit einem einzelnen Diamanten, dann zu Hannah, die sie gespannt musterte, und zuletzt in Ethans Gesicht. Was sie in seinen Augen erkannte, ließ ihr Herz in doppelter Geschwindigkeit schlagen.

Er hatte gekündigt, er wollte mit ihr in London leben, er liebte sie!

»Wenn du mir je wieder so einen Schrecken einjagst, Ethan Ouless, lernst du mich aber kennen!«, zischte sie. Und als sie seine verwirrte Miene bemerkte, lachte sie glücklich. »Natürlich will ich!«

52

April

»Liebe Gäste, es freut mich außerordentlich, dass Sie so zahlreich erschienen sind.« Hannah griff nach dem Champagnerglas. »Wie heißt es so schön: Tu Gutes und sprich darüber!« Die Anwesenden lachten leise. »Das habe ich mir zum Motto genommen. Und ...«

Samantha schaute in die Runde. Alle waren gekommen: Ethans Vater, der aktuell den Umbau von Charlottes Haus beaufsichtigte, Mala und Jacob mit Tamzin und Anand, die sich auf den Umzug ins Haus der Ouless in Saint Helier vorbereiteten. Ethans ehemaliger Chef Francis Le Hérissier war hergeflogen. Samanthas Eltern, Mia und ihre Großmutter Elly Doherty hatten die Sofas in Beschlag genommen. Sogar Ms Norminton und die Cavills waren gekommen. Für die Presse und die Honoratioren der Stadt hatte gestern ein öffentlicher Empfang stattgefunden, heute waren die Beteiligten, die bei der Aufklärung von Emely Matkins Entführung involviert gewesen waren, eingeladen.

»... und somit wird dieses Haus in Zukunft ein Begegnungsort für Mütter sein, die einen schmerzlichen Verlust erlitten haben. Im *Patience & Darell Matkins Home* finden sie hoffentlich ein wenig Ruhe und professionelle Hilfe.« Hannah hielt ihr Glas in die Höhe. »Auf die Matkins, meine Eltern. Und Samantha, meine zukünftige Schwiegertochter, ohne die das alles hier nicht möglich geworden wäre!«

Bei dem Wort Schwiegertochter leuchteten Felicias Augen auf. Und obwohl Ethan und Samantha noch keinen definitiven Termin vereinbart hatten, organisierte ihre Mutter bereits fleißig die anstehende Hochzeit. Samantha grauste zwar davor, so ein großes Tamtam daraus zu machen, aber in Felicias Augen musste es die bedeutendste Feier der Saison werden.

Während alle miteinander anstießen, flüsterte Ethan Samantha ins Ohr: »Wie wär's mit September?«

»Was ist im September?«, fragte sie abwesend, weil Mia gerade mit den Zwillingen in den Garten stürmte und dabei fast eine teuer aussehende Vase umwarf. Als er nicht antwortete, wandte Samantha den Kopf. Er grinste sie schelmisch an und sie begriff, was er meinte.

»Da müsste ich erst in meinem Terminkalender nachsehen«, erwiderte sie gespielt unbeteiligt. »Du weißt ja, wie …«

Weiter kam sie nicht, denn er verschloss ihren Mund mit einem langen Kuss.

Danksagung

Die Personen und Handlungen dieser Geschichte sind frei erfunden. Etwaige Ähnlichkeiten mit lebenden oder verstorbenen Personen sind rein zufällig und nicht beabsichtigt.

Wie immer geht mein Dank an Karla Schmidt, meine Erstlektorin, die mit Fingerspitzengefühl und Humor die Punkte anspricht, die es zu verbessern gilt. Sie holt aus meinen Geschichten jeweils das Beste heraus.

Auch möchte ich dem gesamten Amazon-Publishing-Team Deutschland für seine Unterstützung danken. Ganz speziell Katrin, dem Team für die Autorenbetreuung, Rainer Schöttle, der sich dem zweiten Lektorat angenommen hat, sowie dem Korrektorat und den Cover-Designern. Ihr macht einen super Job!

Und zuletzt geht mein Dank selbstverständlich an Sie, liebe Leserinnen und Leser. Ohne Publikum gäbe es meine Geschichten nicht.

Besuchen Sie mich doch auf meiner Website www.margotsbaumann.com, bei Facebook, Instagram oder abonnieren Sie mich auf Amazon.de, damit Sie keine Neuerscheinung verpassen.

Natürlich freue ich mich ebenfalls über jede Rückmeldung zu meinen Geschichten, denn Rezensionen sind der Applaus der Schriftstellerin.

Vielleicht haben Sie sich ab und zu gefragt, auf welchen ersten Fall sich Samantha des Öfteren bezieht, den sie zusammen mit ihrem Arbeitskollegen John in Schottland gelöst hat. Dabei handelt es sich um die ungewöhnlichen Fälle des John A. Fortune, eine Miniserie, die Sie ebenfalls auf Amazon.de finden. Ich wünsche Ihnen viel Lesespaß und bis bald.

Herzlichst
Margot S. Baumann

Weitere Bücher der Autorin

Lavendelstürme
Im Licht der Normandie
Das Erbe der Bretagne
Das Gut in der Toskana
Der Himmel über Positano
Unter der Sonne Siziliens
Auf den Hügeln Roms
Die Villa am Comer See
Mondscheintochter
Spiegelinsel
Muschelspiel
Wellenjahre

Zeitfracht Medien GmbH
Ferdinand-Jühlke-Straße 7
99095 Erfurt, Deutschland
produktsicherheit@kolibri360.de

Druck:
CPI Druckdienstleistungen GmbH
im Auftrag der
Zeitfracht Medien GmbH
Ein Unternehmen der Zeitfracht - Gruppe
Ferdinand-Jühlke-Str. 7
99095 Erfurt